Alexander Rentsch

Zwei Münchner in Hamburg

Alexander Rentsch

ZWEI MÜNCHNER IN HAMBURG

Roman

Langen Müller

Der Roman entstand nach der gleichnamigen
ZDF-Fernsehserie von Karlheinz Freynik,
einer Produktion der Aspekt Telefilm-Produktion GmbH, Hamburg.

Schutzumschlaggestaltung: Christel Aumann, München
unter Verwendung eines Fotos der ZEFA
Satz: IBV Satz- und Datentechnik GmbH, Berlin
Gesetzt aus 10/12 p Linotype Palatino
Druck und Bindung: Mohndruck, Gütersloh
Printed in Germany
ISBN 3-7844-2237-3

Inhalt

1

Sprachklippen

Eben noch himmelhoch jauchzend und schon wieder zu Tode betrübt. Julia Heininger hatte nur eine Wohnungstür aufgestoßen, und von einer Sekunde zur anderen funktionierte die enttäuschende Talfahrt. »Jesusmaria!« Julias hoffnungsloser Ausruf klang mehr gewürgt als entsetzt.
Dem Taxifahrer, der Julia mit ihrem Wagen vom Autoreisezug am Bahnhof Altona zum Hamburger Stadtteil Harvestehude gelotst hatte und ihr Gepäck in die Stadtvilla trug, entglitt vor Schreck ein Koffer. Die Totenstille im Haus, die ihm fremde Anrufung zweier Heiliger ließen auf ein Kapitalverbrechen schließen. Flüsternd fragte er: »Leiche?«
»Wenn's das nur wär'!« Julia hob das linke Bein, trat vorsichtig zwischen Farbeimern und bekleckstEN Tapetenresten in den Flur, nahm balancierend die nächste Blecheimerhürde, arbeitete sich zwischen Leitern, Gips- und Zementsäcken, aufgeschichteten Kacheln, Tapetentischen und Bierkästen hindurch ins Innere der Wohnung, deren Zimmer den Eindruck vermittelten, ein Maler- und Maurerbetrieb benutze die Räume als Endlager.
Fachmännisch betrachtete Julias Taxifahrer Wände und Dekken. »Die ham man bloß gewitschert.«
Sie schaute verwirrt in die Ecken. »Einfach hierher?«
Grinsend begriff er. »Wände und Zimmerdecken anmalen heißt bei uns witschern.«
»Bei uns sagt man weißeln.«
»Wo?«
»In München.« Julia prüfte mit dem Zeigefinger den Aggregatzustand der Farbe. »Fast trocken. Abgesprochen war: Wenn ich komme, ist alles fertig.«

Er öffnete die Fenster, ließ frische Luft und Abendsonne in den Farbsmog, atmete tief durch und zitierte: »Lich un Luf gib Saf un Kraf! Vielleicht sind Sie zu früh gekommen.«
»Was sagten Sie, bittschön?«
»Vielleicht sind Sie zu früh...«
»Vorher.«
»Licht und Luft gibt Saft und Kraft. Das T is 'n unwichtiger Buchstabe für 'n richtigen Hamburger.« Er zeigte aus dem Fenster. »Teure Gegend ham Sie sich ausgesucht. Aber hinterm Klosterstern, unter der Hochbahn in der Isestraße, is zweimal die Woche Markt.« Mit nobler Armbewegung überreichte er ihr die Taxiquittung. »Tschä, macht zusamm' zwanzich sechzich.«
»Für den Sprachunterricht?«
»Der is gratis mit bei.«

Hohl hallten Julias Schritte im leeren Haus nach. Flau wurde ihr im Magen bei dem Gedanken, daß die Renovierung nicht abgeschlossen war und der Möbelwagen morgen eintreffen sollte. Wohin mit den Schränken, mit den Betten, mit den Stühlen und den tausend anderen Sachen? Einlagern?
In der Speisekammer stand eine vergessene Matratze. Eine noch passable Wolldecke hing am Warmwasserhahn im Badezimmer. Julia nahm sie über den Arm, schnupperte daran und vermeinte eine winzige Spur Katzengeruch wahrzunehmen. Besser als das Odeur von Maximilians Hansi! Maximilian war Julias zehnjähriger Sohn, der, logisch, Max gerufen wurde. Hansi hieß sein Meerschweinchen. Nur Hansi, nicht etwa Johannes.
Max und Hansi wohnten im Augenblick mit Fanny bei Hermine. Fanny, getaufte Franziska, führte den schlichten Titel Haushälterin, kümmerte sich jedoch nicht nur um Julias Haushalt, sondern um alles. Auch um das, was sie nichts anging.
Hermine, verwitwet, besaß am Tegernsee ein exquisites Ho-

tel. Sie besaß es nicht nur, sie führte es auch. In Geldangelegenheiten ließ sie sich vom Münchener Bayernbank-Direktor Berthold Schwaiger freundschaftlich beraten. Die gut betuchte Hermine war Julias Mutter, und der Berthold Schwaiger sorgte für Julias beruflichen Werdegang als ihr Boß in der Bayernbank. Am Schalter hing ein Papier mit den Unterschriftsproben der Zeichnungsberechtigten. Julia Heininger, Abt.-Lt., stand da, Dr. Ralf Sagerer, Abt.-Lt., und natürlich Berthold Schwaiger, Dir.

Julia Heininger, Abteilungsleiterin der Bayernbank in München, schleppte die Matratze aus der Speisekammer deshalb in das gelüftete Wohnzimmer, weil sie auf Schwaigers Geheiß eine Direktorin geworden war. Nämlich die von der Bayernbank-Filiale in Hamburg. Außerdem wollte sie auf der Matratze schlafen.

Jetzt hamas. Jetzt haben wir es.

Julia schob die Federkernmatratze neben das Telefon. Das stand auf der Erde. Die Post hatte ihren Termin gehalten. Der geöffnete Koffer an der Wand vermittelte einen Anflug persönlicher Sphäre, und eine Spur Gemütlichkeit bekam die Not-Herberge schließlich, als Julia vom Reisekostüm in ihren Joggingdreß umstieg und am Kofferboden eine Flasche Rotwein fand. Fanny dachte an alles. Auch daran, daß Julia in der neuen Wohnung vermutlich keinen Korkenzieher haben würde. Darum hatte sie einen mit Klebeband am Flaschenhals befestigt.

Unangemessen hastig für eine Dame nahm Julia einen langen Schluck aus der Flasche. Fanny hatte schließlich nicht ahnen können, daß es kein Trinkglas gab im Hamburger Domizil. In diesem beseligenden Augenblick – der Rote rann hinab, löschte den Durst und wärmte den Bauch – klingelte das Telefon nervenzerfetzend laut. Julia erschrak und angelte den Apparat mit der Anschlußschnur zu sich heran.

»Julia Heininger.«

»Hier sind Max und Hansi Heininger!«

»Hallo, Max, mein Schatz. Du hast dir tatsächlich die neue Nummer gemerkt – oder aufgeschrieben? Oder hat Fanny sie dir gegeben?«
»Oma. Sie hat aber gesagt, es gibt eh noch keinen Anschluß. Ich war zwar schon im Bett, aber ich hab' mal probieren wollen. Ist das ein tolles Haus, wo wir wohnen werden?«
Julia äugte auf die kahlen Wände, die leeren Fensterhöhlen, die nackten Fußböden und flunkerte: »Wunderbar, sage ich dir! Du müßtest unser Haus sehen! Ich liege auf einem tollen, gemütlichen Sofa, vor mir prasselt der Kamin, und an den Wänden hängen wunderschöne Bilder. Durch die Gardinen leuchtet die Abendsonne...«
»Hier auch.«
Das brachte Julia etwas aus dem Konzept. Die Sonne schien also auch am Tegernsee. »Hast du schon gebetet?«
»Logisch.«
»Was diesmal?«
»Na ja, daß er mich fromm machen soll und so. Und daß du bald wieder einen Mann kriegst, damit ich nicht immer den Mülleimer raustragen muß.«
Julia lachte. »Hast du einen Bestimmten im Auge?«
»Jedenfalls nicht den Sagerer Ralf. Den magst du doch nicht leiden, oder?«
»Etwa in der Richtung«, wiegelte sie ab.
»Erzähl mehr von der Wohnung.«
Julia schaute auf den frischen Durchbruch zum Nebenzimmer, der aussah, als habe ein fliehender Elefant die Wand gerammt. »Vom Wohn- zum Speisezimmer haben wir einen Bogendurchgang mit Samtvolant.« Fand sie plötzlich kitschig. »Den Volant mach' ich ab, sieht unmodern aus.«
»Kann man von uns aus das Meer sehen?«
»Nein, es sind ein paar Häuser davor.«
»Aber die Wellen kann man hören, ja?«
Julia lauschte auf den Motorlärm am Klosterstern, einem Platz mit Kreisverkehr. »Nein, die Autos sind zu laut.«

»Klosterstern«, sinnierte der in Geographie sauschlecht bewanderte Knabe, »ist das schon Dänemark?«
Julia blies erschüttert die Wangen auf. »Hilf mir mal auf die Sprünge: Was für eine Erdkundezensur hattest du im letzten Zeugnis?«
Ohne jeglichen Anflug von schlechtem Gewissen antwortete Max: »Oan Fünffa.«
»Eine Fünf? Eiweh! Ich geb' dir einen guten Rat, Schätzchen: Bete nicht um den richtigen Mann für mich, sondern um eine gute Erdkunde-Note für dich! Und jetzt häng auf, grüß die Oma und die Fanny und geh ins Bett. Bald sehen wir uns.«
»Wann bald?«
»Sobald die Wohnung fertig eingerichtet ist.«
»Gute Nacht, Mami.«
Während des Gesprächs hatte sich der Rotweinpegel in der Flasche mehr und mehr gesenkt, Julias Kopf wurde schwer und schwerer, und auf einmal fand sie die Matratze zum Schlafen nicht mehr so übel. Sie kroch unter die Katzendecke und grübelte noch ein bißchen – ein Bankkunde hatte vor ihrer Abreise nach Norden ein Ringelnatz-Gedicht hergesagt: »Die Nacht war kalt und sternenklar, da schwamm im Meer vor Norderney ein Suaheli-Schnurrbarthaar. Die nächste Schiffsuhr wies auf drei...«
Julia sackte traumlos weg.

Mit dem festen Vorsatz, den neuen Tag mit einem ausgedehnten Bier-Frühstück und einem Palaver über Arbeitsteilung zu beginnen, betraten Tim Lotsch, Hein Willhus und Uwe Frenzel das von der Bayernbank für Julia Heininger in der Hamburger Abteistraße angemietete Haus.
»Hörs wat?« fragte Tim und spitzte die Ohren.
Auch Uwe nahm das Geräusch wahr. »Als ob een schnarchen tut, nä?«
Tim, er war für die Maurerarbeiten verantwortlich, öffnete vorsichtig die Tür zum großen Wohnraum und linste hinein.

Aufgeklappter Koffer, Matratze, unter der Decke ein leise schnarchender Mensch, leere Weinflasche. Tim winkte die beiden anderen zu sich. »Hier pennt einer.«

»Sieht aus wie bei Hempels unnern Sofa, nä?« äußerte Uwe.

Hein stellte die Kardinalfragen: »Wie kommt der hier rein? Mit 'n Schlüssel doch wohl etwa nich, oder?«

»Fenster is offen«, sagte Uwe.

Für Uwe war alles klar. »Ja, dann...«

Das Gebrabbel ging Julia auf den müden Geist. Sie schlug die Augen auf, wälzte sich auf den Bauch und starrte die Männer an. »Wer sind denn Sie?«

Die Renovierungsspezialisten, ohnehin in der Überzahl, fühlten sich in der stärkeren Position für die Gegenfrage: »Und Sie?«

»Ich bin Julia Heininger, und das ist das von mir gemietete Haus!«

»Julia!« Tim ließ den Namen auf der Zunge zergehen und blickte seine Kumpels an, als habe er in der kurzen Zeit eine Eroberung gemacht. »Das sind Uwe und Hein, die machen hier die Maler- und Tapezierarbeiten, und ich bin Tim...«

»Sie machen die Sprüche«, vermutete Julia.

Tim Lotsch schaltete nicht rasend schnell. »Nein, ich bin Maurer.«

Julia krabbelte unter der Katzendecke hervor und präsentierte sich den freundlich grinsenden Herren im hellgrauen Jogginganzug. »Und ich hab' gedacht, die Wohnung ist seit zehn Tagen fertig.«

»Und wir dachten, hier schnarcht 'n Penner«, schwadronierte Uwe, um Kumpel Tim zu zeigen, daß dessen Chancen nur begrenzt waren. »Mit so 'ne hübsche Deern ham wir nich gerechnet, nä, Hein?«

Julia erstickte alle Malerträume. »*Frau* Heininger!«

Tim fühlte sich berufen, den ersten Arbeits-Takt einzuläuten. Umständlich zog er seine Jacke aus und stöhnte: »Tschä, Jungs, wat mutt, dat mutt!«

Hanseatische Kurzsprache war das und hieß: Was sein muß, muß sein.
»Wie sieht denn Ihr Zeitplan aus?« fragte Julia. »Wann kann ich das Haus beziehen?«
»Nu geit dat ruck-zuck, gute Frau«, versicherte Tim, nahm Meißel und Hammer aus dem Handwerkskasten und stand vor Julia wie ein Maurerdenkmal. »Eine Woche oder so...«
Ohne auf eine präzisere Zeitangabe zu drängen, klemmte sie ihren Koffer unter den Arm und verschwand im Badezimmer. Während das Wasser in die Wanne lief, öffnete Julia die Tür einen Spalt breit und rief hinaus: »Für den Rest der Bauarbeiten erkläre ich dieses Badezimmer zu meinem Privat-Appartement. Alles klar?«

Auf dem Weg in die City verspürte Julia einen Aufstieg von Beklommenheit, denn München und Hamburg haben was Gemeinsames: Beide Städte gaben durch geniale Ausschilderung den Ortsunkundigen keine reelle Chance, das Zentrum auf Anhieb zu finden. Im fremdenfeindlichen Karussell der Einbahnstraßen scheitern Besucher im Vorgelände und finden keinen Parkplatz, um den Wagen stehen zu lassen und sich dem Stadtmittelpunkt zu Fuß, Taxi oder Bus zu nähern.
Julia löste den gordischen Knoten mit einem Trick. Bei der Tankstelle am Dammtorbahnhof gab sie ihren Wagen ab und orderte Waschen, Polieren, Motorwäsche und Innenraumsäubern mit dem Hinweis, das Fahrzeug würde abgeholt werden. Dann machte sie sich zu Fuß auf den Weg zur Bayernbank an der Börsenbrücke. Parkplatzproblem gelöst.
Die leichte Beklommenheit wich vollends von ihr, als sie die gediegene bayerische Oase im kühlen Hamburger Börsenviertel betrat. Dunkelrote Ledergarnituren, gemaserte Holztäfelungen, ein Tisch mit Empfangs-Champagner, und hinter dem mit Panzerglas gesicherten Kassenschalter ein heiterer Mensch. Herr Grameier. Ein Bayer.
»Grüß Gott, beinand«, sagte Julia.

»Grüß Gott, Frau Direktor«, riefen Herr Grameier, Herr Löhlein, Frau Heise und ... mehr waren da noch nicht.
Julia guckte sich interessiert in den Räumen um. Die drei Angestellten blickten erwartungsvoll die drei Champagnerflaschen an. Nach einer Schweigeminute zerbrach die Distanz mit einem satten »Plopp!« Herr Grameier hatte fachmännisch den Korken aus dem ersten Flaschenhals kommen lassen. Frau Heise transportierte süßen Senf, Laugenbrezeln und eine dampfende Terrine mit Weißwürsten herbei. Julia brachte eine kurze Antrittsrede von vier inhaltsschweren Sätzen zustande. Danach wünschten die Herren Grameier und Löhlein der Frau Direktor alles Gute, und Frau Heise bekam feuchte Augen.
Alle schüttelten einander die Hände, und beim zweiten Glas stellte Herr Grameier fest: »Mia zwoa, gell?«
Julia wußte genau, was er meinte: Nur er und sie waren in der Hamburger Bayernbank echte Bayern. Deshalb stimmte sie auch zu, als er sich erbot, ihr im Laufe der Zeit die Sehenswürdigkeiten von Hamburg zu zeigen.
Später nahm Julia ihren Schreibtisch in Besitz und stellte ein gerahmtes Foto von Maximilian auf.
Frau Heise betrachtete es eingehend. »Ihr Kind?«
»Logisch.«
»Ein hübsches Mädchen.«
Die Feststellung verwirrte Julia. »Hübsch? Das schon. Mädchen? Nein. Es ist ein Junge, zehn Jahre alt. Er heißt Max.«

Das Leben mit Tim, Hein und Uwe pegelte sich ein. Sie mauerten, verputzten und malten erst, wenn Julia das Haus verlassen hatte, sie gingen, bevor Julia aus der Bank zurückkehrte. Die mittlerweile angelieferten Möbel standen zusammengerückt jeweils in der Mitte der Räume, zugedeckt mit Baufolie. Drum herum Farbeimer und Leitern.
Jeden Tag besuchte Frau Direktor Heininger Kunden der Bayernbank und machte ihnen klar, daß sie nicht mehr mit

dem Mutterhaus in München zu verhandeln brauchten, sondern bequem mit der Dependance in Hamburg. Auch potentielle Kunden standen auf ihrem Programm, jene, die bei allen Hamburger Banken mit ihrem Kreditantrag bereits abgeblitzt waren.

Jungbauer Glotz gehörte zu denen. Er wollte in Wedel eine ökologische Rinderzucht mit selbstgezogenem, chemiefreiem Futter aufbauen. »Bio Beef« sollte sein Betrieb heißen. Julia gefiel das Projekt. Auch Glotz und sein Hof fanden Gnade vor ihren kritischen Augen.

Glotz hingegen hatte an ihr etwas auszusetzen. Er zeigte auf Julias Füße. »Mit *den* Pumps wollen Sie unsere Weiden besichtigen? Ich geb' Ihnen ein Paar Gummischuhe.«

Die schweren Treter der Größe 45 standen gleich an der Stalltür. Julia bäugte die schwarzen Stiefel, bemerkte etwas Mist an den Hacken und lehnte optimistisch ab. »Es geht auch unten ohne.«

Glotz konnte sie nicht zwingen. Er feixte nur ein bißchen. »Wie Sie wollen.« Er vollführte mit dem Arm eine kreisende Bewegung über die Weiden, auf denen junge Rinder lagen, wiederkäuten oder im Stehen das gleiche taten. »Soll ich anfangen?«

»Wenn ich darum bitten darf. Darum bin ich hier.«

»Tscha, die meisten Kälber holen wir uns ja aus der eigenen Zucht. Aber wenn wir wirtschaftlich arbeiten wollen, müssen wir noch hundert Jungtiere aus natürlicher Mast dazukaufen.«

Julia überschlug die benötigte Summe. »Dann ist eine halbe Million schon weg.«

Glotz tat, als sei das ein Klacks. »Stallgebäude sind ja da. Betrieb und Bewirtschaftung auch. Teuer ist die Zeit! Bevor wir nämlich auf unseren Feldern biologisch einwandfreies Futter anbauen können, muß der Boden ein Jahr lang brach liegen. Das heißt: Wir müssen das Futter für die Tiere in Dänemark kaufen.«

»Leuchtet mir ein«, sagte Julia und tapste mit beiden Füßen in lehmige Pampe. »Eine Frage aber: Warum haben sich die anderen Banken nicht auf das Projekt eingelassen?«
»Weil es sich nicht schnell genug vermarkten läßt. Ich kann hier nicht oben eine Mark reinstecken und unten kommen zwei Mark raus. Und Sie wissen sicher selbst, wie die Leute denken: Wer gesunde Lebensmittel in natürlicher Zeit und ohne chemisches Hopplahopp produzieren will, muß ein Spinner sein. Schnelles Geld ist bei uns nicht drin. Erfolg muß sich erst rechnen.«
Julia erreichte das nächste Modderloch und erklärte tapfer: »Millionen sind verdient worden mit gespritzten Kälbern.«
»Sie sagen es, Frau Heininger! Und diese über Nacht reich gewordenen Mäster haben auch noch jede Menge Kredite und Bürgschaften bekommen! Geld, du lieber Himmel, das kriegt doch sowieso bloß der, der schon welches hat!«
Julias zu Wegwerf-Schuhen degradierte Pumps glucksten zart beim Laufen. Dunkler Schlamm trat aus, arbeitete sich an den Strümpfen bis zu den Knöcheln empor. Zwischen den Zehen wirkte der Brei nicht total unangenehm, nur feucht und klebrig.
Glotz, hoffnungsvoller Anwärter auf einen Kredit der Bayernbank, begleitete Julia zum Auto und verkniff sich jeden Spott. »Bei Ihrem nächsten Besuch ziehen Sie aber die Gummistiefel über, die im Stall stehen.«
Da Julia eine Dame war, mußte sie das schlammige Fußbad ignorieren, denn zugeben, nicht wahr, daß sie sein Angebot aus Eigensinn abgelehnt hatte, konnte sie letztlich keinesfalls. Sie blieb Geschäftsfrau. »Daß Geld nur dahin fließt, wo schon welches ist, können Sie so nicht sagen. Ich rechne mir anhand Ihrer Unterlagen genau durch, wie's mit der Rentabilität aussieht. Die Münchener Direktion zieht hoffentlich mit. Bis bald.«

In München gab es leider einen Menschen, der zog nicht

richtig mit. Dr. Ralf M. Sagerer, Abteilungsleiter der Bayernbank. Das M stand für Maria. Kein übler Bursche. Motorradfreak. Der Frühling begann für ihn, wenn nach Ostern scharfe 100 PS unter dem Sattel knurrten. Kam in seiner Gegenwart jedoch die Rede auf die verehrte Kollegin Julia Heininger, mußte zweimal hingehört werden. In seinem Vokabular steckten nämlich Tretminen.

Bei der obligaten mündlichen Wochenbilanz in Direktor Schwaigers Allerheiligstem verbargen sich im Bericht von Sagerer selbstverständlich Spitzen gegen Julia. »Von unseren Hamburger Kunden wird die neue Filialleitung nur schleppend akzeptiert«, sagte er. »Viele wickeln ihre Geschäfte noch immer – oder wieder – direkt mit der Zentrale ab.«

Sagerer konnte nicht sehen, daß Schwaigers Nackenhaare sich sträubten. »Wollen Sie damit sagen, der Laden läuft nicht, weil er von einer Frau geführt wird?«

Ralf kroch um den heißen Brei herum. »Einige Kunden reagieren zumindest zögerlich. Ob das Vorteile sind, vermag ich nicht zu entscheiden. Frau Heininger ist ausgesprochen kreativ. Statt der vereinbarten zwanzig Millionen«, er hob mahnend, anklagend den Zeigefinger, »hat sie bereits ein Kreditvolumen von vierzig Millionen vorgelegt.«

Direktor Schwaiger übte sich in Sarkasmus. »Haben Sie etwas gegen fleißige Frauen oder erscheint Ihnen zum Thema Gleichberechtigung die Quotenregelung übererfüllt?«

Sagerer verzog keine Miene. »Ich habe nichts gegen fleißige Frauen – vorausgesetzt, der Vorstand billigt die Summe.« Er holte zu einem weiteren Rundumschlag aus. »Sie hat aus dem Zentralcomputer alle abgelehnten Kreditanträge gezogen und neue Vorschläge unterbreitet.«

»Von der Zentrale abgelehnt?«

Ralf nickte beflissen. »Natürlich. Eingehend von der Zentrale geprüft und abgelehnt. Ich habe Frau Heininger meine noch bestehenden Bedenken übermitteln lassen.«

»Mich würde diese Liste ebenfalls interessieren.«

»Sie können sich die Zusammenfassung auf Ihren Monitor holen, Herr Direktor.«
Schwaiger zog das Keyboard vom Computer zu sich heran und gab seine Kennung ein. »Welche Datei-Nummer, Herr Sagerer?«
»Römisch sechs, arabisch vierzehn.«
Etwas umständlich, aber richtig tippte Schwaiger die Ziffern ein, und sofort erschien die Zusammenstellung auf seinem Bildschirm. Er studierte die Resultate, blickte zwischendurch seinem Abteilungsleiter mehrmals in die Augen und drückte dann auf seinem Telefonapparat die Taste »Hamburg«.
Als Julia sich meldete, sagte er: »Wir sprechen gerade über dich. Ich hab' das überschlagen – dein ökologischer Rindviehzüchter ist bewilligt. Bei einer Gegenstimme.«
»Sagerer!«
»Woher weißt du?«
»Erstens ist das nicht schwer zu erraten, und zweitens, er hat mir geschrieben.«
Schwaiger schaltete den Mithörlautsprecher ein. »Lies das Wichtigste vor, Julia.«
»...bitte ich Sie dringend, die Konkurrenzfähigkeit der Firma Bio Beef im Vergleich mit herkömmlichen fleischproduzierenden Betrieben zu prüfen und in der Rentabilitätsberechnung dem sinkenden Fleischpreis Rechnung zu tragen. Gescheites Deutsch kann der Querulant noch immer nicht!«
Sagerer zuckte zusammen, und Schwaiger lächelte. »Aber er kann rechnen. Was die übrigen Gelder angeht, die du unter die Leute bringen willst...«
»Welche speziell?« fragte Julia.
»Römisch sechs, arabisch vierzehn. Dir müßte vertraut sein, was unsere Satzung vorschreibt...«
»Bekannt«, blockte Julia ab. »Ich darf nicht allein entscheiden, wenn die Bilanzsumme eine bestimmte Höhe überschreitet. Wollen Sie mir eine Gouvernante nach Hamburg schicken?«

»Nur eine Art Anstandswauwau, Julia«, beruhigte Schwaiger. »Leider bin ich das unseren Aktionären schuldig.«
»Ich habe nichts zu verbergen. Er soll schnüffeln, solange es ihm Freude macht.«
»Was ich noch sagen möchte...«
Julia schnitt ihm rigoros den Faden ab. »Entschuldigen Sie, Herr Schwaiger, ich habe jetzt einen ganz wichtigen Termin! Können wir morgen weiterreden? Oder soll ich Sie heute abend zu Hause anrufen?«
Schwaiger schaltete den Lautsprecher aus. »Willst du wieder eine Million verteilen?«
»Nein!« Julias Stimme machte einen fröhlichen Hopser. »Max und Fanny kommen gleich. Ich muß zum Flughafen!«
Schwaiger grinste diskret über Sagerer, der ein dummes Gesicht machte, weil er nun nicht wußte, um welche geheime Abmachung es sich handelte. »Genehmigt, Julia. Ende!«

Alles spielte sich ganz genauso ab, wie Julia das erwartete. Eingekeilt zwischen anderen Menschen stand sie in der Ankunftshalle vom Hamburger Flugplatz Fuhlsbüttel vor einer deckenhohen Glasscheibe, hinter der ungeduldige Fluggäste sich um rundlaufende Fließbänder versammelten und auf das Gepäck warteten. Max wuselte zwischen den Leuten herum und wollte den technischen Teil der Transportanlage ergründen. Wie eine erregte Glucke blieb ihm Fanny auf den Fersen. Dadurch kam nervöse Bewegung in die lauernde Menge.
Nach geraumer Zeit rutschten erste Gepäckstücke aus der Wandöffnung auf das Transportband und machten sich gemächlich auf den Weg zu den Besitzern. Julia klopfte gegen die Scheibe, um sich Max oder Fanny bemerkbar zu machen. Andere Leute neben ihr hämmerten ebenfalls gegen das dicke Glas, um ihrerseits soeben ausgemachten Angehörigen anzuzeigen, daß man sie erwarte. Verzerrt lächelnd winkten sie über meterweite Entfernungen, formten mit den

Lippen unhörbare Begrüßungsworte. Auch Blumen wurden auf der Abholerseite hochgehalten.
Julia entdeckte plötzlich, daß der linke Arm von Max eingegipst war. Himmel noch mal! Warum hatte ihr niemand etwas gesagt? Etwa gebrochen? Er trug den Gipsarm nicht in der Schlinge. Die flatterte leer herum.
Endlich hing Max an Julias Hals, und Fanny, die mißbilligend einen quietschenden Kofferkuli vor sich herschob, ließ sich von Julia zum Auto dirigieren.
Nachdem der Kofferraum alle Gepäckstücke geschluckt hatte, rief Julia: »Einsteigen, und unterwegs erzählst du mir, was mit deinem Arm passiert ist.«
Erst nach der zweiten Ampel erinnerte Max sich an Julias Forderung. »Mir ist ein Stück Holz draufgefallen.«
Julia war skeptisch. »Und gleich gebrochen?«
Eine wegwerfende Bewegung mit dem Gipsarm. »Nur eine Sehnenzerrung.«
»Schlimm genug. Was für ein Holz?«
»Na, eben Holz. Ein Mast.«
»Von einem Boot?«
Eine total überflüssige Frage, fand Max. »Logo! Hast du schon mal ein Auto mit Mast gesehen?«
»Herrschaftszeiten«, meuterte Julia, »muß ich dir denn jedes Wort wie einen Wurm aus der Nase ziehen?«
»Er war mit dem Beppo spielen«, sagte Fanny. Mit dem Einwurf wollte sie die Verantwortung am Geschehen von Maximilian abziehen und dem fernen Beppo aufbürden.
»Segeln«, ergänzte Max.
»Auf dem Tegernsee?«
»Logisch«, maulte Max. »Bei der Oma ist kein anderer See, oder?«
»Reg dich nicht künstlich auf. Erzähle.«
Max guckte sich zu Fanny um, schaute dann wieder nach vorn. »Wo sind wir jetzt?«
»An der Alster«, sagte Julia. »Du willst bloß ablenken.«

»Ist das ein großer Fluß?« fragte er übermäßig interessiert. »Wie die Elbe?«
»Nicht so groß wie die Elbe. Komm zur Sache!«
»Es begann etwas zu regnen«, half Fanny.
Das machte den Max mutig. »Als wir mitten auf dem See waren, gab's Gewitter.«
Julia wurde es heiß und kalt. »Und?«
»Was und? Die Jolle is halt umgeschlagen.« Sein Ton verschaffte Julia die Erkenntnis, daß Jollen im Gewitter üblicherweise und problemlos umkippen.
»Die Kinder sind ins Wasser gefallen«, erklärte Fanny, »aber der Rettungsdienst war schon unterwegs.«
Max feixte. »Beinahe wär' ich ertrunken.«
»Sie haben ihn ins Krankenhaus gebracht«, sagte Fanny.
»Und der Beppo war vermißt.« Max freute sich noch immer. »Aber später haben sie ihn gefunden.«
»Drüben in Rottach am Strand«, ergänzte Fanny. »Er war rübergeschwommen.«
Julia konnte nur pessimistische Gedanken fassen. »Aber was wär' passiert, wenn die Wasserwacht nichts gemerkt hätte?«
Dem Was-wäre-wenn vermochte er nicht zu folgen. »Is ja nix passiert, Mami!«
»Und warum hat mich niemand benachrichtigt?« Das zielte gegen Fanny und gegen Oma Hermine.
»Es hätte Sie nur beunruhigt«, sagte Fanny beherzt. »Sicher hatten Sie hier den Kopf voll mit dem neuen Job, meinte Ihre Frau Mutter.«
»Daß ihr euch über meinen Kopf Gedanken macht!« zeterte Julia. »Max ist schließlich mein Sohn!«
Fanny brachte die Debatte auf den Punkt. »Was hätten Sie groß tun können, Frau Heininger...«

Die Münchener Wohnung von Dr. Ralf Maria Sagerer vermittelte den Eindruck gebremster Unordnung. Auf dem breiten

französischen Bett lagen drei halbfertig gepackte Koffer, an der geöffneten Schranktür hing ein lederner Kleidersack, verstreut auf dem Fußboden lagen Wäschestücke und Sokkenknäuel. Sagerer, in männlich adretten Boxershorts, rotgestreiftem Oberhemd und einer weißen Socke am rechten Fuß, bewegte sich genervt zwischen Schrank und Koffern, nahm Wäschestücke auf, legte sie wieder zurück, prüfte Schlipse, angelte nach Schuhen, hatte kein Auge für den Morgenmantel aus hauchdünnem Chiffon, der so durchsichtig war, daß er als Kleidungsstück eigentlich nicht taugte.
Den seidenen Hauch von modischer Verruchtheit trug Beatrice, die italienische Freundin vom Sagerer. In ureigenstem Interesse stand sie so lebensfroh und nach Geselligkeit dürstend am Fenster, daß der gute Ralf jede einzelne Pore der glatten, bräunlich schimmernden Haut hätte wahrnehmen müssen. Aber nein, was tat der Kerl? Er packte die Koffer und nicht Beatrice.
Eine weiß-blaue Krawatte schien ihn dermaßen zu irritieren, daß Beatrice beschloß, einzugreifen. Vielleicht konnte sie den abgebrochenen Vormittag doch noch zu einem zweiten ausgedehnten Heimspiel umfunktionieren. Mit dezentem Wiegeschritt steuerte sie auf ihn zu und nahm ihm den Binder aus der Hand. »Was willst du in Hamburg mit so einem Kulturstrick? Das Ding hast du schon hier nicht umgebunden.«
»In Hamburg sind das die Reizfarben schlechthin«, behauptete er. »Der Schwarze aus dem Süden gegen die Roten von der Elbe.«
»So ein Quatsch! Du bist ein seriöser Bankmensch, kein bayerischer Bierdimpfl.« Beatrice ging auf Tuchfühlung und fuhr mit der Hand harfenmäßig über den vollen Krawattenhalter an der Innenseite der Schranktür. »Hier – jeden Tag kannst du eine andere umbinden. Aber was machst du? Du suchst dir die häßlichste aus.«
Er gönnte Beatrice weder einen kurzen Blick noch einen

schnellen Griff. »Ich denke, Frau Heininger würde das überhaupt nicht merken.«
»Nein? Ich denke, du mußt mit ihr zusammenarbeiten. Frauen gucken auf Krawatten.«
»Ich fahre nicht nach Hamburg, um ihr Mode vorzuführen. Ich muß ihr intensiv auf die Finger sehen.«
Sie schaute ihm forschend in die Augen, als könne sie dort entdecken, welche Dimensionen seine berufliche Aufmerksamkeit annehmen würde. »Du scheinst eine Menge Pläne zu haben.« Sie zog ihm ein Jackett, das er zerknüllte, statt es zusammenzulegen, aus den unentschlossenen Händen. »Ihr seid zusammen in einer fremden Stadt. Du wirst einsam sein.« Beatrice brachte strategische Teile ihres Oberkörpers in Ralfs Schnuppernähe. »Und sie wird einsam sein...«
Noch leistete er Widerstand. »Ich muß packen.«
»Sie will etwas von dir!« behauptete Beatrice so sibyllinisch wie das Orakel von Delphi.
»Sie hat einen Sohn.«
»Sie ist nicht verheiratet!«
»Sie ist nicht mein Typ«, behauptete er.
Süß, gefühlvoll und geschmeidig klang ihr Einspruch. »Nachts schnurren alle Katzen gleich!«
»Sie kann mich auf den Tod nicht leiden.«
Beatrice lächelte gemein. »Hassende Frauen sind unheimlich stark in der Liebe!«
»Ich hab' dich.«
»Ich bin weit, weit weg!«
Ralf wollte retten, was zu retten war, wollte die Argumente von Beatrice nicht wahrhaben. »Mach uns was zu trinken.«
»Später!« Ihr Stoß war sanft, doch er landete auf dem Bett genau zwischen den Koffern, wurde von der Chiffonwolke und Beatrice eingehüllt und erfuhr auf eine ihm nicht ganz unbekannte Weise, wie sehr ihm diese italienische Frau in Hamburg fehlen würde.
»Ich werde nicht allzuoft in deiner Nähe sein«, murmelte

Beatrice. »Bevor ich in Hamburg friere, zittere ich lieber in Mailand.«
»Du treibst mich Julia in die Arme.«
»Ich bin gerade dabei, dir jeden Gedanken an sie auszutreiben, mein kleiner Liebling! Und wenn mich das den ganzen Tag kosten soll!«
»Himmel!«
»Beten hilft dir nicht!«
»Wenn du in Mailand bist, kannst du mich nicht vor allerlei Hamburger Unbill bewahren«, raunte er hinterhältig. »Mein Bruder Sascha besorgt mir eine gemütliche Wohnung, und dort werde ich der lieben Julia das große und kleine Einmaleins beibringen.«
Nach eindringlicher Bewährungsfrist erklärte Beatrice, nun mopsfidel und Ralf in den Wortpausen mit dem Zeigefinger, quasi als Ausrufezeichen, auf eine seiner Brustwarzen piekend: »Das – schaffst – du – nicht!«
»Das schaffe ich!«
»Nein!«
»Beatrice – du kannst das nicht verhindern?«
»Aber ja!« Unheimlich siegessicher klang das.
»Wie denn?« Er lachte albern. »Mit einem Luftpostbrief aus Mailand?«
Sie schaute genau an, was ihr an ihm betrachtenswert erschien, und tat höflich kund: »Ich komme mit nach Hamburg, Herr Doktor Sagerer!«

2

Schaumkronen

Ein simples Stück Papier aus dem Fernschreiber der Hamburger Bayernbank-Filiale löste bei den Damen Heise, Heininger und Fanny eine Art seelischen Erdrutsch aus. Frau Heise, erstes Opfer der sich anbahnenden Katastrophe, erschien mit umwölktem Gesicht in Julias Büro und hielt das Fernschreiben mit spitzen Fingern hoch und weit von ihrem Körper entfernt, als könnte sie sich beschmutzen. Ihre Stimme klang nach Beerdigung.

»Ein Fernschreiben aus der Zentrale, Frau Heininger. Ihr Kollege tritt seinen Dienst morgen früh um acht an. Sie möchten sich bitte um ein angemessenes Büro kümmern und für einen stilgerechten Empfang Sorge tragen.«

»Ah ja, der Anstandswauwau kommt«, sagte Julia heiter und streckte ihre Hand nach dem Bogen aus. »Richten Sie ihm das Zimmer neben mir her. Bin gespannt, wen Direktor Schwaiger abkommandiert hat.«

Frau Heise überreichte das Blatt zögernd wie ein Kondolenzschreiben. »Gespannt? Gleich nicht mehr.«

Julia las die kurze Nachricht. Die Buchstaben schienen plötzlich zu tanzen. Oder verschoben sich die Zeilen? Dann fühlte sie aufsteigende Hitze, leichten Druck auf den Ohren, nahm erhöhte Pulsfrequenz war und sah, daß ihre Finger ein wenig zitterten.

Frau Heise reagierte prompt. »Wollen Sie einen Schnaps?«

»Einen Schnaps? Wissen Sie, was sie mich mal können?«

Frau Heise riß indigniert die Augen auf und spielte mit dem Gedanken, sofort zu kündigen. »Ich?«

Julias Lippen bebten. »Doch nicht Sie! Ich mein' diese Herren in München!«

»Ein viel zu großzügiges Angebot«, rügte Frau Heise. »Und dann tut's ja doch keiner.«
Julia stand auf, schnellte mit den Kniekehlen ihren Schreibtischsessel rückwärts an die Wand, ergriff ihre Handtasche und stürmte zur Tür.
»Wohin wollen Sie denn, Frau Heininger?«
»Ich brauch' frische Luft! Außerdem will ich zum Empfang des Herrn ein hanseatisches Frühstück bestellen, an das er lange denken wird! Und einen Betriebsausflug machen wir mit ihm auch noch!«
Unter Mißachtung einschlägiger Verkehrsregeln brauste Julia wütend nach Hause. Sie stürmte ins Haus, rannte in die Küche und motzte Fanny an: »Gib mir einen Teller!«
»Einen vom englischen Eßservice oder einen von denen mit dem roten Rand?«
»Egal! Hauptsache, er knallt schön!«
Zögernd fingerte Fanny einen Suppenteller aus dem Hängeschrank und drückte ihn Julia in die Hand. »Ein bedeutender Anlaß oder vorgezogener Polterabend?«
Julia hielt den Teller wurfbereit. »Ein *sehr* bedeutender« – das Porzellan zerbarst auf die Fliesen – »Anlaß!«
Erleichtert lauschte sie dem Knall hinterher, sah Dutzende weißer Scherben über den Küchenboden flitzen.
»Ich muß das auffegen«, klagte Fanny.
»Du sollst dich ebenfalls ärgern«, verteidigte Julia ihre Entspannungsübung. »Schwaiger hat mir den Dr. Sagerer als Aufpasser vor die Nase gesetzt!«
Fanny bewaffnete sich mit Handfeger und Müllschippe. »Sie müssen das nicht so eng sehen, Frau Julia. Der Sagerer ist halt ein Kollege, den Sie nicht mögen. Da denkt man sich nix.«
»Ich denk' an nichts anderes! Daß der Mensch überhaupt herkommt, ist schon eine Gemeinheit! Aber daß ich ihn noch mit Pauken und Trompeten empfangen soll, grenzt an mittelalterliche Folter! Das werd' ich dem Schwaiger Berthold ir-

gendwann heimzahlen!« Ätzend referierte sie den Text des Fernschreibens: »Ich soll für ein angemessenes Büro und für einen stilgerechten Empfang Sorge tragen.«
Fanny verstand das überhaupt nicht. »So viel Aufregung um ein Mannsbild.«
»Du mußt ja nicht den ganzen Tag mit dem Sagerer zusammensein! Aber ich! Um etwas mehr Mitgefühl dürfte ich wohl gebeten haben!«
Fanny sandte einen heiligmäßigen Blick zum Himmel. »Wenn's Ihnen hilft, bittschön: Sie tun mir arg leid, Frau Julia.«

Ralf Sagerers Bruder Sascha hieß von Haus aus Alexander. Er wußte nicht mehr, wer ihm die russische Koseform seines Vornamens verpaßt hatte. Ein Freund? Eine Freundin? Sascha litt unter einer Abart modernen Verfolgungswahns: Er hielt sich für derart unentbehrlich, daß er seiner Werbeagentur von überall her die Nummer des Telefonanschlusses durchsagte, unter der er in den nächsten Minuten erreichbar sein würde. Daß ihn jedoch niemand jemals verlangt hatte, war ihm noch nicht aufgefallen.
Er hing auch am Münzfernsprecher, als Ralf und Beatrice auf der Suche nach ihm durch die Ankunftshalle des Hamburger Flughafens streunten. Dann entdeckte Ralf den Sascha, und der hängte das Telephon sofort ein und drückte Ralf brüderlich an seine Brust und danach ganz heftig Beatrice. Da sie aber einen Schmollmund zeigte, fragte Sascha: »Probleme?«
»Das wichtigste Gepäckstück ist verschwunden«, erklärte Ralf.
»Deine Aktentasche mit allen Unterlagen für die Bank«, vermutete Sascha.
»Viel wichtiger«, sagte Beatrice verdrossen. »Mein Kosmetikkoffer. Ohne den kann ich mich überhaupt nicht unter Leute wagen.«
»Sie werden dir den Koffer nachschicken, sobald er auf-

taucht«, versicherte Sascha. »Aber wenn du mich fragst, du bist auch ohne Make-up schön.«
»Hat das mit der Wohnung geklappt, die du mir besorgen wolltest?« fragte Ralf.
»Leider nicht.«
Ralf schaute seinen Bruder mitleidig an. »Wohin soll die Airline dann die Kosmetikbox nachsenden?«
»Für den Übergang hab' ich was ganz Schickes! Fachwerk, Strohdach! Dreihundert Jahre alt! Ausblick auf die Elbe. Alle zehn Finger wirst du dir ablecken! Ich hab' die Telefonnummer. Die hinterlass' ich hier. Gib mir deinen Gepäckschein.«
In Windeseile schoß er auf den Schalter der Luftfahrtgesellschaft zu, betete der ratlosen Bodenstewardeß eine schier endlose Litanei vor, knallte ihr zum Abschluß einen Zettel auf den Tresen und kehrte zurück. »Alles paletti! Die Sache schnurrt!«

Im 300 Jahre alten Reetdachhaus mit Elbblick schnurrte es nicht sogleich. Frau Anke Paulsen, Kapitänswitwe und Besitzerin der feudalen Fachwerkkate, führte ihre Mieter mit Vorbehalt durch die Räume. »Es gibt ja nu man keine klare Trennung zwischen den Wohnbereichen. Das hier is ja nu die Küche, die wir gemeinsam benutzen. Ich erwarte ja nu Sauberkeit.« Sie fixierte Beatrice. »Sind Sie Ausländerin?«
»Italienerin. Stört Sie das?«
Frau Paulsen ging auf strikte Distanz. »Sie konnten es sich ja nu nich aussuchen. Wenn Sie sich an die Hausordnung halten, werden wir uns schon vertragen.«
»Bestimmt«, sagte Ralf.
»Ganz sicher«, erklärte Sascha.
Witwe Paulsen beäugte das Gepäck von Beatrice und Ralf und sprach Sascha an: »Für drei Personen ist das Haus ja nu eigentlich zu klein.«
»Die Herrschaften sind nur zum Schlafen hier«, versicherte er und entdeckte das Telefon. »Darf ich mal?«

Er wartete die Antwort nicht ab, bemächtigte sich des Hörers und tippte eine Nummer ein. »Hallo? Harry? Ich bin jetzt zu erreichen unter der zwo-sieben, eins-zwo, sechs-sechs. Ich fahr' aber gleich ins Studio. Wenn was Dringendes ist, probier's bei Rita: sechs-sechs-drei, acht-fünf, achtfünf. Ende.«
»Ich geh' ja nu schon mal vor nach oben«, kündigte Frau Paulsen an und erklomm die steile Stiege ins Dachgeschoß. »Wenn sie mir dann folgen wollen.«
Ralf zog Sascha dicht an sich heran. »Alle zehn Finger soll ich mir ablecken? Du hättest wenigstens die winzige Lappalie erwähnen können, daß wir mit der alten Schachtel gewissermaßen in eheähnlicher Gemeinschaft leben müssen!«
»Gemeinsame Küchenbenutzung ist keine eheähnliche Gemeinschaft, mein Lieber«, parierte Sascha. »Ihr müßt ja nicht mit ihr in einem Bett schlafen. Ihr wohnt oben und sie unten. Außerdem ist alles nur vorübergehend. Und jetzt muß ich in die Agentur. Tschüß!«
Beatrice folgte Frau Paulsen.
Ralf ließ seinen Bruder nicht von der Leine. »Erst hilfst du mir, die Koffer da hinaufzutragen. Und dann verrätst du mir, wann du eine anständige Bude für mich aufreißen willst!«
Sascha bückte sich zum leichtesten Koffer. »Drei, vier, fünf, sechs Tage wird's schon dauern, schätze ich.« Gebückt zeigte er aus den Butzenscheibenfenstern. »Du mußt auch das Positive sehen: Den ganzen Tag über fahren Schiffe in den Hafen und aus dem Hafen. Höchst interessant, kann ich dir versichern.«
»Nachts auch? Tagsüber bin ich in der Bank.«

Verwundert stellte Frau Heise fest, daß Julias Laune, im Gegensatz zum Vortag, einfach glänzend zu sein schien. Freudig erregt wie ein Kind vor dem Geschenktisch, betrachtete Frau Heisinger das Kalte Buffet, das eine Spezialitätenfirma angeliefert und aufgebaut hatte.
»Sieht gut aus«, lobte Frau Heise.

Julia kicherte hinterhältig und zeigte der Reihe nach auf die einzelnen Leckerbissen. »Rollmops. Verabscheut er! Aal in Gelee. Würgt ihn! Senfgurken. Ißt er! Seezungenröllchen. Bekommt er nicht runter! Möweneier. Das Zeug hebt ihn! Labskaus. Kennt er nicht, rührt er nicht an! Bier. Das ja! Bier und Senfgurken? Na, wir werden sehen. Außerdem hab' ich noch eine Überraschung für ihn.«
»Verraten Sie mir die?«
»Einen kleinen Betriebsausflug nach Helgoland.«
»Bei dem Wetter?« fragte Frau Heise bestürzt. »Die Nordsee ist ziemlich unruhig.«
Julias Stimme verklärte sich genüßlich. »Fabelhaft! Wellengang verträgt er ganz und gar nicht!«
Frau Heise gewann den Eindruck, die Chefin würde gleich auf den Besen steigen, sich in die Luft erheben und eine Runde um den Rathausplatz reiten. »Haben Sie was gegen Herrn Sagerer?«
Julia wich einer echten Antwort aus. »Ich bin korrekt, und mein Pflichtgefühl obsiegt.«
Von dieser Aussage wich sie keinen Millimeter ab, als Dr. Ralf Maria Sagerer mit sieghaftem Gesichtsausdruck die Bayernbank-Filiale betrat und mit ausgestreckten Händen auf Julia zuschritt. »Ich freue mich auf unsere Zusammenarbeit, Frau Heininger.«
Die Mitarbeiter hörten es, blieben jedoch reserviert.
Julia übernahm den offiziellen Teil. »Herr Dr. Sagerer war bisher in unserem Münchner Stammhaus Chef der Revisionsabteilung. Hier in Hamburg wird er nun – gemeinsam mit mir – die Leitung übernehmen. Und gemeinsam werden wir die bisher schon so erfreuliche Geschäftsentwicklung der Filiale weiter vorantreiben und verantworten. Ich wünsche unserem neuen Kollegen, daß er sich dem Geist anschließen kann, der unsere Arbeit bisher ausgezeichnet hat. Und damit Herr Dr. Sagerer hanseatische Lebensart erfährt, werden wir am morgigen Samstag einen Ausflug nach Helgoland unter-

nehmen, der, unter anderem, auch zur weiteren Kontaktaufnahme dienen soll. Liebe Kollegen, hier warten ein paar Hamburger Spezialitäten auf Selbstbedienung.«

Die kleinen Spitzen »gemeinsam mit mir« und »bisher schon so erfreuliche Geschäftsentwicklung« steckte Ralf mit links weg. Und der beschworene Teamgeist? Was bedeutete das denn? Er trat zu Julia und sagte: »Ich danke Ihnen für die hübschen Worte, Frau Kollegin. Wenn ich Ihnen zuhöre, kommt es mir vor, als seien wir noch in München. Wenn's beliebt, gehen wir ›gemeinsam‹ zum kalten Buffet.«

Julia tat, als sei sie mächtig amüsiert. »Wenn Sie wüßten, wie sehr Sie mir gefehlt haben in den letzten Wochen. Sie haben hoffentlich Ihre reizende Bekannte mitgebracht? Beatrice hieß sie, nicht wahr?«

»Richtig vermutet. Sie ist in Hamburg.«

»Das paßt ja wunderbar. Wird sie morgen mitkommen?«

»Wenn es Ihnen angenehm ist.«

»Ich bitte sehr darum, Herr Dr. Sagerer. Und jetzt probieren Sie die Möweneier. Wenn Sie in Hamburg mitreden wollen – über das Essen, versteht sich –, ist das ein absolutes Muß.«

Mit sicherer Hausfrauenhand füllte sie ihm einen Teller mit all den Köstlichkeiten, die ihn anwiderten, und orderte bei Herrn Grameier eine halbe Maß Bier für Sagerer.

Frau Heise stand im Hintergrund und beobachtete Julias strategische Maßnahmen, machte sich jedoch Sorgen um den kontinuierlichen Ablauf des in Kürze einsetzenden Kundenverkehrs.

Ralf pellte mißtrauisch das Möwenei, roch daran, salzte es, biß zwei, drei Mäuseportionen ab, verzog das Gesicht, als genieße er gar Köstliches, griff sich jedoch gleichzeitig an die Gurgel. Er würgte dezent.

Julia umrundete ihn neugierig und fragte lauernd: »Hab' ich zuviel versprochen? Es schmeckt hinreißend, nicht wahr?«

»Delikat«, log er.

»Das freut mich.«

»Bißchen wie alter Leberkäs«, versuchte er Geruch und Geschmack zu lokalisieren. Unauffällig legte er das angeknabberte Möwenei zurück auf den Teller. Nie wieder, schwor er sich. Von ihm aus sollten die Möwen sich wie toll vermehren.

Im Hintergrund die Alpen, im Vordergrund der Tegernsee, und dazwischen das »Hotel Heininger«. Swimmingpool, Tennisplatz, Minigolfbahn und das Schild »Reitmöglichkeit vorhanden«. Saisontouristen bekamen selten die Gelegenheit, Zimmer zu buchen. Das Haus war ständig von Stammgästen besetzt. Auf einen gepflegten Wein und zum Relaxen kamen jede Menge gute Freunde. Wie Berthold Schwaiger, der seine körperliche Elastizität zum großen Teil Julias Mutter Hermine verdankte.
»Ich habe Durst«, rief er auf dem Tennisplatz, rannte zum Netz und wischte sich mit seinem Frotteetuch die tropfende Stirn.
»Erst wird der Satz zu Ende gespielt«, entschied Hermine trainermäßig.
»Wir schlagen doch nur zum Spaß ein paar Bälle«, meuterte er. »Ich bin keine Kämpfernatur mehr! Dafür fühle ich mich zu alt!«
»Es ist nicht dein Alter, Berthold, es ist dein Schreibtisch, der dich unbeweglich macht. Du sitzt den ganzen Tag. Schaff dir ein Stehpult an. Los, du bist dran!«
Trotz ihrer Ermahnung ging er nicht zur Grundlinie zurück. Lässig schulterte er den Schläger. »Fährst du mit meiner Frau zu den Festspielen nach Salzburg?«
Thema Tennis war durch, merkte Hermine. »Ich kann mich jetzt noch nicht entscheiden. Ich hab' ein volles Haus. Warum fährst du nicht mit ihr?«
»Ich sag' dir was, Hermine! Wenn mich was langweilt, dann das: In einem Anzug, den ich nicht leiden mag, zwischen fremden Leuten in einem Konzertsaal sitzen, den ich nicht ausstehen kann, und Musik hören, bei der ich einschlafe,

und am Pult vielleicht ein Kaschperl, der längst abgetreten sein sollte.«
»Kunstbanause!«
»Durst!«
Hermine hakte sich bei ihm ein und führte ihn zum reservierten Tisch auf der Terrasse. »Schorle?«
Schwaiger ließ sich aufatmend in den Gartensessel fallen, streckte zufrieden die Beine aus, schloß die Augen und seufzte: »Viel Schorle, Hermine.«
Als sie die Getränke geordert und sich zu ihm gesetzt hatte, lobte er: »Du bist noch gut beieinander für dein Alter.«
»Ich liebe Männer, die sich derart gentlemanlike auszudrükken wissen.«
Berthold fühlte sich durch ihre Ironie getroffen und öffnete erstaunt die Augen. »Hab' ich was Falsches gesagt? Es war respektvoll gemeint. Schließlich sind wir ein Jahrgang, und wir kennen uns drei halbe Ewigkeiten. Hast du etwa Probleme?«
Nein, Probleme wollte Hermine nicht haben. Sie war dankbar, daß die Bedienung in diesem Moment das Getränketablett abstellte und sich mit den Gläsern zu schaffen machte. Die Antwort konnte unter den Tisch fallen.
»Berthold?«
Er trank Schorle und brummte nur: »Hm?«
»War es die richtige Entscheidung, den Sagerer nach Hamburg zu schicken?«
»Ja. Sowenig die sich leiden können, so ideal ergänzen sie sich im Geschäft.«
»Hat Julia sich was zuschulden kommen lassen?«
»Gott bewahre! Wir haben ihr vielleicht nur zu früh zu viel Verantwortung aufgebürdet.«
»Verliert sie Geld?« fragte Hermine besorgt.
»Nein, aber sie gibt es großzügig und reichlich aus. Hat sie das von dir?«
Hermine hob ihr Glas und prostete ihm zu. »Ich bin ein knau-

seriger Typ, mein Lieber. Ich hab' von dir gelernt, Geld zusammenzuhalten und so anzulegen, das es heckt. Und im übrigen: Ich hab' keine Veranlassung, Julia in ihren Beruf hineinzureden. Außer, sie hat extrem komplizierte Probleme.«

»Hat sie welche?«

Sie sah ihn aufmerksam an. »Das müßtest du eher gewahr werden als ich. Bei mir ist sie nur noch selten.«

»Inwiefern ich?«

»Inwiefern! Was für eine naive Frage! Ich meine den Doktor Sagerer!«

»Der und Julia? Du meinst, zwischen den beiden war mal was? Möglich ist alles.«

Hermine hob die Schultern. »Ich war nicht dabei, und sie hat nichts erzählt. Aber wenn zwei sich so intensiv befehden, kann's nicht von ungefähr kommen. Sie gehen sich nicht aus dem Weg, weißt du? Es scheint, als wenn sie ihre gegenseitige Mißbilligung genießen.«

»Das Techtelmechtel muß aber schon sehr lang hersein. Vielleicht war's mal so ein Aufhupferl nach einer lauen Nacht im Biergarten.«

»Du scheinst Erfahrung zu haben, Berthold.«

»Reichlich.« Er rechnete kurz zurück. »Kannst dich noch an den Abend im Biergarten am chinesischen Turm erinnern? Vierzig Jahre ist das bald her. Zwei Maß hast du geschluckt, und unheimlich lustig bist du gewesen. Dann ranntest du wie verdreht in den Englischen Garten, und ich mußte dich erst suchen...«

Hermine wollte nach so vielen Jahren nichts mehr vom gemeinsamen Sündenfall wissen und blinzelte unschuldig in die Sonne. »Reden wir von mir oder von Julia?«

Für Max war die Fahrt nach Helgoland das Höchste. Er war auf allen Decks zugleich, hing mal backbords, mal steuerbords mit den Armen über der Reeling, verrenkte sich den

Hals, um über den stählernen Spritzschutz ins Innere der Kommandobrücke zu blicken. Kurz darauf stand er am Heck, guckte fasziniert in den schaumigen Wirbel der Schraube oder warf dem segelnden Möwengeschwader, das der »Wappen von Hamburg« geduldig folgte, Weißbrotstückchen zu. Nachdem er am Bug den Wind geschnuppert hatte, machte er einen Abstecher zu Julia und teilte ihr mit:
»Wär' kein unedler Job!«
»Was?«
»Kapitän.«
Vor der Insel erlosch der spontane Berufswunsch. Sein Interesse galt schlagartig den Künstlern, die mit festen Griffen das Ausbooten der Passagiere übernahmen. Im rhythmischen Wellengang senkten und hoben die Helgoländer Kutter sich an der Bordwand dem Passagierluk entgegen, übernahmen exakt auf dem höchsten Punkt des Wellenkamms Mann für Mann und Frau um Frau. Kein Zögern, kein Zaudern, kein Überlegen half den Landratten. Eben noch an Bord der »Wappen von Hamburg« und schon an den Oberarmen gepackt und im auf und ab schwankenden Kutter in Sicherheit.
Ralf Sagerer landete neben Max auf der harten Bootsbank. Im Gegensatz zu Julias Sohn wußte er, daß Wasser, solange es sich in der Form bewegte wie die Nordsee im Augenblick, ihm nur einen gewissen optischen Genuß verschaffen konnte – vom Festland aus.
Beatrice, mit lila Plisseerock und lila Shirt aus Ziegenveloursleder nicht gerade praktisch für eine Seefahrt gekleidet, stand bereit, ins Boot geliftet zu werden, das sich wie ein Paternoster näherte. Dieser Vorgang gewährte Ralf und den anderen im Boot Einblick in die intime Tatsache, daß Beatrice von den Sandaletten aufwärts rundum Ton in Ton gekleidet war.
Beim Rundgang auf der Insel wurden Fannys Erwartungen arg enttäuscht. Sie hatte sich Herrn Grameier angeschlossen

und offenbarte dem ihr Mißbehagen: »Herrenchiemsee isses nicht! Gibt ja nicht mal ein Schloß hier!«
»Dafür gibts aber preiswert Zigaretten und Schnaps.«
Für diese Genußmittel brachte Fanny nur geringes Verständnis auf. »Ich trinke nicht und ich rauche nicht.«
»Haben Sie keine Bekannten, die sich freuen würden, wenn Sie ihnen was mitbringen?«
»Nein, nicht.«
Da juxte Herrn Grameier sich arg, zog sein Portemonnaie heraus und gab ihr Geld. »Könnten Sie dann vielleicht für mich, ich meine, zusätzlich...«
Fanny beschloß, samariterisch für ihn tätig zu werden. Er sah ja nicht übel aus, der Mo, der Mann.
Julia blieb, beinahe unbewußt, immer in Sichtweite von Sagerer. Auf der Hinfahrt hatte er sich tapfer gehalten, aber die schlingernde Rückfahrt versprach Julias hochgeschraubte Hoffnung zu erfüllen. Ralf, auf dem Schiff noch unter Appetitlosigkeit leidend, schob auf der Insel ein kräftiges Essen ein und kippte ein paar große Biere. Ein vorzügliche Ausgangsposition für ein ausgedehntes Opfer an die Fische. Julia befand sich in ausgelassener Premierenstimmung.
Die anderen Mitarbeiter waren von Frau Heise über die Disharmonie zwischen der Chefin und Dr. Sagerer, den Frau Heise übrigens ganz nett fand, unterrichtet worden. Deshalb stand der neue Kollege auf der Rückfahrt im Mittelpunkt diskreten Interesses. Reihern oder nicht reihern, das war an Bord die zentrale Frage.
Eine knappe Stunde lang konnte Ralf sich der Natur widersetzen. In Fahrtrichtung stand er an der Reeling und hielt die Nase in den Wind. Er zwang sich, an Börsennotierungen und Aktienkurse zu denken, und atmete tief und regelmäßig durch. Sein Gesicht war ungesund blaß, sein Haar zerzaust, seine Krawatte gelockert, sein Anzug feucht von der sprühenden Gischt.
Beatrice stand an einem Fenster des Innenraumes und beob-

achtete besorgt ihren Ralf, der sich plötzlich über die Reeling beugte und Mittagessen und Bier im Dunstkreis von Helgoland zurückließ.
Beatrice sah sich suchend um und entdeckte Julia, die natürlich nicht aus purem Zufall in der Nähe war. »Frau Heininger!«
»Kann ich etwas für Sie tun?« Selten hatte Julias Stimme so gefälscht freundlich geklungen.
»Ralf ist seekrank.«
Julia gaukelte Mitgefühl vor. »So ein Pech.«
»Ich bin ganz ratlos.«
»Kann ich mir denken.«
Beatrice raffte allen Mut zusammen. »Können Sie ihm eventuell helfen?«
»Ich? Wie denn?«
»Irgendwas muß man doch tun können.«
Julia hob abwehrend die Hände. »Wenn er leer ist, hat er das Schlimmste überstanden.«
Fanny schlich vorbei und flüsterte mißlaunig in Julias Ohr: »Heißen Kamillentee!«
»Max«, rief Julia, »komm her und besorg an der Bar heißen Kamillentee.«
»Den gibt's hier?« fragte Beatrice.
Julia zog sie mit sich zur Tür nach draußen. »Für besonders heikle Fälle immer. Kommen Sie!«
Sie betraten das nasse Deck und arbeiteten sich gegen den Wind Ralf entgegen, der sich krampfhaft an die Reeling klammerte.
»Er sieht gar nicht gesund aus«, rief Julia.
»Wir sollten den Schiffsarzt rufen«, schlug Beatrice vor.
»Quatsch! Er ist nicht krank. Er hat nur zum falschen Zeitpunkt zuviel gegessen und getrunken. Fassen Sie mal mit an!«
Schlapp hing Ralf zwischen Reeling, Beatrice und Julia. Natürlich war er krank. Sein Magen befand sich irgendwo zwi-

schen Hals und Brustbein. Ein wenig schämte er sich. Andererseits tat ihm das Mitleid und die Gegenwart von Beatrice gut. Lallend und stöhnend teilte er mit: »Geht besser.«
»Haben Sie noch nie eine Seereise gemacht?« fragte Julia arglistig.
Sie erwartete keine Antwort, und er war auch nicht fähig, einen gescheiten Satz zu erwidern.
Max balancierte breitbeinig wie ein Seemann und schäbig feixend die Tasse mit dem heißen Kamillentee heran. Julia nahm sie ihm ab, hielt sie Sagerer an die Lippen und sprach ihm Mut zu: »Tapfer trinken! Gleich sind Sie wieder gesund. Und wenn Sie erst wieder festen Boden unter den Füßen haben, ist alles vergessen.«
Er schluckte mutig und fühlte sich besser.
»Wollen wir lieber in den Salon gehen?« schlug Beatrice vor. »Hier draußen ist es zu naß und zu kalt.«
»Ich bleib' lieber hier«, sagte Ralf. »Die frische Luft tut mir gut.«
»Vielleicht sollte er was essen«, sagte Beatrice arglos. »Er hat ja nichts mehr im Bauch.«
»Ja, es gibt einen feinen Imbiß«, bestätigte Max.
Beatrice trocknete Ralf das schweiß- und seewassernasse Gesicht mit ihrem winzigen Taschentuch ab und wollte wissen: »Was denn?«
»Eine hanseatische Spezialität«, rief Julia enthusiastisch. »Möweneier!«
Ralf stürzte an die Reeling und schüttete den schönen Kamillentee an einem Stück wieder aus.
Julia war mit dem Ausgang des Betriebsausfluges hochzufrieden.

Zum Wochenanfang hielt Julia eine weitere Überraschung für ihren Dr. Sagerer bereit. Noch bevor er in der Bank eintraf, rief sie den Bauern Glotz an, der auf den Kredit für seinen Öko-Betrieb Bio Beef wartete, und kündigte ihm einen zweiten Besuch an. »Wenn's Ihnen in den Kram paßt, möchte ich, daß mein Kollege Dr. Sagerer ihr Vorhaben kennenlernt.«

Locker entstieg Ralf seinem englischen Oldtimer, den er von München nach Hamburg hatte überführen lassen, wirbelte flockig durch die Glasdrehtür und tönte: »Grüß Gott allerseits!«

Glänzend sah er aus. Helles Kaschmirjackett, elegante dunkelbraune Bundfaltenhose, zweifarbige italienische Schuhe. Entzückend, überlegte Julia und meinte nicht so sehr seine modische Erscheinung, sondern die Zweckmäßigkeit seiner Garderobe für den Besuch auf dem Lande. »Guten Morgen, Herr Dr. Sagerer. Ich möchte Sie mit einigen Terminen bekannt machen, die heute morgen anstehen. Zuerst Bio Beef, dann Sanders KG, danach Nordfrost GmbH und schließlich Airjet Production.«

»Sehr gut, liebe Frau Kollegin. Wir können meinen Wagen nehmen. Dann lernt der gleich die Umgebung von Hamburg kennen.« Er lachte allein über seinen Scherz. »Wohin fahren wir zuerst?«

»Nach Wedel zu Glotz?«

»Sie kennen den Weg?«

Julia nahm ihren Mantel und ein Paar leichte Gummistiefel aus dem Garderobenschrank und sagte zweideutig: »Ja, ich habe dort bereits meine Erfahrungen gesammelt. Haben Sie Gummischuhe im Kofferraum?«

Er guckte zum Himmel. »Wieso? Es regnet doch nicht, und wie's aussieht, wird es auch nicht regnen.« Ralfs englischer Wagen machte beim Anfahren mit Motor und Getriebe einige Geräusche, die der versierten Autofahrerin Julia unbekannt waren. Auch die Schwierigkeiten, die Sagerer beim Einlegen der Gänge hatte, erfüllten sie mit Verwunderung.

»Sehr sportlich«, rief er leichthin, »nicht synchronisiert wie die modernen Kisten. Muß mit Zwischengas gefahren werden.«

»Zwischengas? Nie gehört. Haben Sie eine Wohnung? Sie sagten, Ihr Bruder habe sich stark gemacht, eine zu besorgen.«

»Vorübergehend hat er uns bei einer Kapitänswitwe in Blankenese untergebracht. Beatrice hat dauernd Krach mit ihr wegen der Küchenbenutzung.«

Julia nutzte die Gelegenheit zum Seitenhieb. »Ihre Freundin kann kochen?«

»Sieht man ihr nicht an, was?«

»Wirklich nicht.«

Ralf überging den Nachschuß. »Gestern hat er mir mit großem Juchhe ein ›irres‹ Quartier angedient, aber es war nicht viel mehr als ein Betonschuppen. Eine riesige, unverputzte Halle, in der eine experimentelle Wohngemeinschaft auf Matratzen gehaust hatte. Kann man vergessen.«

»Wie wär's denn mit einem Wohnschiff?«

Den Angriff steckte er zu Julias Verblüffung heiter weg. »Schaukelt mir nicht genug.«

Aber als er dann auf das Gelände von Öko-Bauer Glotz fuhr, kam sie voll auf ihre Kosten. Das Areal vor dem Stall war schlammig und übersät mit der weichen Hinterlassenschaft von jungen Rindern, was Ralf nicht beachtete. Er schwang sich aus den Wagen, um Glotz jovial zu begrüßen und landete mit den feinen italienischen Schuhen in der Pampe. Julia schlüpfte vor dem Aussteigen in ihre Gummistiefel. Sie hatte ihre Lektion beim ersten Besuch gelernt.

Sagerer stand neben seinem Wagen wie angeklebt.

Glotz guckte erst Julia an. Ihm schien mancherlei klarzuwerden. Dann sagte er zu Sagerer: »Soll ich Ihnen Gummistiefel borgen?«

»Jetzt nicht mehr«, antwortete Ralf und stampfte zum Weidezaun. Bei jedem Schritt flitzten von den Hacken Schlammbröckchen hinten an die Hosenbeine und ließen sich dort wie Sommersprossen nieder.

Glotz erklärte, daß er für seinen Computer bedarfsgerechte Spezialprogramme entwickeln lasse, um nicht von einer Preis-Kosten-Klemme überrollt zu werden, und daß er und seine Frau eine jährliche Kapazität von 6000 Arbeitsstunden veranschlagt hätten.
Ralf schaute ihn forschend an. »Das bedeutet: Acht-Stunden-Tag für zwei Personen und keinen freien Sonntag.«
»In der Landwirtschaft ist das Usus, Herr Dr. Sagerer. Aber wenn wir das durchhalten, zahlen wir den Kredit sechs Monate vor Ablauf zurück.«
»Bloß nicht«, sagte Julia. »Die Bank will an Ihnen ein bißchen verdienen.«
»Ich kann also mit dem Kredit rechnen?«
»Selbstverständlich, lieber Herr Glotz«, entschied Ralf. »Was ich gesehen habe und was Sie mir gesagt haben, hat mich überzeugt. Die günstigen Konditionen, die Ihnen von der Bayernbank geboten werden, bekommen Sie nirgendwo.« Er gab sich einen kollegialen Ruck. »Frau Heininger hatte Ihren Antrag bereits befürwortet.«
Auf Zehenspitzen stakste er zu seinem Wagen, half Julia beim Einsteigen und sortierte seine Schlammschuhe vorsichtig zwischen Sitz, Brems-, Kupplungs- und Gaspedal ein. Die Hinterräder drehten beim kavaliersmäßigen Start durch und ließen das Fahrzeug in den Dränagegraben vor der Koppel rutschen.
»Diese dummen, dummen englischen Autos«, frotzelte Julia und verbiß sich ihr Lachen. »Die machen, was sie wollen.«
»Kann ich wissen, daß ich hier einen Geländewagen brauche?« Er wollte wieder aussteigen.
»Bleiben Sie sitzen!« rief Glotz. »Ich hole den Traktor und schleppe sie zum Hoftor.«
Julia hob den Zeigefinger und dozierte: »Der umsichtige Banker muß sich seiner Kundschaft halt anpassen, Herr Kollege.«
Ralf lachte gequält. »So gesehen sind mir Bauunternehmer

und Immobilienhändler als Kunden lieber. Da bleiben die Schuhe sauber.«

»Was fragte die liebe Kollegin bei der Abfahrt? Haben Sie Gummischuhe im Kofferraum, fragte sie. Aber nein, Sie waren ja schlauer.« Sie schaute auf seine Schuhe und lächelte zart. »Der Matsch wird allmählich Kruste.«

Glotz nahm das britische Museumsauto auf den Haken, schleppte es zum Tor und entließ die beiden Bankmenschen mit den allerbesten Wünschen für eine ungestörte Heimfahrt. Julia winkte zurück, und Ralf drückte dankbar auf die Hupe.

»Eine Frage, Herr Dr. Sagerer...«

»Bitte heben Sie den Doktor für offizielle Anlässe auf oder lassen Sie ihn in Zukunft ganz weg, okay?«

»Warum fahren Sie diese antiquierte Kutsche? Sie finden bestimmt keine Werkstatt für den Typ.«

»Englische Autos haben was Individuelles – und ihre Makken. Aber es gibt, gerade in Hamburg, Spezialwerkstätten, die noch Originalersatzteile besorgen...«

Drei Fehlzündungen hintereinander. Dann schlug eine milde Rauchwolke zum Innenraum durch, und es roch nach verbranntem Motoröl. Ralf riß den dritten Gang heraus, wollte runterschalten, aber ehe er den zweiten Gang einschieben konnte, würgte der Motor ab. Sagerer trat auf die Kupplung, der »Gruß aus Großbritannien« rollte mit letztem Schwung an den Rand der Landstraße und blieb zwischen zwei Birken stehen. Ein wenig Dampf zeigte sich am Kühlerverschluß.

Julia wedelte mit der Hand frische Luft vor ihre Nase. »Es bestand keine Veranlassung, mir die englischen Macken vorzuführen. Gehört das zu Ihren Vormittagsprogramm? Allerlei von zwölf bis zwei, ja?«

»Manchmal ist der Wagen empfindlich wie eine emanzipierte Frau.« Ralf stieg aus, öffnete die Motorhaube und verschwand in einer Wolke Wasserdampf.

»Emanzipierte Frauen sind nicht empfindlich. Englische Emanzen vielleicht.«
Er fand einen treffenderen Vergleich. »Dann eben wie alleinerziehende Mütter.«
Julia wurde sich nicht klar darüber, ob sie sich angegriffen fühlen sollte. »Die sind schon gar nicht empfindlich! Die haben sich die Haut von einem Panzernashorn angeeignet.«
Ralf tauchte neben der Motorhaube auf. »Der Keilriemen ist gerissen. Deshalb drehten Ventilator und Wasserpumpe nicht. Der Motor wurde zu heiß.«
Davon hatte Julia schon gehört. Widerwillig tastete sie mit einer Hand zum Straps. »Verlangen Sie bloß, ich soll jetzt einen Strumpf ausziehen, damit Sie den als Ersatz nehmen können.«
Empört wies er den Verdacht von sich. »Natürlich nicht!«
»Was dann?«
»Ich habe einen Reservekeilriemen dabei.«
»Na, fabelhaft. Dann wechseln Sie ihn aus.«
»Geht nicht. Ich hab' kein Werkzeug. Auch so eine englische Marotte: Sie liefern kein Bordwerkzeug, damit der Fahrer im Falle einer Panne gar nicht erst in die Lage versetzt wird, sich die Hände zu beschmutzen.«
»Wahnsinnig originell. Daß unsere Termine platzen, hat die englische Firma sicher nicht bedacht, was? Oder ist für diesen Fall eine Anmerkung vorgesehen in der Betriebsanleitung Ihres kuriosen Fahrzeugs?«
»Es gibt keine Betriebsanleitung.«
Julia blickte die Landstraße in Richtung Elbe, wo sie mit der Fähre nach Finkenwerder zur »Airjet Production« übersetzen wollten. »Sehen Sie ein Telefon?«
Ralf schirmte mit einer Hand die Augen ab und linste wie ein Großwildjäger in die Gegend. »Kein Telefon!«
Julia fand die Umstände eher komisch. »Womit hab' ich das verdient!? Das Leben könnte so schön sein. Warum sind Sie nicht in München geblieben?«

Lahm wollte er sich entschuldigen. »Da Direktor Schwaiger mir anbot...«
»Pipapo Schwaiger! Was sagt eigentlich Ihr Fräulein Benedetti dazu, daß Sie in den kühlen Norden geschickt worden sind?«
»Beatrice friert in Mailand, und sie friert hier. Und sie ist nicht so kompliziert wie Sie, Frau Heininger. In deren Augen bin ich offenbar auf dem besten Weg, ein provinzieller Spießer zu werden.«
»Das ist nicht richtig.«
Dies stimmte ihn froh. »Danke.«
»Sie *sind* ein provinzieller Spießer!«
Jetzt kam Ralf in Fahrt. »Und wenn's nach Ihnen ginge, müßten wir die Bayernbank in Bauernbank umbenennen. Gott sei Dank haben wir noch solvente Kunden wie die Airjet Production.«
Ihre Augen blitzten. »Wenn ich Ihren Wagen sehe, frage ich mich: Wie lange noch, Herr Sagerer? Sie haben nicht mal ein Autotelefon! Wir sollten uns bei der Direktion von Airjet entschuldigen!«
Er hielt verzweifelt Ausschau nach einem Fahrzeug, das er anhalten könnte. »Kann ich dafür, daß hier kaum Verkehr ist?«
»Dann tun Sie doch was!«
»Typisch Frau: Tun Sie doch was! Was denn? Warum ausgerechnet ich? Soll ich fliegen wie a Vogerl?«
»Sie sind der Mann!«
»Auf einmal! Sonst wollen immer Sie die Hosen anhaben!«
Julia sprang aus dem Wagen. »Wir laufen! Sie haben schon die geeigneten Schuhe an!« Entschlossen marschierte sie los. »Eine stramme Wanderung ist gesund, und viel länger als eine Stunde wird's nicht dauern.«
»Und mein Wagen?« rief er ihr nach.
»Unterwegs rufen Sie Ihre Werkstatt an und lassen Ihr englisches Kronjuwel abschleppen.«

Ralf dackelte hinter ihr her. Nach knapp fünfzig Metern kamen sie an eine breite Straßenkreuzung. Dort war eine Bushaltestelle...

Es ging nicht ohne penible Ausweis- und Personenkontrolle am Tor der Luftwerft »Airjet Production«. Nachdem die Wache Frau Julia Heininger und Herrn Dr. Ralf Sagerer von der Bayernbank als unverdächtig eingestuft hatte, rollte ein Fahrzeug der Geschäftsleitung an und brachte die Besucher am firmeneigenen Flugplatz vorbei zum Direktionsgebäude.

»Wie heißt unser Gesprächspartner?« fragte Ralf.

»Abendroth.«

»Kennen Sie ihn?«

»Nur vom Telefon.«

»Soll ein mit allen Wassern gewaschener Manager sein«, erklärte Ralf. »Ich bin sehr gespannt auf ihn. Der erste Eindruck ist ja immer der entscheidende.«

Flugzeugturbinen brummten und heulten in der Testzone im Probelauf. Eine bullige Frachtmaschine landete, der Prototyp eines Senkrechtstarters schwebte mit nach unten gerichteten Düsen fünf Meter über dem Boden. Über dem Dach des Hangars flatterten die Hausflagge, die Bundesfahne und ein Windsack.

Sechs Menschen mit jeweils verschiedenen Aufgaben bemühten sich nacheinander um Julia und Ralf, und jede neue Begegnung rückte sie dem Ziel ein Stückchen näher. Nach Überwindung des letzten Hindernisses, einer verhuschten Sekretärin, betraten sie endlich den Empfangsraum von Boß Abendroth, der hinter einem breiten Marmortisch stand, jovial die Arme ausbreitete und die Gäste seinen drei Mitarbeitern vorstellte, die devot zu beiden Seiten des Marmorblocks warteten.

»Frau Heininger, wenn ich nicht irre, und Herr Dr. Sagerer von der Bayernbank. Schön, daß wir uns endlich persönlich

kennenlernen.« Seine kalten Augen zeigten, daß er an den Personen nicht wirklich interessiert war, sondern nur am Kredit der Bayernbank.
Julia und Ralf schritten auf heller Berberauslegware geräuschlos dem Marmortisch entgegen. Das eben noch so joviale Lächeln im Gesicht von Abendroth wich neugieriger Strenge. Sein kalter Blick senkte sich voller Unglauben bis zu den Füßen von Ralf Sagerer, wurde eiskalt. »Bleiben Sie dort! Wir lassen Ihnen gleich einen Stuhl bringen.«
Ein Mitarbeiter wieselte beflissen zur ledernen Sitzgruppe in der Konferenz-Ecke und zerrte einen Sessel herbei in die Mitte des Raumes, wo Sagerer unentschlossen verharrte. Einer der anderen Flügeladjudanten orderte per Telefon eine Raumpflegerin mit Staubsauger. Der dritte Mitarbeiter machte zwei energische Schritte nach vorn, um den noch zu erwartenden Schaden abzuschätzen. Alles leise, alles taktvoll.
»Was kann ich Ihnen anbieten?« fragte Abendroth und zerkaute die Worte zu Brei. »Kaffee? Tee?« Seine Stimme bekam wieder Qualität: »Oder vielleicht einen Lappen?«
Julia schaute sich diskret um. Ralf hatte von der Tür her eine Spur von bröselndem Ackerboden hinterlassen. Bauer Glotz hätte sich darüber gefreut, daß seine fette Krume auf einem so teuren Berberteppich lag.
Unauffällig neigte sie ihren Kopf zu Ralf und raunte: »Wie Sie vorhin ganz richtig sagten: Der erste Eindruck ist immer der entscheidende.«

3

Windstärken

Hermine Heininger beendete den Schaufensterbummel in der Münchener Theatinerstraße und blickte unschlüssig zur Bayernbank hinüber. Sollten sie Berthold ohne Anmeldung, ohne Vorwarnung überfallen? Womöglich saß er in einer Konferenz. Dann nahm er übel, wenn ihn jemand mit privatem Tratsch belästigen wollte. Konnte ja auch sein, er hatte keine Besprechung. Schaun ma halt.

Sie schritt durchs Portal in die Schalterhalle und wurde von einer Angestellten in die Büroräume geschleust. Und dort öffnete Frau Gerdes, Schwaigers Sekretärin, leise die Tür zum Direktionszimmer: »Kommen Sie bitte, Frau Heininger, der Moment ist günstig.«

Ob Schwaiger die optimistische Auffassung teilte, bezweifelte Hermine. Er saß hinter seinem Schreibtisch im breiten Ledersessel, doch der war zur dunkel gebeizten Schrankwand gedreht, die hohe Rückenlehne zeigte zur Tür und machte den Chef unsichtbar. Sein gleichmäßiges Atmen ließ vermuten, daß er ein bißchen döste. Geräuschlos schloß seine Sekretärin die Tür hinter Hermine.

Schwaigers Büroschlaf gehörte in die Kategorie »Klausurtagung«: So tun, als denke man nach, doch hinter den geöffneten Augen verbarg sich ein schlummernder Mensch.

Hermine hörte, daß Bertholds Atemgeräusche sich veränderten. Er hatte gemerkt, daß jemand eingetreten war. Mit den Füßen stieß er sich ab, der Sessel drehte ihn herum. Eine Akte auf den Knien, die Augen offen, nicht hellwach, aber auch nicht verräterisch schläfrig, sagte er: »Hallo, Hermine! Schön, daß du gekommen bist!«

»Stör' ich dich auch nicht?«

»Keineswegs.« Er warf die Unterlagen auf den Schreibtisch. »Die Akten kann ich auch später studieren. Hock dich her.«
»Ich war gerade in der Stadt.«
»Und was hast du auf dem Herzen? Wolltest du dein Konto plündern?«
»Nein, ich kam zufällig vorbei.«
Schwaiger lachte sie sehr diskret aus. »Lügen konntest du noch nie.«
»Ich hab' einen Brief mitgebracht.«
»Von Julia?«
»Von Fanny.«
»Ist mein Verdacht richtig, daß Fanny in Hamburg als eine Art Spionin für dich arbeitet und nicht nur über Julias Wohl und Wehe wacht, sondern über ihren Lebenswandel Bericht erstattet? Ich würde das mißbilligen.«
»Fanny tut's unfreiwillig.«
Er schüttelte verständnislos den Kopf. »Du mußt dich schon näher erklären, ehe ich begreife.«
Hermine wedelte mit einem eng beschriebenen Papierbogen. »Die Fanny schreibt unserem Toni jede Woche einmal, was in Hamburg los ist. Und Toni läßt sich die Briefe von mir vorlesen, weil er Fannys Krakelschrift nicht gescheit entziffern kann.«
»Toni? Das ist dein Hausfaktotum, richtig?«
»Seit dreißig Jahren. Er stammt aus dem gleichen Dorf wie Fanny.«
»Jetzt komm zur Sache, Hermine! Was hat Fanny deinem Toni über Julia gepetzt?«
»Sie hätte beruflich Umgang mit Leuten, die nicht zu ihr passen täten.«
»Das kann Fanny beurteilen?« kritisierte Schwaiger.
»G'socks, schreibt sie. Was hörst *du* von Julia?«
»Ich bin mit deiner Tochter zufrieden. Einige Meldungen klingen zwar etwas wild, aber, wie du weißt, sie hat ihren eigenen Kopf. Sie hat Kunden aufgetan, die hätten früher bei

uns keine Chance gehabt, das muß ich zugeben.« Schwaiger schaltete die Liste der neuen Hamburger Kreditnehmer auf seinen Bildschirm. »Eine Menge ökologisch angehauchter Betriebe. Bio Beef, Öko Back, Bio Agrar...«
»Körnerfresser, schreibt Fanny.«
»Fanny hin, Fanny her. Ich weiß, daß einige unserer Industriekunden die Nase rümpfen. Aber angebrannt ist durch Julias Schuld bisher nichts.«
»Und dein Dr. Sagerer?«
»Der tut manchmal so, als würde es schon qualmen. Aber seine Frontalangriffe auf Julia haben nachgelassen.«
»Eigenartig.«
»Wieso eigenartig? Liebste Hermine, die Herrschaften müssen an einem Strang ziehen, und das tut ihnen gut. Die Entscheidung, beiden Streithähnen die gleiche Verantwortung aufzuladen – und das weit weg von München –, war richtig. Mir ist es nur angenehm, wenn sie sich bald zusammenraufen.«
Hermine neigte den Kopf vor, als könne sie schwer hören. »*Dir* ist das angenehm? Im Interesse der Bank, meinst du.«
»Zum Beispiel.«
»Weißt, ich hätte eher Julias Wohlergehen im Sinn«, erklärte Hermine.
Schwaiger verbreitete weit vorausschauendes Verantwortungsgefühl. »Das stellt sich nachher automatisch ein.«
Hermine faltete Fannys Brief zusammen und steckte ihn in die Handtasche zurück. »Dein Wort in Gottes Ohr, Berthold. Fanny meint nämlich auch, der Bub tät drunter leiden.«

Max saß in der Badewanne und spielte mit einem Schiffchen »Die Fahrt nach Helgoland«. Windstärke sieben. Nordseewellen schwappten über den Wannenrand, platschten auf den Boden, liefen hin zur Badezimmertür und hinaus auf den Flur.
»Heilige Arche Noah!« schrie Julia. »Wenn ein Mensch sich

wäscht, muß es doch nicht gleich eine Überschwemmung geben!«
»Ich wasche mich nicht, ich bin in Seenot!« Heulend ahmte er den Sturm nach. »Du mußt mich retten, Mami!«
Julia ergriff das große Badelaken und wischte den Boden. »Nimm die Seife und wasch dich! Und ein bißchen hopphopp, wenn ich bitten darf, Herr Kapitän!«
»Kann ich nachher noch fernsehen?«
»Nein, nach dem Baden geht's ab in die Koje.«
Still saß er im Wasser und fragte kleinlaut: »Soll ich dir mal was sagen?«
»Aber schnell, ich hab' nicht viel Zeit.«
»Du hast nie Zeit. Ich seh' dich ja kaum noch.«
Sie bekam ein schlechtes Gewissen. »Sobald in der Bank alles läuft, wie es soll, wird sich das ändern.«
»Versprochen?«
»Versprochen. Was wolltest du mir sagen?«
»Hamburg is beschissen.«
»Na, hör mal! Ich denke, dir gefällt's hier gut. Ich bin da, Fanny ist da, und es gibt eine Menge Abwechslung.«
»Ich will wieder heim nach München. Und zu Oma Hermine und zu meinen Freunden.«
»Bis zu den Ferien ist es nicht mehr lang. Los, Spatz, wasch dich jetzt. Es ist spät, und morgen früh ist Schule. Ich komm' dann in dein Zimmer und geb' dir einen Gute-Nacht-Kuß.«
Julia legte das pitschnasse Handtuch ins Waschbecken und ging verstört zu Fanny, die vor dem Fernseher saß. »Ist dir an Max was aufgefallen? Er macht einen depressiven Eindruck.«
Mit der Fernbedienung schaltete Fanny den Ton weg, guckte aber weiter auf den Bildschirm. »I wart scho lang, daß Sie endlich draufkommen. Er fühlt sich vernachlässigt. In München hatten Sie mehr Zeit für ihn. Hier ist er nur auf mich angewiesen. Er kann nicht mal um die Ecke zu einem Freund springen.«
»Was ist mit der Schule?«

»Was soll da sein? Der Depp ist er halt für die anderen. Der bayerische Berg-Depp! In Deutsch und Biologie ist er hoffnungslos zurück, weil die Lehrpläne hier heroben anders sind. In Geschichte und Mathe schläft er ein, weil er alles schon kennt. Das Schlimmste sind halt die Hänseleien wegen der Sprache. Seppl und Weißwurst-Türke rufen sie ihn. Wie Kinder so sind. Vielleicht war's nicht gut, den Buben so rigoros zu verpflanzen.«
»Was heißt rigoros, Fanny? Sollte ich ihn bei der Oma am Tegernsee in die Schule geben? Da wäre er erst recht ein bayerischer Seppl geworden.«
»Wer red' denn vom Tegernsee?! Das erste Oberschuljahr hätt' er in München zu Ende machen sollen. Aber das ist gar nicht besprochen worden, als von der Übernahme der Filiale in Hamburg die Rede war. Bedenken hätt' ma das soll'n.« Und noch einen giftigen Nachsatz: »Aber mich hat ja keiner gefragt – sonst geht's alle Nase lang: Fanny wie und Fanny was und Fanny wo!«
»Du willst damit andeuten, ich dumme Kuh hab' mal wieder bloß an mich gedacht.«
»In der Richtung halt«, gab die Haushälterin zu. »Überrascht hots mi net. I kenn' Eana scho lang und scho recht guat.« Ein Druck auf den Knopf der Fernbedienung schloß die Belehrung ab und schaltete den TV-Apparat an. Grad formulierte eine Schauspielerin beim Interview den bedeutungsschweren Satz: »Mich hat die ungeheure Vielschichtigkeit dieser Figur fasziniert, aber auch die Dramatik des Stoffes, die hier nicht aus Äußerlichkeiten entsteht, sondern aus der Figur selbst.«
»So was Blödes!« murmelte Fanny.
Julia entfernte sich. Sie fühlte sich verdammt unbehaglich. Vor der Zimmertür von Max blieb sie stehen und zählte konsequent und langsam bis zehn. Und noch einmal von vorn. Dann erst fühlte sie sich beruhigt genug, unbefangen hineinzugehen.

Er hatte die Decke über den Kopf gezogen und tat, als ob er schon schliefe. Neben dem Bett ließ Julia sich auf die Knie nieder und sagte leise: »Weißt was, Maximilian, wir müssen was auf die Beine stellen. Was hältst du davon, wenn wir nächste Woche ein Kinderfest machen.«
Er zog die Decke ein paar Zentimeter weiter nach unten, bis seine Augen frei waren, und schaute Julia forschend an. »Sprüche oder echt?«
»Du lädst alle Kinder aus deiner Klasse und alle Kinder aus der Nachbarschaft ein«, bekräftigte Julia.
»Stark!«
»Und dann zeigen wir denen mal, wie ein richtiger Bayer feiern kann.«
»Scho recht, aber in der Nachbarschaft kenn i koa Sau net!«
»Kannst du das vielleicht etwas charmanter sagen?« rügte sie ihn.
Er zeigte das ganze Gesicht und feixte. »In der gesamten Nachbarschaft habe ich bisher mit keinem Hamburger Kind Bekanntschaft schließen können, Frau Heininger. Auch zu einer Prügelei ist es noch nicht gekommen.«
Julia rubbelte seinen Kopf. »Dann pinnen wir halt Einladungen an die Bäume. ›Fete bei Max und Hansi‹! Okay?«
Meerschweinchen Hansi huschte flink über die Bettdecke und verbarg sich am Fußende.

Ralf Sagerer machte mit Freundin Beatrice eine morgendliche Dienstfahrt um die Häuser von St. Pauli. Zwei Gründe waren für die Tour bestimmend gewesen. Sein in München aufgegebenes Motorrad hatte abholbereit in der Güterabfertigung vom Bahnhof Altona gestanden, und zwei, wie er annahm, obskuren Unternehmen auf der Reeperbahn waren von Julia Kredite zugesagt worden. Die wollte er kontrollieren. Beatrice steckte in einem sportlichen Lederdreß, der eng wie ein Taucheranzug an ihrem Körper saß. Sagerers ledernes Outfit erweckte den Eindruck, er sei Profirennfahrer.

Das, was außerhalb Hamburgs »Sündige Meile« genannt wird, lag da wie eine trübe Vorstadtstraße. Ohne die trügerische abendliche Neonreklame erweckten die tristen Hausfassaden allenfalls Mitleid. Die Etablissements, in denen während der nächtlichen Stoßzeit zweitklassige Mädchen bei spärlicher Beleuchtung für horrende Getränkepreise ihre Haut zu Markte trugen, sahen aus wie stillgelegte Rummelbuden. Puffs und Absteigen gab es kaum noch. Seit die großen Zuhälter sich gegenseitig umgelegt hatten, strömte die Reeperbahn nur herben Provinzmief aus. Bordsteinschwalben wanderten ab, weil medizinische Risiken sich kundenfeindlich auswirkten. Eine Imbißbude war geöffnet, drei sinnlos Besoffene schliefen an Häuserwänden, eine Uraltprostituierte ging für ein Glas Schnaps und eine müde Mark auf Dummenfang.
Betrieb herrschte in einer Spielhalle. Flipper klingelten, Glücksspielautomaten klapperten. Alle Geräte zuckten mit bunten Werbeblitzen. Manchmal schepperten Gewinn-Groschen. Seichte Popmusik plärrte als nervtötende Geräuschkulisse aus Deckenlautsprechern. Zigarettenqualm hing wie graue Soße im Raum. Im engen Kiosk hinter einer Panzerglasscheibe hockte ein übernächtigtes Mädchen und wechselte bei Bedarf Scheine in Münzen.
Ralf und Beatrice starrten auf die schnell rotierenden Scheiben eines Wandautomaten. Ralf hatte ein Fünfmarkstück eingeworfen, doch die Chance, durch Druck auf eine rote Taste das Spiel zu seinen Gunsten zu beeinflussen, mißlang kläglich. Die Maschine war stets schneller als seine Hand.
»Nicht zu glauben, was für Kunden die Heininger ranschafft«, sagte Ralf. »Diesem Bumsladen hier will sie 50000 Mark bewilligen! Einer Spielhölle! Einfach so!«
»Ein Diamanthändler würde das Geld sofort von dir bekommen, ja?«
»Wenn er Sicherheiten bietet.«
»Und wenn er am nächsten Tag über alle Berge ist? Mit einem

Säckchen, in dem für drei Millionen Mark Diamanten stekken?« Sie schaute in den von bunten Blitzen beleuchteten Laden. »Die haben hier rund um die Uhr auf und rennen bestimmt nicht weg.«
»Du bist die ideale Partnerin für Frau Heininger. Komm, wir fahren.« Als er sich abwandte, spuckte der Automat Geld in die Auffangmulde. »Der Gewinn gehört dir«, sagte Ralf großzügig.
Beatrice angelte die Münzen heraus und zählte sie. »Zwanzig Mark! Bei fünf Mark Einsatz. Prozentual eine schöne Rendite für einen Bankmenschen.« Sie packte das Geld in ihre Handtasche, die sie am Riemchen über der Schulter trug, und setzte den Helm auf. »Wohin jetzt?«
»Zu einem Hamburger Künstler.«
»Will der auch einen Kredit von euch haben?«
»Genau! Ein Heininger-Kunde! Steig auf!«
Er brauste ab, drosselte den Motor jedoch an einigen Straßenschildern, um sich zu orientieren. Schon nach kurzer Fahrt bog er in einen Hinterhof ein und bockte die Maschine vor einem Atelierfenster auf.
Ein loser Draht führte dort vom Klingelknopf neben der Tür durch ein Mauerloch ins Innere. Neben dem Knopf klebte das Schildchen »Lehfeld«.
Ehe Ralf klingeln konnte, öffnete Meister Lehfeld die Tür und starrte, ohne Begrüßung, Beatrice fasziniert an.
»Dr. Sagerer von der Bayernbank«, sagte Ralf und folgte Lehfelds Blick. »Das ist Frau Benedetti.«
»Bella figura«, äußerte Lehfeld hingerissen und führte seine Augen am engen Motorradanzug von Beatrice auf die Weide. »Menschenskind, *Sie* möchte ich malen! Wären Sie einverstanden?«
Ein wenig geschmeichelt fühlte Beatrice sich schon. »Wenn Sie mich mit Ihrer Stilrichtung bekannt machen würden, kann man darüber reden.«
Lehfeld bat ins Atelier, und Ralf gingen die Augen über. An

allen Wänden hingen Tableaus mit überlebensgroßen Pin-up-Girls. Deren Körperhaltung waren nicht der Natur abgeguckt, sondern vom Künstler eigenwillig so verfremdet, daß strategisch wichtige Merkmale eindeutiger auf den Beschauer wirkten. Schwerelos schwebende Busen, knackig kugelrunde Gesäße, neckisch gespreizte Oberschenkel. Manche Damen trugen Pumps, manche keine. Einige steckten in BH und Slip, andere nicht. Die Gesichter zeigten schiere Einfalt, im Blick Muttis bange Frage: »Na, wie isses?«

»Finden Sie genug Modelle für Ihre Werke?« fragte Ralf. »Frauen, die so aussehen, gibt's doch kaum.«

»Ich male aus'm Kopp«, sagte Lehfeldt. »Modelle kann ich mir nich leisten. Und wennse genau hinsehen, nich wahr«, er hob abgeklärt die Schultern, »kommt's ja man bloß uff jewisse Punkte an, und die sind immer gleich.«

»Aber ich sollte für Sie modellstehen«, beschwerte Beatrice sich.

»Fragen kost nischt«, erklärte Lehfeld. »Denkense, ich bin böse, wenn Sie nee sagen? Seh' ich so aus?«

Ralf blickte sich abermals um und nahm Maß. »Kommt mir alles verdammt bekannt vor. Die Schuppen auf der Reeperbahn sind voll von solchen Bildern.«

Lehfeld knackte eine Bierdose und nahm einen langen Frühstücksschluck. »Alle von mir!«

»Ehrlich? Na, wenn die Geschäfte so gut gehen, warum wollen Sie dann einen Kredit von uns? Hat Frau Heininger Ihre Werke angeschaut?«

»Aber reichlich. Ne nette Person. Ich hab' auch die Gründe gesagt.«

»Nämlich?«

»Ich brauche 'ne neue Siebdruckmaschine. Die alte stottert schon. Und auf Abzahlung lassen die sich nich ein. Bei den Maschinenpreisen heutzutage muß 'n alter Mann lange malen, ehe er das Geld zusammengekratzt hat. Und leben muß ich auch. Wollnse noch mehr Bilder sehn?«

Ralf schaute auf seine Uhr und machte eine Gebärde des Bedauerns. »Tut mir leid, ich habe gleich einen dringenden Termin beim Bankverein.«
Beim Hinausgehen versuchte Lehfeld abermals, Beatrice anzumachen. »Sie brauchten sich nich mal auszupellen. Ich würde Sie so malen, wie Sie sind, in ihrer Motorraduniform. Auf so 'n Klassebild stehn 'ne Menge Leute.«
Ralf betätigte den Anlasser. »Tschüß, Meister.«
Beatrice hockte sich hinter ihn auf den Sattel und umklammerte mit beiden Armen seinen Bauch. »Heute sind es genau sechs Jahre«, rief sie ihm beim Anfahren zu.
Er ritt vom Hof. »Was für ein Jubiläum meinst du?«
»Wir sind sechs Jahre nicht verheiratet.«
»Du wolltest ja nie.«
»Richtig. Ich wäre gezwungen, jetzt mit dir in Hamburg zu leben.«
»Was spricht dagegen?« rief er.
»Viel. Wie gefällt es deiner reizenden Münchner Kollegin hier?«
»Keine Ahnung.« Er ließ seine Maschine gemütlich rollen. »Unser Umgang ist rein dienstlich. Ich merke nur, daß sie so eine Art sozialen Tick hat, weißt du? Nach dem Motto: Wer nix hat, kriegt's halt von mir! Für die Heininger wird die Bayernbank mehr und mehr zum privaten therapeutischen Spielplatz. Unsere seriösen Kunden behandelt sie wie Bonny und Clyde, und mit den Alternativen kokettiert sie ganz schamlos. Sie spielt sich in den Vordergrund, verstehst du? Man muß ihr beibringen, wo der Barthel den Most holt. Es gibt schließlich gewisse Regeln, an die sie sich halten muß. Mit Kopf und Millionen durch die Wand geht's halt nicht. Vielleicht sollte ich das in netter Form mal nach München blasen. Wenn das Kind erst in den Brunnen gefallen ist, hängt Schwaiger möglicherweise mir was an.«
Beatrice war hellhörig geworden und rammte von hinten mit ihrem Helm gegen seinen Helm. »Fällt dir nicht auf, daß du

nur von dieser Frau redest? Frau Heininger macht das, Frau Heininger macht jenes...«
»Ah, geh!« Er wollte das nicht wahrhaben und drehte am Gas. Die Maschine machte einen Satz nach vorn. »Die Heininger ist doch kein Thema...«

Der Mann schien mit seinen 65 Jahren ein wenig gebrechlich zu sein, doch er machte auf Julia einen seriösen Eindruck. Er war leicht nervös, doch das, fand sie, war durchaus normal, wenn ein Kaufmann mit einem offenbar gut funktionierenden Betrieb im Hintergrund nun um Kredite bitten mußte.
Julia begutachtete die Ergebnisse ihrer Gegenrechnung. »Herr Sanders, ich will einen langjährigen Kunden der Bayernbank nicht enttäuschen, aber ohne formale Prüfung kann ich Ihnen die 150000 Mark nicht verbindlich zusagen. Wir müssen die Freigabe aus München abwarten. Was mich interessiert: Wie kommt es, daß Sie Ihren Kredit innerhalb eines Jahres dreimal aufstocken mußten?«
Seine Nervosität wuchs. »Liegt am Umsatzwachstum meiner Firma, verehrte Frau Heininger. Höhere Lagerkapazität ist erforderlich, aber der internationale Preisverfall bei Edelhölzern verteuert die Lagerhaltung. Das sind Kostensteigerungen, die ich aus eigener Kraft nicht auffangen kann.«
»Würden Sie sagen, der Holzimport ist ein risikoreiches Geschäft geworden?«
Sanders blies die Wangen ein wenig auf und lies die Luft durch die Lippen zischen. »Nicht risikoreicher als der Handel mit anderen Rohstoffen.« Er erhob sich. »Sie rufen mich an?«
Julia begleitete ihn bis zur Bürotür. »Selbstverständlich. Sobald ich die Freigabe habe.«
Im Schalterraum lief Herr Sanders dem Dr. Sagerer in die Arme. Nach kurzem Small talk verschwanden Sanders durch die Drehtür und Sagerer in seinem Arbeitszimmer. Er öffnete die Verbindungstür zu Julias Büro und rief: »Hereinkommen

müssen Sie nicht, ich zieh' meine Motorrad-Klamotten aus und den Cityanzug an. Aber reden können wir miteinander.«

Sie hörte seine Stiefel gegen den eingebauten Garderobenschrank poltern. »Wird auch Zeit. Die hanseatischen Kollegen beim Bankverein warten nicht gern.«

»Sanders sagte mir eben, er hätte den Eindruck, Sie würden seinem Kreditersuchen ablehnend gegenüberstehen.«

»Ablehnend? Kann er eigentlich nicht behaupten. Schön, Grameier hat ihm nicht sofort das gebündelte Bare in die Taschen gesteckt. Eine Denkpause möchte ich mir schon vorbehalten.«

»Ich hab' mir den Betrieb angesehen. Der Laden läuft, und der Mann ist durch und durch seriös. Warum halten sie ihn mit der Freigabe aus München hin? Sie dürfen laut Direktor Schwaiger mit einer viertel Million schalten und walten, wie Sie wollen. So Leuten wie Pinsel-Lehfeld und der St. Pauli-Spielhalle greifen Sie ohne Gewissensbisse unter die Arme.«

Julia sperrte sich. »Der Umsatz von Sanders steigt zwar, aber die Verluste steigen ebenfalls.«

Ralf stöhnte und ächzte. Er band sich die Krawatte um. »Ich bitte Sie, Frau Kollegin! Wo sind denn die Sicherheiten bei Ihren Alternativ-Kapitalisten? Die haben ja nicht einmal ein eigenes Sparschwein.«

»Aber Initiative. Außerdem sind meine alternativen Kunden noch immer in der Minderheit.«

»Dem Himmel sei Dank! Sonst wären wir die erste Bank mit Häkelstube und Stillzimmer.«

Ralf trat in Julias Büroraum. Nichts mehr an ihm erinnerte an den Motorradfreak, der noch vor zwanzig Minuten mit Sozia Beatrice über die Reeperbahn gebrummt war.

Er sieht wirklich elegant aus, fand Julia.

Gedämpftes Raunen im gediegenen Clubraum vom Hanseatischen Bankverein. Dunkles Leder, dunkle Hölzer, schwere Stores, stumme Kellner. Ein Dutzend Herren in englischen Maßanzügen.

»Da stehen einige Milliarden Bilanzsumme auf dem geheiligten Parkett«, flüsterte Ralf.

»Gruftmäßig und exklusiv«, raunte Julia.

Ein Kellner mit drei Sorten Getränken steuerte auf sie zu: Orangensaft pur, Orangensaft mit Champagner gemischt, Champagner pur.

Pieter Dahlen jr. vom Bankhaus »Dahlen, Timm & Dahlen« schätzte die bayerischen Gäste ein und ab, ehe er die Honneurs machte und die Münchner Banker den Hamburger Kollegen vorstellte. Sie sprachen miteinander, tasteten sich aneinander so vorsichtig heran, als hätten Vertreter verschiedener Kontinente ein erstes Rendezvous.

»Durch Ihren Coup mit Bio Beef ist uns bewußt geworden, daß Sie mehr tun als repräsentieren«, erklärte Dahlen. »Warum engagierten Sie sich dort in Wedel?«

»Weil Sie es versäumt haben«, antwortete Julia. »Man kann mit alternativen Projekten Geld verdienen.«

»Sind Sie sicher?«

»Absolut.«

»Man wird das Objekt beobachten müssen.« Dahlen hob sein Glas mit dem tiefgelben Inhalt, trank jedoch nicht. »Scheußliches Zeug. Schmeckt gräßlich. Aber ohne Glas in der Hand kommt man sich im Club nackt vor. Und trinkt man wirklich davon, kommt der Kellner und schenkt nach.«

Sagerer hatte einen Gesprächspartner gefunden, mit dem er sich über Fischen und Köder, Gewässerpflege und Schonzeiten, Mindestmaße von Plattfischen und Liftmethoden mit amerikanischen Sportruten unterhielt und der ihm verriet, daß Fische auf Hanfsamen wie wild anbissen. Dahlen erzählte Julia allerlei Döntjes über die Tradition des Bankvereins und fragte sie dezent über ihre Freizeitaktivitäten aus.

»Tennis«, sagte sie.

Schien ihm zu sehr Massensport zu sein. Erwartungsvoll hakte er nach: »Und?«
»Golf.«
»Wie interessant für mich.«
»Das soll bedeuten, Sie spielen ebenfalls?«
Dahlen jr. nickte zustimmend. »Wie wäre es denn, wenn wir unsere Begegnung mit ein paar Schlägen vertiefen? Ich lade Sie zum Falkenstein ein. Am nächsten Sonntag?«
»Einverstanden.« Julia sah sich suchend um. Ralf war Mittelpunkt einer Gruppe. »Ich hoffe, ich stelle die Vorurteile Ihrer Kollegen nicht allzu sehr auf den Kopf.«
Dahlen tat, als sei ihm der Begriff total fremd. »Vorurteile? Aber ich bitte Sie! So aufgeschlossen wie der Bankverein ist kaum ein anderes hanseatisches Institut.«
Julia bereitete eine ganz bestimmte Pointe vor. »Frauen haben im exklusiven Kreis des Bankvereins nichts zu suchen, hörte ich.«
Liebenswürdig stellte er ihre Behauptung in Abrede: »Verehrte Frau Heininger, Sie sind der charmanteste Beweis dafür, daß das nicht stimmen kann!«
Julia blinzelte ihn an. »So? Und warum gibt es in Ihrem Club kein Damen-Klo?«

Der Seniorchef vom Bankhaus »Dahlen, Timm & Dahlen«, Viktor Dahlen, haßte es, abhängig zu sein. Deshalb hatte er Villa und Garten hinter der Elbchaussee so umgestalten lassen, daß er in seinem Elektro-Rollstuhl jeden Winkel im Haus und auf den Grundstück allein erreichen konnte. Es gab keine Stufen, nur schräge Auffahrten, keine Kieswege, nur asphaltierte Pfade. Vom Parterre zum ersten Stock hatte er einen Lift einbauen lassen.
Als sein Sohn Pieter überraschend erschien, tippte der alte Herr auf ein exzellentes Börsengeschäft. »Du machst ein Gesicht, als sei dir ein fulminanter Abschluß gelungen – oder irre ich mich?« Er irrte sich nicht gern.

»Noch kein Abschluß«, sagte der Juniorchef und gebärdete sich erstaunlich munter.
»Warum bist du dann fröhlich?«
Pieter trat hinter den Rollstuhl und schob seinen Vater ein Stück. »Ich habe eine Frau getroffen.«
»Ach nee? Eine, die du heiraten könntest?«
»Ja.«
»Ich vermute, sie weiß es nicht.«
»Korrekt.«
»Wenn's in den Fingern juckt, muß man zugreifen! Das ist bei Frauen wie bei Aktien.«
»Direkt gejuckt hat's mich nicht. Ein bißchen gekribbelt, würde ich sagen. Eine Frau mit Verstand.«
»Soll's geben. Wodurch hat sie sich verraten?«
»Sie sagte mir auf den Kopf zu, die Vorurteile der Kollegen gegen eine Mitgliedschaft von Frauen im Bankverein seien verdammt stark.«
»Dazu gehört kein Verstand. Ich habe nicht ein einziges Mal in den Clubräumen des Bankvereins eine Frau als Gast gesehen, geschweige denn, mit einer gesprochen. Wie du weißt, gehörte ich der Institution vierzig Jahre an. Vermutlich hat sich um diese Dame niemand gekümmert – irre ich mich?«
»Korrekt. Außer mir. Ich habe sie zum Golf eingeladen.«
»Mußt du gleich übertreiben?«
Der Junior fühlte sich unverstanden. »Seit zehn Jahren löcherst du mich, ich soll heiraten und ein Kind vorzeigen, weil's die Familientradition so verlangt, bevor du an mich den Vorsitz in der Bank abtrittst. Jetzt bin ich auf dem besten Weg dahin, und nun ist das auch nicht richtig.«
Viktor Dahlen schaltete die Antriebsmotoren der beiden Räder auf Gegenkurs. Das bewirkte eine ruckartige Kehrtwendung des Rollstuhls zu seinem Sohn. »Was denn?! Sie ist im heiratsfähigen Alter *und* gefällt dir?«
»Mir ja. Aber wie ich die Familientradition einschätze, soll sie auch dir gefallen. Ist es so?«

»Mein lieber Junge, du bist jetzt seit drei Jahren vierzig. Ich halte mich besser zurück. Was macht die Dame in unserem Beruf?«
»Sie leitet die Hamburger Filiale der Bayernbank.«
Das Gesicht des alten Herrn erhellte sich in freundlichster Weise. »Das ist allerdings mehr als ein schneller Börsen-Tip. Berthold Schwaiger schickt keine Idiotin zu uns.« Mehr zu sich selbst setzt er hinzu: »Eine wirklich erstklassige Nachricht.«
»Du hättest nichts dagegen, wenn ich sie in den Golfclub einführe?«
»Selbstverständlich nicht. Wann stellst du sie mir vor?«
»Bei nächster Gelegenheit.«
»Gut, mein Junge. Aber du bist mir noch eine Erklärung schuldig: Wodurch konnte sie das Vorurteil der Mitglieder des Bankvereins beweisen?«
»Sie hat gemerkt, daß es im Haus kein Damen-Klo gibt.«
Der alte Viktor drehte den Stuhl und startete. Beim Wegfahren wandte er den Kopf und rief: »Heirate sie!«

Die Vorbereitungen zur Kinderparty waren für Max schon die halbe Fete. Besprechung mit Julia und Fanny über die geplanten Spiele, Vorkosten von Nasch- und Knabberzeug, Probetrinken von Saft und Rülpswasser, Ausmalen von verschiedenen Hinweisschildern – das schaffte einen gestandenen Mann. Julia gewann den Eindruck, er war froh, als die Wohnungsklingel anschlug und die Planung unterbrach.
»Ich geh' schon«, rief Fanny und verschwand in Richtung Diele.
Mit einem Aktenordner, den sie wie ein Schutzschild vor der Brust hielt, stand Frau Heise auf der Matte. »Kann ich Frau Heininger sprechen? Es ist wichtig.«
Reserviert öffnete Fanny die Tür vollends und verbiß sich auszusprechen, was sie auf der Zunge hatte: Homs net am Tag Zeit für Ihrn Schmarrn? Nocken, damische! Müssens am

Abend Ihrn Sermon herbeten wolln? Nein, sie sagte: »Treten Sie bitte ein.«

»Nanu«, wunderte Julia sich, »so spät noch unterwegs?«

»Ich wollte nicht bis morgen warten. Mir schien die Sache zu wichtig.« Frau Heise legte den Ordner auf den Tisch und schlug ihn auf. »Ich habe die letzten Bewegungen auf dem Konto der Firma Sanders vom Computer ausdrucken lassen und mit den vorgelegten Schecks verglichen. Schaun Sie sich die mal an.«

Julia blätterte die Formulare durch. »Alle zwischen 20000 und 50000 Mark, und alle von Sanders unterschrieben. Die Signatur ist echt.«

»Darum geht's nicht. Gucken Sie mal auf die Rückseite. Alle sind vom gleichen Empfänger mit Stempel und Namenszug quittiert worden. Spielbank Hamburg. Und wenn Sie die Daten vergleichen: In relativ kurzen Intervallen.«

»Nicht zu glauben! Und der Mann kommt und will seinen Kredit aufstocken, weil er auf seinen Edelhölzern sitzengeblieben ist. Und was macht er? Er verjuxt seine Moneten beim Roulette! Wie gut, daß ich die Bewilligung rausgezögert habe. Herr Sagerer hätte das Sanders-Konto längst saniert.«

»Da wär' noch was.« Frau Heise zögerte.

»Sprechen Sie sich ruhig aus, bleibt alles unter uns.«

»In der Sanders-Datei war eine Nachricht von Herrn Sagerer an die Zentrale: Er fühle sich verpflichtet, auf den möglichen Einspruch der Firma Sanders aufmerksam zu machen wegen eines unverständlicherweise abgelehnten 150000 Mark-Kredits. Bei rechtzeitiger Entscheidung der Zentrale könne die Vertrauensbasis zwischen Kunden und Bayernbank weiterhin als ungestört bezeichnet werden.«

»Hinterfotzig!«

»Bitte?«

»Heimtückisch! Er nennt meinen Namen nicht, sondern läßt Direktor Schwaiger eigene Schlüsse ziehen. Ich weiß nicht, warum der Sagerer mir ständig in die Suppe spuckt.«

Frau Heise nahm allen Mut zusammen. »Auch Sie lassen kein gutes Haar an ihm.«
Julia wunderte sich. »Das haben Sie bemerkt?«
»Nicht nur ich.«
»Sondern?«
»Alle Kollegen amüsieren sich mehr oder minder.«
»Jessesmaria!«
Fanny erschien wie gerufen, stellte zwei Stamperl auf den Tisch und goß Obstler ein. »Wohl bekomm's.«
Julia wußte, Fanny hatte gelauscht und den richtigen Zeitpunkt abgepaßt für einen Beruhigungsschluck. »Trinkst du keinen?«
»Hab' scho«, sagte Fanny und zog sich zurück.
»Morgen greif' ich mir den Sanders und befrag' ihn hochnotpeinlich«, kündigte Julia an.
»Das müssen Sie verschieben.«
»Warum?«
»Ich hab' einen Kontrollanruf getätigt, und seine Sekretärin sagte mir, er sei nach Bad Wiessee gefahren. Sie vermutet, er will eine Kur machen.«
»Eine Kur? Er wird am Roullettisch sein letztes Kapital verzocken, in der Hoffnung, daß es mit dem Kredit klappt.«
»Also gibt's in Bad Wiessee eine Spielbank?«
»Und wundervoll gelegen am Tegernsee. Meine Mutter hat in der Nähe ein Hotel. Es gibt Leute, die machen dort ein paar Wochen Urlaub und gehen jeden Tag ins Spielkasino. So gesehen, hat's was Kurmäßiges.«
»Wie war's denn im Bankverein?«
»Für Frauen deprimierend. Nur Pieter Dahlen hat sich um mich gekümmert.«
Frau Heise zeigte sich entzückt. »Die erste Stufe auf der Leiter in die bessere Hamburger Gesellschaft.«
»Und die zweite Stufe?«
»Der alte Dahlen. Er will seinen Sohn unter die Haube bringen, heißt es.«

Julia machte sich Gedanken. »Dahlen junior hat mich zum Golf eingeladen.«
»Herzlichen Glückwunsch. Dann ist die Musterung beim Alten nicht fern. Sagerer können Sie vergessen.«
»Wie bitte?«
»Ich mein' ja man bloß, Frau Heininger. Tschüß, und bis morgen.«

Viktor Dahlen winkte seinen Butler heran. »Sind die Batterien vom Rollstuhl gut aufgeladen?«
»Wir können unbesorgt sein, sie haben die ganze Nacht an der Steckdose gehangen, Sir. Auch bei stärkster Beanspruchung werden wir den Empfang fahrend durchstehen.«
»Gut, Bert. Unterrichten Sie mich, wenn die neue Golfpartnerin von Pieter eintrifft. Meistens lungern einige langweilige Kollegen um mich herum und versperren mir die Sicht.«
»Sehr wohl, Sir.«
Was als lockerer Gartenempfang bei den Dahlens geplant war, wurde unversehens zur Kaminparty. Hinter Dahlen senior, der im Schnellgang ins Haus steuerte, flüchteten die Gäste vor dem einsetzenden Regen. Butler Bert verlor im plötzlichen Durcheinander nicht die Übersicht. Er behielt Pieter Dahlen und seine Begleiterin im Auge und drehte den Rollstuhl vom Chef in die korrekte Blickrichtung. »Die Dame im dunkelblauen Royalkostüm, Sir.«
Julia spürte die streng musternden Augen sofort. »Ihr Vater schaut, als hätte er Angst, daß ich silberne Löffel klaue.«
»Das traut er eher mir zu«, sagte der Junior.
»Mag er Sie nicht?«
»Das schon, aber ich bin ihm zu wenig verheiratet.«
»Warum machen Sie ihm nicht die Freude?«
»Man kann eine Frau nicht übers Knie brechen!«
Mitten in Julias Lachen hinein rollte Viktor Dahlen, bereit, alles in seiner Macht Stehende zu tun, um Pieter unter die Haube zu bringen. »Sie sind also Berthold Schwaigers auser-

wählte Diva. Gewitzter Bursche. Wie kommen Sie mit meinem Sohn zurecht? Sein Golfspiel ist schauderhaft!«
Pieter nickte verstohlen, und Julia bestätigte lachend aber folgsam: »Schauderhaft.«
»Du solltest einige Stunden bei Bernhard Langer nehmen«, empfahl Viktor. Forschend guckte er Julia an. »Und wie spielen Sie?«
»Schauderhaft.«
Viktor kicherte begeistert und schnippte mit den Fingern. »Bert, den Knallköm!«
Sogleich, als habe er längst darauf gewartet, servierte der Butler drei Kelche mit Champagner.
Viktor nippte am Glas und stellte fest: »Sie werden es nicht schwer haben, die Bayernbank hier oben bei uns ins Geschäft zu bringen. Sehr mutig, wie Sie bisher investiert haben.« Er schaute seinen Sohn an. »Die Tradition unseres Hauses wirkt da für uns manchmal bremsend.«
Pieter verstand. Auf Populärdeutsch hieß das: Warum bist du Pfeife nicht auf die Idee gekommen, dir die Alternativen unter den Nagel zu reißen.
Julia hörte ebenfalls zwischen den Zeilen. »Betrachten Sie die Bayernbank als Konkurrenz?«
»Warum sollte ich? In Hamburg gab es schon ein Geldgewerbe, als Bayern noch römische Provinz war. Und soll ich Ihnen noch etwas verraten? Unsere Familie heißt nicht nur schlicht Dahlen, sondern van Dahlen. Mein Vater hat das ›van‹ für die Bank gestrichen.«
Julia begriff nicht sofort. »Warum?«
»Denken Sie bitte nach.« Es klang wie eine Rüge.
»Vandalen«, sagte Julia. »Ich verstehe. Das geht natürlich in unserem Job nicht.«
Viktor, hochzufrieden mit Pieters Wahl, verabschiedete sich von Julia mit Handkuß, was den Junior stark verwunderte. Er konnte sich nicht erinnern, daß sein Vater jemals so höflich gewesen war.

Am Rande des Wintergartens tauchten Ralf Sagerer und Beatrice auf. Pieter machte Julia aufmerksam. »Der Herr ist bei Ihnen in der Filiale, und er begleitete Sie zum Empfang des Bankvereins. In welchem Aufgabenkreis ist er tätig?«
Julia hob mokant die linke Augenbraue. Unter dem Motto »Rache für die Sanders-Kiste« sagte sie: »Er ist eine Art Revisor.«
»Wichtig?«
»Nicht sehr.«
Pieter Dahlens Interesse an Ralf erlosch schlagartig. »Dann lass' ich ihn für die Zukunft von der Einladungsliste streichen. Gehen Sie morgen mit mir zum Essen?«
Ich hab' schon Golf mit ihm gespielt und mit seinem Vater geschwatzt – warum soll ich nicht mit ihm essen gehen, überlegte sie. Doch dann fiel ihr siedendheiß die Kinderfete ein. »Morgen? Leider nicht. Bei mir zu Hause findet eine Soiree statt.«
Spontan rief er: »Aber nicht ohne mich.«
Listig sah sie ihn an. »Wenn Sie darauf bestehen – Sie sind herzlich eingeladen.«

Viktors Butler stand Pieter Dahlen im allgemeinen nicht zur Verfügung. Er mußte Bert einen größeren Schein hinschieben, wenn er aus besonderem Anlaß dessen Dienste in Anspruch nehmen wollte.
Der besondere Anlaß war gekommen: Julia Heiningers Soiree. Bert richtete Pieters Smoking, Hemd, Schleife, Socken, Lackschuhe und besorgte ein Blumenarrangement, das für eine Hochzeitstafel ausgereicht hätte.
Der Chauffeur brachte den Junior nach Harvestehude an die Alster und setzte ihn vor Julias Haus ab. Den Blumenberg in der Linken, schritt Pieter Dahlen gemessen zur Haustür und läutete.
Fanny öffnete. Sie trug einen Faschingshut auf dem Kopf, Luftschlangen hingen um ihren Hals, am Ohr steckte eine

Papierblume. Hinter ihr im Flur johlten Kinder, warfen mit Konfetti und Knallerbsen.
Dahlen merkte, daß er auf dem falschen Fest war. »Wohnt hier nicht Heininger?«
»Da sind Sie richtig«, sagte Fanny. »Herein mit Ihnen.«
Auf die Kinder machte der feine Mann sofort ungeheuren Eindruck. Sie zerrten ihn in die Diele, und Fanny drückte ihm einen Teller Butterkuchen in die freie Hand. »Wenn Sie eh hineingehen ins Zimmer, können Sie den gleich mitnehmen.«
Er hielt nach Julia Ausschau. Sie kroch auf dem Boden herum und kratzte einen zertretenen Negerkuß vom Parkett. Zuerst sah sie nur seine Lackschuhe, dann seine Smokinghosen. Sie bekam rote Ohren. Sie hätte ihm eine ordentliche Erklärung geben sollen. Soiree, du lieber Himmel! Er hatte sich darunter sicher etwas ganz anderes vorgestellt.
Sie erhob sich und lachte ihn entwaffnend an. »Überrascht von meiner Gesellschaft? Alle Damen und Herren sind nicht älter als zehn Jahre.«
Er nahm nicht übel. »Wenn die Kinder nichts dagegen haben, bleib' ich. Nehmen Sie mal den Kuchen? Aus welchem Anlaß findet das Fest statt?«
»Hab' ich meinem Sohn versprochen.«
»Sagen Sie bloß!« staunte Dahlen. »Wo ist der Vater?«
»Den gibt's nicht.«
»Aber ohne ...«
»Schonen Sie meine Privatsphäre.«
Eine Ladung Konfetti traf ihn und rieselte über den Smoking. Festlich sah das aus.
»Manchmal fehlt ein Mann im Haus«, gab Julia zu. »Am Grill bin ich nämlich ziemlich schwach. Ich weiß nie, wann Fleisch, Wurst und Folienkartoffeln fertig sind. Aber jetzt sind Sie ja da. Geben Sie mir die Blumen. Die sind doch für mich, oder?«
Er kam zu keiner Antwort. Julia zog ihn mit sich in die Küche,

band ihm eine von Fannys Schürzen um und führte ihn in den Garten. Dort stand der Grill und glühte vor sich hin, auf einem Tisch lag das Futter für die gefräßige Meute, und unter demselben standen die Getränke.

Pieter Dahlen klotzte wie ein Profi an dem Grill, rollte Würstchen, würzte Fleisch, wendete die in Alufolie verpackten Kartoffeln. Julia wühlte in Salaten, teilte Portionen aus, verhinderte, daß Folienkartoffeln als Wurfgeschosse mißbraucht wurden, öffnete Kronenkorken von Saftflaschen, ersetzte zerbrochene Plastikgabeln. Fanny sorgte für Nachschub, ordnete den fast ununterbrochenen Marsch der Kinder zu den beiden Toiletten im Haus, hielt den Pudding in Reserve und nahm ab und zu ein ermunterndes Schlückchen Obstler.

Julia bewunderte den unermüdlichen Pieter. »Sie sind wirklich sehr geeignet für Kinderfeste. Wenn's mal mit der Bank nicht mehr klappen sollte – das wäre der geeignete Job für Sie auf dem Dienstleistungssektor.«

»Wenn unsere Direktoren mich so sehen würden! Aber hallo, kann ich da nur sagen!«

»Kann Ihnen doch piepe sein. Sie sind der Bankier.«

»Die Bank gehört meinem Vater. Ich darf erst seinen Platz einnehmen, wenn ich eine Familie gegründet habe. Das ist so Brauch im Hause Dahlen.«

»Wann gedenken Sie, die Tradition fortzusetzen?«

»Nach Vaters Meinung bin ich seit mindestens drei Jahren überfällig.« Er schaute sie an, als habe nun alle Warterei ein Ende. »Nachdem er Sie sah, hat er neuen Mut geschöpft. Darf ich bei dieser Gelegenheit fragen, ob wir morgen miteinander essen gehen?«

»Gern – als Belohnung für den heutigen Tag.«

»Frau Julia, Telefon«, rief Fanny. »Direktor Schwaiger ist dran.«

Julia prüfte, ob Dahlen allein zurechtkommen würde. »Entschuldigen Sie mich eine Minute. Mein Chef ist am Rohr. Ich

bin gleich zurück.« Ehe sie im Haus verschwand, nahm sie zwei Mädchen aus Sicherheitsgründen die Senftube weg.
Den Telefonhörer hatte Fanny zur Feier des Tages mit einer rosa Schleife geschmückt. So lustig das auch aussah, Berthold Schwaigers Stimme klang nicht gut gelaunt oder unbeschwert. »Was machst du grad?«
»Ich veranstalte ein Kinderfest.«
»Deshalb hab' ich dich nicht in deinem Büro erreicht«, tadelte er. »Aber Dr. Sagerer ist noch an seinem Platz, konnte ich feststellen.«
»Damit es keinen Irrtum gibt«, giftete Julia zurück. »Nirgendwo in meinem Vertrag steht ein Passus, daß ich meine freie Zeit in der Filiale verbringen muß!«
Sie hörte ihn zweimal tief durchatmen, ehe er sagte: »Es wäre mir und einigen Herren des Aufsichtsrats angenehm, dich bald in München zu sehen, liebe Julia. Welche Maschine kannst du erreichen?«
Julias blendende Stimmung löste sich in Bitterkeit auf. »Was liegt Wichtiges an, daß meine Anwesenheit notwendig wird?«
Kühl entgegnete Schwaiger: »Ich möchte jetzt keine Einzelheiten erörtern. Wir wollen das Thema hier in der Zentrale besprechen. Morgen vormittag im Sitzungszimmer. Danke für dein Verständnis.«
Fanny wartete neugierig an der Zimmertür. »Ham Sie was ausgefressen?«
»Der Sagerer hat mir wieder mal in den Rücken geschossen, der Stenz, der windige. Immer wieder muß der Kerl sich aufspielen. Ich muß nach München zur Beichte. Pack mir bitte den kleinen Koffer mit dem Nötigsten. Und noch was, Fanny: Ruf Oma Hermine an und sag ihr, daß ich komme.«
Pieter Dahlen aß die letzte Bratwurst selbst, ehe es zu Rangeleien um die Reste auf dem Grill kam. Natürlich merkte er sofort, daß Julias gute Laune im Haus geblieben war. »Das Telefonat ist nicht sehr genußreich gewesen, schätze ich.«

»Exakt. Ich muß nach München, und das bedeutet, ich kann meine Zusage abermals nicht einhalten, mit Ihnen essen zu gehen.«

Wie von Julia erwartet, saßen vier verschrumpelte Herren vom Aufsichtsrat mit säuerlichen Gesichtern um den runden Eichentisch im Konferenzzimmer der Münchner Zentrale. Sie hatten sich vorgenommen, über Julia den Stab zu brechen oder wenigstens anzuknacken.
Direktor Schwaiger eröffnete das Meeting und schwieg sich danach gründlich aus. Einer der vier Aufsichtsräte, zum Sprecher ernannt, kleidete seine Abneigung gegen Julias Geschäftsführung in artige Worte. Unmißverständlicher Tenor der unfundierten Rede: Eine junge Frau an die Spitze der Hamburger Filiale zu berufen, sei ein schierer – tadelnder Seitenblick zu Schwaiger – Fehlgriff gewesen, auch wenn ein zweiter Leiter ihr zur Seite stände. Schon die Bevorzugung einer Kundenschicht, sprich alternative Unternehmer, die in Zukunft wohl kaum als seriöse Partner der Bayernbank angesehen werden könnten, gebe zu personellen Überlegungen Anlaß. Auf der anderen Seite: Die durch und durch solvente Firma Sanders sei unverständlicherweise in einer Art vor den Kopf gestoßen worden, die dem Umgang mit treuen Kunden widerspräche. Wenn Sanders zur Konkurrenz abwandere, habe Julia der Bank erheblichen Schaden zugefügt – nicht materiellen, sondern ideellen.
Nachdem der Aufsichtsrat Luft abgelassen hatte, entspannte sich die Lage. Julia breitete alle Unterlagen zur Einsicht aus: Die Alternativen machten Gewinne und waren mit ihren Rückzahlungen nicht in Verzug geraten, dagegen rückläufige Geschäfte von Sanders, Stundungsersuchen für Rückzahlungen, die dem »treuen« Kunden gewährten Kredite landeten als Verluste in Spielbanken... Da erhob sich Schwaiger, denn der Aufsichtspflicht des Aufsichtsrates war Genüge getan worden.

»Liebe Frau Heininger«, sagte Schwaiger, »unser Aufsichtsrat sieht davon ab, Ihnen das Mißtrauen auszusprechen. Sie haben ein Jahr freie Hand, um Ihr Mittelstandskonzept durchzuziehen. Die Sitzung ist geschlossen. In Sachen ›Hamburg‹, denke ich, gibt es keine Unklarheiten. Meine Herren, ich danke Ihnen für Ihr Verständnis. Noch ein Wort zu dir, Julia: Ich werde nie vergessen, daß dein Vater über dich sagte: ›Manieren hat sie keine, aber das mit Stil.‹«
Julia packte ihre Notizen zusammen. »Er sagte auch: ›Nicht das Geld ist schmutzig, sonders das, was man damit macht.‹« Sie nickte den verkrampft lächelnden alten Herren zu und sprach honigsüß: »Ich danke Ihnen, daß ich nach München kommen durfte.«
»Fährst du zu deiner Mutter an den Tegernsee?« fragte Schwaiger.
»Ja, und zwar mit einem Taxi, und die Spesen tragen Sie!«
»Ich?! Wie soll ich das verbuchen?«
»Als Geschäftsreise. Der ach so ›treue‹ Kunde Sanders zockt in der Spielbank Bad Wiessee, und ich muß mir den Knaben greifen, damit wir Rückzahlen und Kreditzinsen retten und nicht eines Tages mit der Konkursmasse dieser Firma jonglieren müssen.«
»Julia...«
»Ich denke, die Sitzung ist geschlossen?«
»Vor kurzem noch war ich hoffnungsvoll. Ich sagte zu deiner Mutter, Sagerers Angriffe hätten nachgelassen und es schiene, als würdet ihr euch zusammenraufen. Kann es sein, daß ich mich, verdammt noch mal, geirrt habe?«
Julia hob ratlos die Schultern. »Ich kann Ihnen nur empfehlen, Ihre zwei Münchner in Hamburg weiterhin wohlwollend aus der Ferne zu beobachten.«

Bertram Sanders glaubte seit Jahren nicht mehr daran, Roulette sei ein interessantes Gesellschaftsspiel, das unerschöpfliche Einsatz- und Gewinnmöglichkeiten bot. Und ob der

Croupier zu Beginn sagte »Das Spiel beginnt« oder »Faites votre jeu« und das Setzen der Chips mit »Rien ne vas plus« oder »Nichts geht mehr« beendete, war für ihn eher lästig. Er schaute auch nicht mehr gebannt auf die im Roulettekessel rollende Kugel, sondern nur auf die von ihm gesetzten Chancen. Er spielte eigensinnig und verlustreich »Cheval« und »Transversale pleine«, also zwei verbundene Zahlen mit siebzehnfachem Einsatz und eine Querreihe von drei Zahlen und elffachem Einsatz. Die Kugel rollte aus, der Croupier verkündete das Resultat und zog mit seinem Rechen alle von Sanders gesetzten Chips vom Spielplan.
Bertram Sanders schreckte auf, als er eine mitfühlende Frauenstimme vernahm: »Sie müssen viel Glück in der Liebe haben.«
Genervt schaute er hoch. Die Bayernbank in Hamburg war ihm auf die Schliche gekommen. »Was machen Sie am Tegernsee, Frau Heininger?«
»Ich wollte mich davon überzeugen, wie Sie mit unseren Krediten den internationalen Preisverfall von Edelhölzern auffangen. Sind das hier die durch verteuerte Lagerhaltung schwindenden Gewinne?«
Sanders erhob sich umständlich. »Wenn ich hoch gewinne, ist meine Firma saniert. Aber beim Roulette kann man nicht immer Glück haben.«
»Wann haben Sie den letzten großen Reibach gemacht?«
»Vor achtzehn Monaten.«
»Nicht sehr lustig. Kommen Sie. Wir gehen an die Bar.«
»Auf irgendeine Weise muß ich versuchen, ein Konkursverfahren abzuwenden«, sagte er starrköpfig.
»Mit einem Roulettegewinn, der nie kommt? Herr Sanders, das kann nicht Ihr Ernst sein!«
»Liebe Frau Heininger, jeden Tag kassiert in irgendeiner Spielbank irgendein Spieler einen hohen Gewinn. Morgen bin ich's vielleicht.«
Sie hätte sich nicht gewundert, wenn er eigensinnig mit dem

Fuß aufgestampft hätte. »Und jeden Tag wird auf Antrag irgendeines Gläubigers über irgendeine Firma ein Konkursverfahren eröffnet. Morgen ist vielleicht die Firma Sanders an der Reihe.«

»Pessimismus liegt mir fern«, sagte er distanziert und bestellte zwei trockene Sherry.

»Und wie sieht es aus mit dem hanseatischen Begriff vom ›Ehrbaren Kaufmann‹?«

»Das eine hat mit dem anderen nichts zu tun!«

Julia sah ihn an, und der Blick geriet zur klinischen Musterung. »Alles, was Sie sagen, klingt seltsam euphorisch. Als Geschäftsmann sollten Sie jedoch glasklar denken und sich nicht in die Tasche lügen und an Wunder glauben. Ich habe Ihre Personalien in meinen Unterlagen. Sie sind jetzt fünfundsechzig Jahre alt. Fühlen Sie sich der Verantwortung im Beruf noch gewachsen?«

»Es gibt Firmenchefs, die sind achtzig.«

»Das ist nicht unser Thema. Wir sprechen über das Problem ›Bertram Sanders, der Spieler‹. Ich vertrete die Gläubigerbank, und wir legen alsbald die Hand auf Ihre Firma, wenn keine sichtbare positive Änderung eintritt. Wollen Sie diese Gefahr nicht in letzter Minute abwenden?«

»Ich weiß nicht, ob Sie ...«

»Bleiben Sie doch ruhig. Ich will nur Ihr Bestes.«

»Sie wollen nur *Ihr* Bestes!« rief er mit erstickter Stimme.

»Das nebenbei. Aber zur Sache. Erste Stufe: Wenn Sie nicht von allein die Kraft aufbringen, in Zukunft einen Bogen ums Roulette zu machen, oder eine therapeutische Behandlung gegen Ihre Spielleidenschaft beginnen, dann lassen Sie sich sperren. Dann sind bei allen Spielbanken die Türen für Sie geschlossen.«

»Und die zweite Stufe?« Seine Frage klang echt interessiert. Auch sein harter Gesichtsausdruck entspannte sich merklich.

»Ihr Betrieb muß sich gesundschrumpfen.«

Sanders zerrupfte die Getränkekarte in kleine Schnippsel.
»Wie macht man das, äh, mit dem Sperren?«
»Wenn Sie mich begleiten, ist die Sache in fünf Minuten erledigt.«
Er lehnte allzu enge Hilfe ab. »Ich fühle mich in der Lage, diesen Schritt allein zu tun.«
»Sehr gut. Sie müssen der Direktion dieses Hauses nur Ihren Ausweis vorlegen und die freiwillige Sperre mit Ihrer Unterschrift wirksam machen. Die Spielbank übernimmt dann diskret die weiteren Maßnahmen. Sie wollen das tatsächlich tun?«
»Ich will, und ich danke Ihnen, daß Sie mir – gewissermaßen – den Weg gezeigt haben.«
»Keine Ursache. Ich will nur unser Bestes.«

4

Gefühlsstürme

Aus dem Haus der Witwe Paulsen duftete es lieblich. Ralf Sagerer tippte auf Nudeln, Hackfleisch, Parmesan, Tomaten, Schinken. Lasagne, eins von den drei Gerichten, die Beatrice zubereiten konnte.

Er wollte in die Küche, doch Beatrice schoß ihm aufgelöst entgegen. »Bei dieser Verrückten bleibe ich keinen Tag länger wohnen!«

»Das ist mein Haus, und das ist meine Küche«, keifte Frau Paulsen. »Sie sind hier nichts weiter als Aftermieter, nä! Wir sind hier nich in Italien!«

»Die Miete schließt Küchenbenutzung ein«, sagte Ralf.

»Ich hab' nichts gegen Kochen, aber die Frau veranstaltet ja ein Schlachtfest! Meine Küche sieht aus wie ein Ziegenstall in Sizilien! Ich will mit meinen Freundinnen Bridge spielen, und wir treten auf Nudeln, zerquetschte Tomaten, Zwiebeln – und es stinkt penetrant nach Käse!«

»Müssen Sie denn in der Küche Bridge spielen?«

»Das is meine Sache! Is ja mein Haus, nä?!«

»Ich hab' nicht nötig, mich beschimpfen zu lassen!« Beatrice rannte die Treppe hinauf. »Ich zieh' ins Hotel!«

»Laß uns Essen gehen«, schlug er vor. »Ich hab' Hunger und eine Sau-Laune!«

Beatrice knallte mit der Tür, schimpfte vor sich hin, stampfte mit den Füßen auf den Boden.

Frau Paulsen rang die Hände und schaute Ralf mit Trauermiene an. »Herr Doktor – wie kommt so 'n feiner Mensch wie Sie an so ein chaotisches Frauenzimmer?«

»Und womit hab' ich eine Vermieterin wie *Sie* verdient?« Böse wandte er sich ab. »Das hält man bloß im Suff aus!«

»Wenn Sie sich betrinken wollen«, sagte Frau Paulsen streng, »nicht in meinem Haus!«
Ralf stürmte aus der Klitsche und rannte so lange kreuz und quer durch die verwinkelten Straßen vom Blankeneser Süllberg, bis er ein Taxi fand und keuchend den Rettungsanker auswarf. »Kennen Sie ein gutes italienisches Lokal, wo ich was Anständiges zum Essen bekomme und mich in aller Ruhe betrinken kann?«
»Kein Problem, da kenn' ich ein Dutzend.«
»Ich brauch' bloß eins.«

In der feinen Harvestehuder Stadtvilla der Frau Julia Heininger war die Stimmung ebenfalls auf den Nullpunkt abgesackt. Fanny und Max saßen beim Abendbrot, kamen jedoch kaum dazu, einen Happen zu essen, weil Julia eine laute Privatvorstellung gab. »Er schafft es immer wieder, mich auf die Palme zu bringen! Ich schlage vor, die Nordfrost GmbH zu sanieren, damit wir wenigstens unseren 400 000 Mark-Kredit retten, da sagt er, von eingefrorenem Fisch hätte ich keinen blauen Dunst, und jede investierte Bayernmark sei zum Fenster rausgeschmissen! Ich halte ihm die sechzig Arbeiterinnen vor, die dann auf der Straße säßen, da sagt er, die Bayernbank sei nicht das Arbeitsamt! Ich könnt' das Luder in der Luft zerreißen!«
»Was können wir dafür, daß dir der Sagerer über die Leber gelaufen ist?!« sagte Max.
»Nimm dich bitte zusammen, Maximilian! Wieso ißt du eigentlich schon wieder Würstl mit Kartoffelsalat? Gibt's nix anderes?« Strafend blickte sie Fanny an. »Hab' ich nicht hundertmal gesagt, der Junge soll vitaminreich essen?«
Fanny holte ein Bier aus dem Kühlschrank und stellte die Flasche mit kräftigem Bums vor Julia auf den Tisch. »Hams sonst noch Beschwerden?«
Julia blickte distinguiert. »Was ist mit dir los, Fanny? Hast du schlechte Laune?«

Max befand sich in Form. »*Du* hast die schlechte Laune. *Du* verdirbst uns den Abend. Kinder in meinem Alter können nervös und krank werden, wenn sie die Launen ihrer Mutter ausbaden müssen.«

»Das ist ja heiter!« Julia bekam rote Ohren. »Ich muß mir in meinen vier Wänden von meinem Sohn sagen lassen, was ich zu tun und zu lassen habe! Wenn's euch nicht paßt, kann ich ja gehen!« Ihr gelang eine betont demonstrative Flucht.

»Warum haut sie ab?« fragte Max.

»Weil ihr hier die Decke auf den Kopf fällt.«

Er schaute in die Höhe. »Ehrlich?«

»Bildlich.«

»Alles wegen dem Sagerer?«

»Ein schwieriger Fall«, sagte Fanny, »aber nicht hoffnungslos.«

»Vielleicht sollten wir den Sagerer zum Essen einladen«, schlug Max vor.

»Geh her, Bub, das wär' grauslich für deine Mutter.«

Die Vorsehung pickte sich an diesem Abend ein Hamburger Taxi heraus. Der Fahrer hatte Ralf vor einer italienischen Freßkneipe abgeladen und gondelte auf der Suche nach einer neuen Fuhre durch die am Abend ausgestorbenen Straßen der Innenstadt. Wer hält ihn an? Die ihren Kopf lüftende Julia. Purer Zufall. »Kennen Sie ein ruhiges Lokal, in dem ich gut essen kann?«

Für den Gast aus Blankenese hatte der Fahrer an der Theke zehn Mark bekommen. Was machte er also? Er steuerte das gleiche Lokal an, stieg mit Julia aus und kassierte vom Wirt abermals einen Zehner für Schleppdienste.

Eine italienische Familiengesellschaft aß und trank zwar lebhaft, aber nicht so laut, daß Julia hätte fliehen müssen. Ein jugendlicher Kellner komplimentierte sie an einen Tisch neben dem Besteckkasten und der Registrierkasse, damit er sich oft in ihrer Nähe aufhalten konnte.

Erst sehr spät, sie hatte bereits einen Salat gegessen und einen Roten getrunken, erblickte sie den Kollegen aus der Abteilung Disharmonie, Dr. Ralf Sagerer. Der hatte seine Mahlzeit bereits beendet und blickte ergreifend trübsinnig in sein leeres Weinglas.
Warum lungert der Kerl ausgerechnet in diesen Schuppen herum? überlegte Julia. Bestimmt gibt's tausend Lokale in Hamburg, in die er hätte gehen können! Aber nein, er hockt sich hierher!
Der Kellner stellte den Teller mit Polenta alla romana vor sie hin und lächelte sie beunruhigend lange an. Julia vertiefte sich ins Hammelragout, auf das plötzlich ein Schatten fiel. Der vom Sagerer.
»Ich glaub', ich war heut in Sachen Nordfrost GmbH ein bißchen impulsiv«, begann er zaghaft den Versöhnungsversuch.
Julia sah ihn von unten her an und sagte in gschertem Bayrisch: »Jede Stund is a Gwinn, die wo ohne Eahna vergeht! Homs mi?«
Er ließ sich nicht abschrecken. »Ich würde Ihr Sanierungskonzept gern noch einmal mit Ihnen durcharbeiten, wenn's Ihnen recht ist.«
»I sags wias is, da huift nix.« Scheibchen Polenta und dann Hammelragout auf die Gabel, kauen, Schlückchen Roten. »Mein Feierabend ist mir zu kostbar, um Ihnen Nachhilfeunterricht in Betriebswirtschaft zu geben.«
Der Kellner brachte eine Karaffe Wein. »Prego, Signora!«
»Hab' ich nicht bestellt«, lehnte Julia ab.
Ralf zog einen Stuhl an Julias Einzeltisch und setzte sich. »Ich.«
»So, Sie.« Langer Schluck Rotwein. »Sie machen einen etwas niedergeschlagenen Eindruck.«
»Finden Sie?«
»Sie sind nicht gern allein, sag' ich mal so.«
»Da ist was dran.«
»Und wo ist die Freundin?«

Ein männliches Mitglied der tafelnden italienischen Großfamilie eilte auf die Toilette. Der gerade Weg dorthin führte am Besteckkasten und an der Registrierkasse vorbei. Ralf saß im Durchgang als natürliche Sperre und mußte sich für den Augenblick der dringlichen Passage erheben. Der Italiener lächelte, Ralf lächelte zurück und setzte sich.
»Beatrice? Wir haben heute unseren freien Tag.«
»Ärger?«
»Der Anlaß kam von außen.«
»Ich dachte, privat sei bei Ihnen alles in Ordnung.«
»Sie wissen ja, wie das manchmal geht.«
»Sehr genau, Herr Sagerer. Ich halte mir meine Erfahrungen mit Ihnen stets vor Augen.«
Ralf lachte gequält, sagte jedoch nichts. Außerdem mußte er wieder aufstehen, denn der Italiener kam vom Örtchen zurück. Beide Männer lächelten einander verständnisvoll zu.
»Wie kommen Sie ausgerechnet in diesen Laden?« wollte Julia wissen.
»Ich hab' dem Taxifahrer die Wahl überlassen.«
Sie wollte sagen »Ich auch«, schluckte die beiden Worte jedoch schnell mit einem Stückchen Polenta herunter. Er brauchte nicht zu wissen, daß es eine Gemeinsamkeit gab. Womöglich konnte er damit nicht umgehen. »Gehen Sie oft ohne Ihre Bekannte aus?«
Jetzt mußte die vollschlanke italienische Mamma dringend ins Gabinetto. Ralf stand auf, ließ sie vorbei, setzte sich wieder. »Sie möchten wissen, ob ich öfter Krach habe mit Beatrice, ja?«
Entrüstet wies sie diesen Hintergedanken von sich. »Ich bitte Sie! War völlig wertfrei gemeint. Kann doch sein, daß Sie mit Hamburger Kollegen zusammentreffen.«
»Nein.«
»Hat Ihr Fräulein Benedetti einen Job?«
»Sie schreibt für eine Mailänder Zeitung über deutsche Mode, Kunst und Literatur. Es ist nicht so, daß sie an mir wie

eine arbeitslose Klette hängt. Sie wär' auch viel lieber in München geblieben.«
»Was sprach dagegen?«
»Vermutlich hat sie geglaubt, daß Julia Heininger wie eine Spinne im Hamburger Netz sitzt, um mich zu vernaschen.«
»Wie albern.«
»Genau. Deshalb bin ich ganz froh, daß Sie offenbar einen so guten kollegialen Kontakt haben zu diesem Dings aus dem Bankverein – wie heißt er gleich?«
»Dahlen?«
»Richtig. Sie haben sich – gewissermaßen – engagiert, und Beatrice wittert keinen Unrat.«
»Wie sollte sie das erfahren?« fragte Julia sichtlich befremdet.
»Sie ist außerordentlich begabt, überall und im Handumdrehen in die bessere Gesellschaft einzutauchen.«
»Sie schnitten das Thema Dahlen an. Ich habe mich nicht engagiert, wie Sie das nennen!« Dann dachte sie, warum Zurückhaltung üben? Besser, du trägst dick auf, dann ärgert der Sagerer sich scheckig. »Er ist ein wirklicher Herr. Ich war mit ihm zum Golf. Sehr sportlich, sehr fair, der Mann. Bei ihm zu Hause – prachtvolle Villa, sag' ich Ihnen – lernte ich auch seinen Vater kennen, den Chef von ›Dahlen, Timm und Dahlen‹. Sehr feinsinniger alter Herr. Pieter half mir später bei einem Kinderfest, daß ich für meinen Sohn ausgerichtet hatte. Erstaunlich, wie wandlungsfähig dieser kühle hanseatische Geldadel sein kann.« Mit der Gabel pickte sie kleine, feine Häppchen vom Teller und balancierte sie geziert zum Munde.
Sagerer erhob sich abermals, ließ die erleichtert grinsende Italienerin passieren, und ärgerte sich, wie erwartet, scheckig. Nicht so sehr über die Präsentierung von Pieter Dahlen, als über Julias manierierten Vortrag. »Warum läßt dieser Supermann Sie allein zum Essen gehen?« Er klatschte sich mit der flachen Hand vor die Stirn. »Will gar nicht in meinen klei-

nen Kopf hinein. Obwohl dieser Glücksbringer im Hintergrund lauert, machen Sie ebenfalls den Eindruck, als habe Sie jemand durch die Wäschemangel gedreht.«
»Tun Sie nicht so fremd! Das waren Sie!«
»Ich? Sie meinen, wegen des harmlosen Disputs über die Firma Nordfrost fühlen Sie sich geplättet?«
»Ich habe die Gründe unserer Meinungsverschiedenheit bei mir zu Hause vorgetragen, aber mein Sohn versteht mich nicht.«
Die Nummer gefiel ihm hervorragend. »Warum gehen Sie nicht zu Herrn Dahlen, diesem erstaunlich wandlungsfähigen hanseatischen Kühlschrank, und weinen sich aus? Das wäre doch ein Grund gewesen, den schon so vertraulichen Kontakt zu vertiefen.«
Julia frohlockte, als Ralf sich fuchste. »Mit meinem Ärger werde ich allein fertig. Außerdem steht noch gar nicht fest, daß Sie mit Ihrem Einspruch gegen Nordfrost durchkommen. Ich habe von Direktor Schwaiger feste Zusagen darüber, was ich tun darf und lassen muß.«
»Sollte mich freuen.«
»Auf einmal?«
»Vielleicht bin ich in mich gegangen.«
Die beiden Jüngsten der italienischen Familie mußten sehr dringend auf Häuserl. Sie ließen Ralf kaum Zeit, sie vorbeizulassen. Kichernd überwand der Knabe das Hindernis zwischen Stuhllehne und Ralfs Rücken, das Mädchen im rosa Kleidchen quetschte sich an seinen Knien vorbei.
Julia wartete, bis er sich gesammelt hatte. »Und Sie halten plötzlich meine Argumente für annehmbar? Glaub' ich Ihnen erst, wenn Sie sich meine Anschauung über die Lage von Nordfrost zu eigen machen – morgen, gegenüber dem Geschäftsführer der Firma.«
»Erpressung.«
»So eng sollten Sie das nicht sehen, Herr Sagerer. Wir arbeiten beide für die Bayernbank, und unseren Beschlüsse müs-

sen notwendigerweise von A bis Z gemeinsam gefaßt werden. Opposition ist ja ganz schön. Aber nur for show? No, Sir!«
»Ist es Zwang, Ihrer Meinung zu sein?«
»Sie wollen mich nicht verstehen, was? Es geht weder um meine noch um Ihre Meinung, sondern nur um das Machbare. Zerreden kann man jedes gute Thema und jeden guten Vorschlag. Keine Kunst. Die Frage kann nur lauten: Nutzt es der Bank oder schadet es ihr?« Julia hatte ihren Teller nicht leergegessen. Bei der Diskussion war der größte Teil erkaltet. Sie legte das Besteck ab. »Na, los, sagen Sie was.«
»Darf ich Sie nach Hause bringen?«
Sie sah auf ihre Uhr. »Jetzt schon?«
»Wenn Sie mögen, gehen wir noch woanders hin.«
»Aber immer! Und gleich – ehe die Kinder wieder an Ihnen herumklettern.«
»Haben Sie ein bestimmtes Ziel im Sinn?«
»Zur Elbe«, schlug sie vor. »Muß abends hübsch sein.«
Ralf bezahlte ihre gemeinsame Rechnung. »Ich lass' uns ein Taxi rufen.«
»Schmarrn. Wir laufen zu den Landungsbrücken. Wir haben noch eine Menge zu bereden. Waffenstillstand und so. Und wenn der große Durst droht, können wir dort unten einen Versöhnungsschluck zu uns nehmen.«
Später auf dem Jungfernstieg erläuterte sie: »Waffenstillstand ist das eine, das Wichtigere ist unsere Interessengemeinschaft.«
»Zweckbündnis«, erkannte er.
»Genau. Hat mit unserem Privatleben absolut nichts zu tun.«
Freundschaftlich griff er ihren Oberarm. »Was sollten wir für gemeinsame private Interessen haben, frag' ich mich.«
Der Mann ist schwer zu ködern, überlegte Julia. »Eben. Nur, weil wir beide zufällig aus Bayern sind?«
»Wär' ja noch schöner!« bekräftigte er und dachte: Die red

mit mia, als ob i im Sommer lange Untahosn trag, aba i moan, heit is a guater Tog gwesn.

Beatrice löffelte eine halbe Pampelmuse aus und blickte unausgesetzt zur Tür des Frühstücksraumes. Für ihre Begriffe war Ralf seit einer halben Stunde überfällig, obwohl sie ihm am Telefon die Lage des kleinen Hotels in der Nähe der Rothenbaumchaussee genau beschrieben hatte.
Er erschien in dem Moment, als sie richtig verärgert war. Ätzend sagte sie: »Wie schön, daß es dich noch gibt!«
»Offenbar hattest du eine miese Nacht«, mutmaßte er.
»Mies ist kein Ausdruck. Wenn dein Bruder nicht bald die versprochene Wohnung besorgt, verziehe ich mich nach Mailand.«
»Eine fürchterliche Drohung.«
Sie wollte keinen Spaß verstehen. »Wie hast du geschlafen?«
»Tief, aber wenig. Ich mußte gestern noch eine Meinungsverschiedenheit mit Frau Heininger bereinigen.«
»In der Nacht?«
»Nicht in der Nacht. Am späten Abend.«
»Zwischen uns gibt es ebenfalls eine Differenz«, erinnerte sie ihn. »Die zu bereinigen, hieltest du wohl nicht für nötig.«
»Das Bankproblem war entschieden wichtiger. Du hattest eine Auseinandersetzung mit Frau Paulsen und bist einfach abgehauen. Du hast mir dein Problem quasi aufgezwungen.«
»Ich hör' wohl nicht richtig. Meine Probleme sind auch deine Probleme. Nur echt schlappe Sätze hast du draufgehabt. Du bist Frauen gegenüber zu nachgiebig, zu weich. Anstatt mit der Faust auf den Tisch zu hauen. Die Frau nimmt dir die Butter vom Brot, und du schaust dumm zu!«
»Frau Paulsen?«
»Frau Heininger!«
»Was hat die damit zu tun?«

»Wenn du es für richtig gehalten hast, die halbe Nacht mit ihr zu diskutieren, muß ja was dran sein an der lieben Kollegin!«
»Du wirst unsachlich.«
»Weißt du noch, was du in München gesagt hast?« Sie versuchte, seine Stimmlage zu treffen: »Ich werde ihr das große und kleine Einmaleins beibringen!«
Das war ihm zu blöd. »Hebt es eventuell deine Laune, wenn du mit mir einen Kunden der Bayernbank besuchst?«
»Haute Couture oder Diamantengroßhändler?«
»Fischfabrik.«
Sie rümpfte die Nase. »Pfui Teufel! Du solltest was gegen dein Buchhalter-Image tun!«
Sie hat recht, überlegte er, ich bin zu nachgiebig und zu weich Frauen gegenüber. Ich sollte jetzt mit der Faust auf den Tisch schlagen – oder so ähnlich.
»Ich hab' mir in der Richtung was überlegt«, fuhr sie fort. »Deine Bank wird ein Tennis-Turnier veranstalten, den ›Hamburger Bankers Cup‹. Wie findest du das?«
»Warum die Umstände?«
»Himmel noch mal! Um dein Image zu heben!«
»Und wozu?«
Beatrice saß da wie ein großer Guru und drückte die Fingerspitzen beider Hände kräftig gegeneinander. »Damit du von den Herren Kollegen ebenfalls zum Golf eingeladen wirst. Da wird viel geschwatzt. Oder glaubst du, die wirklich heißen Informationen stehen in der Zeitung?«
Ralf sah den Vorschlag eher komisch. »Das Turnier muß ich natürlich gewinnen.«
»Ganz klar. Der ›Bankers Cup‹ wird jedes Jahr ausgetragen, und der Name steht als erstes oben auf dem Pokal.«
»Mir fehlt die Zeit, mich mit so was zu beschäftigen. Ich muß Kunden besuchen, und das ist ein Full-time-Job.«
»Ich mach' das schon für dich. Und du nimmst ab sofort jeden Morgen Trainerstunden, okay?«

Er stand auf und küßte ihr zum Abschied die Hand. »Auch das wirst du managen, wie ich vermute.«
»Du bist ein schlaues Kerlchen. Wo gehst du hin?«
»In die Fischfabrik. Soll ich dir einen Rollmops mitbringen?«

Ralf Sagerer roch die Firma Nordfrost GmbH schon eine Meile gegen den Wind. Intensiver Fischgeruch lag in der Luft. Später fragte er den Geschäftsführer: »Menschenskind, Herr Engert, wie halten Sie das bloß jeden Tag aus?«
»Was, bitte?«
»Den Geruch.«
Der Mann war echt betriebsblind. »Welchen Geruch?«
»Mir ist so, als wenn es hier nach Fisch riecht.«
»Als ich vor zwanzig Jahren hier anfing, hab' ich das auch bemerkt«, sagte Engert. »Jetzt schon lange nicht mehr.«
In einer flachen Halle liefen Fließbänder und Abfüllautomaten für Fisch, Muscheln, Krabben und Krebsfleisch. Frauen in weißen Kitteln, weißen Kopfhauben und rosa Gummihandschuhen filetierten am Laufband Fische und portionierten andere Meeresfrüchte, die dann im Automaten verschwanden und mit verschiedenen Soßen oder Salzwasser eingedost wurden.
»Ich habe das schon Frau Heininger gesagt, Herr Dr. Sagerer: Die Produktion ist technisch auf der Höhe. Unsere Achillesferse ist die fatale Qualität der Produkte. Rund vierzig Prozent der angelieferten Ware ist angetaut oder minderwertig oder gar nicht zu gebrauchen. Das geht dann an Futtermittelhersteller oder wird vernichtet.«
Ralf wunderte sich. »Hört man selten, daß ein Industrieller zugibt, daß seine Ware nichts taugt. Warum wechseln Sie nicht den Lieferanten?«
»Geht nicht. Unser Vertrag bindet uns noch zwei Jahre an den dänischen Partner. Er arbeitet außerdem für diese Zeit unter unserem Firmenmantel.«
»Mit Haut und Haar?«

»Mit Gräten und Schuppen«, bestätigte Engert. »Bei Vertragsabschluß war die Qualität erstklassig. Schwund nur im üblichen Rahmen. Es gab keinerlei Hinweise, daß es dort jemals eine Panne geben könnte.«
»Ein Satz umreißt demnach Ihre Kalamität: Nordfrost geht kaputt, wenn Sie von diesem Zulieferer abhängig bleiben.«
»Genau so ist das. Einige Handelsketten nehmen unsere Dosen schon nicht mehr ins Regal. Die einzige Rettung ist erstklassige Ware.«
»Und die einzige Rettung für das Geld der Bayernbank«, verdeutlichte Ralf.
»Sie sagen es.«
»Wo in Dänemark steht der Laden?«
»Nyköping. Am Lymfjord. Der Laden firmiert unter dem dänischen Namen Norfrost AB. Der Mann, der für die Talfahrt verantwortlich ist, heißt Asmussen.«
»Haben Sie sich den mal anständig zur Brust genommen?«
»Versucht. Mehrmals. Ich kann Asmussen nicht mal rausschmeißen. Ein reiner Partnerschaftsvertrag. Und: Der Mann hat sich aus der Verantwortung rausgemogelt.«
»Wie soll ich das verstehen?«
»Alkoholiker.«
»Sie stecken in einer hübschen Patsche«, stellte Ralf fest. »Ich nehme an, Sie haben Frau Heininger eine Kopie des Vertrages gegeben.«
»Ja.«
Auf dem Rückweg ins Büro fragte Ralf. »Darf ich mal mit meiner Kollegin telefonieren?«
»Bedienen Sie sich.«
Das Gespräch war kurz. Ralf sagte: »Ich bin bei Nordfrost. Was halten Sie von einer Geschäftsreise an den Lymfjord?«
Julia antwortete: »Ich liebe Dänemark. Wann?«
»Sobald mein Wagen repariert ist.«
»Das könnte Ihnen so passen, Herr Kollege! Wir fahren selbstredend mit einem anständigen Auto! Mit meinem!«

Am blauen Himmel über Schleswig-Holstein klebten einige weiße Wölkchen, die Sonne schien von rechts auf die Flensburger Autobahn und Julias Wagen schnurrte über die Brücke vom Nord-Ostsee-Kanal. Der Verkehr in Richtung Norden hielt sich in Grenzen.
»Gehört das eigentlich zu unseren Aufgaben, Lieferanten von Fischfabriken zu kontrollieren?« fragte Sagerer.
»Klingt, als zweifeln Sie daran?«
»Sollte eine grundsätzliche Frage sein.«
»Ich hasse Grundsatzfragen«, erklärte Julia. »400000 Mark haben und nicht haben rechtfertigen 400 Kilometer hin und 400 Kilometer zurück. Erst sind Sie Feuer und Flamme gewesen, nach Dänemark zu fahren, und jetzt gibt Ihnen das zu denken. Warum sind Sie mitgekommen?«
»Ihretwegen.«
Sie freute sich. »Ehrlich?«
»Ohne Sie würde ich mich langweilen.«
Weiterer Freudentaumel. »Nett haben Sie das gesagt.«
»Mit wem hätte ich mich in Hamburg streiten sollen?« setzte er grinsend hinzu.
Julia atmete einmal tief durch, schluckte die Enttäuschung runter. »Wir haben Waffenstillstand vereinbart.«
Auf der Mittelkonsole piepte das Autotelefon. Ein Triumph für Julia, der Ralf mit nonchalanter Handbewegung Überlegenheit signalisieren sollte. »Merken Sie, wodurch sich mein wundervoller Wagen von Ihrem englischen Schrotthaufen unterscheidet? Er fährt, und ich bin jederzeit zu erreichen.«
Sie nahm den Hörer aus der Halterung und meldete sich. Mißvergnügt bemerkte Sagerer, daß Julias Gesicht Heiterkeit ausstrahlte, als sie sagte: »Sie, Herr Dahlen? Mit Ihnen hätte ich jetzt am allerwenigsten gerechnet. Was verschafft mir das Vergnügen?«
Atmosphärische Störungen knisterten in Dahlens Antwort. »Wann sind Sie aus Dänemark zurück? Oder übernachten Sie am Lymfjord?«

Julia sah gar nicht mehr fröhlich aus und schickte aus den Augenwinkeln einen argwöhnischen Blick zu Sagerer. »Woher wissen Sie?«
»Ich spielte mit Beatrice Benedetti Tennis und trank anschließend mit ihr einige Gläser Schorle. In diesem Zusammenhang erlaube ich mir die Frage: Wann kommt unsere Verabredung für ein Abendessen zustande?«
»Wenn ich wieder in Hamburg bin.«
»Abgemacht. Weiterhin gute Fahrt.«
Julia legte verstimmt den Hörer ab. »So ein Scheiß.«
»Der Mann ist ein bißchen aufdringlich, nicht wahr?« räsonierte Ralf in Verkennung der Umstände. »Warum sagt er Ihnen nicht in Hamburg, was er auf dem Herzen hat.«
»Sie sollten immer an unsere Abmachung denken: Das Private geht Sie einen feuchten Schmutz an.«
»Entschuldigung.«
Julia schaltete das Radio ein und hüllte sich zehn lange Kilometer in Schweigen. Ralf betrachtete eingehend die vorbeiflitzende Landschaft. Er summte die Musik mit, wenn er das Lied kannte.
»Wie lange sind Sie schon mit Fräulein Benedetti zusammen?« fragte sie in Höhe Senkelmarker See.
»Eine Ewigkeit.«
Julia steigerte das Tempo und überholte zwei dänische Lastzüge. »Warum heiraten Sie nicht?«
»Gilt für Sie die vereinbarte Tabuzone nicht?«
»Ich frage aus einem bestimmten Grund.«
»Nämlich?«
»Wenn Sie zum Beispiel Ihrer Ehefrau erzählen, was bei Ihnen im Büro passiert«, dozierte Julia, »dann können Sie ihr untersagen, über diese geschäftlichen Vorgänge in der Öffentlichkeit zu reden. Tut sie das doch, könnten sich rechtliche Verwicklungen ergeben, wenn Ihrem Arbeitgeber aus dieser Schwatzhaftigkeit Schaden entsteht.«
»Worauf wollen Sie hinaus?«

»Einer Freundin, einer guten Bekannten, können Sie das, juristisch gesehen, nicht untersagen oder sie in irgendeiner Form haftbar machen. Da hilft nur: Maul halten, nichts erzählen.«
»Was geht mich das an?«
»Eine Menge! Das Bankhaus ›Dahlen, Timm und Dahlen‹ weiß, daß die Bayernbank in der Nordfrost-Angelegenheit die Initiative ergriffen hat.«
»Etwa von Ihnen?« argwöhnte er.
»Halten Sie mich für bekloppt?«
»Woher dann?«
»Herr *Doktor* Sagerer, Sie hätten ein paar Semester Jura belegen sollen, dann würde Ihre Frage sich erübrigen.«
»Beatrice?«
»Soll ich Ihnen verraten, was Pieter Dahlen sagte?«
»Ich bitte darum.«
»Er fragte: ›Wann sind Sie aus Dänemark zurück? Oder übernachten Sie am Lymfjord?«
»Woher weiß er?«
»Noch mal Originalton Dahlen: ›Ich spielte mit Beatrice Benedetti Tennis und trank anschließend mit ihr einige Gläser Schorle.‹ Sonst noch Fragen, lieber Herr Kollege?«
»Nicht zu glauben!« Viel Kraft wies seine Stimme nicht auf. Julia wandte den Kopf und gewann den Eindruck, er sei etwas kleiner geworden in seinem Beifahrersitz. »Wie fühlen Sie sich?«
»Bescheiden!«
»Kann ich Ihnen nachfühlen.« Sie schaltete das Radio aus, weil die Sender sich überschnitten. »Logisch. Sie haben ihr gesagt, wo wir hinfahren. Das verstehe ich zur Not. Geschäftsreise mit der Heininger. Dauert nicht lange. Bloß an den Lymfjord. Dies und das und pipapo! Sie haben nicht damit gerechnet, daß Ihre Beatrice, die, ich zitiere, ›so außerordentlich begabt ist, überall und im Handumdrehen in die bessere Gesellschaft einzutauchen‹, das bißchen Wissen so-

fort in die Gegend bläst.« Julias Tonlage wurde schärfer: »Sie hätten das jedoch wissen müssen! Ich behaupte das einfach!«
»Ich könnte mich ohrfeigen.«
»Sie sollten lieber die Dame übers Knie legen und ihr den dummen Hintern versohlen!«
In dieser phantastischen Stimmung überquerten sie die deutsch-dänische Grenze, und im Kopf mußten sie allerlei verarbeiten. Private Gedanken zum Beispiel.

In Nyköbing gondelte Julia erst am Jesperhus-Blumenpark vorbei und dann um sieben Ecken, ehe sie die Straße zum Hafen fand. Bei den Lagerhäusern und Baracken ein Wald von Kuttermasten, Dichtverkehr von Gabelstaplern, die Styroporkisten mit eingeeisten oder gefrosteten Heringen und Austern zu den Thermoauflegern in einer Kette internationaler Lastwagen transportierten.
Zwischen Kuttern, die Fische anlandeten, und Lagerhäusern, in denen die Fänge gewogen und versteigert wurden, ging es emsig, eilig, manchmal hektisch zu. Nur in einer Steinbaracke war der Betrieb eingestellt. Auf dem Schild über den geschlossenen Schiebetoren war die verblaßte Aufschrift NORFROST AB zu lesen. Einige Fenster waren zerbrochen und provisorisch abgedichtet, neben und hinter dem Gebäude verrotteten Holzkisten und Paletten, zerborstene Styropordeckel.
Julia wollte ihren Augen nicht trauen. »Das soll unser Vertragspartner sein? Du lieber Himmel! Da sehen wir keine müde Mark.«
Ralf untersuchte Rollen und Schienen der Schiebetür, kontrollierte das Schloß, schaute durch die fast blinden Fensterscheiben ins Innere und stellte fest: »Einen richtigen Dornröschenschlaf gibt's hier nicht. Ab und an ist hier Betrieb. Aber neue Ware ist nicht zu sehen. Macht den Eindruck, als ob jemand den Schuppen mit Fleiß verkommen läßt.«

Aus einer Seitentür stolperte ein Mann, der den Anschein erweckte, er würde sogleich bellen. Bösartige Augen, ungestutzter Kinnbart, beschmuddelter Pulli und ausgebeulte Cordhosen zeichneten ihn aus. Gereizt musterte er Julia und Ralf, das Auto und die deutsche Zulassungsnummer. »Was suchen Sie hier?«

»Sind Sie der Herr Asmussen?« fragte Sagerer.

Lauernder Blick. »Warum?«

»Ja oder nein?«

Er antwortete um die Ecke. »Was wollen Sie von mir?«

Ralf hob die Hand in Julias Richtung. »Frau Heininger. Mein Name ist Sagerer. Wir kommen von der Bayernbank in Hamburg. Das ist die Hausbank der Nordfrost GmbH.«

»Wir erfuhren von Herrn Engert, daß es Probleme gibt«, sagte Julia. »Sie, Herr Asmussen, würden den Liefervertrag nicht einhalten.«

»So, sagt er das, der Engert? Dann will ich Ihnen mal was zeigen. Kommen Sie mit mir.«

Er schloß auf, ging durch den muffigen Lagerraum voran und öffnete die Schwenkriegel der Thermotür zum Kühlhaus. »Kommen Sie!«

An den Wänden und auf Stahltischen stapelten sich Kartons mit eingefrorenen Heringen, Krabben, Muscheln. Über dem Gefriergut lag eine dicke Schicht Reif.

»Seit sechs Monaten nimmt Engert mir keine fünfzig Prozent der vereinbarten Liefermenge ab«, zeterte Asmussen. »Ich bleibe auf meiner Ware sitzen. Das bedeutet, ich bekomme kein Geld und kann die Fischer nicht bezahlen. Wer bricht hier die Verträge? Ich oder Engert?«

»Die Nordfrost hat einen Umsatzrückgang von fünfzig Prozent.«

»Engerts Schuld! Er macht keine Werbung!«

»Werbung mit schlechter Ware?« Ralf kratzte den Reif von einem Karton und riß die Pappe auf. »Fisch soll das sein? Das Zeug lagert schon über die zulässige Zeit, würde ich sagen.«

Asmussen fingerte einen Flachmann aus der Hosentasche, drehte mit zitternden Fingern den Verschluß ab und nahm einen Schluck. »Ich zwinge niemanden, bei mir zu kaufen. Wenn Engert die Konventionalstrafe zahlt, kann er sich sofort einen neuen Lieferanten suchen. 250000 Mark auf mein Konto, und er kann unseren Vertrag zerreißen.«
Julia wandte sich fröstelnd um und verließ den Kühlraum. Ralf lehnte den Flachmann ab, den Asmussen ihm gastfreundlich hinhielt.
»Werden Sie das dem Engert bestellen?« rief der Däne.
»Das machen wir«, bestätigte Sagerer. »Aber es wird noch eine Menge Ärger auf Sie zukommen, fürchte ich.«
»Auf mich? Auf Engert! Er nimmt die Ware nicht ab, er treibt mich in den Ruin! Juristisch ist die Lage ganz klar!«
»Nach welchem Recht?« Ralf sah ihn mitleidig an. »Vielen Dank, Herr Asmussen, daß Sie uns Einblick gewährt haben in Ihren Betrieb. Adieu.«
Ralf eilte Julia hinterher, die sich am Hafenkai aufwärmte und interessiert einem schwergewichtigen Fischer zusah, der mit Genuß heißen Kaffee schlürfte.
»Asmussen will nichts mehr verkaufen«, schätzte Sagerer. »Sein Laden ist so gut wie dicht, und er spekuliert auf die Konventionalstrafe. Mit 250000 in der Hand kann er sich totsaufen.«
»Das festzustellen, hat drei Stunden und fünf Minuten gedauert«, sagte Julia. »Drei Stunden Fahrt, fünf Minuten Besichtigung bei Asmussen.«
Der dicke Fischer unterbrach das laute Kaffeeschlürfen. »Ole Asmussen war ein gute Händler, bis sein Frau is gestorben. Das hat ihn fertigmacht. Nu trinkt er bloß und trinkt er bloß. Holen könnt ihr nix mehr bei ihm. Restlos fertig, der arme Mann. Wollt ihr Kaffee?« Er zeigte auf die bauchige Blechkanne, die auf dem Propangaskocher stand und leise summte. »Dann kommt.«
Ralf sprang an Deck und half Julia beim Hinabklettern. Er

legte seine Hände fest um ihre Taille und ließ die liebe Kollegin langsam an sich herabrutschen. Die längere körperliche Berührung war von ihm trickreich beabsichtigt. Er genoß das, und Julia sagte vor Schreck nicht mal »danke«.
»Mein Nam is Niels Nyrob«, stellte der Dicke sich vor und goß zwei Henkelbecher voll. »Ich mein, ihr sollt nich glauben, alle sind wie Ole Asmussen. Ihr seid oft an Lymfjorden?«
»Nein, zum erstenmal«, sagte Julia.
»Wenn ihr wollt, wir fahren zu das besten Fischrestaurant in Danmark. Damit ihr uns nicht in slechte Erinnerung behalte. Gute Vorslag?«
Ralf schaute Julia an. »Von mir aus gern – wenn ich keine Möweneier essen muß.«
»A propos Möweneier.« Sie guckte Nyrob fragend an und übte Rache für die von Ralf erschlichene Umarmung. »Gibt's Wellen im Lymfjord? Der Herr Sagerer verträgt nämlich keinen Seegang.«
»Ganz ruhig Wasser«, beteuerte der dicke Niels. »Manchmal leichte Dünung.« Mit der Hand deutete er die Wasserbewegung an, und das sah aus, als dämpfte Karajan in der Peer-Gynt-Suite die Blechbläser.
»Gut, dann hole ich den Wagen von Asmussen weg und stell' ihn auf den Parkplatz.« Julia suchte nach günstigen Trittmöglichkeiten, um den Kutter zu verlassen.
Selbstlos, ritterlich und mit hilfreichen Gebärden trat Ralf an ihre Seite, um sie auf nette Art von Bord zu liften. Sie bremste ihn mit den Augen. »Danke, ich schaff' das allein! Das war mir vorhin schon sehr privat.«

Weit und blau dehnte sich der Lymfjord unter dem Nachmittagshimmel. Steuerbord blieb die Insel Fur zurück und weit voraus tauchte das kleine Eiland Livö auf.
Julia und Ralf saßen am Bug, schauten nur und rochen die unheimlich gute Luft. Wenn Julia sich umdrehte, winkte Ny-

rob ihr aus seinem engen Steuerhaus freundlich zu. Sein Bootsmann, der sich am Heck an Leinen und Tauen zu schaffen machte, nickte feixend, wenn er einen Blick von ihr erhaschte.

Auf Julia wirkte die Atmosphäre bestürzend friedlich. Fjord, Himmel, Ruhe, tuckernder Diesel, vorbeirauschendes Wasser, kein Max, der fragte: »Mami, geht's gradeaus nach Grönland?«, keine Fanny, die wissen wollte: »Mögens morgen aan Leberkäs essen?«, keine Frau Heise, die ihr die Unterschriftenmappe vorlegte.

Ralf mißdeutete Julias entspanntes Gesicht und stellte die dämliche Frage, unter der alle jungen Frauen seit Generationen leiden: »Woran denken Sie?«

Was soll eine Frau, die richtig abgeschaltet hat, antworten? »An dich, Liebling«? Der Kerl mit seinem eingeengten Horizont erwartete das offenbar felsenfest. Der ahnte nicht, der konnte sich nicht vorstellen, daß Julia zufrieden war mit sich und der Welt. Zwar nur für einen begrenzten Zeitraum, aber immerhin.

Für Ralf sprach, daß er nicht nachhakte. Auch wenn er gewollt hätte, er wäre nicht dazu gekommen: Der Dieselmotor ächzte heftig, rumpelte, knackte und stand. Aus dem Auspuff quälte sich gurgelnd eine letzte schwarze Abgaswolke.

Jetzt plätscherte nur noch das Wasser vom Lymfjord an der Bordwand. Die Ruhe wirkte bedrückend, nicht beruhigend.

»Ist was?« fragte Julia.

Ralf erhob sich und ging zu Nyrob. Der äugte durch ein Decksluk in den Motorraum, wo sein Bootsmann dem Diesel mit einem großen Mutternschlüssel zu Leibe rückte.

»Panne?« fragte Sagerer.

Nyrob winkte zuversichtlich ab. »Alter Motor, hat da und hier Macken. Gleich repariert. Kein Problem.«

Ralf balancierte zum Bug zurück und setzte sich wieder neben Julia. »Er sagt, kein Problem, der Schaden sei gleich behoben.«

»Hoffentlich. Langsam bekomme ich nämlich Hunger. Das heißt, den hatte ich schon vorhin, als er sagte, er will uns zum besten Fischrestaurant Dänemarks fahren.«
»Ich hab' seit dem Frühstück auch nichts gegessen.«
Das gemeinsame Leid flößte ihr keinen Mut ein. »Von hier aus sieht man kein Land.«
»Kühl wird's auch.«
»Und feucht – die Sonne geht weg.«
Ralf stelzte abermals zu Nyrob. »Können Sie den Schaden mit Bordmitteln beheben?«
Fischer Nyrob strahlte Selbstsicherheit aus. »Bißken Geduld. Gleich okay.« Er schaute zum Bug. »Wenn das Fröken kalt ist, du gehst mit ihr in meine Koje, ja?«
Ralf tapste zu Julia. »Er sagt, er hat's gleich. Wenn Ihnen kalt ist, können wir in seine Kabine gehen.«
»Guter Vorschlag.« Sie stand auf. »Wenn man nur wüßte, welche Zeitspanne dieses ›gleich‹ für den Mann bedeutet.«
Sie kletterten hinunter in die Kabine und Niels rief Julia zu: »Du ruhst dich klein bißken.«
»Ich hab' Hunger.«
»Trinkst du Schlücksken Aquavit. Flasche steht in Schrank.«
Am Ende des Niedergangs stieß Julia sich an der Stirn und rief: »Vorsicht mit dem Kopf!«
»Ich pass' auf«, antwortete Ralf und stieß sich den Schädel am gleichen Holz.
Julia kicherte und spottete: »Trinkst du Schlücksken Aquavit. Flasche steht in Schrank.«
In der engen Kabine war nur eine Koje eingebaut. Es roch stark nach Dieselkraftstoff. In der leichten Dünung dümpelte und knarrte das Boot.
»Legen Sie sich hin«, empfahl Ralf.
»Und wenn ich einschlafe?«
»Ich setz' mich hierher«, er klemmte sich hinter den schmalen Tisch, »und weck' Sie, wenn's weitergeht.«

Julia kauerte sich hin und drehte sich zur Wand. Ralf zog sich einen Stapel dänischer Hochglanzmagazine heran, betrachtete pralle, blondgefärbte Mädchen, die vermutlich nicht aus Dänemark stammten.
Unversehens dämmerte es. Dunkelheit schon im Westen über dem Kattegat, rötlicher Schein der untergehenden Sonne in Richtung Nordsee. Der Kutter dümpelte träge. Niels Nyrob hatte Positionslichter gesetzt, die an der Batterie hingen. Mit seinem Bootsmann arbeitete er eigensinnig und verbissen am Motor.
Irgendwann steckte er den Kopf zum Niedergang hinein und rief in die Kajüte: »Noch bißken Geduld! Gleich geschafft. Ein Stunde oder zwei.«
Ralf vermutete, der starke Optimismus von Nyrob stehe in strengem Gegensatz zum schweren Motorschaden. »Wie bitte? Haben Sie mal an uns gedacht? Was ist kaputt?«
»Kolbenesser«, sagte Niels unfroh.
»Kolbenfresser?«
»Ja, genau dies.«
»Und das wollen Sie hier in der Nacht reparieren?« Ralf schaute ungläubig in das ölverschmierte Gesicht. »Sie arbeiten jetzt schon über zwei Stunden. Und Sie müssen jetzt den Dieselmotor auseinanderreißen? Sie sollten Nyköping anrufen und sich in den Hafen schleppen lassen.«
Der Vorschlag ging gegen die Ehre des Fischers. »Die lachen, wenn Niels Nyrob um ein Hilfe ruft.«
»Niemand wird lachen, denn Ihr Schiff ist nicht manövrierfähig, und Sie haben zwei Gäste an Bord.«
Julia wurde wach. »Ich will nicht die ganze Nacht hier zubringen. Ich sterbe vor Hunger.«
Maulend zog Nyrob sich ins Steuerhaus zurück und bat über Funk um Schlepperhilfe.
Mit steifen Gliedern rollte Julia aus der Koje und bot Sagerer das enge Bett an. »Legen Sie sich hin. Sehr behaglich, wirklich. Ich übernehme die zweite Wache.«

»Kommt gar nicht in Frage, ich sitz' hier sehr gut.«
Sie warf einen Blick auf die rosa Schweinchenpopos der nackten Mädchen in den Magazinen. »Offenbar amüsieren Sie sich auch sehr gut. Legen Sie sich hin und reden Sie nicht lange.«
Ralf fühlte sich ertappt. »Die Schmöker haben hier rumgelegen.«
»Sie sollen sich nicht entschuldigen, sondern Augenpflege betreiben.« Sie zeigte auf die Koje. »Marsch, ins Körbchen.«
Er zwängte sich hinter dem verschraubten Tisch hervor und an Julia vorbei, kroch auf Fischermanns Traumbett und drehte sich einige Male wie ein Hund, ehe er eine halbwegs günstige Ruheposition fand. Dann kam er sich vor, wie ein Prinz auf der Erbse, denn unter seinem Hinterteil störte ihn ein Fremdkörper. Er griff hin und fühlte Julias goldenes Armband in der Hand.
Ralf streckte den Arm aus und hielt den Schmuck in Richtung Tisch. »Ihr Geschmeide liegt hier rum.«
Julia antwortete nicht. Mit angezogenen Beinen saß sie auf der Bank und schnarchte leise vor sich hin.
Ralf drehte sich gähnend zur Bordwand und steckte das Armband in die Jackentasche.

Auf allen Plätzen des Tennisclubs wurden am Morgen Bälle gedroschen. Nur auf einem Platz langweilte sich der Trainer und wartete auf den Mann, dem er Stil und allerletzten Schliff beibringen sollte. Beatrice saß hinter dem Maschendrahtzaun auf einer weißen Bank und ließ den Clublehrer merken, daß sie eine nervöse Managerin war.
Mit einer Batterie Schläger unter dem Arm tauchte Pieter Dahlen auf, verhielt den Schritt, als er die kapriziöse Benedetti erblickte und ging über die Rasenfläche zu ihr. »Guten Morgen, Señora. Wo ist der Champion vom ›Bankers Cup‹ «
»Das möchte ich auch gern wissen. Seit einer halben Stunde sollte er trainieren.«

»Vermutlich hat ihn das große Fischgeschäft in Dänemark länger aufgehalten als ihm lieb war.«
Beatrice dachte nicht eine Sekunde an Fische. Die Fahrt an den Lymfjord schien ihr eher eine von der Heininger eingefädelte Wasserfalle zu sein, in der Ralf um seine Freiheit paddelte. Gab es einen vernünftigen Grund dafür, daß gleich zwei leitende Angestellte der Bayernbank zusammen reisten? »Vielleicht ist es ihm nicht unangenehm gewesen.«
»Dann, vermute ich, sind die Geschäfte glänzend gelaufen«, erwiderte Pieter. »Man kennt das ja. Der Abschluß wird begossen, und man sitzt fest. Wollen wir uns ebenfalls einen kleinen Schluck genehmigen?«
»Vielen Dank, so früh auf gar keinen Fall. Ich habe jetzt eine ganz andere Idee. Wenn Herr Sagerer nach Hause kommt, wird er Hunger haben. Ich muß mich um sein Frühstück kümmern.«
Dahlen konnte nicht ahnen, daß es Beatrice nicht so sehr um Ralfs leibliches Wohlbefinden ging. Sie hatte nämlich eine Vision: Ralf trug die Heininger auf seinen Armen über die Schwelle des Blankeneser Witwenheims, und Frau Paulsen stand in der Küche und katschte Beifall.
Sie nahm eine der Taxen, die am Halteplatz vor dem Clubhaus warteten, kaufte unterwegs einen kräftigen Imbiß ein und ließ sich ans Altonaer Elbufer zum Süllberg bringen. Von der guten Paulsen unbemerkt erreichte sie über die nur wenig knarrende Treppe die angemieteten beiden Zimmer und stellte die Einkaufstüten ab. Leise schlich sie ans Bett, in dem Ralf fest schlief. Einen zweiten Körper konnte sie unter der Decke nicht erkennen. Weder weibliche Oberbekleidung noch Dessous lagen herum. Auch das Badezimmer und der Nebenraum waren leer. Keine Spur von einer Dame.
Da die Gelegenheit ungemein günstig war, kontrollierte Beatrice flink alle Taschen von Ralfs Anzug, den er in einem Anflug von Ordnungsliebe samt Wäsche und Socken auf einen Stuhl gefeuert hatte.

Bei Beatrice setzte das große Grübeln ein, als sie ein goldenes Armband in Ralfs Jacke fand. Und weil eifersüchtige Frauen über nur sehr enge Zielvorstellungen verfügen, flimmerte vor Beatrice Benedettis geistigem Auge die zweite Folge der Vision »Ralf und Julia auf Reisen«: Dieses Weib plätscherte munter im Swimming-pool, verlor ihr Armband, Ralf hechtete vom Beckenrand ins Wasser und tauchte danach. Jugendfrei war das Trugbild nicht. Die Heininger trug keinen Badeanzug und Ralf keine Hose.

Sie verbarg den Schmuck in ihrer Faust und setzte sich auf den Bettrand. Ralf lag auf dem Bauch und schlief so fest, daß er nichts merkte. Anstatt ihn wachzuküssen, rüttelte sie an seiner Schulter. »Wach auf! Deine Trainerstunde hast du schon versäumt!«

Ein Mann, mit Vorwürfen geweckt, wird sogleich an seine Jugendzeit und die zähen Wachrufe erinnert: »Steh auf! Du kommst zu spät zur Schule!« Und später die Trillerpfeife des UvD in der Kaserne und das häßliche Gebrüll: »Kompanie aufstehn!«

Der Ärger über das liebe Mütterlein im Rahmen von dreizehn Schuljahren und den ungeliebten Bundeswehrwecker während der Dienstzeit kultivierte sich im Laufe der Jahre und gipfelte schließlich in anhaltender Mißstimmung, sobald mit schierer Gewalt in seinen Schlaf eingedrungen wird.

»Kannst du mich nicht ein bißchen freundlicher aufwecken?« brummte er mürrisch.

»Vor einer Stunde solltest du auf dem Tennisplatz stehen!«

»Aber nicht mitten in der Nacht.«

»Es ist neun Uhr!« rief Beatrice.

Ralf erschrak. »Du lieber Himmel. Jetzt hab' ich glatt verpennt. Ich muß ja zur Bank.«

»Wann bist du ins Bett gegangen?« fragte sie süffisant.

»Gegen zwei Uhr.«

»Warum so spät?«

»Das Boot hatte eine Panne.«

»Sag an, ein Boot! Und was ist das hier?« Sie drehte das Armband wie eine kleine Lassoschlinge um den rechten Zeigefinger.
Er hob den Kopf und blinzelte. »Keine Ahnung. Woher hast du das?«
»Aus deinem Anzug.«
Er erinnerte sich an die enge Koje auf dem Kutter. »Ich glaube, es ist das Armband von der Heininger.«
»Geschenkt?«
»Quatsch. Warum soll sie mir ihr Armband schenken? Es lag im Bett. Das heißt, ich lag drauf.«
»Auf der Heininger! In ihrem Bett?«
Er begriff den Angriff noch gar nicht. »Sie muß es im Schlaf verloren haben.«
»Muß ja ein tolles Gerangel gewesen sein!«
»Es war ganz harmlos.«
»Ich kenne deine Harmlosigkeiten!«
Ralf winkte müde ab. »Ich sagte schon: Der Kutter hatte mitten auf dem Lymfjord eine Panne, einen Kolbenfresser, und der Julia war kalt.«
»Da hast du sie gewärmt«, spottete sie.
»Du kannst manchmal verdammt lästig sein«, rief er. »Ich habe sie *nicht* gewärmt! Jetzt geht mir das erst auf! Du steckst mich mit der Heininger in ein Bett und konstruierst dir eine wilde Geschichte zusammen.«
Im Nu brachte Beatrice es fertig, zwei, drei Tränen zu produzieren. »Du bist ein Schuft!«
Er drehte sich vom Bauch auf den Rücken. »Jetzt werde ich dir mal was sagen: Ich habe dir erzählt, wohin ich mit Frau Heininger fahre und warum diese Reise nötig ist. Und was machst du?« Seine Stimme schwoll an. »Du gehst hin und trompetest diesem Dahlen brühwarm ins Ohr, was Sache ist! Weißt du, was das ist? Ein Vertrauensbruch allererster Güte. Und weißt du, was daraus resultiert? Ich werde dir nie wieder was von meinem Job erzählen!«

Mit der Tränenspur auf ihrem Make-up sah Beatrice etwas bemitleidenswert aus. »Deine alberne Fischgeschichte interessiert keinen Schwanz!«
Er wurde richtig wütend. »So, meinst du?! Da hängen im Endeffekt einige Millionen dran! Und Pieter Dahlen ist kein x-beliebiger Dandy in Hamburgs Schickeria, sondern der Juniorchef bei einem Konkurrenzunternehmen! Und der hat sich bestimmt ein Loch in den Hintern gefreut, daß er an eine Plaudertasche wie dich geraten ist.« Mit triefender Ironie setzte er hinzu: »Welche Pläne hat die Bayernbank? Ja, da fragt man halt die Benedetti!«
Sie lachte hysterisch. »Ich muß mich von dir nicht beleidigen lassen.« Doch auf einmal wurde sie vom Selbstmitleid überrollt. »Das war bloß im Gespräch über das Tennismatch der Bankleute. Ich wollte zeigen, wie ich zu dir stehe, daß ich dazugehöre. Ein großes Geheimnis kann das doch, weiß Gott, nicht gewesen sein.«
Ihre Naivität entwaffnete ihn. »Über ein Geschäft redet man, wenn's geklappt hat. Über ungelegte Eier verliert man kein Wort. Die Sache kann ins Auge gehen, und dann ist die Schadenfreude im Kollegenkreis riesig und der Mißkredit in der Öffentlichkeit nur schwer zu reparieren.«
»Ist denn Schaden entstanden?«
»Noch nicht. Es ist erst ein Tag vergangen.«
Sofort bekam sie Oberwasser. »Dann redest *du* doch um ungelegte Eier! Es ist nichts passiert, und du machst mir Vorwürfe! Das finde ich echt unfair!«
»Es geht um die Tatsache an sich. Um den Vertrauensbruch. Wenn der Bayernbank ein Schaden entsteht, werde *ich* zur Verantwortung gezogen, nicht du. Und warum? Weil ich mir einbildete, du kannst deine Klappe halten.«
Arrogant entgegnete Beatrice: »Ich hab' dich nicht gezwungen, mir die Fischgeschichte zu erzählen.«
Ralf wurde so zornig, daß seine Ohren summten. Ganz natürlich schien ihm plötzlich, was Julia empfohlen hatte: »Sie

sollten lieber die Dame übers Knie legen und ihr den dummen Hintern versohlen!«
Er schwang seine Beine aus dem Bett, setzte sich bequem und kündigte Beatrice mit verschmitztem Blick an, daß gleich etwas ganz und gar Ungewöhnliches passieren würde. Er packte sie, legte sie über seine Knie und machte mit der Linken jenen Körperteil von Beatrice frei, den Frau Heininger als geistesarm bezeichnet hatte.
Beatrice strampelte mit den Beinen und tobte: »Was hast du vor, du Unmensch?!«
»Dreimal darfst du raten.«
Schon klatschte es und brannte zugleich höllisch. Ralf fühlte sich befreit und mit jedem Schlag schwand seine Wut.
Draußen vor der Tür, auf halber Treppe, stand die Witwe Paulsen und genoß das Spektakel. Auf einmal hörten die klassischen Geräusche preußischer Erziehungskunst auf. An ihre Stelle trat schwer zu unterscheidendes Geraune, auch leises Schmatzen und Ächzen.
Frau Paulsen stieg vorsichtig die Treppe hinab. Seit dem Tod ihres Mannes vor zehn Jahren wollte sie an zwischenmenschliche Beziehungen, speziell wenn sie Lebensfreude signalisierten, nicht mehr erinnert werden.

Zum zweitenmal innerhalb kurzer Zeit saß Julia im Salon der Dahlen-Villa. Der alte Herr hatte sie telefonisch zum Dinner gebeten. Daß zufällig auch der Junior anwesend war, legte den Schluß nahe, Viktor Dahlen wollte den Heiratsabsichten seines Sohnes auf die Beine helfen.
Viktor deutete mit dem Messer in Julias Richtung eine Vorhand an. »Werden Sie ebenfalls um den Bankers Cup spielen?«
»Ich bin zu dieser Zeit im Urlaub.«
Forschend blickte er sie an. »Glücklicherweise oder leider?«
»Keine der beiden Vokabeln paßt«, erklärte Julia. »Ich bin nicht ehrgeizig – im Sport.«

»Aber Ihr Kollege«, meinte Pieter. »Und wohl nicht nur beim Tennis.«
»Mag sein. Besonders seine Bekannte. Der Vorschlag von Frau Benedetti, dieses Turnier zu veranstalten und Sponsoren aus unserem Kundenkreis zu gewinnen, ist in der Münchner Zentrale gut angekommen.«
»Weil Berthold Schwaiger ebenfalls Tennis spielt«, wußte der alte Dahlen. »Ist er mit Ihren Erfolgen zufrieden? Einige der Kunden, die Sie an Land gezogen haben, sind nicht jedermanns Sache.«
»Er ist zufrieden. Mit dem Aufsichtsrat bin ich noch auf Gegenkurs. Das heißt, die Vätergeneration tut so, als sei alles bereinigt.«
Der alte Herr ließ das Wort auf der Zunge zergehen. »Vätergeneration. Sie denken genau wie mein Sohn. Finden Sie mich überflüssig?«
Julia wußte nicht sofort, was sie antworten sollte. »Die Zeiten haben sich geändert...«
»Das ist richtig. Mich schaudert's, wenn ich die Zeitung aufschlage und lese, daß Menschen in bedeutenden Positionen das Geld anderer Leute als ihr Eigentum betrachten.«
Ehe sein Vater das Thema zum Vortrag ausbauen konnte, sagte Pieter: »Ich hab' mich übrigens schlau gemacht über die Nordfrost-Affäre.«
»Auf meinen Vorschlag« betonte sein Vater.
»Okay, okay, auf deinen Vorschlag. Ich hätte der Nordfrost schon lange geraten, die Geschäftsbeziehung zu Asmussen abzubrechen. Jetzt steht Engert mit ein paar hunderttausend Dosen da und weiß nicht, womit er sie füllen soll.«
»Er kann nicht aus dem Vertrag raus«, sagte Julia und ärgerte sich, daß die Dahlens sich in Bayernbankgeschäfte mischten. »Aber damit haben Sie glücklicherweise nichts zu tun.«
»Keine Aufregung, gnädige Frau, wollen wir auch nicht. Aber Sie können sich nach so kurzer Amtszeit keine Pleite leisten. Auch wenn's bloß ein paar Millionen sind. Uns geht das

nichts an, das ist schon richtig, wir wollen Ihnen nur einen Tip geben.«
»Ich«, sagte Viktor.
»Dann sag's ihr.«
»Buljanow.«
»Wer ist das?« fragte Julia.
»Ein Vertreter des russischen Staatshandels«, sagte der Junior. »Kaviar, Hummern, Königskrabben und alles, was im Meer und in den russischen Flüssen herumschwimmt. Wir wollen Sie mit ihm bekanntmachen. Vater hat mit ihm in der Angelegenheit telefoniert.«
Viktor setzte seinen Rollstuhl nach rückwärts in Bewegung und steuerte sich näher an Julia heran. »Der Mann steigt ein in das Geschäft. Die Konditionen muß der Geschäftsführer von Nordfrost mit ihm aushandeln. Lieferung und Kasse Zug um Zug. Diesen Asmussen können Sie vergessen.«
»Der Vertrag läuft noch zwei Jahre«, erklärte Julia.
»Will jemand klagen?« fragte Viktor.
»Engert will nicht, und Asmussen kann nicht.«
»Damit ist doch alles bestens«, äußerte Pieter Dahlen. »Sind Sie etwa unzufrieden?«
»Ich bin hochzufrieden, und ich danke Ihnen, daß Sie sich für Ihre Konkurrenz eingesetzt haben.«
»Für Sie, nicht für die Bayernbank«, gestand Viktor.
»Dann frage ich mich nur noch, warum ich nach Dänemark gefahren bin?«
Viktor Dahlen schnippte mit den Fingern. »Bert, den Knallköm!«
Der Butler trug ein englisches Beistelltischchen heran, auf dem der Champagner stand.

Die Sterne standen ungünstig, wußte Beatrice. Sie hielt es für angezeigt, nach Mailand und Florenz abzutauchen. Mit Ralf, hatte sie wahrgenommen, gab es Verständigungsschwierigkeiten, die nicht mit leichter Hand vom Tisch gefegt werden konnten. Schlichte, vermeidbare Anlässe bauschten sich zu Problemen auf. Unvollkommenheiten, von beiden bisher großzügig übersehen, erhielten Gewicht. Eine Zigarette, letzter und eigentlich belangloser Anstoß zu ausgedehnter Schweigsamkeit, bestärkte Beatrice in ihrem Entschluß zur großen Pause.

Absurd diese Ursache zur Italienreise: Unter Flutlicht absolvierte Ralf mit dem Trainer die letzte Aufbaustunde vor dem Turnier der Hamburger Banken. Auf dem Platz scharfer Ballwechsel, hinter dem grünen Maschendraht einige Kiebitze, die die Form des Champions abschätzten. Beatrice hielt eine Zigarette zwischen den Fingern und setzte ab und zu Rauchzeichen: Seht her, ich bin's.

Ralf brach das Spiel plötzlich ab, steuerte keuchend auf Beatrice zu und fuhr sie an: »Kannst du nicht die verdammte Zigarette ausmachen, wenn ich auf dem Platz rumspringen muß? Vielleicht schleppst du noch Champagner an, wenn ich trainiere!«

»Glänzende Idee!« Sie sprang von der weißen Bank auf, zertrat die Zigarette und entschwand. Noch an diesem Abend unterrichtete sie ihn telefonisch und kühl von ihrem nicht mehr umzustoßenden Plan, am nächsten Morgen nach Italien zu fliegen. »Ich halte es für besser, wenn wir uns einige Zeit nicht sehen. Du wirst ähnlich denken, fürchte ich.«

Baff merkte er, daß ihm kein vernünftiges Gegenargument einfiel. »Mailand und Florenz werden entzückt sein.«

»Mehr hast du mir nicht zu sagen?«

»Was erwartest du? Wir waren schon oft getrennt voneinander. Ich glaube nicht, daß es ausgerechnet diesmal eine Trennung für dauernd ist.« In seinem Hinterkopf rumorte allerdings ein Gedanke, der das Gegenteil behauptete.

Tastende Frage von ihr: »Bringst du mich zum Airport?«

Ralf brachte sie zum Flugplatz. Sie standen am Morgen nebeneinander in der Halle am Ticketschalter und gaben unbedeutende, herbeigezerrte Sätze von sich.

»In Mailand ist das Wetter sicher besser«, äußerte er.
»Kann sein.«
»In Mailand regnet es«, verriet die Bodenstewardeß.
»Ich hab' das unbestimmte Gefühl, das Bankers Cup fällt ins Wasser«, weissagte er.
Beatrice nahm Ticket und Bordkarte entgegen. »Glaub' ich nicht.« Sie blickte die Stewardeß an. »Habe ich einen Raucherplatz?«
»Wollten Sie?«
»Ja.«
Die Bordkarte wurde umgetauscht, und Beatrice sagte zu Ralf: »Wenn der Regen nicht nachläßt, müßt ihr halt den Termin verschieben. Ich kann mich leider nicht mehr darum kümmern.«
Er wußte keine gescheite Antwort.
»Sicher kannst du die Aufgabe delegieren«, fuhr sie fort. »An Frau Heininger zum Beispiel.«
»Sie ist im Urlaub. Außerdem sind die Plätze für das nächste halbe Jahr ausgebucht. Eine Terminverschiebung ist daher nicht möglich.«
»Welch Pech für dich«, sagte sie ironisch. »Und wie schade um das stramme Training.«
Der Lautsprecher erlöste beide vom zähen Gespräch. »Abflug Lufthansa 921 nach Mailand, Ausgang B sieben. Lufthansa Flightnumber 921 to Milano, Exit B seven.«
Beatrice schritt zur Personenkontrolle. Ralf folgte ihr langsam. Während dieser kurzen Zeitspanne bestand Übereinstimmung zwischen ihnen. Beide wollten den sonst obligaten Abschiedskuß vermeiden.
»Ciao«, rief sie. »Wir telefonieren.«
»Wiedersehn«, sagte Ralf, sah sie hinter dem Vorhang verschwinden und hörte das leise Piepen des Suchgerätes, das ihren Körper abtastete.

5

Hochdruckzonen

Frau Habernoll trug einen Blazer mit klassischem Karomuster im englischen Landadelsstil. Leichte Taillenoptik, breite Schulterpartie. Bundfaltenhose mit Paspeltaschen und dekorativ gesteppten Nähten. Kalbsleder-Schnürhalbschuhe mit Zwei-Zentimeter-Absatz. Ihr Outfit verlieh ihr eine männliche Note, wirkte an der Fünfzigjährigen jedoch nicht deplaziert.

Sie stand mit Sagerer auf der Galerie, von der aus die riesige Halle der Versandabteilung sich überblicken ließ. Drahtcontainer auf computergelenkten Transportrobotern rollten durch zwanzig Meter hohe Regalschluchten und verschwanden in Nebenhallen.

»50000 Pakete täglich«, erklärte Frau Habernoll. »Und wenn ich das neue Versandsystem in Betrieb nehme, spare ich zwei Stunden bei den Packstraßen ein. Besser kann man achtundzwanzig Millionen nicht anlegen.«

Sagerer fühlte, sie unterrichtete ihn nur beiläufig. Er brachte deshalb nur einen nebensächlichen Satz zustande. »Die Bayernbank hat sich der Industrie immer als loyaler Partner verpflichtet gefühlt.«

Die Versandhaus-Chefin verfolgte mit den Augen einen spärlich beladenen Transporter. »Sie sind nicht das einzige Institut, mit dem ich verhandle.«

»Sagen Ihnen unsere Konditionen nicht zu?«

»Das ist es nicht, Dr. Sagerer. Ich bin nur etwas enttäuscht.« Sie blickte an ihm vorbei, als erwarte sie, daß noch jemand käme. »Es hieß, ihre Bank sei das erste Haus mit einer Direktorin.«

»Steht dieser Umstand Ihren Plänen entgegen?«

»Absolut nicht. Mir wäre nur angenehm, mit einer Frau über das Projekt zu verhandeln.«
Das versetzte ihm einen Stich mitten hinein in seinen Alleinvertretungsanspruch. »Frau Heininger macht einige Tage Urlaub in Bayern.«
»Schade – sie interessiert mich.« Nach wohlüberlegter Pause setzte sie hinzu: »Mich interessieren Frauen in Führungspositionen. Wir sind die besseren Männer – falls Ihnen das etwas sagt. Schauen Sie sich nur mein Versandhaus an.«
»Sehr eindrucksvoll«, lobte er profimäßig.
»Es war ein langer Weg durch den Privilegien-Dschungel der Männergesellschaft. Deshalb bewundere ich Frauen, die es trotzdem geschafft haben. Für mich ist jede einzelne eine Heldin.«
»Den Eindruck habe ich von Frau Heininger nicht.«
»Ich möchte sie kennenlernen. Unterrichten Sie mich bitte, wenn der Urlaub von Frau Direktor Heininger beendet ist. Ich werde nach ihrer Rückkehr bei mir zu Hause einen kleinen Empfang geben.« Mit kurzer Handbewegung beendete sie die Audienz.

In dicken roten Ziffern stand die Telefonnummer vom Tegernseer Hotel Heininger auf dem Terminkalender, der auf Julias Hamburger Schreibtisch lag. Sagerer tippte die Nummer ein und sah, daß Frau Heise im Nebenzimmer die Arbeit am Schreibcomputer unterbrach, um zu lauschen.
Zuerst war der alte Toni am Rohr. Er verstand nicht recht wer gewünscht wurde, gab an die Chefin weiter, und Hermine holte schließlich Julia an den Apparat.
»Sagerer«, rief er.
»Ich denke pausenlos an Sie«, sagte Julia.
»Geschäftlich oder privat?«
»Gewissermaßen beides. Ich habe die Daumen gedrückt für Sie. Wie ist das Turnier ausgegangen? Natürlich haben Sie gewonnen, nicht wahr? Sie waren in Topform.«

»Wir haben den Cup abgesagt. In Hamburg regnet es seit Stunden, die Plätze sind so schnell nicht bespielbar und verschieben können wir nicht. Terminschwierigkeiten.«
»Das Managment von Ihrer Beatrice ist damit ins Wasser gefallen.«
»Sie freuen sich darüber, was?«
»Das haben Sie gesagt.«
»Beatrice ist schmollend nach Italien abgeflogen.«
»Was heißt schmollend? Wegen des schlechten Wetters oder weil das Turnier ausgefallen ist?«
»Es gab Unstimmigkeiten.«
»Schade, daß mich Ihr Privatleben nicht interessieren darf.« Julia kicherte. »Wie läuft das Geschäft? Oder ist das ebenfalls verregnet?«
»Eine Dame ist ganz scharf auf Sie.«
»Dienstlich?«
»Das hoffe ich. Aber komisch war's schon. Sie meint, Sie seien eine Heldin.«
»Wer?«
»Frau Habernoll.«
»Das Versandhaus? Ich hörte, sie will allerlei Kapital in die Modernisierung stecken.«
»Mit einem 28-Millionen-Kredit von uns. Abschließen will die Dame nur mit Ihnen – anläßlich eines Empfanges in der Habernollschen Villa. Wann kommen Sie zurück?«
»Sehr viel eher als geplant. Ende der Woche. Mein Sohn hat hier schlapp gemacht.«
»Das ist ja schon übermorgen. Schlimm mit Max?«
»Der Arzt sagt, er sei zu schnell gewachsen, er hat Stoffwechselprobleme. Er muß zur Kur an die Nordsee. Liegt sonst noch was an?«
»Die Firma Senux will ein Grundstück am Falkenstein kaufen. Beste Lage. Gehört einer Erbengemeinschaft, die schnell Geld machen möchte.«
»Und wir sollen vorfinanzieren, ja?«

»Zwischenfinanzieren für Grunderwerb, Abriß und Neubau einer Luxuswohnanlage. Vier Millionen. Kann man wohl zusagen.«
»Was befindet sich zur Zeit auf dem Grundstück?«
»Ein Seemannsheim.«
»Das sehn wir uns an. Was macht die Witwe Paulsen?«
»Das Theater ist zu Ende. Mein Bruder Sascha hat mir vorübergehend seine Wohnung überlassen.«
»Wieder bloß vorübergehend? Hoffentlich bekommen Sie bald was Eigenes. Ich glaube, Ihr Bruder ist nicht der richtige Partner. Was ich Ihnen noch sagen möchte: Schwaigers Frau liegt im Hospital. Sie ist todkrank. Kann sein, daß er mit dem Schlimmsten rechnen muß. Sie waren über zwanzig Jahre miteinander verheiratet.«
»War's eine gute Ehe?«
»Glaub' schon. Obwohl – er verbringt einen großen Teil seiner freien Zeit bei meiner Mutter. Aber das muß nichts bedeuten. Sie ist aber gut befreundet mit seiner Frau.«
»Sind Sie traurig, daß Sie den Tegernsee wieder verlassen müssen?«
»Nicht sehr. Ich bin gern in Hamburg.«
»Seit wann?«
»Seit neuestem.« Julia zögerte. »Genau gesagt, seit der Kutterfahrt über den Lymfjord.«
Das gab ihm unheimlich Mut. »Ich habe Sie vermißt.«
»Privat oder geschäftlich.«
»Privat«, gab er zu, denn geschäftlich fühlte er sich so richtig autark.

Bei dem kleinen Empfang, der sich als Rezitationsabend entpuppte, glänzte Frau Habernoll durch männlich adrette Eleganz. Während ein befrackter Pianist im Hintergrund für die Gäste die Mondschein-Sonate spielte, bemächtigte Frau Habernoll sich der Frau Direktor Heininger. »Auf ein Wort, meine Liebe.«

Sagerer fühlte sich von ihr abermals zu einer Art unnützem Beipack deklassiert.
Frau Habernoll sah sich diskret zu ihm um und fragte Julia: »Sie beschäftigen sicherlich auch nur Männer?«
»Nicht ausschließlich.«
Frau Habernoll guckte verwundert. »Nicht? Ich rate Ihnen, das zu tun. Die Intuition, die wir Frauen haben, kann auf Muskelkraft nicht verzichten. Und, meine Liebe: Männer begreifen sehr viel schneller. Erklärungen braucht man nur einmal abzugeben. Funktioneller Ordnungssinn ist ihnen offenbar angeboren. Sie finden auf Anhieb, was man braucht. Und sie können rationell denken. Sie setzen jede Idee um. Sie müssen sich nur hüten, die Herren gut zu behandeln.«
Julia mußte sich zusammennehmen. Die Erkenntnisse der guten Habernoll klangen absolut nicht emanzipiert. »Wie groß soll die Distanz sein?«
»Total!«
»Aber wenn Sie einen Ihrer Herren besonders sympathisch finden«, provozierte Julia, »was dann?«
Frau Habernoll lächelte fein. »Ich bringe keinem meiner männlichen Mitarbeiter besondere Sympathie entgegen, jedenfalls nicht in der Weise, die Sie vermutlich andeuten wollten. Ich bin die Chefin, und sie arbeiten für mein Geld.«
Am Flügel tauchte ein neuer Mann im Frack auf. Er knetete seine blassen Hände, als müsse er sie geschmeidig machen für weite Oktavengriffe. Doch am Instrument saß schon einer. Es war nur Nervosität. Als das Stimmengewirr allmählich verebbte, kamen seine Finger zur Ruhe.
»Bitte«, kommandierte Frau Habernoll.
»Der Panther«, kündigte der Rezitator an, »von Rilke.«
Die Mondschein-Sonate verstummte. Ein verspäteter Champagnerkorken floppte aus dem Flaschenhals. Der Lohndiener schaute betreten.
»Ich bitte Sie!« sagte Frau Habernoll zurechtweisend und schaute strafend.

In der Stimme des Rezitators fand des Panthers weicher Gang geschmeidig starker Schritte malerisch intensiven Niederschlag. Das müde Raubtierauge hinter Gitterstäben, die Ohnmacht der Kreatur – das kam gut über die Rampe, die Gäste spendeten dankbar Applaus und warteten auf das nächste Gedicht.
»Rilke ist wunderbar«, suggerierte Frau Habernoll.
»Als Teenager hab' ich seine Gedichte verschlungen«, gab Julia zu.
Frau Habernoll wähnte, in Frau Heininger eine Schwester im Geiste gefunden zu haben. »Ich auch.«
Julias Erwiderung war für Frau Habernoll wie ein nasser Lappen. »Heute bin ich mir nicht mehr sicher, wo seine Romantik endet und der Kitsch beginnt.«
Das verstimmte die Versandhausmillionärin. »Ich bitte Sie! Ich ziehe Rilke sogar Goethes Gedichten vor!«
Julia merkte, noch eine falsche Antwort würde sie aus dem erlauchten Kreis herauskatapultieren, und dann war die Bayernbank nicht mehr im Geschäft. Deshalb verschwieg sie tapfer, was sie zu Goethe sagen wollte. Wenn Ralf wenigstens käme und das rettende Wort zur richtigen Zeit wüßte.
Der Retter kam und wußte. »Ein wundervolles Gedicht! Der Titel könnte auch lauten ›Der einsame Mann‹, nicht wahr? Allein der letzte Vers rechtfertigt das.« Er blickte Frau Habernoll und Julia abwechselnd an und wiederholte die Rilke-Zeilen: »Nur manchmal schiebt der Vorhang der Pupille sich lautlos auf. Dann geht ein Bild hinein, geht durch der Glieder angespannte Stille und hört im Herzen auf zu sein.«
Julia bewunderte ihn und überlegte: Meint er sich, und bin ich an seinem Zustand schuld?
»Na, was habe ich Ihnen gesagt, meine Liebe?« triumphierte Frau Habernoll. »In solchen Situationen sind Männer unentbehrlich!«

Im Büro der Bayernbank stützte Julia die Arme auf ihren

Schreibtisch und musterte Ralf. »Ist mein Eindruck richtig, daß Sie das Versandhausgeschäft retteten? Meine Kritik an Rilke war genau falsch. Kitsch, hab' ich gesagt. Das wollte die Habernoll nicht hören. Scharf ist sie ganz bestimmt nicht mehr auf mich.«
»Als Retter in der Not kam ich mir nicht vor. Ich dachte nur: Mit Rilke weiß die Heininger nix anzufangen.« Er lachte. »Da hab' ich halt ein bißchen Small-Talk machen wollen. Aber nachher hat sie doch wieder pausenlos auf Sie eingeredet.«
»Das will nichts heißen«, sagte Julia. »Sie ist wahnsinnig empfindlich. Ein paar Erläuterungen hat sie hingeworfen, mehr nicht. Ihr neues Versandsystem garantiert ihr fünfundzwanzig Prozent Zeitersparnis, soll heißen, sie kann ihre Kapazität um fünfundzwanzig Prozent steigern.«
»Der Versandhausmarkt ist so gut wie gesättigt«, gab Ralf zu bedenken.
»Daran glaube ich nicht, wenn die Habernoll so groß einsteigt. In den neuen Frühjahrskatalog werden dreißig neue Produktbereiche aufgenommen.«
»Und was folgern Sie daraus?«
»Daß die Habernoll-Aktien um hundertachtzig bis zweihundert Punkte steigen werden«, erklärte Julia. »Wenn wir unseren Anlagekunden den Ankauf empfehlen, landen wir das beste Solo der Saison.«
Ralf zog die Mundwinkel zweifelnd nach unten. »Und wenn die nicht mitziehen?«
»Kaufen wir trotzdem! Für Eigenguthaben über unsere Wertpapierabteilung in München.«
»Sie denken, Schwaiger ist mit von der Partie?«
»Immer. Angenommen, das 28-Millionen-Geschäft mit ihr geht uns durch die Lappen, weil ich Rilke nicht so drauf hab' wie Sie, Herr Kollege, möcht' ich wenigstens am neuen Versandsystem verdienen.« Sie rieb ihre Handflächen aneinander. »Jetzt sollten wir uns von Frau Heise einen Kaffee machen lassen.«

»Wir sind im Seemannsheim am Falkenstein zum Kaffee eingeladen. Sie erinnern sich – die Zwischenfinanzierung bewilligen und das tun, wofür wir hier sind: Geld verdienen.«
»Okay, aber danach fahr' ich mit Fanny direkt nach St. Peter-Ording zu meinem Sohn. Max ist dort nicht sehr glücklich. Vermutlich kommt er um vor Heimweh. Übers Wochenende bleib' ich bei ihm.«
Ralf fühlte sich zu großen Taten animiert, wagte sich jedoch nur einen kleinen Schritt vorwärts. »Ich möchte einen Vorschlag machen. Hoffentlich kriegen Sie den nicht in den falschen Hals.«
»Klingt sehr persönlich...«
»Ist es auch. Wollen wir uns, gewissermaßen als Symbol des freundschaftlichen Respekts, beim Vornamen anreden?«
Ihre Antwort klang unsicher. »Unserer Abmachung gemäß, kann das nur den dienstlichen Bereich betreffen.«
»Ganz klar, Julia.« Er grinste wie ein reiner Engel. »Privat bleiben Sie für mich immer Frau Heininger.«
Sie begriff die Hirnrissigkeit. »Ralf – ich hab' nichts dagegen.«
Er mußte das neue Wort üben. »Darauf sollten wir was trinken, Julia.«
Sie trainierte ebenfalls. »Ich werde Sie daran erinnern, Ralf.«

Fest stand nur, Max mußte die Kur in St. Peter-Ording durchziehen. Der Aufenthalt im Kindererholungsheim der Frau Dr. Drenkmann machte ihm jedoch zu schaffen. Die Ärztin hatte das zwar erkannt, sie wollte jedoch nicht sofort aufgeben. »Es gibt eine Menge Kinder, denen die Trennung von zu Haus nahegeht. Aber ich empfehle den Eltern immer wieder, dem Wunsch der Kinder nicht so schnell nachzugeben. Die Gemeinschaft sorgt über kurz oder lang dafür, daß sie sich wohl fühlen.«
»Sie haben sicher recht«, sagte Julia geduldig. »Aber ich möchte nicht noch mehr Fehler machen, und ich will nicht,

daß er mich eines Tages Rabenmutter schimpft. Wenn Sie einverstanden sind: Er kommt jeden Tag hierher zu Ihnen für Bäder, Massagen und so weiter, aber er wohnt und ißt in der Pension Sonnenschein mit meiner Haushälterin und zum Wochenende mit mir. Ich habe dort eine kleine Wohnung gemietet. Dann gibt es keine Komplikationen. Auf das Gemeinschaftserlebnis kann er im Augenblick gut verzichten.«

Einigkeit wurde schnell erzielt, weil sich an der Behandlungspauschale kaum etwas zuungunsten des Erholungsheimes änderte. Julia verzichtete darauf, um ein paar Mark zu feilschen.

Fanny räumte die Siebensachen von Max zusammen und verpackte sie im Auto. Julia verstaute ihren Sohn und gondelte zum Haus Sonnenschein.

»Kommen Sie denn allein zurecht in Hamburg?« fragte Fanny besorgt.

»Kümmere dich um Max und nicht um mich. Die paar Wochen gehen schnell vorbei.«

»Wie gewünscht mit Telefon«, sagte die Wirtin und wies mit Vehemenz auf den Apparat, als sei das der neueste Schrei moderner Technik.

Max inspizierte das Klo und Fanny die enge Küche. Julia hängte sich an die Strippe und rief Sagerer an.

»Ralf? Ich weiß nicht, ob Sie meine Idee unheimlich gut finden. Wir wollten was trinken, richtig? Kann doch auch in St. Peter-Ording sein, oder? Kommen Sie her, wenn Sie meine Familie nicht stört.«

Himmisakra, woher weiß die Frau, wie blöd ich Hamburg ohne sie finde, überlegte er und freute sich, daß die italienische Beatrice weit weg war. »Ein wundervoller Vorschlag – bißchen überraschend, würde ich meinen. Aber wenn's Sie beruhigt: Ohne Sie ist es hier sowieso verdammt öde.«

»Ohne mich? Beatrice fehlt Ihnen!«

»Über das Thema hab' ich eben erst Inspektion in meinem Hirnkastl gemacht. Nein, sie fehlt mir nicht.«

»Wie schön für mich. Dann machen Sie sich auf die Socken, möchte ich sprechen.«
»Wann rechnen Sie mit mir?«
»Gegen zwanzig Uhr. Wir machen vorher einen Ausflug nach Pellworm, aber wir sind zurück, bevor Sie eintreffen. Pension Sonnenschein. überlegen Sie sich, was wir unternehmen. Alles klar?«
»Alles!«
Mit Elan ging er das Ereignis an. Alles was er tat, geschah schwungvoll. Vom Rasieren bis zum Start mit dem Motorrad befand er sich in phantasievoller Hast. Real vergingen zwei Stunden – allerdings wie im Flug.
Noch vor neunzehn Uhr nahm er St. Peter-Ording in Besitz und parkte seine Maschine. Er streifte die Lederkombination vom Leinenanzug, verstaute sie und den Helm in den Packtaschen und marschierte in den Ort. Kritisch nahm er Restaurants in Augenschein, studierte die draußen angeschlagenen Speisekarten, malte sich aus, wie der Abend mit Julia beginnen und wie er hoffentlich enden würde. Seine Phantasie war grenzüberschreitend.
Pünktlich um zwanzig Uhr drückte er auf den Klingelknopf der Pension Sonnenschein und sagte der Wirtin, er sei jetzt mit Frau Heininger verabredet und ob er, bitte schön, eintreten dürfe. »Ich bin Dr. Ralf Sagerer.«
»Die Frau Heininger und die Frau Fanny und der Max sind mit dem Schiff nach Pellworm gefahren.« Die Wirtin blickte auf die Uhr. »Allerdings müßten sie längst zurück sein.«
»Das klingt nicht sehr ermutigend.«
»Verspätung vielleicht. Bei der Landungsbrücke wissen die sicher genau, wann das Schiff einläuft.«
Vom Orientierungsplan im Zentrum pickte Ralf sich den Weg zur Mole heraus, kletterte in den Sattel und brummte an den Deich. Eine starke Brise pfiff ihm um die Ohren, als er das Motorrad kurz vor der Landungsbrücke aufbockte. Menschenleer – Mole und Vorplatz.

Aus dem Kartenhäuschen, das mit Informationen über Fährverbindungen, Ablege- und Ankunftszeiten bepflastert war, trat ein alter Mann und wollte die Bude zuschließen.
»Wann kommt das Schiff aus Pellworm?« rief Ralf gegen den Wind.
»Momang, ik sleut man bloot de Döör.«
»Bitte?«
Nachsichtig und langsam schob der Mann die hochdeutsche Übersetzung nach: »Moment, ich komme gleich, ich will bloß die Tür abschließen! Wie ich merk, sin Sie nich von hier, nä?«
»Nein.«
»Dat heff ik mi glieks denkt.«
»Bitte?«
»Ik heff secht: Das dachte ich mir gleich. Was wollten Sie wissen?«
»Wann das Schiff aus Pellworm eintrifft.«
Der Alte wiegte den Kopf, als ob die Auskunft überflüssig sei, die Umstände ihm jedoch leid täten. »Hüüt kummts nich mehr. Dats to gefahrlich, röbertujuckeln.«
»Bitte?«
»Heute nicht mehr. Es ist zu gefährlich, von drüben nach hier zu fahren.«
»Aber es müßte doch.«
»Tut's aber nich!«
»Warum nicht?«
»Stoormwarnung.«
Ralf reckte den Kopf und schnupperte. »Sturm? Ich merk' nichts.«
Der Alte zeigte in den schwarzen Himmel über der See. »Is dat nix? Dat is fix bi uns. Wenn dee Stoorm anfungen harr, dann will hei et ok to Enn bringen.«
»Und wo bleibt das Schiff?«
»Na, wo woll? In Pellworm. Vor morgen früh geiht da gar nix. Tschüß ook!«

»Und die Passagiere?« Seine Frage klang, als seien bereits Menschenleben zu beklagen.
»De Lüüd könn dröben unnerslöpen.«
Ralf lief auf die Landungsbrücke und starrte hinüber auf die Hallig Pellworm, auf die paar Lichtelchen, die er erkennen konnte, und die ein wenig zitterten im abendlichen Dunst. Er kniff die Augen zu Schlitzen – über See keine zwanzig Kilometer entfernt und doch unerreichbar, verdammt noch mal.
Es entsprach seiner Natur, Schuld zuzuweisen. Nicht das Wetter machte den dicken Strich durch das gemeinsame Wochenende, befand er, Julia hatte sich nicht korrekt verhalten. Sie hätte diesen Nachmittagsausflug nicht riskieren sollen, wenn sie mit ihm verabredet war. Mit Wetterschwankungen war an der Küste immer zu rechnen. Die Kahnpartie hätte sie auf morgen verschieben sollen. Pellworm lief ja nicht weg. Immer diese Hast aus Angst, etwas zu versäumen.
Der Wind blies kühl durch den Leinenanzug. Ralf rannte über den Deich zu seiner Maschine, stieg schnell in die Lederkombination, stülpte den Helm auf und startete den Motor. Letzter Blick auf Pellworm und ein enttäuschter Abschiedsgruß: »Schweinerei!«

Strohsäcke lagen dicht bei dicht in der Scheune am Pellwormer Schiffsanleger Übermarkerkoogsmitteldeich. Die Bauern der großen Hallig waren auf Notübernachtungen eingerichtet.
Während Max und Fanny versuchten, sich so gut wie möglich für die Nacht einzurichten, saß Julia im Bauernhaus auf der Warft vor dem Telefon. Sie bekam keine Verbindung zur Pension Sonnenschein in St. Peter-Ording.
»Das kann dauern, Frau«, entmutigte der Bauer sie. »Jetzt laufen die paar Leitungen, die wir hier haben, ganz schön heiß. Alle Leute vom Schiff wollen Bescheid sagen, daß sie die Nacht nich nach Hause kommen, und manchem kommt's zupaß.«

Julias Gedanken wurde von einigen starken bayrischen Flüchen blockiert. Sie hatte sich für dieses Wochenende fest vorgenommen, der Gefahr mutig ins Auge zu sehen und das dienstliche Verhältnis zu Sagerer durch eine leichte private Nuance aufzulockern. Das hätte sich bei einigen Schoppen Wein ergeben. Beileibe kein Vorsatz, rief sie sich zur Ordnung. Nur die Geschichte auf sich zukommen lassen, die Situation in der Hand behalten und im richtigen Moment dem Mann die Entscheidung abnehmen. Man muß halt vernünftig überlegn, wos ma mitanand zweg bringt...
Abermals wählte sie die Nummer der Pension Sonnenschein, wieder kam keine Verbindung zustande. Jetzt polterten Julias Flüche in die Pellwormer Bauernstube: »Ogfoamte Brüada! Gscherte Bruat, oasgschaamte! Ös Leitausschmierer! Bloß guat, daß mi neambd ärgern ko!«
Der Bauer schaute fasziniert und lauschte dem fremden Klang nach. Was mochte sie gesagt haben?
Hastig und wütend gab Julia zum zehntenmal die Nummer ein, und – als ob ihr zartes Gebet geholfen hatte – die Wirtin meldete sich. »Pension Sonnenschein?«
»Hier ist Frau Heininger. Wir sitzen auf Pellworm fest. Ist Herr Dr. Sagerer angekommen?«
»Ja.«
Julias Augen leuchteten. »Kann ich ihn sprechen?«
»Er ist nicht hier.«
Das Augenfunkeln erstarb zu trüber Funzel. »Wissen Sie, wohin er gegangen ist?«
»Nein. Soll ich was ausrichten, falls der Herr Doktor noch einmal vorbeischaut?«
Julia spürte, daß sie ziemlich alt aussah. »Nein, danke. Es hat sich ohnehin erledigt.«
Niedergeschlagen verließ sie das Haus. Auf dem Weg zur Scheune guckte sie über das glitzerne Wattenmeer und sah in der samtenen Dunkelheit den Schein der hellen Lichter von St. Peter-Ording...

»Seit Freitagabend liegt eine neue Einladung für den heutigen Rezitationsnachmittag bei Frau Konsul Habernoll vor«, wurde Julia am Montagmorgen von Frau Heise empfangen.
»O Gott, nicht schon wieder. Weiß Herr Sagerer das?«
»Nein. Er war nur kurz hier und ging dann hinüber ins Börsenhaus. Er sagte, er bliebe nicht lange.«
Der vom Schicksal übel geschlagene Liebhaber Sagerer erschien nach einer Stunde und verbreitete Julia gegenüber Mißmut. »Wissen Sie was? Es besteht absolut kein Interesse für Habernoll-Aktien. Ich hatte gleich ein flaues Gefühl.«
Julia schnappte ein. »Liegt das an mir? Vielleicht motivieren Sie die Kunden nicht genug.«
»Vielleicht hängen *Sie* zu stark an der fixen Idee vom Kursgewinn der Habernoll-Werke«, konterte er. »Die entwickeln sich zum Flop, hörte ich an der Börse. Ich kann Ihnen nur empfehlen: Lassen Sie bitte die Finger davon.«
»Was weiß schon die Börse? Nach so kurzer Zeit kann man gar nichts sagen. Ich kaufe weiter. Soll heißen, ich empfehle das unserer Wertpapierabteilung.«
»Ihr Bier! Ich kann Ihre Empfehlung nicht unterschreiben.« Deutlich schwang seine Enttäuschung über das verpatzte Wochenende mit.
»Meine Unterschrift genügt!« Es klang etwas zu heftig, merkte sie und grübelte, ob die Habernoll-Aktien einziger Grund seiner miesen Laune waren. Und wo blieb das Symbol freundschaftlichen Respekts, das er großspurig angeboten hatte? Nicht ein einziges Mal war der Name Julia gefallen.
Frau Heise packte die vorsortierte Post auf Julias Schreibtisch und verschwand wieder. Obenauf lag die Einladung zu erneuter Rilke-Berieselung.
Julia schob Ralf die Karte aus handgeschöpftem Büttenpapier zu. »Hier, eine weitere Bewährungsprobe.«
Er las unaufmerksam und fragte, als handele es sich um die nebensächlichste Angelegenheit der Welt: »Wie war das eigentlich am Samstag?«

Julia fühlte sich rundherum erlöst. »Es gab Sturmwarnung, und das Schiff lief nicht aus. Wir haben bei einem Bauern auf Strohsäcken geschlafen. Es tat mir so leid um Sie und unsere Verabredung.«
Eine Schnapsidee von Ihnen, diesen blöden Ausflug zu machen, wollte er loslegen. Aber er sagte: »Als ich hörte, daß Sie auf Pellworm festsaßen, bin ich wieder zurück nach Hamburg gebrettert. Schade, Julia, hätte ganz gemütlich werden können. Ich hatte mir schon eine Kneipe ausgeguckt.«
»Sie auch? Ich auch.« Das klang ganz schön jubilierend.
»Sie wissen doch, wie es beim Theater heißt, Julia: Wenn die Generalprobe nicht klappt, wird die Uraufführung ein Erfolg. Dank Max gibt's ja noch einige Wochenenden in St. Peter-Ording.«
Julia fühlte sich gut. »Und dank Frau Habernoll steht uns gleich Rainer Maria Rilke bevor.«

Diesmal erklang in der Halle der Habernollschen Villa nicht Beethoven, sondern Vivaldi. Frau Habernoll schritt, im strengen, marineblauen Hosenanzug, auf Julia und Ralf zu. Ein Lohndiener folgte ihr mit einem Sherry-Tablett. Spürbar kühl begrüßte sie die ihrem Rilke abholde Julia mit Handschlag. »Willkommen, meine Liebe.« Kurzer Blick und zwei Zentimeter Kopfneigung zu Ralf. »Herr Doktor.« Kein Handschlag. »Schön, daß Sie da sind. Ich war mir einen Moment lang nicht sicher, ob Sie Vivaldi mögen.« Sie streckte die Hand nach hinten aus, und der Diener schob ihr ein Buch in die Hand. Frau Habernoll schaute nachsichtig wie eine Schwester vom Orden der Englischen Fräulein. »Frau Direktor Heininger, ich habe hier ein kleines Geschenk für Sie. Ich möchte Ihnen Gelegenheit geben, Ihre Meinung zu überprüfen, gegebenenfalls zu revidieren. Bis später. Der Butler wird Ihnen Ihre Plätze zeigen.«
Sie entfernte sich, und Julia schlug das Buch auf. »Die traut sich was – Rainer Maria Rilke, Gesammelte Werke.«

»Eigentlich hieß er René«, erklärte Ralf, »erst später hat er Rainer draus gemacht.«
»Woher wissen Sie?«
»Hab' ich mir für alle Fälle angelesen«, sagte er schlau. »Wer weiß, wozu das gut ist.«
»Soll ich mich etwa auch noch bilden?«
»Logisch. Als Äquivalent für die vielen schönen Aktien.«
»Jesses, können Sie gschert sein. Die achtundzwanzig Millionen wird sie sich dennoch woanders holen.«
»Ich weiß auch schon, bei wem«, klärte er sie auf. »Schauen Sie mal, wer am Eingang einen Sherry schluckt! Ihr Freund vom Bankhaus ›Dahlen, Timm und Dahlen‹.«
Pieter kam auf Julia und Ralf zugeschlendert. »Hallo, hier trifft man sich also wieder. Ich merke, Sie sind überrascht.«
»Ja, geb' ich zu«, erklärte Julia. »Ich bin überrascht. Sind Sie gekommen, um Vivaldi zu hören? Ich kann mir nicht vorstellen, daß Sie ihn mögen.«
»Ich bitte um Nachsicht«, bat Pieter Dahlen. »Wenn's ums Geschäft geht, bin ich versessen auf ihn. Wir sehen uns später?«
»Ich bitte darum«, schnurrte Julia.
»Sie können ja richtig holdselig lächeln«, raunte Ralf ihr zu.
»Wenn's ums Geschäft geht, mach' ich jedes Gesicht. Außerdem ist eben fotografiert worden.«
Julia ertrug tapfer und wach die zauberhaft langweilige Stunde mit Vivaldi, Musik, Rilke, Text und den bemühten Künstlern. Nicht ganz so mannhaft überstand Dahlen die nachmittägliche Kulturberieselung. Er nickte ein, saß jedoch kerzengrade. Ralf gebärdete sich, als gäbe es für einen motorischen Menschen seines Zuschnitts tatsächlich nichts Schöneres als das von Frau Konsul Habernoll so feinsinnig ausgewählte Programm.
Als der Rezitator seinen Vortrag beendet hatte und sich in den Applaus hinein dankbar verbeugte, klappte Pieter Dahlen die Augen auf und sagte leise zu Julia: »So eine ruhige

Stunde tut mir gut. Die Stimme dieses Menschen da vorn entspannt mich. Ich kann mich gestärkt in den zweiten Teil des Tages stürzen.«
»Golf oder Tennis?«
»Ich bitte Sie! Tennis spielt man morgens zwischen sieben und acht, Golf zwischen neun und zehn. Puttet man bei einem geschäftlichen Dialog, kann man noch eine Stunde dranhängen.« Er wandte den Kopf zur anderen Seite, nickte Frau Habernoll strahlend zu und hob den rechten Daumen wie Nero im Collosseum beim Begnadigen eines Gladiators. Eine ganz entzückende Veranstaltung, sollte das heißen.
Julia wunderte sich über Dahlens unpersönliche Sprechweise. Vor kurzer Zeit noch konnte er sein Interesse an ihr kaum verbergen. Was hatte er in den falschen Hals bekommen? Oder mischte Vater Viktor mit?
Frau Habernoll schritt herbei und blickte Dahlen streng an. »Mein Lieber, Sie können mir nichts vorspielen. Sie hatten die Augen zugemacht und, ich vermute das, gedöst.«
Pieter legte seine Hand beteuernd auf seine Brust, sah Julia an, blickte zu Ralf, machte ein unschuldiges Gesicht. »Gedöst, Frau Konsul? Andacht war das.«
Wenn sie jetzt »böser, böser Junge« zu ihm sagt, bekomme ich einen Lachkrampf, dachte Julia.
Es wurde viel schlimmer. Frau Habernoll vereinnahmte Ralf und fragte hoffnungsfroh: »Wie hat es Ihnen gefallen, Herr Doktor?«
Julia hielt für einen Augenblick die Luft an. Wie würde der Sagerer sich aus der Patsche ziehen? Oder steckte in seinem Ärmel abermals eine Trumpfkarte?
»Wenn Sie mir erlauben, rezitiere ich«, antwortete Ralf mit gelöster Mimik und hüstelte sich frei. »Der Sommer summt, der Nachmittag macht müde. Sie atmete verwirrt ihr frisches Kleid und legte in die triftige Etüde die Ungeduld nach einer Wirklichkeit...«
Mit ihrer ganzen Erscheinung spendete Frau Habernoll ihm

Beifall. Sie nahm seine Hand und sprach dankbar: »Ich ahnte ja nicht, daß es in Ihrem Beruf einen Rilke-Experten gibt.«
Ralf zierte sich bescheiden. »Ich bitte Sie, gnädige Frau. Ein Verehrer von Rilke muß nicht gleich ein Experte sein.«
Julia preßte heftig ihre Zähne aufeinander, um nicht loszuprusten, Dahlen räusperte sich nervös, als Frau Habernoll Ralf den Arm bot und sich von ihm zum Imbißbuffet führen ließ.
»Ein guter Taktiker, Ihr Dr. Sagerer«, lobte Dahlen.
»Das mag angehen, aber seine Bemühungen sind sicherlich völlig nutzlos.« Julia schaute ihn listig an. »Ich vermute, die Dame wird den 28-Millionen-Kredit bei Ihnen placieren. Deshalb sind Sie hier, oder?«
»Wir sind im Gespräch«, sagte er vage. »Verhandelt Sie auch mit Ihnen?«
»Yes, Sir.«
»Sie will, daß man Ihr Sonderbedingungen einräumt.«
»Wenn sie ihr Handwerk versteht...«
Dahlen wurde unsicher. »Würde die Bayernbank das tun?«
»Ich sehe mich außerstande, eine gültige Antwort zu geben. An den Bearbeitungs- und Kreditzinsen der Summe läßt sich vielleicht ein bißchen drehen.«
»Werden Sie das entscheiden?« fragte er gespannt.
»Wenn es Sie beruhigt: Nein. Das letzte Wort wird in München gesprochen. Aber warum zerbrechen Sie sich meinen Kopf? Das Versandhaus Habernoll hat das Geschäft nicht mit uns abgeschlossen.«
»Ja, dann...«
Sie merkte, daß er sich zurückziehen wollte und erinnerte ihn: »Wir sind noch immer zum Essen verabredet. Sie entsinnen sich?«
Dahlen gab sich heiter und beglückt. »Natürlich, unser Abendessen. Es ist mir schon unangenehm, daß ich in letzter Zeit dermaßen enge Termine hatte. Wir telefonieren uns zusammen, einverstanden?«

Eine glatte Absage.
»Einverstanden«, sagte Julia fröhlich.
Das gehörte dazu.
»Zum Golf«, sagte Dahlen, als ihm aufging, daß er Julia abgeschmettert hatte. Und das wäre nicht diplomatisch gewesen.

Es schien, als kochte Sagerer wieder mal sein eigenes Süppchen. Nur mühsam konnte er Überheblichkeit und Hintertreppenpolitik kaschieren, seltsam korrekt verhielt er sich Julia gegenüber.
»Der brütet was aus«, stellte Frau Heise fest.
»Profilneurose«, sagte Julia.
»Daß Sie das aushalten. Hat er Ihnen schon das Telefax gezeigt, das aus der Zentrale gekommen ist?«
Julia reagierte wachsam. »Nein. Er schleicht um mich herum wie eine Katze um den heißen Brei, oder er kapselt sich ab. Haben Sie es gelesen?«
»Direktor Schwaiger hat die vierteljährliche Routinekonferenz um vierzehn Tage vorgezogen.« Sie legte einen DIN-A4-Bogen auf Julias Schreibtischplatte. »Hier, das ist das Original. Für ihn habe ich eine Kopie gemacht. Hin- und Rückflug für Sie und Herrn Dr. Sagerer sind bereits gebucht.«
»Danke, Frau Heise.«
»Was wollen Sie tun?«
»Nach München fliegen. Was sonst?«
»In bezug auf Dr. Sagerer, meine ich.«
»Ich fürchte, ich muß ihm richtig auf die Zehen treten. Der Mann ist nicht berechenbar. Mal scheint er ein glänzender Partner zu sein und mal benimmt er sich wie der letzte Dreck.«
»Das Bankgeschäft hat ihn verdorben«, mutmaßte Frau Heise. »Kann es sein, daß er die Hamburger Filiale für sich allein beansprucht?«
»Gegen Ehrgeiz ist kein Kraut gewachsen. Er kann versu-

chen, was er will, es wird ihm nicht gelingen. Wo ist er eigentlich?«
»Er sitzt in seinem Büro und rechnet.«
»Machen Sie uns einen Kaffee? Und wenn Sie den bringen, lassen Sie bitte unabsichtlich die Verbindungstür zwischen seinem und meinem Zimmer auf.«
»Strategie?«
»Sie sagen es.«
Der Kaffee kam, die Tür blieb auf, und Julia rief: »Fliegen wir zusammen nach München, oder ziehen Sie es vor, allein zu reisen?«
Umständlich schob er Papiere auf seinem Schreibtisch zusammen, zerrte sie wieder auseinander, schaltete den Tischrechner aus und den Computer an, nahm einen Schluck aus der Tasse und drehte sich mit dem Sessel zur offenen Tür.
»München?«
Julia merkte, daß er Zeit für seine Antwort schinden wollte. Sie ging hinüber und ließ das Telefax auf seinen Tisch flattern. Da er nicht zugeben wollte, nur die Kopie erhalten zu haben, las er es eingehend und gebärdete sich überlegen.
»Die Zentrale ist offenbar beunruhigt über Ihre Aktien-Geschäfte.«
Sie blickte ihn verblüfft an. »So, meinen Sie. Warum sind Sie so sicher? Die Zentrale kann nichts dagegen haben, wenn wir ein Mordsgeschäft machen?«
Ralf blickte sie geringschätzig an. »Wir? Ich habe nichts damit zu tun! Nur Sie!«
»Wollen Sie mich etwa hängen lassen?«
Hochfahrend antwortete er: »Ich habe längst betont, daß ich Ihren Eifer beim Erwerb der Habernoll-Aktien nicht gut finde.«
»Diese Aktien garantieren uns einen erstklassigen Gewinn. Das werden Sie bald merken. Es dauert halt seine Zeit, bis die Börse reagiert. Schwaiger wird darüber entzückt sein, zumal Habernoll ihren Millionen-Kredit bei Dahlen placiert hat.«

Sagerer wühlte geschäftig in seinen Unterlagen und sprach beiseite: »Hat sie nicht!«
»Hat sie doch!« behauptete Julia.
Selbstherrlich erklärte er: »Wenn ich sage: ›Hat sie nicht‹, dann hat sie nicht!«
»Wo dann?«
»Bei uns!« Das klang nun wieder süffisant.
»Nein!«
»Doch!«
Sie freute sich wahnsinnig, vergaß ihren Groll und gab ihm einen Kuß auf die Wange. »Menschenskind, Ralf, wie haben Sie das geschafft? Etwa mit Rilke?«
Er saß in seinem Sessel wie ein Klotz. »Mit Rilke.«
Julia hatte eine andere Reaktion von ihm erwartet. »Nicht zu glauben. Und ich hab' mich gefragt, wie kommt ein Mann wie Sie an Rilke.«
»Ich darf Dahlens Worte benutzen, ja? Wenn's ums Geschäft geht, bin ich versessen auf ihn.«
Mit ihrer Kritik wollte sie allerdings nicht hinterm Berg bleiben. »Hübsch wäre es gewesen, wenn Sie mich sofort unterrichtet hätten. Wir sind hier gleichberechtigte Partner. Oder haben Sie das etwa vergessen?«
Ralf zeigte auf den Schreibtisch und redete in einem Ton, als ginge sie der Vorgang nichts an. »Ich rechne noch alle Kosten und Zinsen aus.«
Julia zog den Teletext heran. »Aber München hat das umgehend erfahren.«
»Das war meine Pflicht!«
Ihr Groll nahm wieder den ersten Platz ein. »Darf ich einen Satz von Ihnen zitieren, ja? ›Wollen wir uns‹, haben Sie gefragt, ›gewissermaßen als Symbol des freundschaftlichen Respekts, beim Vornamen anreden?‹ Darüber habe ich mich wirklich gefreut. Meine Antwort von damals möchte ich jedoch revidieren: Ich verzichte, Herr Dr. Sagerer!«

Der Konferenzraum der Münchner Bayernbank verbreitete den Charme eines Gerichtssaales. Wenn Julia das dunkelgetäfelte Sitzungszimmer betrat, wehte sie das dumpfe Gefühl an, die Angeklagte zu sein. Berthold Schwaiger war der Richter. Allerdings einer, der auf seiten der Beklagten stand. Die alten Herren des Aufsichtsrats fungierten als Beisitzer, und Ralf Sagerer paßte genau in die Rolle des Anklägers. Kopf gebeugt, Augen in seinen Unterlagen, einen Stift schreibbereit in der Hand.

»Einziger Punkt der Tagesordnung«, kündigte Schwaiger an, »sind die einzelnen Aktivitäten unserer Hamburger Filiale. Ums Wort hat Herr Stadlinger gebeten.«

Stadlinger bat immer um das erste Wort. Jedermann hatte sich in den Jahren daran gewöhnt. Was immer er sagte, es entsprang reiner Neugier. Seine argwöhnisch vorgetragene Kritik bestand aus einer Kette unnötiger Fragen.

»Frau Heininger! Waren Sie richtig beraten, als Sie das Aktienpaket der Versandfirma Habernoll für die Bayernbank sicherten? War es fernerhin gut gehandelt, der gleichen Firma einen 28-Millionen-Mark-Kredit zu gewähren? Was ist vom Versandhandel noch groß zu erwarten? Sind Sie tatsächlich der Meinung, auf diesem Gebiet sei unverändert mit Wachstumsraten zu rechnen? Sind nicht die Zeiten der Schickedanz' und Neckermanns vorbei?«

»Bitte, Frau Heininger«, sagte Schwaiger.

»Wenn die Habernoll-Aktien so steigen, wie ich vermute, fahren wir über kurz oder lang satte dreißig Millionen ein. Die Höhe der Kreditzinsen setze ich als bekannt voraus: sechsdreiviertel Prozent. Ist das ein schlechtes Geschäft, Herr Stadlinger? Sicher kann Ihnen Herr Dr. Sagerer mehr zu diesem Punkt berichten. Und was den Versandhandel anbetrifft: Habernoll vergrößert sich nicht, sondern bringt den Service in Schwung. Die Kunden werden in allerkürzester Zeit bedient. Und wo ich meine Ware schnell bekomme, bestelle ich wieder.«

»Herr Dr. Sagerer, bitte, Sie haben das Wort«, forderte Schwaiger auf.
Ralf legte zwei satt beschriebene Bogen parat und setzte zu einem längeren Vortrag an: »Es ist mir gelungen, gegen schärfste Konkurrenz den Kredit bei uns zu placieren...«
»Hat Frau Habernoll um Sonderkonditionen gebeten?« unterbrach Schwaiger.
»Wie üblich bei dieser Kredithöhe. Im Verlauf...«
»Sind dem Unternehmen Zusagen in dieser Richtung gemacht worden, Herr Dr. Sagerer?« fragte Schwaiger.
»Wie üblich bei einem Kredit dieses Volumens. Wie ich schon eingangs sagte...«
Schwaiger legte keinen Wert auf Sprechblasen. Er blickte seine Aufsichtsräte der Reihe nach an. »Achtundzwanzig Millionen in ein rundum solventes Wirtschaftsunternehmen zu stecken, ist ja nun wirklich nicht ungewöhnlich. Ein üblicher Vorgang. Da die Begleitmusik, wie wir von Herrn Dr. Sagerer hörten, ebenfalls in den üblichen Rahmen paßt, können wir den Punkt wohl als erledigt betrachten.«
Sagerer beknirschte sich, Julia war bester Laune, die Aufsichtsräte nickten und hüstelten.
»Allerdings möchte ich mit Ihrer Erlaubnis noch eine Kleinigkeit zum Thema beitragen«, fuhr Schwaiger fort, zog ein Fachblatt aus seiner schwarzen Mappe und schlug es auf. »Hier in der neuesten Ausgabe des ›Börsenkurier‹ steht: ›Nachdem Rationalisierungskonzept und Sortimentserweiterung der Habernoll AG bekannt wurden, sind die Aktien des Unternehmens um 270 Punkte gestiegen und schlossen mit 630.‹ Ende des Zitats. Bei erster Einschätzung des Aktienpakets, das Frau Heininger für unsere Bestände gekauft hat, ergibt sich zu unseren Gunsten ein vorläufiger Nettogewinn von rund dreißig Millionen Mark. Frau Heininger sagte das voraus.«
Er hielt das Heft hoch, damit die Anwesenden die Titelseite sehen konnten. Ein Bild von Julia. »Sie bemerken, meine

Herren, die Kollegin Heininger ist vom Fotografen recht gut abgelichtet worden.«
Wie es sich gehörte, applaudierten die Herren respektvoll, aber gedeckt. Ob Ralf sich beteiligte, blieb zunächst offen. Seine Hände waren nicht sichtbar. Julia saß neben ihm und schaute auf seine Oberschenkel. Dort hämmerten seine Finger links und rechts Stakkato.
Stadlinger meldete sich mit einem alten Hut zu Wort. »Nur eine Frage, Frau Heininger: Glauben Sie wirklich, daß eine Gesellschaft wie die unsere – mit einer Bilanzsumme von 130 Milliarden Mark, möchte ich erwähnen – dazu da ist, geldpolitisches Neuland zu betreten? Sie ahnen, daß ich Ihre Bemühungen um alternative Kunden anspreche?«
»Es kann nicht unsere Aufgabe sein, ausschließlich Reichen zu helfen. Unsere Experimente in Hamburg zeigen, daß es einen mittelständischen Markt mit Zukunft gibt. Bisher hat das niemand ernst genommen.«
Stadlinger mobilisierte Hilfstruppen. »Herr Dr. Sagerer ist ganz anderer Meinung.«
»Als Hausbank bedeutender Unternehmen sind wir der Wirtschaft verpflichtet«, sagte Ralf. »Ich halte die Politik der Kollegin Heininger für korrekturbedürftig.«
Unter dem Tisch trat sie ihm gegen das Schienbein.
Berthold Schwaiger, der bemerkte, daß Sagerer zusammenzuckte, rollte mit seinem schweren Ledersessel soweit zurück, daß er Ausblick auf die Mitarbeiterbeine gewann.
»Noch gibt es keinen sichtbaren Rückschlag«, setzte Ralf seine Kritik fort, »es sollte jedoch der Eindruck vermieden werden, die Bayernbank sei womöglich eine Pfandleihe.«
Schwaiger senkte erwartungsvoll die Augen. Schon sauste Julias Fuß gegen Sagerers Kniescheibe.
Ralf ließ seine Rache für Julias nun hochgelobte Weitsicht beim Ankauf der Habernoll-Aktien auf der Zunge zergehen. »Wir sind auch kein soziales Hilfswerk für finanzschwache Weltverbesserer...«

Schwaiger zuckte mit, als Julias dritter Tritt Sagerers Beine traf, und er überlegte: Kann das eventuell eine außergewöhnliche Form der Zuneigung sein? Er beantwortete sich die Frage sofort: Nein.

»Herr Dr. Sagerer«, rief er. »Ich habe den Eindruck, Sie entfernen sich bewußt vom Thema. Ihre Einwände wären möglicherweise, ich sage: möglicherweise berechtigt, wenn Sie mich auf Verluste hinweisen würden. Das können Sie nicht. Aber vielleicht beantworten Sie mir eine andere Frage. Es gibt einen Zwischenfinanzierungs-Antrag der Firma ›Senux‹, die an der Elbe ein Apartmenthaus errichten will. Ein Vier-Millionen-Mark-Kredit.« Seine Stimme wurde scharf, scharf genug zum Tomatenschneiden. »Warum wird dieser Vorgang so schleppend bearbeitet?«

Sagerer guckte Julia an, als wollte er ihr den Schwarzen Peter zuschieben.

»Ich möchte es von Ihnen wissen, nicht von Frau Heininger«, setzte Schwaiger hinzu. »Am besten, Sie geben mir einen schriftlichen Bericht, wenn Sie wieder in Hamburg sind... Meine Herren, die Veranstaltung ist beendet. Nachher mach ma Brotzeit mitnand.«

Julia hob den linken Zeigefinger. »Haben Sie zwei Minuten für mich?«

»Komm in mein Büro.«

Schwaiger machte einen müden Eindruck auf Julia, und als sie allein waren, äußerte er düster: »Ich mußte mich wirklich zusammennehmen – meine Frau wird wohl nicht mehr gesund werden. Deshalb hab' ich auch diese Konferenz vorverlegt. Weil ich mich, äh, bereithalten muß.«

»Die Mama hat mich auf dem laufenden gehalten...«

»Hermine ist wirklich großartig. Als wir definitiv wußten, daß es im Hospital für Margot keine Chance mehr gab, hat deine Mutter sie zu sich ins Hotel genommen. Das große Terrassenzimmer hat sie ihr gegeben.« Er schneuzte sich und atmete tief durch. »Was hast du auf dem Herzen?«

»Diese Senux-Geschichte. Da wird weder von mir noch von Sagerer absichtlich was verschleppt.«
»Schieß los.«
»Sagerer ist nicht allein dafür verantwortlich, daß der Grundstücksverkauf nicht vorangeht.«
»Denk' ich mir.«
»Wir haben aus humanen Gründen gezögert...«
Ihn schien das gar nicht zu interessieren. »Was für Gründe auch immer.«
»Warum haben Sie ihn dann unangespitzt in den Boden gerammt?«
»Es war unfair von ihm, dich vor dem Aufsichtsrat anzugreifen. Dazu bestand absolut kein Grund. Das Thema war längst gegessen. Möchte wissen, was ihn dazu bewog.«
»Er hat mir den Ankauf der Habernoll-Aktien ausreden wollen. Flop, hat er gesagt.«
»Deshalb die kleinliche Rache? Weil das nicht *sein* Erfolg ist? Er hat ja auch geackert. Der Habernoll-Kredit ist sein Verdienst, und die Zinsgewinne sind nicht von Pappe. Was will er?«
»Mich.«
»Dann ist das aber eine verdammt kranke Reaktion.«
»Er ist mit sich selbst nicht zufrieden, seine Freundin ist ihm weggelaufen, er wohnt nicht gescheit und fühlt sich entwurzelt, und ich bin eine sogenannte Erfolgsfrau. Mit dem Paket sitzt er nun da und mopst sich.«
»In Ordnung, daß du mich von deinen psychoanalytischen Qualitäten überzeugen willst, aber geht dein Privatleben mich was an?«
»Es geht Sie was an. Schließlich sind Sie mein... mein Ersatzvater.«
»Zuerst bin ich der Direktor der Bayernbank. Und nur deshalb ist es für mich wichtig, daß die Zusammenarbeit Heininger/Sagerer funktioniert. Es wäre mir verdammt angenehm, wenn du den Mann umkrempelst und ihm seine Macken

austreibst. Ich kann dir dabei nicht helfen. Oder verlangst du etwa von mir, daß ich mit ihm rede?«
»Herrschaft, 's pressiert nicht!«
Schwaiger trat auf sie zu, legte seine Hände auf ihre Wangen und küßte Julias Stirn. »Guat is. Aber i fürcht, wir wern uns bald am Tegernsee wiedersehen.«

6

Geistesblitze

In der Woche nach München besserte sich das Verhältnis zwischen Julia und Ralf nicht wesentlich. Sie erörterten nur das Geschäftliche und vermieden jedes private Wort. Er nahm an, sie habe bei ihrem Unter-vier-Augen-Gespräch mit Schwaiger gegen ihn vom Leder gezogen. Eine seiner Makken. Grundlos pflegte er Schuldgefühle. Und Julia? Sie sah keine Veranlassung, Bericht über die kurze Unterhaltung zu erstatten.
Allerdings ergriff er eine Gelegenheit zur Aussöhnung beim Schopf. Julia verdächtigte im nachhinein Frau Heise, absichtlich Vorschub geleistet zu haben.
Nachdem die beiden Dickköpfe am Morgen eingetroffen waren und in ihren Bürozimmern saßen, erschien Frau Heise mit der Thermoskanne und goß dem Dr. Sagerer Kaffee ein. Durch die geöffnete Verbindungstür nahm Julia Anteil an der obligatorischen Kulthandlung und lobte: »Frau Heise, wenn es irgend etwas gibt, was den heutigen Tag besonders erträglich macht, dann ist das Ihr Kaffee.«
»Sie haben wieder die Fahrt von St. Peter-Ording hinter sich?«
Julia hielt ihre Tasse hoch. »Ja, das macht mich ganz kaputt. Gott sei Dank ist die Kur von Max bald beendet.«
Frau Heise kippte die Thermoskanne, doch aus der Tülle kam nur noch ein Hauch heiße Luft, kein Kaffee. »Herrjeh, dann hat Herr Dr. Sagerer die letzte Tasse bekommen. Ich koche sofort neuen.«
Ralf erschien wie ein rettender Engel mit seiner Tasse in der Hand. »Darf ich Ihnen meinen anbieten? Sie haben die Aufmunterung bestimmt nötiger.« Er machte Anstalten, den Inhalt seiner Tasse in die von Julia zu gießen.

Sie wehrte ab. »Keine Umstände. Ich nehme gleich Ihre Tasse.«
»Wann sind Sie denn heute morgen aufgestanden?«
»Um vier.«
»Julia, Sie übernehmen sich.«
»Es ist ja nicht von Dauer. Anstrengend ist es natürlich trotzdem. Sie können mich ja am Wochenende nach St. Peter-Ording bringen, wenn Sie mögen.«
»Gerne.« Dann zögerte er. »Das heißt, Beatrice hat ihren Besuch angekündigt.«
In Julias Hinterkopf machte es »Klingeling«. Ja, muß denn diese Blindschleichen, die gschupfte, hier umanand krauchn? Dös hat mia grad no gfehlt! »Wie nett von Fräulein Benedetti. Aber ich sehe keine Schwierigkeiten. Pieter Dahlen verstand sich doch ganz gut mit ihr. Er wird sich sicher mit Kußhand um sie kümmern.«
Ralf reagierte schneller als Julia erwartete. »Läßt sich koordinieren, machen Sie sich keine Gedanken. Ich bringe Sie an die Nordsee, ganz klar.«
Er verließ Julias Büro, kehrte jedoch an der Tür wieder um. »Ich hab' mir noch mal Gedanken gemacht über das Seemannsheim. Bei allem Mitgefühl, wir können nicht verhindern, daß die Senux GmbH, oder wer auch immer, das Grundstück kauft und das alte Haus abreißt. Wir können der Firma auch nicht eine Finanzierung verweigern, die sie sich jederzeit woanders besorgen kann. Schwaiger hält unsere Taktik ohnehin für Sabotage. Wenn wir noch länger zögern, wird der Vier-Millionen-Kredit kalt.«
»Wir sind beide der Meinung gewesen, daß es um Menschen und nicht um Profit geht. Zwei Tage noch, und dann ziehen wir die Sache durch. Okay?«
»In Ordnung. Ich kümmere mich jetzt um einen neuen Kunden, einen Werbekaufmann. Er will seinen Partner ausbezahlen. Eine Million steht zur Debatte. Mein Bruder hat das vermittelt.«

»Der soll Ihnen lieber eine gescheite Wohnung besorgen. Sie hausen schon viel zu lange bei ihm.«
»Kann er zaubern?«
»Er kann nur jonglieren, denke ich. Kümmern Sie sich selbst um eine anständige Bleibe.«
Nachdem er das Büro verlassen hatte, studierte Julia ihren Merkzettel. Seemannsheim Falkenstein, stand drauf, Golf mit Dahlen, Friedrich »Fiete« Grollmann, Wohnung Ralf. Sie fügte hinzu: Dahlen/Beatrice.
Fiete Grollmann bekam die monatlichen Mietüberweisungen für Julias Stadtvilla. Ihm gehörte das Haus, und eine Menge anderer Gebäude in Hamburg ebenfalls. Grollmann war im Schiffs-Charterdienst stinkreich geworden, hatte jedwede Arbeit, im weitesten Sinn, an den nächsten Nagel gehängt und trat nur noch als Gentleman auf. Seine Garderobe und sein gezwirbelter Oberlippenbart gaben ihm das Flair des letzten britischen Kolonialoffiziers. Zahlreiche menschenfreundliche Einrichtungen Hamburgs trugen seinen Spendernamen. Aus dem Geschäftsmann war ein Wohltäter, in hanseatisch vertretbaren Grenzen, geworden.
Sie rief ihn an, und er fragte: »Reparaturen am Haus?«
»Nein, an meiner Weltanschauung.«
»Ich habe das richtige Werkzeug, Frau Julia.«
»Fein. Mein Problem geht so: Das Seemannsheim an der Elbe soll verschwinden.«
»Hab' ich von gehört. Sollen Luxus-Appartements hin.«
»Ich frag' mich, wohin die alten Männer verfrachtet werden.«
»Warum fragen *Sie* sich das?« forschte er verwundert.
»Weil die Bayernbank für die Firma Senux Kauf, Abbruch und Neubau zwischenfinanzieren soll.«
»Das ist doch Ihr Geschäft und Ihre Aufgabe. Wollen Sie nich, oder können Sie nich.«
»Ich muß leider.«
»Soll heißen, Sie wollen das Heim retten.«

»Erraten. Die Erbengemeinschaft, der das Grundstück gehört, will nur Geld sehen. Viel Geld. Was dann passiert, ist denen piepe, und denen ist auch egal, wer kauft. Erster Interessent ist halt die Senux GmbH. Außerdem ist es schade um das wundervolle Haus. Der Senat hat versäumt, es unter Denkmalschutz zu stellen. Und wenn ich mir außerdem vorstelle, daß die alten Herren ohne ihre Elbe irgendwo im Inland in einem Altersheim vertrocknen, wird mir schlecht. Die begrüßen doch jedes Schiff, das ein- und ausläuft.«
»Da wohnen ein paar Pensionisten, die bei mir auf der Brücke gefahren sind. Soll ich mal nach dem Rechten sehen?«
»Das allein wird nicht genügen. Uns sollte etwas Besseres einfallen. Ich konnte die Erbengemeinschaft mit Ach und Krach hinhalten. Wenn ich jetzt den Vier-Millionen-Kredit nicht bewillige, geht Senux zu einer anderen Bank. So einfach ist das. Dann sind die alten Herren geliefert.«
»Ach, die Venus ist perdu, klickeradoms, von Midici«, rezitierte Grollmann. Bei dem Wort Midici unterstrich Julia auf ihrem Zettel den Namen Beatrice. »Frau Julia?«
»Ich höre?«
»Ich werde Ihre Weltanschauung nicht ins Wanken bringen: Ich bin der zweite Interessent. Schicken Sie mir die Unterlagen.«
»Sie sind ein Engel!« rief sie.
»Nehmen Sie das sofort zurück! Ich lebe noch!«
»Ich entschuldige mich, Herr Grollmann. Sie sind kein Engel. Ich weiß, das sagt man so hin. Aber ich weiß nicht, wie ich Sie sonst nennen soll vor Freude.«
»Fiete.«
»Fiete? Einfach so?« Sie mühte sich, ihr aufgeschnapptes Hamburgisch anzubringen: »Is dat nich'n büschen sehr pisönlich? Wir kenn uns fast gor nich.«
»Wat nich is, kann noch wern, mien Deern! Aber Spaß beiseite, Frau Julia: Das Haus neben Ihnen ist frei. Wollen Sie

umziehen? Es ist etwas kleiner, total möbliert, und ich meine, geeigneter für Sie.«
»Ganz wundervoll. Danke für das Angebot. Die Bank mietet es ab heute.«
»Und? Sie ziehen um?«
»Nein, alles bleibt, wie es ist.« Sie strich die Notiz »Wohnung Ralf«.

Sagerers Bruder Sascha, freiberuflich tätig für die Werbeagentur Fuchs & Behrens, vertrat Ralf gegenüber die vertraulichen Wünsche von Alf Fuchs. »Ihm gehören fünfzig Prozent der Agentur, für die ich arbeite. Herr Fuchs hat Krach mit seinem Partner Behrens. Er möchte sich von ihm trennen. Behrens ist mit der Lösung der Partnerschaft aber nur einverstanden, wenn er eine Million bar auf die Kralle bekommt.«
Ralf tat erstaunt. »Eine Million?«
»Na, hörn Sie mal«, sagte Fuchs, »für fünfzig Prozent der Anteile ist das ein reeller Preis. Unsere Agentur nimmt das Geld auf und verwendet es zur Auszahlung meines Partners. Sicherheiten im Gesellschaftsvermögen sind ausreichend vorhanden.«
»Warum tätigen Sie das Geschäft nicht mit Ihrer Hausbank?« wollte Ralf wissen. »Dann wären Sie viel schneller an den Kredit gekommen.«
»Persönliche Gründe«, antwortete Fuchs. »Ich bin jedoch bereit, nach Übernahme der Agentur unsere Bankgeschäfte mit Ihrem Haus abzuwickeln.«
»Okay, das lassen wir alles auf uns zukommen. Von Ihnen brauche ich die üblichen Unterlagen: Jahresbilanz, Aufstellung der Sachwerte, Geschäftsentwicklung der letzten drei Jahre, Handelsregisterauszug, Prokura, Gesellschaftervertrag.«
»Er hat alles dabei«, rief Sascha, obwohl er mit der Sache nichts zu tun hatte.

Fuchs übergab Ralf eine umfangreiche Versandtasche. »Meine Buchhalterin hat die Sicherheiten zusammengestellt.«
Ralf öffnete seinen Aktenkoffer. »Wir müssen eine Auskunft bei der Schufa einholen.«
»Einverstanden.«
»Dann unterschreiben Sie mir dieses Formular.« Sagerer reichte Alf Fuchs einen Kugelschreiber. »Ich rufe Sie an, sobald die Dokumente geprüft sind und die Sache über die Bühne gehen kann.«
»Vielen Dank, Herr Sagerer. Ich dachte nicht, daß das so schnell geht.«
»Sie müssen sich nicht bedanken. Geld verleihen ist unser Geschäft – ob es gut war, wissen wir erst, wenn die letzte Mark wieder bei uns ist.«

Julia und Dahlen zogen ihre Golfkarren hinter sich her zum nächsten Abschlag. Dort wählte Dahlen unter seinen Schlägern einen neuen Driver und hielt ihn Julia unter die Augen. »Optimal. 630 Mark. Der Ball hat wirklich eine stabile Flugrichtung. Der wäre auch was für Sie. Ich gewann den Eindruck, daß Sie Probleme beim Abschlag haben. Ihr Ball kreuzt nämlich die gedachte Ziellinie.«
»Vielleicht stehe ich verkehrt.« Sie nahm mit den Füßen verschiedene Positionen ein, schwang den Schläger, kickte in der Hüfte.
»Zu viel Bewegung im Unterkörper«, kritisierte Dahlen.
»Sind Sie sicher?« ›Bewegungstrieb, der wär scho da, gell, aber genutzt wird er vui zweng.
»Sie sind begabt«, lobte er, »Sie spielen aber viel zu wenig. Golf stärkt die Nerven, und die brauchen wir in unserem Job. Vernachlässigen Sie Ihr Tennis etwa auch?«
»Im Moment, ja. Mein Sohn Max ist zur Kur in St. Peter-Ording, und deshalb bin ich dauernd auf Achse. Und müde. Und lustlos.«

»Schade.«
»Ach ja?«
Dahlen schob seinen Schläger in die Tasche zurück. »Ich habe einen leichten Segel-Törn nach Kopenhagen vorbereitet. Vielleicht macht es Ihnen trotz allem Spaß, mitzukommen.«
Julias Gesicht nahm einen leidvollen Ausdruck an. »Unter normalen Umständen würde ich Ihre Einladung sofort annehmen. Aber im Augenblick wäre ich an Bord nur eine Spielverderberin.« Sie faßte an ihre Stirn, als sei ihr soeben der Ausweg des Jahrhunderts eingefallen. »Wenn Sie jedoch auf eine Begleitung nicht verzichten wollen, dann wüßte ich jemanden für Sie. Beatrice Benedetti.«
»Das wird Herrn Sagerer nicht angenehm sein.«
Ihr gelang eine echt verwunderte Mimik. »Glauben Sie im Ernst, ihn interessiert das *so* viel«, sie schnippte mit den Fingern, »wenn Beatrice segeln geht?«
»Senõra Benedetti ist in Mailand.«
»Sie kommt zurück«, triumphierte Julia.
»Wie amüsant.«
»Dachte ich mir, Pieter. So viel ich weiß, ist sie eine richtige Wasserratte.« Julia wußte nicht, ob Beatrice überhaupt schwimmen konnte.
Dahlen hatte den Köder geschluckt. »Ich muß sie nur irgendwo erreichen.«
Julia benutzte Ralfs Worte: »Läßt sich koordinieren, machen Sie sich keine Gedanken. Sie werden von Beatrice rechtzeitig hören.«
Seine Stimmung befand sich auf irgendeinem Höhepunkt. »Verzeihen Sie in diesem Zusammenhang die Frage: Gibt es in Ihrem Leben eigentlich einen Mann?«
»O ja, und ich denke unentwegt an ihn.«

Das Gebäude erweckte nicht den Eindruck eines Heims für pensionierte Seemänner. Die Architektur des um die Jahr-

hundertwende gebauten Hauses war unverändert geblieben. Nur die Versorgungsleitungen und die Innenräume waren der jetztigen Bestimmung angepaßt worden. Im ehemaligen Kaminzimmer, das mit Fernsehapparat, Tischtennisplatte, Dartsscheibe und einem Trimmfahrrad zum Freizeitraum umfunktioniert worden war, standen an diesem Tag vier Tische und acht Stühle.
Die Heiminsassen hatten sich, der Bedeutung des Tages entsprechend, ins feine »Päckchen«, den dunklen Anzug, geworfen, und schwadronierten alle Nase lang auf der Terrasse an den übergroßen Fenstern vorbei, als hofften sie, den Gang der Ereignisse dadurch zu beschleunigen.
Auf den Tischplatten vor den Stühlen standen verkehrt herum Namensschilder, so daß die Gegenübersitzenden wußten, wen sie anzureden hatten. Julia hatte das vorgeschlagen und kontrollierte das Arrangement. »Dr. Bowien«, das war der Notar, »Dr. Bühl«, Vertreter der Erbengemeinschaft, »Dr. Sagerer«, »Frau Heininger«, die Herren »Warnke« und »Pelzer«, Senux GmbH, »Grollmann«, der zweite Interessent, und »Frau Behnken«, die Heimleiterin.
Nach distanzierter Begrüßung blieb die Atmosphäre frostig ohne Aufheiterungen.
Dr. Bühl meldete sich zu Wort und kam sogleich zur Sache: »Als Bevollmächtigter der Besitzer und Betreiber dieser Einrichtung bin ich autorisiert, das Grundstück am heutigen Tage an den Meistbietenden zu veräußern. Herr Dr. Bowien wird unverzüglich die Auflassungsvormerkung bestellen und den notariell beglaubigten Kaufvertrag aushändigen.«
Er prüfte den festen Sitz seiner randlosen Brille und schlug einen Schnellhefter auf. »Es liegt hier ein schriftliches Angebot der Firma Senux GmbH vor, die Summe ist, nehme ich an, den Damen und Herren bekannt: Dreikommafünf Millionen.«
Senux-Vertreter Warnke hob die Hand. »Eine Frage, Herr Dr. Bühl. Wie erklärt es sich, daß wir, nach ausführlichen

Verhandlungen mit Ihnen, uns plötzlich in einer Konkurrenzsituation befinden?«
»Weil ein weiterer Interessent dazugekommen ist.« Bühl wies zum Nebentisch. »Herr Friedrich Grollmann.«
Grollmann blieb unbeweglich sitzen. Er fixierte den Kronenkorken einer Saftflasche, die vor ihm auf dem Tisch stand. Auch auf den anderen Tischen standen Saftflaschen wie kleine Inseln.
»Firma Senux bleibt bei ihrem Angebot?« fragte Bühl.
»Selbstverständlich«, bestätigte Herr Pelzer.
»Dreikommasieben!« brummte Grollmann.
Alle schauten sofort zu ihm.
»Dreikommaacht«, bot Warnke selbstbewußt.
»Dreikommaneun.« Wieder Grollmann.
Warnke beugte sich an Pelzers Ohr und zischelte hinein. Dann drehte er seinen Kopf, und Pelzer wisperte in das Warnke-Ohr. Warnke vergewisserte sich durch einen Blick in Pelzers Augen, daß er den Ernst der Stunde begriffen hatte, und Pelzer sagte: »Vier.«
Julia und Ralf peilten Grollmanns Pokergesicht an. Hatte er etwa aufgegeben? War mit vier Millionen die Schmerzgrenze erreicht? Sie sahen, er rechnete drei, vier Zahlenkolonnen durch, befeuchtete mit der Zunge seine Lippen, strich den Zwirbelbart.
Dann stand sein Ergebnis fest, er hob den Kopf und guckte Julia an. »Bei vier Millionen bleibt keine nennenswerte Rendite übrig. Luxusappartements verkaufen sich heutzutage nur noch schwer. Investieren und nicht verdienen? Das rechnet sich nicht.«
Nach kurzem Blickkontakt mit Pelzer sagte Warnke: »Es ehrt Sie, daß Sie sich um unser Unternehmen Gedanken machen. Aber unser Angebot steht.«
Grollmann senkte den Kopf und äugte auf den Kronenkorken. »Viereinhalb.«
Warnke und Pelzer drehten die Köpfe zu Sagerer, um die

neue Lage auszuloten. Unausgesprochene Frage: Marschieren wir weiter?
»Nicht mit uns«, hauchte Julia.
»Ich fürchte, nicht mit uns«, sagte Ralf.
Die Herren von Senux waren konsterniert. Das Geschäft war im Eimer.
Notar Bowien fragte Dr. Bühl: »Ist das Angebot von Herrn Grollmann für Ihre Mandanten akzeptabel?«
»Jawohl, wir akzeptieren.«
Bowien hielt die Dokumente parat. »Dann darf ich Herrn Grollmann zur Vertragsunterzeichnung bitten.«
Während Fiete unterschrieb, erkundigte Bühl sich: »Wann werden Sie abreißen und mit dem Neubau beginnen?«
»Gar nicht. Alles bleibt wie es ist. Oder gefällt Ihnen das Haus nicht?«
»Das schon, aber der Nutzeffekt!« Bühl zeigte zu den großen Fenstern, vor denen fünf alte Herren standen und auf die Elbe blickten. »Das ist rausgeschmissenes Geld.«
Fiete warf den Kugelschreiber auf den Vertrag. »Schönen Gruß an Ihre Erbengemeinschaft: Geld aus dem Fenster schmeißen ist mein Hobby!«
Dann sahen sich Sagerer und Grollmann von Julia und Frau Behnken umzingelt. Die Heimleiterin konnte sich vor Aufregung nicht entschließen, wen der beiden sie zuerst dankbar küssen sollte. Julia traf ihre Entscheidung wesentlich schneller, busselte Ralf und flüsterte ihm zu: »Da hat Ihre Menschlichkeit zum erstenmal über Ihre Krämerseele triumphiert.«
Sofort plusterte er sich auf. »Krämerseele? Ich?«
»Vergessen Sie nicht, Luft zu holen, Ralf«, rief Julia lächelnd und gab Fiete Grollmann einen Kuß, der den viereinhalb Millionen durchaus angemessen war.
»Wir sollten irgendwo hingehen und darauf anstoßen, daß die Bayernbank mit Vorbedacht ein Geschäft sausen ließ«, regte Sagerer an. Ganz klar, er hatte ein schlechtes Gewissen bei dem Gedanken an Berthold Schwaiger.

»Und auf den neuen Besitzer des Seemannsheims wollen Sie nicht trinken?« spottete Grollmann.
»Ein ganzes Faß«, sagte Julia.

Sie tranken kein Faß, allenfalls ein Fäßchen. Julia war aufgekratzt wie selten, schleppte den verblüfften Sagerer mit zu sich nach Hause und stellte ihn in der Küche vor dem Kühlschrank ab. »Hier ist alles drin, was zwei Leute zu einer vornehmen Fete haben müssen. Jetzt entlasten Sie mal die kleine Hausfrau, und bringen Sie den ganzen Kram ins Wohnzimmer. Ich sorge inzwischen für Kerzenschein und Tralala.«
Von einem Party-Service hatte Julia einige Platten anliefern lassen. Ralf naschte drei schnelle Häppchen, bevor er den feudalen Imbiß kellnermäßig hineintrug. Kerzenlicht schimmerte nicht nur, es roch auch nach Honig. Aus den Lautsprechern summte Musik für eine Engtanzfete, und Julia rügte: »Sie essen schon?«
»Ein Test.«
»Und die Getränke?«
»Kommen sofort, Madame!«
Er kehrte mit zwei Flaschen zurück. »Was feiern wir eigentlich? Das Seemannsheim ist doch abgehakt.«
»Eine Wohnungseinweihung.«
»Reichlich spät«, befand er. »Sie leben ja schon eine ganze Weile hier.«
»Es handelt sich nicht um diese Wohnung.«
»Sondern?«
»Um Ihre.« Julia nahm ein Schlüsselbund aus der Handtasche, reichte es ihm und genoß sein erstauntes Gesicht. »Ich habe Ihnen von Fiete Grollmann ganz in der Nähe ein Haus besorgt. Ihr Bruder hat ja bisher nichts auf die Beine gestellt. Und bei allem Respekt vor Ihrem Junggesellenleben – anständig wohnen sollten Sie schon.«
»Und wenn mir das Haus nicht gefällt?«
»Verlassen Sie sich ganz auf mich: Es gefällt Ihnen.«

Er schnupperte den Honigduft von Kerzenwachs. »Wann kann ich einziehen?«
»Sofort. Es ist repräsentativ möbliert.«
»Dann ist es wirklich eine Schande, nein, schade, daß wir meinen Einstand, also die Einweihung, auswärts feiern, beziehungsweise bei Ihnen. Wir hätten doch ...«
»Nein, Ihr Kühlschrank ist noch leer.«
»Ich weiß nicht, was ich sagen soll.«
»Dann sagen Sie halt nix.«
»Warum tun Sie das für mich, Julia? Wo Sie mich eigentlich unausstehlich finden?«
»Mir wär's langweilig ohne Sie. Ich reg' mich gern auf, und bei Ihnen macht mir das am meisten Spaß.« Sie hob die Stimme ein bißchen. »Und was heißt hier Julia? Wir haben jetzt nicht dienstlich miteinander zu tun, sondern privat! Frau Heininger, wenn ich bitten darf!«
Ralf konnte sich keinen Reim auf den Tadel machen.
»Menschenskind, Ralf«, half sie ihm auf die Sprünge, »das ist *Ihre* hirnrissige Erfindung. Erinnern Sie sich nicht? ›Privat bleiben Sie für mich immer Frau Heininger‹, sagten Sie. Die Julia gibt's nur im Dienst.«
»So was Blödes.« Mit Windeseile schob er ein Häppchen ein und spülte mit Wein hinterher. »Das können wir auf gemeinsamen Beschluß wieder rückgängig machen.«
»Gesagt ist gesagt.«
»So streng sind hier die Bräuche? Denken Sie mal dran: Ich bin ein Landsmann von Ihnen.«
»Drum!«
»Angenommen, wir trinken Brüderschaft und küssen uns, muß ich dann immer Frau Heininger sagen?«
»Immer.«
»Heiligemariaundjosef!«
»Jetzt wird nicht gebetet, sondern zugelangt.« Julia hob ihr Glas. »Auf Ihre Wohnung. Und wenn Sie fertig gespeist haben, tanz ma aweng. Dös ghört sich!«

Der gute Sagerer trank sich Einsatzfreude an, beurteilte die Situation als narrisch guat und näherte sich der Dame Heininger gar nicht respektvoll, sondern finster entschlossen. Die Zeit, die kollegiale Zusammenarbeit auf ein zweites, ein privates, Bein zu stellen, war mit großen Schritten gekommen.

Reichlich opferbereit harrte Julia der Dinge, die möglicherweise auf sie zukommen konnten, fühlte seine Hand griffest an nicht ganz korrekter Stelle in Höhe ihrer Taille und erkundete mit leichtem Timbre in der Stimme die letzten Börsennotierungen: »Wann trink ma jetzt Brüderschaft, und wann kriag i mei Busserl?«

Da Ralf flächendeckend tanzte und angenehme Körperkontakte empfand, stand die zum Trinken erforderliche Tanzpause nicht im gesunden Verhältnis zum derzeit spürbaren partnerschaftlichen Frohsinn. Also küßte er Julia ohne vorangehende Trinkzeremonie.

Das Telefon klingelte trocken in Julias spektakuläre Überlegung hinein, ob sie ihre Lippen ein klitzekleines bißchen öffnen sollte. Störung war angezeigt. Die zwischenmenschliche Wende in den Beziehungen der Kollegen Sagerer und Heininger fand nicht statt.

Einmal herausgerissen aus dieser Verzauberung, würde ihr, das wußte sie, der Wiedereinstieg nicht gelingen. Sie löste sich von Ralf und ging unwirsch zum Apparat. »Julia Heininger.«

Ihre Mutter meldete sich zum abendlichen Plausch. Daß sie eine Premiere verpatzte, konnte Hermine nicht wissen.

»Ach, Mama, du bist es. Nein, du störst nicht.« Julia, bereits meilenweit vom Sagerer entfernt, deckte die Sprechmuschel des Hörers ab und rief Ralf zu: »Es wird länger dauern. Sie finden allein raus?«

»Natürlich. Schönen Gruß an die Frau Mutter.« Er hielt die Schlüssel seiner Wohnung hoch. »Wo muß ich überhaupt hin?«

Julia schrieb die Adresse auf den Notizblock neben dem Telefon, riß die Seite ab und gab sie ihm. »Eine gute erste Nacht wünsch' ich Ihnen... Hallo, Mama? Ich bin wieder da. Schönen Gruß vom Sagerer soll ich bestellen.«
Ralf, allein gelassen mit dem angebrochenen Abend, winkte vor Julias Haus ein Taxi heran und fragte: »Fahren nach der Uhr oder machen wir einen Pauschalpreis? Hier will ich hin.« Er reichte den Zettel hinein.
Der Fahrer las und verzog keine Miene. »Pauschale. Zehn Mark, der Herr.«
Ralf zahlte, stieg ein, der Wagen fuhr zehn Meter weit und stoppte. Der Fahrer wandte sich dem vermeintlichen Exzentriker zu. »Bittschön, der Herr. Wir sind am Ziel.«
Ralf glotzte hinaus. Das Taxi stand vor dem Nebenhaus von Julias Villa.

Ralfs Bruder Sascha litt unter Wiedergutmachungszwang. Ihn bedrückte, daß Ralf ohne seine Hilfe eine edle Bleibe gefunden hatte und mit seiner Hilfe in ein passables Ärgernis hineingeschliddert war. Alf Fuchs nämlich war mit der von der Bayernbank gewährten Million und der Frau von Partner Behrens verschwunden. Erste Maßnahme von Saschas Klimapflege: Er stellte seinem Bruder ein Wohnmobil, für das er die Werbekampagne entwarf, zu Testzwecken auf den Hof der Bank.
Julia war begeistert. Sie umrundete den sechs Meter langen Viertonner mehrmals, flitzte ins Büro und machte Ralf hoffnungsfreudig an: »Sagen Sie bloß, Sie können mit dem Riesending da draußen wirklich umgehen.«
»Ich kann.«
»Fabelhaft! Dann rodeln wir Samstag/Sonntag mit dem Schlitten nach St. Peter-Ording. Sie haben nicht vergessen, daß Sie Termine koordinieren wollten, oder?«
»Nein, nein. Mit Beatrice ist alles okay.«
»Wohin verfrachten Sie das arme Ding?«

Er hatte ihren falschen Zungenschlag nicht wahrgenommen. »In mein neues Zuhause. Sie wird sich ohnehin ausruhen wollen.«
»Wie kommt sie hinein?«
»Ich habe am Airport den Schlüssel hinterlegt und lasse sie ausrufen.«
Ehe Julia sein Büro verließ, würdigte sie ironisch seine Umsicht. »Sie sind ein echter Freund. Ich bin zu beneiden.«
Bevor es mit der rollenden Wohnküche auf die Landstraße ging, erledigte Julia zwei Dinge. Sie gab Pieter Dahlen die neue Privatnummer von Ralf durch mit dem Zusatz, Beatrice würde ab Samstag morgen auf die Einladung zur Segelpartie warten. Mit weiteren Telefonaten lud sie einige Klassenkameraden von Max, mit denen er eine Art Fußballclub gegründet hatte, zur Mitfahrt an die Nordsee ein und bescherte damit den Eltern der Jungkicker ein ungestörtes Wochenende.
Wichtigste Ereignisse am Samstag morgen: Die Sonne schien, das 100000-Mark-Mobil rollte, und Ralf fühlte sich hinter dem Steuer wie der Eigner.
»Gut?« fragte Julia.
»Riesig! Allererste Sahne.«
»Sie meinen, ich könnte das auch?«
»Klar. Zurück fahren Sie. Alles ist so, wie bei anderen Autos auch. Gibt keine Probleme.«
»Wie ist eigentlich der Stand der Dinge bei Saschas Werbe-Agentur?«
»Die Kriminalpolizei ermittelt noch. Vermutlich ist Fuchs nachrichtendienstlich tätig gewesen. Aber das steht nicht fest. In den Hintern gekniffen ist Partner Behrens. Seine Frau ist mit Fuchs und der Million über den Jordan. Behrens nahm zuerst an, er sei nicht haftbar, aber Fuchs, der Schlaumeier, hat das Geld ja nicht privat aufgenommen, sondern als Geschäftsführer der Agentur. Schuldner der Bayernbank ist die Werbeagentur, mithin der Herr Behrens, da Fuchs sich aus der Geschäftsführung zurückgezogen hat.«

»Und Sascha hat den ganzen Kokolores geglaubt, daß Fuchs Krach mit seinem Partner Behrens hatte und ihn auszahlen wollte?« fragte Julia skeptisch.
»Offenbar. Ich kann ihm jedenfalls nicht das Gegenteil beweisen.«
»Dieser Behrens ist nicht zu beneiden. Eine Million plus sechdreiviertel Prozent Zinsen.«
»Halb so wild«, sagte Ralf. »Die Agentur läuft gut. Das hat der in zwei Jahren getilgt.«
»Ob seine Frau zurückkommt, wenn Fuchs die Kohle verbraten hat?«
»Wenn er Pech hat...«

Das schöne Muttertier Julia geriet bei der Ankunft vor der Pension Sonnenschein eins fix drei ins Hintertreffen. Den Knaben Max interessierte zuerst das Wohnmobil außen, dann die laut ihre Anwesenheit verkündenden Klassenkameraden, danach das Wohnmobil innen, schließlich der Fußball, der zum Knödeln auf der Wiese mitgebracht worden war. Julia rief er im Vorübergehen zu: »In der letzten Woche hab' ich zwei Pfund und dreihundert Gramm zugenommen.«
Sagerer rief: »Grüß Gott!«, wurde jedoch nicht für existent befunden, denn die Meute verzog sich, um ein Unterligaspiel mit einheimischen Altersgenossen zu organisieren.
Julia, Fanny und Ralf blieben kaum Zeit für einen Schwatz und eine Tasse Kaffee, da johlten die Kicker bereits hinter dem Deich. Ralf holte den Verbandskasten aus dem Wohnmobil, drückte ihn Fanny in die Hand und schickte sie als Sanitäterin an den Spielfeldrand.
Als Zuschauer begaben sich Julia und Ralf zum Kampfplatz und wuchsen zum begeisterungsfähigen Team zusammen. Sie nutzten jedes Tor – für Analytiker interessant – zu enthusiastischer Umarmung. Die körperliche Annäherung artete besonders dann zur Euphorie aus, wenn Max kickte, egal, ob er ein Tor schoß oder nur zufällig an den Ball geriet.

Fanny wußte nicht so recht, wen sie im Auge behalten sollte und wer mehr gefährdet war. Max oder Julia. Sie sagte sich jedoch, ganz gleich was passierte, Julia würde bestimmt nicht der Ersten Hilfe bedürfen.
Maximilians Mannschaft gewann. Niemand hatte etwas anderes erwartet. Julia umarmte erst Ralf überschwenglich und sehr absichtsvoll und dann ihren Sohn mütterlich stolz.
Max beobachtete scharf. »Warum drückst du den Sagerer so, wo du ihn doch gar nicht ausstehen kannst?«
Ein wenig in die Ecke gedrängt fühlte sich Julia schon. »Inzwischen find' ich ihn nicht mehr ganz so blöd, weißt du. Manchmal kann er nämlich ganz nett sein. Heute abend gehe ich mit ihm aus – beispielsweise.«
Der Junge zeigte sich beunruhigt. »Ohne mich?«
»Logisch.«
Max begriff nicht. »Wozu bloß?«
Ralf rubbelte ihm über die Haare. »Wir feiern euren Sieg.«

Die Siegesfeier, die Julia und Ralf im Sinn hatten, verlangte dringlichst nach einer lauschigen Nische, gedämpfter Beleuchtung und diskreter Bedienung. Diese separate Schmuseecke fanden sie nach einigem Suchen in einem schmalbrüstigen Restaurant und richteten sich gemütlich und mit allen Zutaten für Knabber und Schluck ein.
Schon nach dem zweiten Glas fand Julia Mut zur Selbstanklage. »Ich könnte mich jetzt noch scheckig ärgern, daß ich letzthin mit Max und Fanny den Ausflug nach Pellworm gemacht habe.«
Für ihn kam diese Erkenntnis zehn Tage zu spät. »Glauben Sie, ich hab' mich totgelacht? Wie ein Verrückter bin ich hergedüst, und dann stand ich draußen am Schiffsanleger und guckte übers Wattenmeer zur Insel.«
»Hallig«, verbesserte sie.
»Auch gut. Hallig hin, Hallig her: An dem Tisch hier hätten wir damals schon sitzen können.«

»Ich mußte auf einem Strohsack schlafen«, klagte Julia, um ihm verständlich zu machen, daß sie ihre Strafe bereits erhalten hatte.
»Das wäre zu verhindern gewesen.«
Zweiter Entschuldigungsversuch von Julia, diesmal auf Mutter-Ebene. »Max wollte so gern mit dem Schiff fahren.«
»Eine Frau zwischen zwei Männern«, stellte er fest und machte ein Gesicht, als habe er mit diesem Satz einen Teil seiner Lebenserfahrung preisgegeben.
Julia wiegte den Kopf. »Aber eure Ansprüche sind unterschiedlich, wenn ich mir das richtig überlege.«
»Na, logo, der kleine Unterschied möchte schon sein, aber sonst sehe ich eigentlich keine Schwierigkeiten.«
»Mit dem Schiff fahren Sie nicht gern«, sagte Julia. »Weiß ich seit Helgoland. Fußball spielen Sie sicher auch nicht ...«
»Sie werden lachen, ich spiele. Ich bin geradezu ein Fußballfan.«
Das hörte sie gern, weil das angenehme Zukunftsmusik war.
»Dann werden Sie sich mit Max gut verstehen.«
»Das scheint mir erst in zweiter Linie wichtig zu sein. Vorrang bei meinen Plänen hat die Mutter.«
»Ach ja? Können Sie denn die heimlichen Pläne, die Sie hegen, mit den Ansprüchen der jungen Dame aus Italien kompensieren?«
»Warum soll ein Mann keine Gespielin gehabt haben?«
»Gehabt haben?«
Ralf grinste. »Schwierigkeiten mit der Grammatik?«
Sie sah ihn an, Ralf beugte sich vor und legte seine Stirn an die ihre. Wie zwei Steinböcke preßten sie die Köpfe aneinander, bekamen platte Nasen und durch die kurze Distanz stark verinnerlichte Blicke.
»Wir sollten uns endlich duzen«, raunte er.
»Glauben Sie, mit dem bißchen Bussigeben bei der Wohnungseinweihung war alles Erforderliche getan?«
»Wir wurden gestört«, wusch er sich rein.

»War nicht meine Schuld.«
»Etwa meine?«
»Wie lange wollen Sie noch reden?« nuschelte sie.
Sie schlossen die Augen und küßten sich. Intensiv und mit all jenen kleinen Zutaten und Tricks, die zwei Leuten einfallen, die besonders lange auf Zärtlichkeit gewartet haben und kurz vor dem Verdursten sind.
Je länger die auf den Mund konzentrierte Hingebung dauerte, desto mehr hatte Julia zu tun, Ralfs Hände zahm zu halten – auch die wollten galant sein.
In der nachfolgenden Atempause stellte er fest: »Julia, jetzt hat das mit dem ›du‹ endlich Hand und Bein.«
»Frau Heiniger«, korrigierte sie.
»Geht das schon wieder los.«
»Jetzt fängt das erst an«, verkündete sie. »Und damit es Hand und Fuß hat, zahlen wir und gehen.«
Er war enttäuscht. »Aber der Abend ist doch noch lang.«
»Eben. Ich möchte nichts versäumen.«
Auf dem durch Kußpausen zeitlich ums Dreifache verlängerten Rückweg zur Pension Sonnenschein stand der Mond vorab über Büsum. Keiner der beiden verlor darüber ein Wort; der andere hätte es womöglich als Kitsch aufgefaßt.
Eng umschlungen erreichten sie die Pension. Wuchtig stand das Wohnmobil davor. Ganz klar, beide hatten die gleiche Idee. Ralf schloß leise die Wohnraumtür auf, half Julia hinein und knipste das Licht an. Dicker Teppichboden, bequeme Polster, furnierte Möbel. Sie betrachteten die Sitzgruppe, aus der laut Betriebsanleitung bei sachgerechter Handhabung ein Doppelbett entstehen konnte.
Ralf machte sich daran, den Tisch zu demontieren oder abzusenken, doch was er auch unternahm, weder das eine noch das andere funktionierte. Das vertrackte Ding widersetzte sich, Bettunterteil zu werden. Julia inspizierte Waschraum mit Dusche, Toilette, Wand- und Hängeschränke.
Währenddessen unternahm Ralf einen Angriff auf die Rük-

kenlehnen der Sitzgruppe. Eine ließ sich umklappen und rührte sich dann nicht mehr. Bei der anderen brach die kompliziert konstruierte Kippmechanik ab. Sein Versuch, die Sitzbänke auf den Staukästen zueinander zu schieben, mißlang. Er schwitzte.
Julia betrachtete Kochnische, Spüle, Dunstabzug, Kühlschrank und mäkelte: »Ich denke, du kannst mit dem Ding umgehen.«
Er hatte sich eben die Finger geklemmt und wollte vermeiden, »Scheiße!« zu sagen. Es gelang ihm nicht.
Klinischer Blick von Julia auf seine kaum sichtbare Druckstelle. »Ein Klacks! Komm, das hier hat keine Zukunft!«
Sie stiegen aus, er schaltete das Licht ab, schloß die Tür und folgte ihr in den Pension. Julia holte ihren Zimmerschlüssel vom Haken, nahm Ralf bei der Hand und zog ihn mit sich die Treppe hinauf, den Zeigefinger auf die Lippen legend.
Durch Julias Zimmerfenster schien der Mond genau auf die Buntkarierten. Friedlich und einladend sah das aus. Keine mißlichen technischen Vorkehrungen würden erschweren, was Herrn Sagerer und Frau Heininger als unausweichlich notwendig erachteten.
Julia kam sich wie ein poussierender Teenager vor. Ralf hatte das Gefühl, die Initiative ergreifen zu müssen. Während sie die Kußtechnik verfeinerten, streiften sie, heimlich, wie beide meinten, die Schuhe von den Füßen. Julia, plötzlich zwei Zentimeter kleiner als er, gelang der Trick zuerst.
»Bei Vollmond kann ich nicht schlafen«, wisperte Ralf.
Sie kicherte. »Sollst du auch nicht.«
Julia hatte langfristig vorgeplant. Nur zwei Knöpfe mußte sie öffnen, und ihr Kleid rieselte seidig knisternd zu Boden.
Ralf war optisch stark engagiert.
Julia ließ sich rückwärts in die Kissen fallen. Unter ihrem Rücken raschelte Papier? Raschelt da Papier? Leise lachend angelte sie es umständlich hervor. »Der Max hat sicher einen Gute-Nacht-Gruß aufgeschrieben.«

Kein Gruß von Max, ein Telegramm. Sie riß es auf und hielt den Text ins Mondlicht. Bestürzt richtete sie sich auf. Alle Gelöstheit war auf einen Schlag wie weggeblasen. »Margot ist tot.«

»Wer ist Margot?« fragte Ralf.

»Die Frau vom Schwaiger.«

Bei ihm liefen die Bilder verpatzter Gelegenheiten, die Julia zur unkörperlichen, zur Frau mit verhinderten Gefühlen zurückstutzten, ab wie ein kurzer Videofilm. Erster Take: Lymfjord – sie war nicht mehr ansprechbar, weil der Kutter streikte. Zweiter Take: Erste Verabredung in St. Peter-Ording – hätte geklappt, wenn der dämliche Sturm nicht gekommen wäre. Dritter Take: Wohnungseinweihung – Julia schaltete ab, weil Oma Hermine mit dem Telefon dazwischenfunkte. Vierter Take: Klassischer Endspurt zum Ziel, da stirbt Frau Schwaiger, und Julia zieht sich in sich selbst zurück.

Leise sagte er: »Vermutlich müssen wir zur Beerdigung.«

Julia zog ihr Kleid an, bereits jenseits von Verliebtheit, Sinnlichkeit, Leidenschaft – oder was es noch gibt. »Logisch!« sagte sie.

Vom Schicksal geprellt, fummelte er seine Füße in die Schuhe und sah sich noch, dunkelrote Farbe herrschte vor, im Wohnmobil an dem vertrackten Bett herumwuzeln. Hätte er den Trick beherrscht, wäre das verflixte Telegramm erst am Morgen gelesen worden.

»Wenn der Hund nicht gebellt hätte«, murmelte er und verließ das Zimmer, um die Nacht im Reisemobil zu verbringen – er haßte es...

Pieter Dahlen hatte sich fest umrissene Vorstellungen vom Segeltörn mit Beatrice über die Ostsee gemacht. Betont sportliche Variante bei der Hinfahrt, gesellschaftlicher Luxus in Kopenhagen, ganz persönliche Segel-Note des Skippers auf der Rückfahrt nach Travemünde.

Die sportliche Nuance vermochte Señora Benedetti nicht zu erkennen. Sie benutzte das Unternehmen zur privaten Modenschau für Freizeitkleidung und Badeanzüge, die sie in einer dicken Reisetasche an Bord gebracht hatte. In Kopenhagen wurde Dahlen von ihr durch die Museen geschleppt, und danach fühlte sie sich zu müde, um in Nobelrestaurants zu speisen. Auf der Rückfahrt war sie schwer erkältet. Er flößte ihr mehrmals Grog ein, und nach jedem Glas schlief sie tief. Dahlen revidierte seine vorgefaßte Meinung, Beatrice sei womöglich heißblütig.
Im Yachthafen von Travemünde wartete Dahlens Chauffeur mit der Luxuskarosse und half dem Boß an Land. »Tag, Chef. Wie war die Reise?«
»Mittelprächtig.«
»Besondere Vorkommnisse?«
»Eine Krankmeldung.«
Beatrice erschien an Deck. Sie trug zwei dicke Pullis von Pieter übereinander, hatte einen langen Schal um Kopf und Hals geschlungen, hielt einen Lappen als Taschentuch vor die Nase. Dahlens Trainingshosen schlackerten traurig um ihre Beine. Ein Abbild des Jammers.
Trotzdem fand Dahlen den Anblick köstlich. »Wissen Sie, daß Sie der erste Mensch sind, der sich auf See erkältet hat?«
»Keine Scherze, bitte«, muffelte sie. »Ich brauche ganz dringend eine heiße Badewanne und ein warmes Bett.«
Umgehend wurde sie ins Auto verfrachtet und nach Hause gebracht. Dahlen musterte die Fassade der Stadtvilla und fragte: »Wer wohnt hier?«
Beatrice schniefte und murmelte. »Dr. Sagerer.«
»Interessant.«
»Weshalb?«
»Irgend jemand sagte mir, Sie haben sich getrennt.«
»Erkaltete Intimität, würde er sagen. Als ich in Hamburg eintraf, lockten Sie mich sofort auf Ihr Boot. Wo sollte ich in der Eile hin?«

Sie verließ den Wagen. »Vielen Dank für den reizenden Ausflug, Herr Dahlen.« Sie nieste. »Sollte ich je wieder gesund werden, melde ich mich.«
Der Chauffeur trug ihr umfangreiches Gepäck in die Diele und empfahl ein Hausmittel: »Fliedertee, gnädige Frau. Pro Tag mindestens einen Liter. Fliedertee besteht aus Holunderblüten. Sehr gesund.«
Verwirrt schloß sie die Tür, suchte das Badezimmer und ließ heißes Wasser in die Wanne laufen. In der Küche fahndete sie nach Fliedertee. Es gab natürlich keinen. Und im einzigen Bett des Hauses lag bereits ein schlafender Mensch. Ralf.
Er blinzelte und fuhr erschrocken hoch. »Was machst du jetzt hier?«
Beatrice wickelte den Schal vom Hals. »Eine dumme Frage! Du hast mir Hausschlüssel und Adresse am Airportschalter hinterlegt.«
»Richtig. Vergangenen Freitag. Heute ist Dienstag. Wie siehst du überhaupt aus?«
Heftig niesend sah sie an sich und der unförmigen Garderobe herab. »Ich war in Kopenhagen.«
»Auf einer Sportveranstaltung?«
»Mit Dahlen.«
»Ach nee!?«
»Ach ja. Mit seinem Segelboot. Hast du was dagegen? Ich geh' jetzt heiß baden. Und nach dem Baden brauch' ich ein Bett.« Hurtig schleuderte sie Dahlens Sachen vom Körper und drehte sich zur Inaugenscheinnahme. »Ich bin sehr erkältet und hab' Fieber.«
Ralf überzeugte sich von der mustergültigen Beschaffenheit ihrer Erscheinung. »Du meinst doch nicht etwa dieses Bett?«
»Exakt.«
Sie huschte davon, ließ alle Türen offen, verschwand planschend im dampfenden Wasser der Wanne und rief: »Warum hast du keinen Fliedertee?«

Ralf verließ das warme Bett und hängte sich den Bademantel um. »Warum! Ich hatte noch nie Fliedertee, und um diese Zeit werde ich nirgends welchen bekommen.«
Er ging ins Badezimmer, nahm eine Flasche Badeschaum vom Bord und schüttete den Inhalt in den Wasserstrahl direkt am Hahn.
»Warum machst du das?« wollte sie wissen.
Er setzte sich auf den Wannenrand und gönnte sich einen letzten Blick, ehe der Schaum ihm die Sicht auf das Unterwassergemälde nahm. »Weil ich dir was sagen muß.«
»Und dazu brauchst du Badeschaum?«
»Ja. Als Scheuklappenersatz. Du lenkst mich sonst zu stark ab.«
Mit dem Air einer weisen Frau sprach sie: »Wenn du mich nicht ansehen kannst, dann weiß ich schon, was du sagen willst.«
»Ehrlich? Glaub' ich nicht.«
»Denkst du, das ist schwer? Und denkst du, ich bin blöd? Ich kenn' dich doch genau. Mit uns ist es fini! Richtig getippt?«
Ralf versuchte die Tatsache abzuschwächen. »So hart würde ich das nicht sehen...«
»Du liebst Julia Heininger.«
Abermals probierte er, sich aus der Wahrheit herauszuschlängeln. »Na ja, ich will mal sagen, es kommt der Sache reichlich nahe...«
»Das geht schon lange, oder?«
»Ein Tag kommt zum anderen.«
»Mein kleiner Philosoph.« Beatrice schlug unter Wasser mit den Füßen und schaute in den Wirbel, der sich bildete. »Hast du schon mit ihr geschlafen?«
»Nein, es ist immer was dazwischengekommen.«
»Armer Liebling.« Nein, hatte er gesagt. In Ordnung, damit war das Thema für sie erledigt. Bei Ja wäre es zu eingehender Debatte gekommen. »Hast du ein Fieberthermometer?«
»Irgendwo muß eins sein. Ich leg's dir ans Bett. Und dann

verzieh' ich mich auf die Couch im Wohnzimmer. Ich muß nämlich morgen früh nach München fliegen. Zu einer Beerdigung.«

Viktor Dahlen kultivierte seine schlechte Laune mit ungerechtfertigten Rügen. Nachdem er den Butler zur Weißglut getrieben hatte, schoß er sich auf seinen Sohn ein. Pieter, längst vertraut mit Viktors Macken, nahm den Vormittagskoller seines Vaters als vorbeiziehendes Sommergewitter hin.

»Weißt du, welchen großen Vorteil Angestellte gegenüber Familienmitgliedern haben?« wetterte der alte Herr. »Angestellte kann man feuern!«

»Redest du etwa von mir?«

»Ist hier noch ein weiteres Familienmitglied? Du läßt dir ein Hundert-Millionen-Geschäft durch die Lappen gehen, weil du unbedingt mit einer Italienerin in der Ostsee herumsegeln mußt!« Er schüttelte mißbilligend den Kopf. »Erst eine Frau aus Bayern, und jetzt eine aus Italien! Du kommst dem Balkan immer näher!«

Pieter fühlte sich nicht getroffen. »Du willst doch unbedingt eine Frau im Haus haben.«

»Korrekt! Aber alles zu seiner Zeit! Erst kommt das Geschäft, dann die Bank und dann die Ehe! Merk dir die Reihenfolge!« Er wühlte in seiner Post, zog ein Herrenmagazin aus der Versandtasche und blätterte es durch. Bei einer besonders attraktiven Doppelseite leuchteten zwar seine Augen, doch seine Stimme klang matt. »Hier! Tausende gibt's davon! Und was machst du? Du verzettelst dich am Balkan!«

Butler Bert näherte sich auf leisen Sohlen und flüsterte Pieter zu, daß Señora Benedetti gekommen sei.

»Was will er von dir?« rief Viktor.

»Die Zigeunerin vom Balkan ist gekommen«, antwortete der Junior ätzend. »Ich habe sie zum Essen eingeladen. Du willst ja immer alles begutachten.«

Der alte Herr riß die Kommandogewalt an sich. »Herein mit der Dame.«
Bert entfernte sich, um seinen Pflichten als Majordomus zu genügen.
Viktor Dahlen machte auf Pieter den Eindruck, als befände er sich auf einer Abschußrampe. Mit den Fingern an den Handläufen der Räder bewegte er den Rollstuhl vor und zurück. Als er den Butler erblickte, der Beatrice ins Innere des Hauses geleitete, zischelte er Pieter zu: »Untersteh dich, mich zu schieben! Und stelle mich nicht vor! Das mach' ich allein!«
Je näher Beatrice kam, desto entzückter gebärdete der alte Viktor sich. Schnell prüfte er den Sitz der Haare, der Krawatte, der wärmenden Decke über den Knien. Und da die Entfernung zu Beatrice es gerade noch zuließ, teilte er Pieter sein Urteil wispernd mit: »Nicht übel!« Einen kleinen Dämpfer konnte er sich nicht verkneifen: »Von weitem!«
Er lief zu großer Form auf, als er Beatrice begrüßte. »Wir freuen uns außerordentlich, Sie zum Essen bei uns zu sehen. Wir hoffen, es gefällt Ihnen bei uns. Sie werden sehen, es geht bei uns ganz zwanglos zu – bitte, fühlen Sie sich wie zu Hause. Bert, sorgen Sie dafür, daß die Dame es bequem hat.«
Der Butler verzog keine Miene und trollte sich.
Pieter hatte es leichter. Er tarnte den Spaß, den ihm sein Vater machte, als Begrüßungslächeln. »Wie geht es Ihrer Erkältung?«
»Danke, ich fühle mich topfit.«
»Hat Herr Sagerer Sie gepflegt?«
»Er befindet sich in München. Ich hab's allein geschafft. Mit Fliedertee.«
Viktor zeigte sich über alle Maßen begeistert. »Mit Fliedertee! War sagt's denn. Endlich eine vernünftige Frau, die eine simple Erkältung mit Fliedertee wegspült, anstatt Chemie aus der Apotheke in sich hineinzustopfen. Ich trinke auch Fliedertee!« Aufgekratzt reimte er: »Bei Husten, Schnupfen, Hei-

serkeit, steht schon der Fliedertee bereit. Von wem haben Sie das wundervolle Rezept? Von Ihrer Frau Mutter?«
»Von Ihrem Chauffeur.«
»Von Kaminski?« Der alte Herr schaute erst verwundert und dann strafend seinen Sohn an. »Er kennt die Señora? Länger als ich?«
Pieter grinste. »Entschuldige, Papa, es ließ sich nicht vermeiden. Wir haben die erkältete weibliche Person von Travemünde nach Hamburg gefahren.« Pieter wandte sich amüsiert an Beatrice. »Jeder in diesem Haus muß beim geringsten Erkältungsverdacht einen Liter Fliedertee trinken.«
Beatrice blieb ernsthaft. »Er hilft.« Damit hatte sie beim Senior mindestens vier Steine im Brett.
»Sag' ich doch!« frohlockte Vater Viktor. »Hier glaubt's mir aber keiner!«
Bert erschien an der Tür zum Wintergarten und sprach den weltbekannten Butler-Satz: »Es ist serviert.«
»Es gibt Aal grün«, verriet der alte Herr, »eine hanseatische Spezialität.« Lauernder Blick zu Beatrice. »Kennen Sie Aal?«
Pieter hob erschüttert die Augenbrauen. »Papa, du solltest das nicht verwechseln: Auf dem *Balkan* ißt man keinen Aal. Die italienische Küche schätzt diesen Fisch sehr wohl. Aal auf römische Art schmeckt fast wie unser Aal grün.«
Viktor fühlte sich zurechtgewiesen, schaltete den Elektroantrieb ein und rollte zum Tisch und begann schweigend zu essen. Nach den ersten Bissen fing er sich und wurde familiär.
»Ich nehme an, Sie sind unverheiratet.«
»Der richtige Mann ist mir noch nicht über den Weg gelaufen.«
»Lieben Sie Kinder?«
Pieter schaute hilfeflehend an die Zimmerdecke, und Beatrice antwortete: »Sehr.«
Das Verhör begann erst. »Was halten Sie von der Ehe?«
Beatrice sah Viktor belustigt an. »Eine gute Ehe dauert zu lange – *wenn* sie gutgeht.«

Old Viktor dachte an seine längst vergangene Ehe. »Und wenn sie nicht gutgeht?«
»Dann lohnt sie sich nicht«, erwiderte Beatrice.
Während Viktor die Antwort deutete, fragte Pieter augenzwinkernd: »Und wie ist es mit der Liebe?«
»In Italien gibt es ein Sprichwort: Die Liebe vertreibt die Zeit, und die Zeit vertreibt die Liebe.«
»Würden Sie mir den Gefallen tun, diese Weisheit auf italienisch zu sagen?« bat der alte Dahlen.
Sie hatte ein Stückchen Aal mit der Gabel aufgespießt, hielt es vor die Lippen und sah Pieter an. »L'amore fa passare il tempo e il tempo fa passare l'amore.« Dann biß sie zu.
Viktor lauschte der Musik der fremden Sprache nach, aß ein wenig, trank ein Schlückchen stilles Wasser, und auf einmal hatte ihn das Geschäft wieder eingeholt. Er erkundigte sich, als ob es ihn nicht wirklich interessierte: »Was macht Dr. Sagerer in München? Ist er mit Frau Heininger dort?«
»Er sagte, eine Beerdigung.«
»Frau Schwaiger ist gestorben«, erklärte Viktor. »Aber Berthold wird die Reisespesen seiner leitenden Angestellten noch anderweitig nutzen. Für eine Konferenz, da bin ich ganz sicher.«
Beatrice hob die Schultern. »Einem Telefongespräch entnahm ich, daß es um ein Investment-Projekt geht. Euro-Fonds von irgendeinem Hamburger Reeder, Transocean oder was weiß ich. Ich kann mir das nicht merken. Er hat von hundert Millionen gesprochen.«
Die beiden Männer schauten sich an, und Viktor näselte: »Und du gehst segeln...«
Pieter stocherte wie ein gescholtener Knabe auf seinem Teller herum. »Der Sievers hat sich noch gar nicht entschieden, wer die Transocean Invest-Konten erhält.«
»So? Hat er nicht! Mir, Junior, mir ist das jetzt sonnenklar!«

Am Tag nach der Beisetzung seiner Frau bat Schwaiger zur

Klärung eines neuen Projekts in den kleinen Sitzungssaal der Münchner Bankzentrale. An einer Staffelei hing eine Graphik mit schwarzen, roten und grünen Kästchen, die in unterschiedlicher Weise durch direkte oder indirekte Linien miteinander verbunden waren.
Mit einem Zeigestock erklärte Schwaiger die Zusammenhänge. »Euro-Fonds hat ein neues Anlageunternehmen gegründet: Transocean Invest. Zu erwartende Einlagen: Hundert Millionen Mark. Einziges Ziel der Firma: Bau und Verchartern von Frachtschiffen. Die Transocean Invest hat einen 49%igen Partner: Den Hamburger Reeder Jens Sievers. So viel zur Konstruktion des Unternehmens.«
»Hübsche Summe«, sagte Julia.
»Wenn man sie bekommt«, schränkte Schwaiger ein.
»Moment mal«, rief Sagerer. »Bestehen denn da Unklarheiten? Wir sind die Hausbank von Euro-Fonds und mit von der Partie.«
»Dieser Sievers hat sich offenbar schon anderweitig orientiert«, schätzte Schwaiger.
»Wahrscheinlich bei einer der kleineren Schiffsbanken«, mutmaßte Ralf.
Schwaiger schüttelte verneinend den Kopf. »Keine kleine Schiffsbank. Angeblich bei Dahlen, Timm und Dahlen.«
Julia mußte lachen. »Sieh an, mein Freund Pieter.«
Der Spott mißfiel Ralf außerordentlich. »Etwas mehr Ernsthaftigkeit wäre schon angebracht! Du müßtest zwei- bis dreihundert deiner alternativen Kleinunternehmer mobilisieren, um ein Geschäft vergleichbarer Größenordnung ins Rollen zu bringen.«
»Gut gebrüllt, Tiger! Langfristig sind diese alternativen Kleinunternehmer wesentlich produktiver als eine Handvoll binnenländischer Investoren, die ihr Geld nicht ordentlich versteuern wollen, sondern lieber in irgendwelche Frachtschiffe investieren, die sie nie zu sehen bekommen.«
Ralf lachte gequält. »Du wärst eine phantastische Anlagebe-

raterin: Legen Sie Ihr Geld bloß nicht an. Schenken Sie es dem Finanzamt oder werfen Sie es gleich aus dem Fenster.«
Schwaiger fühlte sich ungemütlich, wenn die Harmonie für nichts und wieder nichts gestört wurde. »Dr. Sagerer, ich bitte Sie!«
Julia war noch in Fahrt. »Ich seh' schon, hier geht es um ein Geschäft ganz nach Dr. Sagerers Geschmack!«
»Jeder Investor hat das Recht, für sein Alter vorzusorgen«, rief Ralf. »Banken sind für alle da, meine Liebe.«
»Jeder hat die Kundschaft, die zu ihm paßt!« griff Julia an. »Gestern noch sagtest du...«
Er benahm sich, als ginge ihn das nichts mehr an. »Was schert mich mein Geschwätz von gestern!«
Schwaiger wurde wütend. »Wenn ihr zwei euch wieder benehmt, wie es sich ziemt, sage ich euch, worum es geht!«
»Entschuldigen Sie, Herr Schwaiger, Frau Heininger ist manchmal etwas impulsiv.«
»Sie werden mich noch kennenlernen, wenn ich wirklich impulsiv bin! Außerdem kann ich selbst für mich reden! Ich brauche keinen Advokaten!«
»Darf ich jetzt um Aufmerksamkeit bitten!« Berthold Schwaiger pochte ungehalten mit den Knöcheln auf die Tischplatte. »Die Euro-Fonds läßt Sievers freie Hand für seine Entscheidungen. Wir müssen uns also selbst darum kümmern. Das heißt: Sie beide werden das Objekt an die Bayernbank binden. Für diese Aufgabe scheint es mir wichtig, daß Sie Ihre kleinlichen Differenzen vergessen.«
Julia stemmte die Arme in die Hüften. »Kleinliche Differenzen?! Der Sagerer nimmt einem doch die Luft zum Atmen! Unsachliche Argumente und beengtes Schreibtischdenken! Ein klinischer Fall, der Mann!«
Schwaiger nahm die Graphik von der Staffelei und sagte zum Abschied, unberührt vom Tiefgang der Kontroverse: »Ich sehe Ihrer baldigen Erfolgsmeldung mit Interesse entgegen. Frau Heininger, Herr Dr. Sagerer – guten Flug.«

Getrennt marschieren, vereint schlagen, schien das Motto von Julia und Ralf zu sein. Wo war die unter erschwerten Umständen aufgebaute Harmonie? Kutterfahrt auf dem Lymfjord, Wohnungseinweihung in Hamburg, Schmusestunde in St. Peter-Ording?
Getrennt flogen sie nach Hamburg zurück. Ralf saß in der Kabine vorn links, und Julia hinten rechts. Getrennt fuhren sie vom Hamburger Flugplatz zur Bank. Ralf mit einer Taxe, Julia mit dem City-Bus. Getrennt ließen sie sich von Frau Heise Bericht erstatten. Getrennt fuhren sie in das Einzugsgebiet des Hamburger Hafens, wo Reeder Sievers in einem alten Kontorhaus residierte. Julia benutzte ihren Wagen, Ralf donnerte mit dem Motorrad zur Unterredung.
Einige Sekunden nacheinander betraten sie das Gebäude, warteten unentschlossen vor dem Paternoster. Dann stieg Ralf allein in einen Fahrkorb, Julia wartete und nahm den nächsten.
Vor den Geschäftsräumen der Reederei Sievers begann zwar die gemeinsame Strategie, beide bemühten sich jedoch, höflichen Abstand voneinander zu behalten.
Bei Fiete Grollmann hatte Julia eine Telefonauskunft über Sievers eingeholt. Die war nicht schlecht ausgefallen, aber sie sagte sich, daß eine Krähe der anderen kein Auge aushackte. Grollmann hatte seine Millionen ebenfalls im Chartergeschäft verdient.
In altem Leder sich gegenübersitzend, tasteten Jens Sievers und die Bayernbanker einander kritisch ab unter dem Aspekt: Was ist dein Begehr, Fremder?
Als Sagerer die Vokabel »Abschreibungsmodell« gebrauchte, zeigte Sievers mit kleinem Vokabular pädagogische Reife: »Sie können das nennen, wie Sie wollen. Bei der anhaltenden Krise im Schiffsbau ist es eigentlich egal, von welchem Geld Schiffe gebaut werden. Wichtig ist, daß überhaupt noch jemand Schiffe baut.«
»Sie haben das geschafft«, lobte Julia professionell.

Sievers schlug einen Hochglanzprospekt auf. »Bisher habe ich sieben Schiffe finanziert.« Siebenmal tippte er mit dem Zeigefinger auf Bilder seiner Frachter. »Und diese beiden hier, ›Mathilde Sievers‹ und ›Anna Sievers‹, zum erstenmal mit Euro-Fonds.«
Ralf betrachtete die Abbildungen eingehend. »Warum nicht mehr allein?«
»Ich bin Reeder und versteh' was von der christlichen Seefahrt. Euro-Fonds hat eine Stamm-Klientel von finanzkräftigen Anlegern, und das will ich nutzen, ohne ans Eingemachte zu gehen. Wollen Sie noch mehr wissen?«
»Etwas über Ihre gemeinsame Firma Transocean Invest«, verlangte Julia. »Welche Sonderkonditionen, welchen Service bietet sie dem Anleger?«
»Zunächst baut sie zwei Schiffe. Dabei ist mit Verlustzuweisungen bis zu dreihundert Prozent zu rechnen. Wir verhandeln noch mit dem Finanzamt. Außerdem ist Transocean Invest an der Firma beteiligt, von der die Schiffe bewirtschaftet werden. Der Anleger hat also, außer dem kurzfristigen Verlust, der gut und gerne das Dreifache seiner Einlage beträgt, den langfristigen Vorteil, am erwirtschafteten Gewinn zu partizipieren.«
Ralf signalisierte Zufriedenheit. »Natürlich will ich Sie nicht bedrängen, Herr Sievers. Ich denke nur daran, daß die Transocean Invest das Projekt so rasch wie möglich auf den Markt bringen will.«
»Darum sitzen wir ja zusammen. Ich könnte mich möglicherweise sehr schnell für die Bayernbank entscheiden, wenn Sie mir die zu erwartenden hundert Millionen vorfinanzieren.«
»Ihre Anleger...«
»Selbstverständlich gehe ich davon aus, daß das Geld zusammenkommt«, unterbrach Sievers. »Das Objekt wird ja von Euro-Fonds vertrieben, und das ist *Ihr* Kunde.«
»Trotzdem stellt sich die Frage nach der Sicherheit«, sagte Ralf unbeirrt.

Jens Sievers zeigte, daß ihm die Einwände lästig wurden. »Ich verpfände Ihnen zwei Schiffe. Das ist doch genug Sicherheit.«
Julia wies im Prospekt auf die von Sievers zuletzt bezeichneten Frachter. »Diese beiden?«
»Richtig, diese beiden. Natürlich sind sie noch nicht gebaut, aber wo ist da der Unterschied?«
Ralf und Julia begriffen die Chuzpe, und sie fragte: »Haben Sie Kinder, Herr Sievers?«
»Zwei Söhne. Vierzig und zweiundvierzig. Warum?«
»Würden Sie ihnen raten, in dieses Unternehmen zu investieren? Und würden Ihre Söhne das dann tun?«
»Ich kann nur den ersten Teil Ihrer Frage beantworten: selbstverständlich. Ob sich meine Söhne allerdings ideell oder materiell abhängig machen wollen, weiß ich nicht. Ich kann nicht für sie sprechen.«

Voll im Streß düste Julia nach St. Peter-Ording. Die Kur von Max war beendet. Er sah puppenlustig aus, und seine Hose saß etwas zu eng. Fanny trug die Koffer aus der Pension Sonnenschein, und sie sagte, mit der neuesten Entwicklung der Dinge nicht vertraut: »Wenn's mich fragen täten, Frau Julia: Zum Kofferschleppen hätten's den Herrn Sagerer ruhig mitbringen können.«
»Lieber trag' ich meine Koffer zu Fuß nach Haus!«
»Ja gibt's dös aa!« staunte Fanny. »Aa Krisen! Ja da leckst mi! I moan, da legst di niada!«
»Wer sagt denn, daß i dös net mag?« sagte Julia. »Nimm's grad, wias is! Gemma!«
Fanny verlud das ganze Zeug ins Auto, stieg auf den Hintersitz, und Julia knallte den Kofferraumdeckel zu. Max folgte Fanny und spornte sie an, rüberzurutschen: »Scheib di zuba, dur an Plärra, san ma mehra!«
Die Wirtin der Pension winkte. »Beehren Sie mich wieder.«
Julia drückte auf die Tube.

Unterwegs schwatze Max unaufhörlich und berichtete haarklein über seine wichtigsten Begegnungen mit Muscheln, Krabben, Taschenkrebsen, Wattwürmern, Steinen, Schafen, Möwen und Menschen.
Zu Hause stand das kleine Sabbermaul auch nicht still, denn Julia hatte einen Berg von Überraschungen für ihn aufgebaut. Weihnachten ohne Christbaum sozusagen. Max wühlte in Paketen, Kästen und Einwickelpapier und schichtete vor sich auf, was ihm wichtig erschien, packte neben sich, was weniger interessant war.
»Mensch, Mama! Alles nur, weil ich zur Kur war? Dann fahr' ich nächstes Jahr wieder! Guck mal, Fanny: Fußball, Trikot, Hosen, Fuballtöppen, Sporttasche, Magnetische Bundesligatabelle...«
Julia griff rettend ein und klopfte auf einen großen Karton, der auf dem Tisch stand. »Hier, Fanny. Einen Fernseher für dich, damit du dich mal in dein Zimmer zurückziehen kannst und nicht immer nur das Programm anschaun mußt, was der Max will.«
»I dank recht schön, Frau Julia. Dös hätts aber nicht braucht...«
Bei Fanny wollten grad die Rührungstränen einschießen, da läutete es an der Wohnungstür. Und wer stand draußen? Der Sagerer. Mit einer Tasse in der Hand. Wie einer, der um eine milde Gabe bitten wollte.
»Da schau her, der Herr Nachbar«, sagte Fanny.
»Grüß Gott. Ist die Dame des Hauses zugegen?« Es klang arg geschwollen.
»Nein!« rief Julia aus dem Hintergrund.
»Was wollen's denn, Herr Doktor?« erkundigte die Fanny sich und peilte die Tasse an.
»Ich bräucht etwas Speiseöl, bittschön. Für eine Grüne Soße.«
»Sag nein!« ereiferte Julia sich.
»Warum soll sie nein sagen?« meuterte Ralf.

Julias Kopf wurde für eine Sekunde sichtbar. »Weil einer wie Sie keine Grüne Soße braucht!«
Max kam an die Tür. Er war vorurteilsfrei. »Kommen Sie rein, ich muß Ihnen was zeigen. Wenn Sie das sehen, schnallen Sie glatt ab!«
Ralf zockelte mit seiner Tasse dem Jungen hinterher ins große Wohnzimmer an den Geschenkeberg. Max begann sofort eine weitschweifige Erklärung über Fußball im allgemeinen und die einzelnen Ausrüstungsgegenstände für den Sport im besonderen.
»Na, was is, Fanny? Gib ihm endlich sein Öl!« versuchte Julia das Männergespräch zu stören.
Die Haushälterin nahm Ralf die Tasse ab und verschwand in der Küche.
Ralf begutachtete die Geschenke und fragte Max: »Warum hast du das alles bekommen? Geburtstag?«
»Zur Belohnung. Weil ich krank war, weil ich die Kur machen mußte, weil ich die Mama nicht oft gesehen habe. Und dann darf ich mir noch wünschen, wohin wir einen ganzen Tag lang gehen«, erklärte der Junge wichtig. »Und wissen Sie, was ich mir wünsche?«
»Spuck's aus.«
»Ich möchte einen Tag lang in den Zoo. Und Sie kommen mit. Abgemacht?«
Ralf sah Julia an. »Abgemacht?«
Sie distanzierte sich. »Es ist *sein* Wunsch!«
Fanny brachte vorsichtig Ralfs Tasse herein. »Was ist jetzt mit dem Öl?«
Ralf winkte ab. »Gleich.«
»Kommen's allein nicht zurecht mit der Grünen Soße?«
»Schon. Ich mach's genauso, wie's im Kochbüchel steht.«
»Ich helf ihnen, wenn Sie mögen«, bot Fanny an.
»Laß nur! Wenn er's wirklich nicht allein schafft, stell' ich mich halt zu ihm in die Küche.« Sie gab Max einen Klaps auf den Hintern. »Jetzt ins Bad und dann ins Bett.«

»Bring mich. Gute Nacht, Herr Sagerer.« Im Kinderzimmer fragte er: »Gehst du noch zu ihm und machst ihm seine dämliche Soße?«
»Nein. Das war doch nur ein Vorwand von ihm.«
»Was ist ein Vorwand?«
»Eine Ausrede, eine Vorspiegelung, eine Finte, eine Täuschung, eine Notlüge. Ein Schnack, wie man hier sagt.«
Max rieb seinen Zeigefinger an der Stirn. »Er kommt und sagt, er will Öl und will gar kein Öl? Was will er dann?«
»Mich.«
»Und warum sagt er das nicht?«
»Ich weiß auch so Bescheid«, gab Julia zu.
»Sehr umständlich. Aber er ist ja ganz nett. Meinst du, ich kann ihn Onkel Ralf nennen statt Herr Sagerer?«
»Verhandle das mit ihm«, schlug sie vor. »Und jetzt mach dich fertig und geh ins Bett. Ich komm dann zum Küssen.«
Offenbar hatte auch Fanny blitzschnell begriffen, daß der liebe Herr Nachbar weder das Öl brauchte noch eine Grüne Soße fabrizieren wollte. Als Julia ins Wohnzimmer zurückkehrte, war Fanny bereits mit dem neuen Fernsehapparat in ihrem Zimmer verschwunden.
Ralf schreckte auf, als Julia ihn anblaffte: »Jetzt kannst du mir erklären, warum du Nachbarschaftshilfe vorgetäuscht hast.«
Ihm fiel nichts Gescheites ein. »Ich wollte dich fragen, ob du am Sonntag mit mir zum Angeln fährst.«
»Mit dem Motorrad?«
»Ja.«
»Danke, keinen Bock drauf.«
»Dann muß ich meine anonyme Verehrerin mitnehmen«, sagte er listig. »Sie scheint ganz verrückt auf Motorräder zu sein.«
»Auf *dich* ist sie scharf!«
»Sie hat mir einen Schal gestrickt, einen Nierenschutz, ein Paar Handschuhe...«

»Das ist keine anonyme Verehrerin, Frau Heise stellt dir nach. Hast du das noch nicht gemerkt? Außerdem verfrühstückt sie dich mit den Augen. Deine Chancen sind unermeßlich. Brauchst nur zu nicken, wenn sie in dein Zimmer kommt. Und jetzt mach mal den Plattenspieler an, ich hol' was zum Trinken.«
Er studierte die Plattenhüllen. »Eigentlich machen wir schon wieder alles falsch.«
»Erklär's mir.«
»Wir haben uns seit München nicht mehr geküßt.«
Julia schaute ihn an, als zweifle sie an seiner Intelligenz. »Ich dachte, du legst keinen gesteigerten Wert auf den Austausch von Zärtlichkeiten. Sonst hättest du doch bei Schwaiger nicht so gemein gegen mich geschossen.«
»Es war doch bloß so eine Art Ballwechsel.«
»Ach ja? Ich wollte deine Angriffe stoppen und dich daran erinnern, daß du am Tag davor zu mir gesagt hast: ›Ich fürchte, ich liebe dich‹, und was antwortest du? ›Was schert mich mein Geschwätz von gestern!‹ Sehr witzig! Ballwechsel, ja? Mach Musik!«
»Hol den Wein!«
Beide flitzten in die durch die Art der Forderung angegebene Richtung. Ralf legte eine Platte auf, Julia brachte die Weinflasche und entkorkte sie unterwegs.
»Das hätte doch ich machen können«, rief er und fühlte sich von ihr mit Absicht in seinen Kavalierspflichten behindert.
»Ich fürchte halt auch, daß ich dich liebe.«
»Das fällt dir bei einem Weinkorken ein?«
»Nein, den Gedanken trage ich schon lange mit mir herum«, gestand sie. »Ich fürchtete mich bloß, ihn auszusprechen. Ich dachte, in unserem Alter sagt man das nicht mehr.«
»Hör auf, Julia, ich komm' mir senil vor.«
»Dagegen weiß ich ein Mittel.« Sie umarmte und umbeinte ihn, küßte ihn so notwendig wie möglich und erstarrte im gleichen Moment.

Die Tür war einen Spaltbreit geöffnet worden, und Max steckte seine Nase ins Zimmer. »Du hast mir noch keinen Gute-Nacht-Kuß gegeben. Oder ist Onkel Ralf zuerst dran?«
»Er wollte auch ins Bett gehen.«
»Er sieht gar nicht müde aus«, befand der kluge Knabe.
»Max, das täuscht.«
»Bringst du mich?«
Sie erhob sich von der Couch und ermahnte Ralf: »Schön die Augen offenlassen und nicht einschlafen, bis ich wieder zurück bin.«
»Versprochen.«
Julia brachte Max in sein Zimmer und kniete sich neben sein Bett. »Du hast Onkel Ralf zu ihm gesagt, und er hat nicht gemeckert.« Sie gab ihm einen Kuß. »Wenn ihr euch besser kennt, kannst du das Wort Onkel vielleicht weglassen.« Einen Kuß auf die Stirn von Max.
Max kehrte zum Ausgangsthema zurück. »Das war doch auch bloß ein Schnack.«
»Was?«
»Daß er müde ist und ins Bett gehen will.«
Julia formulierte es dehnbar. »Na ja, todmüde ist er vielleicht nicht. Aber ins Bett möchte er.«
»Glaub' ich nicht. Der sitzt nur rum, trinkt deinen Wein und hört deine Platten. Und dann pennt er ein.«
»Das werde ich verhindern«, versicherte sie. »Schlafen muß er bei sich zu Hause. Gute Nacht, Spatz. Wir sehen uns morgen früh.«
Duldsam ertrug Ralf die fünfte abrupte Unterbrechung seiner auf pure Zärtlichkeit ausgerichteten Absichten. Er wendete die Platte und sann darüber nach, wie er Julia wieder in die schmusige Stimmung zurückversetzen konnte.
Sie kam und lächelte. »Weißt du, was ich bemerkt habe? Wenn wir übers Geschäftliche reden, stört uns niemand. Sobald einer von uns tätlich wird, ist das Schicksal gegen uns.«

»Dann erzähl' ich dir jetzt, was heute abend noch über den Ticker gekommen ist.«
»Die Auskunft über Sievers?«
»Exakt. Noch bevor die Schiffe fertig sind, teilt er seinen Kommanditisten mit, der Chartermarkt sei gesättigt, und er müsse die Frachter verkaufen.«
»Natürlich mit Verlust.«
»Logisch. Und natürlich an eine Firma, die ihm selbst gehört. Das Geschäft findet nur auf dem Papier statt...«
»Mit dem Hochglanzprospekt.«
»Das gehört dazu. Die Anleger haben ihr Geld verloren und müssen obendrein ihre Verlustzuweisungen versteuern.«
»Und für entstandene Verluste nachschießen.«
»So ist es. Bisher hat er das so gehandhabt, und er wird es wieder durchziehen. Natürlich laufen auch einige Frachter für ihn. In Krisengebieten, und mit verbotener Fracht. Bei der Gelegenheit muß ich noch mal auf Frau Heise zu sprechen kommen. Sie war ja, bevor sie bei uns anfing, beim Bankhaus Dahlen. Und wie es der Zufall so will, fand sie bei sich zu Haus das Duplikat eines Protokolls über die Geschäftsverbindung Dahlen/Sievers.«
»Und das hat sie dir als Liebesbeweis angedient, was?«
»Du bist ein schlaues Weib.« Geschäft hin, Geschäft her, behutsam knüpfte er die Fäden zu außergeschäftlicher Häuslichkeit. »Du sagtest vorhin: ›Schön die Augen offenlassen und nicht einschlafen, bis ich wieder zurück bin.‹ Warum eigentlich?«
»Dreimal darfst du raten!«

Reeder Sievers hatte den Kapitän seines Frachters »Renate Sievers« am Funktelefon und wies ihn an: »Zahlen Sie die vom Zoll geforderte Summe, aber lassen Sie die deutsche Botschaft außen vor! Sie werden von den Bimbos keine Quittung für die 30000 Dollar bekommen, aber dafür sind Sie mit dem Schiff pünktlich in Mombasa. Ende!«

Er wollte den Hörer aufhängen, da flog die Tür auf. Pieter Dahlen schob seinen Vater ins Allerheiligste der Reederei Sievers.
»Entschuldige, Jens, wir halten dich nicht lange auf!« rief Viktor. »Wir haben wenig Zeit!« Er warf eine Mappe auf den Schreibtisch. »Das ist für dich!«
Jetzt erst hängte Sievers den Hörer des Funktelefons ein und schaltete den Sender ab. »Wir sind nicht verabredet! Was ist in der Mappe?«
»Die neue Kontonummer von Transocean Invest bei der Dahlen-Bank und der Vertrag!«
»Ich habe keinen Auftrag erteilt«, rief Sievers entrüstet.
»Eben deshalb! Du brauchtest Entscheidungshilfe von deinem langjährigen Partner! Du mußt nur noch unterschreiben, und alles geht den üblichen Gang!«
Die Entrüstung von Sievers war nur noch halb so stark. »Meine Pläne laufen in eine andere Richtung.«
»Was würden deine Anleger sagen, wenn sie von deinen illegalen Rüstungstransporten wüßten?«
»Du kannst mich nicht bluffen, Viktor.«
»Ich bitte dich, Jens! Wir spielen nicht Monopoly! Seit Jahren machen wir Geschäfte miteinander, und wir haben von dir 250 Frachtverträge übelster Sorte im Tresor!«
»Und du bist an dein Bankgeheimnis gebunden.« Das klang schon kleinlaut.
Der alte Dahlen lächelte kalt. »Manchmal sickert doch was nach draußen! Und dann?«
»Ade, hundert Millionen«, ergänzte Pieter.
Viktor zeigte auf die Mappe. »Unterschreib!«
Es gab keinen Ausweg für Sievers. Er setzte seinen Namen unter das Dokument.

Frau Heise brachte Kaffee in Sagerers Büro und fühlte sich sogleich in Hochstimmung, als er sie bat, sich einen Augenblick zu setzen. »Was kann ich für Sie tun, Herr Doktor?«

»Ich wollte Ihnen sagen, Sie sind eine ausgezeichnete Mitarbeiterin, und Frau Heininger und ich möchten Sie nicht verlieren. Sie sind glücklich verheiratet, Sie haben einen netten Mann und einen guten Job. Wollen Sie das alles aufs Spiel setzen für ein bißchen Gefühl?«
»Ich...«
»Sie brauchen nichts zu sagen. Ich möchte Sie nur bitten: In Zukunft keine Schals, keine Nierenschützer, keine Handschuhe, okay? Aber dessenungeachtet – schönen Dank für das Protokoll Sievers/Dahlen... und natürlich für den Kaffee, den Sie wirklich erstklassig zubereiten.«
Etwas betrübt verließ sie das Büro, doch sie hatte sich bereits gefangen, als sie ihm ein Gespräch durchstellte. »Direktor Schwaiger auf Leitung zwei.«
»Sagerer.«
Schwaiger schnaufte erst mal, dann räusperte er sich frei. »Die hundert Millionen hätten unserem Jahresabschluß gut zu Gesicht gestanden. Andererseits kann ich Ihre Erkenntnisse über Sievers nicht einfach unter den Tisch kehren. Ich habe Euro-Fonds in Zürich unterrichtet. Sie nehmen das Objekt nicht auf. Transocean Invest ist damit gestorben.«
»Es wird bestimmt nicht das letzte Pleite-Objekt sein.«
»Sicher nicht. Aber wir bleiben sauber.«
»Dahlen wird sich in den Hintern beißen vor Ärger«, vermutete Ralf.
»Er sollte uns lieber dankbar sein. Bis demnächst. Gruß an Frau Heininger.«

7

Morgenröte

Kalendermäßig war es ein Samstag, ein Tag wie jeder andere, für Ralf der Tag des Zoo-Besuchs und des gebremsten Horrors. Max führte das Kommando und degradierte Julia und Ralf zur Begleitmannschaft ohne Einspruchsrecht. Tiere interessierten ihn weniger. Im Eiltempo schleuste er Mutter und Nennonkel an Käfigen und Gehegen vorbei, labte sich an Süßigkeiten, Puffmais, Würstchen und allerlei Getränken, trieb, nach Julias Einschätzung, sinnlose Bewegungstherapie auf dem Spielplatz, ritt auf dem müden Elefanten, der schnaufenden Riesenschildkröte, sprach mit Papageien und zwang Julia und Ralf eigensinnig, sich zu küssen.

Weil das ein so unheimlich edler Tag gewesen war, rang Max seiner Mutter die Zusage ab, am Sonntag an die Ostsee zu fahren. »Onkel Ralf kommt natürlich mit.«

»Sonntag? Das ist ja schon morgen!« Der Onkel Ralf schlich total geplättet ins Nebenhaus, fiel hundemüde ins Bett und mußte am Sonntagmorgen schon um fünf Uhr bei Julia auf der Matte stehen. Nur diese frühe Stunde garantierte eine Autobahnfahrt nach Scharbeutz ohne stundenlangen Stau.

Pfadfindergespür, abgeschlossenes Survival-Training und blitzschnelles Erkennen von Verkehrslücken waren nötig, um in Scharbeutz einen Parkplatz zu finden. Julia war genervt, Ralf hielt sich klugerweise mit Ratschlägen zurück, Max brachte seine Mutter um den letzten Rest von Sonntagslaune, weil er sie mit dummen Sprüchen in fast ausweglose Situationen lotste.

Endlich fand Julia die schmalste Parklücke der gesamten Ostseeküste. Die Türen ließen sich nur spaltbreit öffnen. Nur Max konnte den Wagen ohne nennenswerte Schwierigkeiten

verlassen. Ralf und Julia mußten sich mit eingezogenem Bauch und angehaltenem Atem herauswinden.
Ameisengleich, von Sonne und Wasser angelockt, zogen Scharen von schwitzenden Hamburgern unerschrocken an den Strand, zahlten klaglos Parkgebühren und hohe Kurtaxe, den müden Fuß in den heißen Sand zu setzen, den Körper in der trüben See zu erfrischen.
Julia und Ralf hatten zu tun, um im Gewimmel den zum Wasser strebenden Max nicht aus den Augen zu verlieren. Ralf schleppte Luftmatratzen, Gummitiere und Bälle, Julia den Picknickkorb und die Getränke. Über die angepeilten freien Plätze kam es zu ausführlichem Palaver. Julia setzte sich mit dem von ihr ausgewählten Sandflecken durch. Ralf mußte die beiden Luftmatratzen mit dem Mund aufblasen, weil die Fußpumpe in Hamburg geblieben war. Max, schon in der Badehose, entfernte sich mit dem größten seiner Bälle, und Julia sammelte Hemd, Jeans, Socken und Schuhe auf, die er großzügig im Umkreis verstreut hatte.
Nun begann die Erholung. Sie legte sich in ihrem hellblauen Bikini auf eine der Matratzen, während Ralf ausgepumpt um Luft und Fassung rang. Sie schmierte sich Fett ins Gesicht, und er gab sich Mühe, unauffällig aus den Freizeitklamotten in die Badehose zu steigen.
»Warum legst du dich nicht?« fragte sie träge.
Er stand da wie Kolumbus, die Augen gegen die Sonne abschirmend, Ausschau haltend nach der Küste am Horizont. Ein Vorwand nur. Er begutachtete in Ruhe die hüllenlosen Mädchenbusen im Umkreis.
Julia stützte sich auf die Ellbogen. »Was gibt's denn Feines?« Kurzes Ränkespiel ihrer Arme hinter ihrem Rücken am Häkchen des Oberteils. »Brauchst nicht mit den Augen fremdzugehen, ich hab' auch alles mitgebracht.«
Ralf hockte sich neben sie. »Ich muß vergleichen.«
»Und was bringt das?«
»Pluspunkte für dich.«

Der große Ball klatschte auf Julias Bauch. »Entschuldigung, Mama!« brüllte Max.
Ralf warf die pralle Gummiblase zurück, putzte behende den Sand von Julias Bauch und legte sich hübsch dicht neben sie. Ihm war außerordentlich wohl zumute und er fühlte, daß die Zeit reif war für eine grundsätzliche, lebensverändernde Frage. »Sag mal, wär's nicht gut für Max, wenn er wieder einen Vater hätte?«
Zeit und Ort, schien es Julia, waren nicht klug vom Kollegen Sagerer gewählt. Deshalb hakte sie den durch die Blume gestellten Antrag erst einmal ab. »Einen Vater? Den gibt's ja. Der läßt sich bloß selten blicken. Ich glaube, Max leidet darunter.«
»Wie lange warst du mit dem Mann verheiratet?«
»Vier Jahre. Beknackt. Absolutes Chaos.«
Obwohl Ralf seine Fragerei deplaciert fand, bohrte er weiter: »Und wie lange ist er weg?«
»Sechs Jahre.«
Eine lange Zeit, grübelte er. »Soll das heißen, einmal und nie wieder?«
»Ich leg' mich nicht fest.«
»Dann will ich andersrum fragen: Könntest du dir vorstellen, mit mir eine Ehe zu führen?«
Sie machte einen Gedankensprung. »Hab' ich dir erzählt, daß Schwaiger meine Mutter heiratet?«
»So schnell nach dem Tod seiner Frau?«
»Ich bitte dich! Die beiden sind fünfundsechzig. Auf was sollen sie noch warten? Außerdem kennen sie sich über dreißig Jahre, und Margot war die Freundin von meiner Mutter. Ich würde in dem Alter nichts mehr auf die lange Bank schieben.«
Max hechtete auf Julia zu, deckte sie mit einer Wolke Sand ein, der mit Zigarettenkippen, Kaugummipapier und Kronenkorken locker gemischt war.
Sie spuckte und wedelte ihre Arme frei. Saubermann Ralf rei-

nigte abermals Julias Bauch, pustete den Sand vom Nabel und den umliegenden Ortschaften. »Ich hab' dich eben was gefragt.«
Sie hatte keine Lust mehr, über das Thema zu diskutieren. »Zur Not könnte ich mir das vorstellen.«
»Ich hab' Hunger«, verkündete Max, grub im trockenen Sand und wühlte sich bis in die feuchten Lagen hinab.
»Es gibt Kartoffelsalat und Rippchen.«
»Ich will Eis.«
»Du machst mich krank.«
»Trotzdem.« Max öffnete das Ventil des Wasserballs und lenkte den entweichenden Luftztrom genau in Julias Ohr.
»Bei aller Mutterliebe«, rief sie und ballerte ihm eine knackige Vorhand. »A Watsch'n hat no nia net gschadt!«
Die Ohrfeige hätte Max hingenommen. Aber daß Ralf Zeuge geworden war, stank ihm gewaltig. Beleidigt sagte er: »Kinder schlagen, aber nicht mit ihnen spielen. Typisch!«
Sofort fühlte Ralf sich aufgerufen, Vaterstelle zu vertreten, Spielkamerad und verständiger Sportsfreund zu sein. Er schnappte sich den anderen Ball und trabte mit Max zum Wasser. Er ließ sich wie ein Schwimmtier behandeln, als Sprungbrett benutzen, mußte tauchend bis zehn oder zwanzig zählen und Unterwasserekorde brechen, Steine vom Grund an die Oberfläche holen und sich mit Pampe bewerfen lassen.
Julia genoß das Spektakel von weitem. Als Ralf nur noch japste, stürzte sie wie eine Rettungsschwimmerin in die undurchsichtige Brühe und eilte ihm zu Hilfe. Ganz abgeschlafft war er noch nicht, merkte sie.
Max verließ das Wasser. Ihn fror. Außerdem wollte er auf die Sachen aufpassen.
Julia hatte Lust zum Schwimmen. Ralf fand das fad. Seine Tricks, Einigkeit herbeizuführen, fanden ihren Beifall. Freude kam auf. Ohne Pampe, ohne Steine und ohne wesentliche Wellenbewegungen.

Julia, wie ein Gummitier um Ralf verzweigt, biß ihm ins Ohr und rief: »Du könntest uns Bier besorgen.«
»Dann kann ich dem Max auch Eis mitbringen.«
»Pädagogisch richtig ist das zwar nicht«, wandte sie ein, »aber bitte, wie du meinst. Du sollst dich gut mit ihm vertragen.«
Sie rannten zu den Matratzen, Ralf zog sich Hemd und Hose über und wetzte davon.
»Pils mit Sekt«, rief sie ihm nach.
Nach zwanzig Minuten tauchte er wieder auf. Er war vom Fußmarsch geschafft. »Kein Eis, kein Bier, kein Sekt. Gib mal die Autoschlüssel, ich muß ein Stück fahren.«
Im Dauerlauf bewältigte er die Strecke zum Parkplatz, quetschte sich in Julias Wagen, quälte das Fahrzeug aus der engen Parklücke. Zehn lange Minuten dauerte es, bis er sich in den Stop-and-go-Verkehr einfädeln konnte, der die Straße zwischen Timmendorfer Strand und Neustadt verstopfte.
Im 1. Gang dicht an der hinteren Stoßstange des vor ihm fahrenden Wagens, knapp hinter sich in steter Auffahrdistanz den Hintermann, links neben sich den Gegenverkehr als ebenso endlose Kette, auf der rechten Seite geparkte Autos. Zwischen den schleichenden Wagen sprangen ständig Kinder von einer Straßenseite zur anderen. Smog über allem, Hitze, Windstille, und keine Gelegenheit, irgendwo aus diesem dampfenden Blechband auszuscheren, das Fahrzeug abzustellen, Bier, Sekt und Eis zu besorgen.
Weit vom Ausgangspunkt entfernt sichtete er auf der linken Seite eine Hoteleinfahrt. Er bremste den Wagen ab, schaltete den Blinker ein. Der Gegenverkehr nahm von ihm keine Notiz, hinter ihm setzte ein strammes Hupkonzert ein. Nach weiteren zweihundert Metern sah er auf der rechten Straßenseite eine Lücke zwischen den abgestellten Autos. Sie war groß genug, den Wagen diagonal einzuparken. Blinker an, rein in die Lücke, Vorderräder auf den Bürgersteig. Der Hintermann drückte empört auf sein Signalhorn, eine süße Maus

im Tanga, die beiseite springen mußte, sagte: »Dumme Sau!«
Ralf geriet ein bißchen in Panik. Er verließ den Wagen, lief zurück zum Hotel. Am Kiosk auf halbem Weg gab es Pommes frites, Bratwürste und Bouletten.
»Haben Sie auch Eis? Oder Bier?«
»Sehnse nich, wat uff dis Schild steht?«
Ralf joggte zum Hotel. Auf der überfüllten Terrasse gab es Eis, Bier, Schorle, Sekt, Eiskaffee. Am Eingang hing der gastfreundliche Hinweis: »Kein Verkauf außer Haus«.
Er flitzte zurück, erblickte fünfzig Meter weiter eine Eisbude. Dort reihte er sich in die Warteschlange ein, biß die Zähne zusammen, weil fünfzehn Kinder vor ihm sich nur schwer entscheiden konnten, was sie zu schlecken wünschten. Als er schließlich drankam, gab es nur noch Erdbeer-Eis.
Mit vier Kugeln im Becher trollte er sich zum Auto und stellte die kalte Pracht auf der Mittelkonsole ab. Vorsichtig setzte er den Wagen zurück. Der nächste einsichtige Kavalier am Steuer, es war der achte Wagen, ließ ihn auf die Fahrbahn. Und nun ging es wie gehabt. 1. Gang, schleifende Kupplung, fünf Meter schleichen, Bremse antippen. Als die Straße ihren Namen wechselte und Neustädter Straße hieß, kam für die Kolonne der Exitus. Nichts ging mehr.
Ralf stellte den Motor ab, kurbelte alle Fenster hinunter. Die Sonne knallte auf das Blech. Sein Hemd klebte an der Haut. Das Eis im Becher schmolz. Er sah auf die Uhr. Eine Stunde war er schon unterwegs. Er grübelte, ob Julia sich Gedanken machte, wo er geblieben sein könnte.
Nach zwanzig Minuten ging es wieder ruckweise voran. Nirgends gab es eine Abzweigung oder eine Umleitung oder einen Polizisten, der möglicherweise das Chaos entwirrte.

Max quengelte. Er hatte keine Lust mehr, ins Wasser zu gehen, mit dem Ball zu spielen oder im Sand zu buddeln. Julia war nervös durch die Hitze und die Warterei auf Ralf.

»Wo bleibt der denn?« maulte Max und mimte den total Abgeschlafften.
»Weiß ich nicht. Er ist jetzt über eine Stunde weg. Ich versteh' das einfach nicht.« Sie zog das Oberteil vom Bikini an und räumte im Picknickkorb auf.
»Vielleicht hat er sich verirrt.«
»Glaub' ich nicht. Ich kann mir vorstellen, daß er irgendwo im Stau steckt. Guck dir an, was auf der Straße los ist.«
»Wie sonntags vom Starnberger See nach München«, lästerte er. »Da sind auch nur Deppen unterwegs. Äh, Onkel Ralf meine ich damit natürlich nicht. Aber was machen wir, wenn er überhaupt nicht kommt? Können wir in ein Lokal gehen und Eis essen?«
»Erst mal warten wir noch.«
»Ich hab' keinen Bock mehr, Mama«, mäkelte er. »Mir ist das jetzt zu heiß.«
Julia wurde ganz kribblig. »Nimm dich zusammen! Mir ist auch heiß! Und ich mach' mir Sorgen. Kann ja auch was passiert sein.«
»Soll ich die Luft aus den Matratzen lassen, Mama?«
»Mach, was du willst!«
Er zog die Stöpsel, die Luft entwich zischend. »Wie kann man von hier nach Hause, wenn man kein Auto hat?«
»Mit dem Zug«, antwortete sie gereizt.

In Sierksdorf bekam Ralf Dosenbier und Sekt. Eiskalt. Als er die Getränke verstaute, stieß er den Becher von der Konsole. Erdbeersoße kleckerte auf die Fußmatte. Es roch nach Marmelade. Er trabte zum nächsten Eiskiosk und kaufte eine neue Portion, ließ sie in Zeitungspapier einwickeln.
Die Mittagszeit war vorüber. Der Autoverkehr verstärkte sich, soweit das überhaupt möglich war. Wer um diese Zeit die Badeorte ansteuerte, wollte nur Kaffee trinken. Jetzt rollte die Blechlawine nicht mehr im 1. Gang. Er konnte nur bei Bedarf ab und zu eingelegt werden.

Nach rund einer Stunde erreichte Ralf wieder den Ortsbereich von Scharbeutz. Dann kam es drei Wagen vor ihm zu einem Auffahrunfall. Die vor sich hin stinkende Autoschlange erschlaffte, gab ihren Geist auf. Noch fünfhundert Meter bis zum Parkplatz.
Vorne wurden überllaunig Stoßstangen auseinandergezerrt, Adressen und Versicherungsnummern getauscht. Das Blechband zuckelte weiter. Als Ralf nach weiteren zwanzig Minuten auf den Parkplatz einbiegen wollte, versperrten ihm rotweißes Plastikband und ein Schild die Auffahrt: BESETZT.
Das nächste Schild ignorierte er. Ein Hausbesitzer hatte es an sein Tor genagelt: EINFAHRT FREIHALTEN. Dort parkte er das Auto und täuschte mit offener Motorhaube eine Panne vor. Er rannte auf die andere Straßenseite zum Strand, stieg über ermattete, eingeölte Körper, suchte vergebens nach Julia und Max. Irgendwie kam ihm die Abwesenheit der beiden ganz natürlich vor. Fast drei Stunden war er von der Bildfläche verschwunden gewesen.
Dann erkannte er den Platz und die Nachbarn wieder, sah plötzlich einen einsamen Picknickkorb auf dem verlassenen Viereck im Sand. Julia hatte ihn als Markierung in der Wüste stehen lassen. Im Korb fand er einen Zettel von ihr. »Wir haben eine Ewigkeit auf dich gewartet! Jetzt sind wir komplett matschig, und in keiner Kneipe war ein Platz zu bekommen. Wir fahren mit dem Zug nach Hamburg.«

»Warum hast du mich nicht angerufen, als du nach Hause gekommen bist?« fragte Julia am nächsten Morgen. Sie stand dicht an ihrer Haustür, Ralf dicht vor seiner. Es regnete nämlich Strippen.
»Kannst du dir vorstellen, was auf der Autobahn los war?«
Sie neigte freundlich den Kopf. »Leicht.«
»Kannst du dir ausrechnen, wann ich zu Hause war?«
»Auch das.«

Er schaute naiv und wollte die Sache klären. »Warum fragst du dann?«
»Weil's mich nicht gestört hätte, wenn du mich aus dem Bett geklingelt hättest.«
Das wurmte ihn. »Es war schon alles dunkel bei dir. Na ja, es hätte vielleicht hingehauen, wenn ich gleich losgefahren wäre in Scharbeutz. Aber der Innenraum war total versaut mit geschmolzenem Eis. Und während ich euch am Strand suchte, platzte die Sektpulle in der Hitze. Eine Riesenschweinerei. Ich mußte mich dranmachen, bei einer Tankstelle den Wagen zu reinigen. Hier sind deine Autoschlüssel.«
Sie spannte ihren Schirm auf. »Wann kommt eigentlich dein geliebter englischer Oldtimer aus der Werkstatt?«
»Es gibt Probleme, Ersatzteile aus England zu bekommen.«
»Sag an! Und du hast getönt, in Hamburg gibt's alles. Oder hast du das falsche Auto?« Triumphierend schritt sie zu ihrem Wagen, entzückt, daß sie für die unbequeme Zugfahrt ein bißchen Rache nehmen konnte. »Brauchst mir nicht zu antworten. Du hast ja dein Motorrad. Wirklich sehr brauchbar bei diesem Hamburger Wetter. Macht einen schlanken Fuß. Ich kann dich leider nicht mitnehmen, ich hab' einen Außentermin.«

»Getränkemarkt Geideck« stand auf dem erdrückend großen Schild über der Hofeinfahrt. Zu beiden Seiten an den Häuserwänden schwarze Preis-Tafeln mit verwaschenen Kreideziffern. Auf dem Betonboden weiße Pfeile, die den Kunden anzeigten, von welcher Seite sie an die Abholrampe fahren sollten. Die Schiebetüren zur Lagerhalle waren geöffnet. Im dämmrigen Hintergrund schob eine Frau Transportkarren von einer Wandseite zur anderen. Eine sinnlose Arbeit, wie Julia schien.
Sie stellte den Wagen ab und stieg über die seitlichen Steinstufen auf die Rampe. »Frau Geideck?«
Das Geräusch der rollenden Transportkarren verstummte.

Zögernd und schlurfend näherte die Frau sich. Wegen des nassen Bodens trug sie schwarze Holzpantinen.
Ihr Mann war vor kurzem gestorben, und die Witwe hatte keinen blassen Schimmer vom Geschäft. Der Betrieb war hochbelastet, 80000 Mark kurzfristige Verbindlichkeiten allein bei der Bayernbank. Ein Verkauf stand nicht zur Debatte. Es gab keine Interessenten für den heruntergewirtschafteten Pleiteladen.
Frau Geideck, etwa Anfang Fünfzig, stand hilflos zwischen Regalen und Getränkekisten und wußte mit sich und der Welt nichts anzufangen. »Wolln Sie Ware? Mein Mann is nich da. Er is ja nu tot.«
»Ich bin Frau Heininger von der Bayernbank. Wir haben miteinander telefoniert.«
»Denn würd' ik mein', Sie nehm sich, wat Sie denken.« Schwache Geste zur Halle. »Wenn Sie dat büschen Ware väkaufen, könn Sie vielleicht büschen was von Ihrn Geld retten, nä?«
»Mir wäre lieber, wenn Sie das Geschäft weiterführen.«
»Sie moocken mi Spoaß! Wie denn? Ich versteh' rein gor nix davon, näh? Ich weiß ja nich mol, wie un wo ich dat Bier bestelln soll.«
»Das lernt man fix.«
»Bin ik to alt to!«
»Sie sind nicht zu alt, um das zu lernen. Ihnen fehlt nur ein Schuß Lebensmut. Sie müssen an sich glauben. Das Leben geht weiter. Was würde Ihr Mann sagen, wenn er Sie hier so stehen sähe.«
»Gor nix. Hei wor immer besoopen, und dat wird jetz nich anners sein.«
Julia schaute sich um. »Der Betrieb ist zu retten, denke ich.« Frau Geideck zeigte auf die trostlose Umgebung. »Dat Leichenschauhuus?«
»Kann man alles ändern. Es ist schwer, ich weiß. Aber wenn Sie wirklich weitermachen wollen, helfe ich Ihnen dabei.«

Frau Geideck musterte Julia ungläubig von Kopf bis Fuß. »Sie? Hier? Mit die Bierkästn un oll den Kroam? Glööv ik nich. Da brechen Sie sich die Haxen.«
»Ich will nicht Bierkästen stemmen und Fässer rollen. Ich werde Ihnen zeigen, wie Ware bestellt wird, wie man die Bücher führt, wie man rechtzeitig nachordert und Überbestände vermeidet.«
»Ik hevv davon nich die geringste Oahnung. Ik bin min Levvtoach inne Küch stann und hevv den Olln und die Helfer dat Essen moogt. Moogens, middags un oabends hevv die Suffköpp präpeln wolln, nä? Ik saach Ihn, dä Geideck woar sin bester Kunne.« Sie war aufgetaut. »Dä Arzt hätt immä secht, Geideck, secht hei, hörnse upp mit Suupen, dat mookt die Leber nich mit. Aber nä, er hat ja nu partout nicht hörn wolln. Inne Früh ging dat los. Mit jädn Kunnen ein schnasseln...«
»Wie ist das nun mit der Buchführung?« unterbrach Julia den Bericht über den Mann an der Flasche.
»Das könn Sie?«
»Ich bin in einem Hotel großgeworden.«
Frau Geidecks Augen bekamen etwas Glanz. »Zur Not könnt' ik anne Kasse stehn, nä, wenn Ihn dat helfen tut.«
»Das müssen Sie sowieso«, empfahl Julia. »Das Geld muß von Anfang an in Ihrer Hand bleiben.«
Frau Geideck nahm zwei Fläschchen Magenbitter aus dem Drahtständer neben der Registrierkasse, drehte geschwind die Verschlüsse ab und hielt Julia eine hin. »Denn man auf gude Zusammoarbeit, nä? Aber ganz selbstlos machen Sie dat nich, nä?«
Julia trank, schluckte, schüttelte sich. »Wenn es Sie beruhigt: Die Bayernbank möchte ihre 80000 Mark nicht verlieren. So einfach ist das.«
So einfach war das für Frau Geideck nicht. »Wenn dä Lüüt die Modergrotte sehn tun, falln die rückwärts vonne Rampe, Frau Heininger.«

»Sie sollten optimistisch sein. Das wird ein Schnaps- und Bierparadies. Ein paar Mark müssen investiert werden. Ein neues Schild, damit die Kunden sehen, daß jetzt ein anderer Wind weht. ›Getränke-Discount Geideck‹. Heller Anstrich, neue Kasse, erweitertes Sortiment und ein paar zündende Eröffnungsangebote. Dann läuft der Laden.«

In der Kassenhalle der Hamburger Bayernbank stand Ende der Woche ein Mann vom Zuschnitt »Porsche-Fahrer mit Dauerkaufvertrag«. Gepflegter Erfolgstyp um die Fünfzig im dezenten City-Zwirn. Ein Herr. Mindestens zwanzig Zentimeter über Bundeswehrmindestgröße. Sein After-shave-Lockduft entzückte ältere und jüngere Kundinnen der Bank gleichermaßen. Der Gentleman erregte sogar die Neugier von Dr. Sagerer. Allerdings nicht durch Wuchs und Aufmachung, sondern weil er verloren in der Halle und nicht geschäftig an einem der Schalter stand.
»Ist das ein neuer Kunde, Frau Heise?«
»Kann sein. Er wartet wieder auf Frau Heininger.«
Ralf spitzte die Ohren. »Wieder?«
»Das zweite Mal.«
»Haben Sie mit ihm gesprochen?« Sagerer merkte, daß ihn Unruhe packte. »Hat er seinen Namen genannt?«
»Lebsam.«
»Nie gehört. Ein Konto hat er jedenfalls nicht bei uns. Hat er gesagt, wann er mit ihr verabredet ist?«
»Ja.« Frau Heise blickte auf die Uhr. »Jetzt.«
Wie herbeigezaubert schritt Julia durch die gläserne Eingangstür auf Herrn Lebsam zu und reckte sich. Er bückte sich etwas, und sie begrüßten sich. Er legte seine rechte an ihre linke Wange, dann seine linke an ihre rechte. Dazu schnalzten beide mit den Lippen zwei Luftküßchen ins Partnerohr.
Ralf bekam einen trockenen Geschmack im Mund. Er wollte seine Hände in Höhe des Kreuzbeins falten, doch vor Nervosität fand die eine die andere nicht.

Frau Heise musterte diskret von der Seite Ralfs Kopf, der von den Kieferknochen her stark errötete.
Julia hakte sich vertraut bei Herrn Lebsam ein, schaute hoch, lächelte ihn an, verließ mit ihm im Gleichschritt die Schalterhalle.
Das Bankpersonal nahm davon Kenntnis. Sagerer blinzelte verstört. Frau Heise wandte sich ab, damit Ralf nicht sah, daß sie sich amüsierte.
Irritiert ging er in sein Büro und schloß die Tür. Er setzte sich an den Schreibtisch und dachte darüber nach, daß Julia nach dem mißlich beendeten Ausflug an die Ostsee keinen Abend mehr für ihn Zeit gehabt hatte. Bei drei oder vier Kontrollanrufen war immer Fanny am Apparat gewesen mit ihrem stereotypen Satz: »Bedaure, Frau Heininger ist abwesend, kann ich was ausrichten, oder versuchen Sie später, Frau Heininger zu erreichen?«
Unentschlossen nahm er den Hörer vom zweiten Telefon, das nicht über Frau Heises offizielle Vermittlungsanlage lief, und rief seinen Bruder an. Ihm fiel sogar eine Begründung ein, die für Sascha nicht allzu dünn klang. »Mach dich endlich mal wirklich nützlich, Junge, und besorge für Beatrice eine Wohnung. Sie haust noch immer bei mir. Ich möchte jetzt klare Verhältnisse haben.«
»Mach' ich mit links«, behauptete Sascha großspurig.
»Die Nummer kenn' ich«, blaffte Ralf. »Mit links heißt bei dir: Witwe Paulsen oder deine Bude. Versuch's bitte mit rechts.«
»Steckt Julia dahinter?« fragte Sascha kichernd. »Wahrscheinlich stinkt ihr das, wenn im Nebenhaus die abgelegte Freundin auf dich wartet.«
»Quatsch! Gesagt hat sie nichts. Allerdings hab' ich sie in den letzten Tagen nur in der Bank gesehen. Ich hab' das Gefühl, sie macht einen Bogen um mich.«
»Du bist sonst jeden Abend mit ihr zusammen gewesen. Ruft sie dich an, oder sagt sie im Büro, was Sache ist?«

»Still ruht der See«, antwortete Ralf zerknirscht. »Sie läßt mich im luftleeren Raum schweben.«
»Meinst du, daß ein Kerl dahintersteckt?«
Sagerer dachte an den knackigen Fünfziger und die vertraulichen Wangenküsse mit Julia. »Ich weiß das nicht. Es ist ganz gegen ihre Art.«
»Also doch.«
»Was ›also doch‹?«
»Na, ein Kerl. Du hast nicht vermutet: Es *wäre* ganz gegen ihre Art. Du hast gesagt: Es *ist* ganz gegen ihre Art. Also hat sie dich vor vollendete Tatsachen gestellt, gib's doch zu.«
Ralf versuchte, die traurige Wahrheit zu verdrängen. »Red keinen Unsinn.«
»Du bist nicht der erste Mann, der plötzlich im Regen steht«, dozierte Sascha. »Nimm's leicht, denk an Voltaire. Der hat gesagt: Die Frau ist ein menschliches Wesen, das sich anzieht, schwatzt und sich auszieht.«
»Okay, ist dein Lieblingsspruch. Im Hinblick auf Julia ist der mir zu oberflächlich.«
»Na gut, ist schließlich dein Bier. Trotzdem – ich könnte dir helfen. Ich hab' einen Freund, der findet raus, mit wem Julia ihre Freizeit gestaltet. Auch mit Fotobelegen, wenn's sein soll.«
»Du würdest mir einen Gefallen tun, wenn du mir in dieser Sache *nicht* hilfst.«
Sascha ließ sich nicht abweisen. »Darf ich mir wenigstens Sorgen um dein zerknittertes Nervenkostüm machen? Du wärst doch ganz schön glücklich, wenn du wüßtest, was sie treibt. Oder?«
»Leck mich!«
»Bis die Tage«, frozzelte Sascha. Das war hanseatisch und hieß: Bis demnächst.

Inmitten der Binnenalster knatterte eine Wasserfontäne in die Luft, aber kaum jemand sah hin. Die Leute, die am Al-

sterpavillon ihren Kaffee tranken, blickten auf den engen Straßenverkehr vom Jungfernstieg, und die Spaziergänger wiederum, die den Jungfernstieg hinauf und hinunter schlenderten, zu den Tortenessern, die sich auch vom Stehgeiger nicht im Genuß stören ließen. Auf Bänken und unten am Schiffsanleger zeigten Twens und Teens ganz eindeutig, was sie unter Beziehungskisten verstanden.
Frau Heininger und Herr Lebsam tranken Schorle unter einem Sonnenschirm im Pavillon.
»Und sonst, Herr Lebsam? Alles unverändert?«
»Soweit es mein Seelenleben betrifft, ist alles unverändert«, antwortete Herr Lebsam.
»Viele Aufträge?«
»Danke, ja, das Finanzamt ist mit mir zufrieden.«
»Und dein ausgedehntes Privatleben?« wollte Julia wissen. »Viele Frauen? Große Erfolge?«
»Ich sagte schon: Alles unverändert.«
»Dann ist ja alles perfekt wie eh und je.« Julia lachte. »Ich hätte mir die Fragen ersparen können. Es gibt nur eines, wovor meine Nachfolgerinnen gewarnt werden müssen.«
»Und das wäre?«
»Dich zu heiraten.«
»Komm, Julia! Du tust so, als sei die Ehe mit mir eine Kette von Mißhelligkeiten gewesen. So schlimm kann es bei uns nicht zugegangen sein.«
Sie streckte die Hand aus und wackelte mit dem Zeigefinger. »Du beurteilst das noch immer von deiner Warte aus. Erst nach unserer Scheidung warst du wieder ganz der charmante Mann, den ich vor der Ehe kennengelernt hatte.«
»Mit anderen Worten: Lebsam war kein perfekter Gatte.«
»Das Wort perfekt in dem Zusammenhang paßt nicht.«
»Sondern?«
Julia winkte ab. »Vergiß es. Sag mal – was macht ein Mann wie du, wenn er Ende Fünfzig ist, graue Schläfen hat und nicht mehr richtig zubeißen kann?«

Ihm war das ein wenig zu direkt. »Ich will dir deine Fragen von rückwärts beantworten. Ich kann noch unheimlich beißen. Besser gesagt: Ich bin ein Weltmeister im Beißen. Meine grauen Schläfen sind die Schlüssel zu den Herzen der liebwertesten Damen, und Ende Fünfzig, du lieber Himmel, du glaubst gar nicht, wie gefragt die väterliche Nuance ist.«
»Du läßt sie auf den Knien reiten?« fragte sie ironisch.
Er nickte. »*Einer* meiner vielen Tricks.«
Anzüglich sagte sie: »Andere Männer in deinem Alter schreiben ihre Memoiren.«
»Bei mir reicht's allenfalls zu einer Anekdotensammlung mit dem Titel ›Frauen sind Männersache‹.«
Julia hatte das Gefühl, daß sie ihn viel zu hart anging. Trotzdem konnte sie ihre Bissigkeit nicht unterdrücken. »Ich hab' schon mehr gelacht. Widme das Buch bitte nicht mir.«
»Ein Kapitel wenigstens«, schlug er vor.
»Unter welchem Titel?«
Er zielte genau und traf. »Trau keiner unter dreißig.«
»Du bist sooo gemein! Hoffentlich wird Maximilian nicht wie du!«
»Ansätze sind vorhanden. Ich hab' gestern mit ihm eine Hafenrundfahrt gemacht, ich war mit ihm im Planetarium, im Zoo, wir haben Pizza gegessen ...«
»Zoo? Tiere interessieren ihn überhaupt nicht. Spielplatz und Naschen, das ja.«
Lebsam guckte erstaunt. »Wir haben alle Käfige und alle Gehege abgeklappert. Wir waren lange bei der Fütterung der Seelöwen, der Pinguine, der Raubtiere. Und wir sind durchs Aquarium gelatscht. Mein Sohn war *sehr* interessiert.«
»Merkwürdig«, wunderte sie sich. »Dann hat er sich in kurzer Zeit total verändert.«
»Was ist daran merkwürdig? Ihm fehlt die Anleitung des Vaters. Er ist jetzt sechs Jahre lang mit dir allein. Und wenn du im Job bist, kümmert Fanny sich um ihn.«
»Hört sich nach Vorwurf an.«

»Soll es aber nicht. Bei der Gelegenheit möchte ich fragen: Gibt's denn einen, der sich um dich kümmert?«
»Ja.«
»Kommt der Mann mit Max zurecht?«
Julia konnte nur vermuten. »Ich habe den Eindruck.«
»Hast du an eine zweite Heirat gedacht?«
»Du kannst Fragen stellen, Peter! Warum willst du das wissen? Ich bin ein gebranntes Kind.«
Säuerlich verzog er seinen Mund. »Gebranntes Kind! Auch so ein Schlagwort zur Selbstverteidigung. Du solltest dich von der Vergangenheit freimachen. Nach sechs Jahren kann das so schwer nicht sein.«
Julia musterte ihn, als gehöre er einer fremden Rasse an und habe von ihrem Kulturkreis nicht die geringste Ahnung. »Was weißt denn du? Das sind sechs Jahre Selbständigkeit! Wenn ich mich jemals wieder in eine Ehe stürze, müßte der Mann total anders sein als du.«
Er horchte auf. »Wie war ich denn?«
»Du warst wie mein Vater. Eine Respektsperson. Ich dachte, wenn ich weg bin vom Elternhaus und vom alten Heininger, bin ich freier. Aber was passierte? Ich kam vom Regen in die Traufe. Ich hieß nur nicht mehr Julia Heininger, sondern Julia Lebsam, und dann hatte ich einen dicken Bauch.«
Er konnte das auch nach so langer Zeit noch immer nicht begreifen. »Ich denke, du hast mich geliebt.«
»So war es zuerst auch«, gab sie zu. »Aber nach ein paar Jahren wußte ich, die Liebe reicht nicht bis zur Silberhochzeit. Ich fühlte mich bei dir geborgen, verstehst du? Doch je älter ich wurde, um so mehr konnte ich auf Geborgenheit verzichten. Daß meine Entscheidung, mich von dir zu trennen, für Max nicht das Gelbe vom Ei gewesen ist, steht auf einem anderen Blatt.«
Für einen Moment sah sein Gesicht aus wie das eines pensionierten Oberlehrers. »Er hat darunter gelitten.«
»Wann hast du das gemerkt?« fauchte sie leise. »Gestern im

Zoo? Wann immer du wolltest, hättest du ihn abholen können. Aber der liebe Vater hatte nur alle Jubeljahre ein Stündchen Zeit. Zu viel Arbeit, zu viele Mädchen.«
»Wenn ich sage, er hat darunter gelitten, dann gebe ich nicht allein dir die Schuld, sondern auch mir.«
»Na, fabelhaft, Peter Lebsam! Einsicht ist der erste Weg zur Besserung. Dann holen wir den Max ab und gehen zu einer Geschäftseinweihung. Ich hab' ihm nämlich für heute Limo satt versprochen.«

Die Renovierung bekam dem tristen Geideckschen Getränkemarkt glänzend. Weiß die Wände, hellgrau die Böden, chromglänzend die vollen Regale. Keine Stallbeleuchtung an den Decken, sondern helle Strahler. Zur Einweihung waren von den Brauereien ausschließlich fabrikneue Fässer und Flaschenkästen angeliefert worden. Alles sah aus wie abgeleckt. Freibier und urbane kalte Platten, Girlanden und Pankoken-Kapelle, feingemachte Nachbarn und Stammkunden, Vertreter der Getränke-Industrie und der Bayernbank. Frau Geideck, vor einigen Tagen noch verzweifelte Witwe, war rundum glücklich.
»Wenn das dein Mann erleben könnte«, sagte ein Nachbar. »Der würde sich gar nicht mehr auskennen.«
»Den Willi laß man außen vor, nä!« rief sie zurück.
»Wo soll der ihn lassen?« fragte Max.
»Außen vor, das heißt so viel wie: Den kannst du vergessen«, erklärte Julia. »In Hamburg sagt man auch ›Das laß nach‹, und ›Das kann ich nich ab‹.«
»Was heißt das nun wieder?«
»›Laß das sein‹, und ›Kann ich nicht leiden‹.«
Frau Geideck in buntem Kleid und weißem Kittel umarmte Julia. »Dascha richtich toll geworn, nä! Allens gediegn und vom Feinsten!«
»Sie waren auch eine ausgezeichnete Schülerin«, lobte Julia. »Der Start ist gut.«

Max, dem die Limo schon aus den Ohren schwappte, stand dumm im Hof. Frau Geideck hatte bei den kalten Platten eine ihm gemäße Beschäftigung parat. »Jetz tus du mal immer eine Weintraube und ein Stücksken Käse zusammen aufspießen, nä. Nimms du son Plastikspießken, rein inne Traube un rein in Käse, fertich. Mach ma.«
Max machte. Nach zehn Minuten steckten die Plastikpieker in nackten Käsestücken. Die Trauben hatte Max pur geschluckt.
Lebsam schob vorgebeugt, damit sein teurer Zwirn nicht durch Fettspritzer litt, eine Bratwurst ein und fragte Julia: »Bist du hier Teilhaberin?«
»Nein. Vielleicht bereue ich das mal. Das war ein Pleiteladen mit 80000 Miesen bei der Bayernbank. Um unser Geld zu retten, hab' ich der Besitzerin einige Tips gegeben, die sich hoffentlich auszahlen werden. Darf ich dir bei der Gelegenheit Dr. Sagerer vorstellen? Er leitet mit mir die Bankfiliale.«
Lebsam schaute sich um und musterte die anwesenden Männer. »Welcher ist es?«
»Ralf«, rief Julia, »hast du eine Minute Zeit?«
Mißmutig kam er über den Hof, denn Julia stand mit dem Mann zusammen, der vermutlich sein Nachfolger geworden war. In letzter Sekunde riß er sich zusammen und fragte heiter: »Probleme?«
»Ich möchte dir Peter Lebsam vorstellen«, erklärte Julia. »Der Mann, der vor dir war. Maximilians Vater. Er ist Architekt.« Sie machte eine Geste zu Ralf. »Dr. Ralf Sagerer.«
Beide Männer sprachen wie auf Kommando: »Angenehm!« Sie sahen sich in die Augen, und einer schüttelte des anderen Hand.
»Schau ihn dir gut an«, sagte Julia zu Lebsam. »Ihn könnte ich mir als meinen Mann vorstellen.«
»Will er dich denn?« fragte Peter.
Sagerer grinste erlöst. »Über das Thema wird über kurz oder lang zu reden sein.«

Abermals flatterte Frau Geideck heran, belegte Lebsam mit Beschlag, um ihm den ganzen Betrieb zu zeigen. Sie drückte ihm eine Flasche Bier in die Hand und zog ihn mit sich auf die Rampe.
»Du warst mit einem wirklich gutaussehenden Mann verheiratet«, sagte Ralf. »Aber warum hast du mich die ganze Zeit den eifersüchtigen Trottel spielen lassen?«
Das verblüffte sie. »Du warst eifersüchtig? Weswegen?«
»Ich dachte, du hast mich abserviert und dir einen neuen Freund angeschafft.«
Julia war wirklich fassungslos. »Ehrlich? Das dachtest du? Ich meine, daß ich das täte, ohne mit dir ein Wort zu reden?«
»Du bist keinen Abend zu Hause gewesen, und immer stand er in der Gegend. Es hatte den Anschein, daß du einen großen Bogen um mich machst.«
»Das war keine Absicht, tut mir echt leid. Peter hat seinen Sohn Max besucht – die beiden haben Hamburg unsicher gemacht. Ich war jeden Abend hier bei Frau Geideck. Ich mußte ihr beibringen, wie man so ein Geschäft führt. Sie hatte null Ahnung.« Sie schaute ihn mitleidig an und rettete sich in eine abgedroschene Frage: »Kannst du mir noch einmal verzeihen?«
Ralf gab zu, daß er seiner selbst nicht sicher und feige gewesen war. »Schon alles okay. Ich hätte dich ja fragen können, wer der Kerl ist, als er zum erstenmal auftauchte.«
»Ich hätte dir gleich sagen sollen«, lenkte sie zerknirscht ein, »daß mein Ex-Mann seinen Sohn besucht. Küß mich mal.«
»Hier?«
»Klar. Sag einfach: Herzlichen Glückwunsch zur Einweihung, und dann drauf auf Julias Mund.«
»Herzlichen Glückwunsch zur Einweihung«, rief Ralf und küßte Julia sehr sorgfältig, sehr gründlich.

Beatrice befand sich in gerade noch erträglicher Streßsituation. Sascha nervte sie mit einem Appartement in bester

Wohnlage. Pieter Dahlen gab zu verstehen, er sei der einzige mögliche Ehemann, Viktor ein akzeptabler Schwiegervater und die Bank ideale Basis zur Gründung einer Familie. Dagegen sprach: Sagerers Haus, in dem sie das obere Stockwerk bewohnte, gefiel ihr blendend. Ausziehen? Warum eigentlich? Außerdem war Ralfs Nähe beruhigend. Und die Dahlens? Sie hielt Viktor für einen annehmbaren Schwiegervater und die Bank für ein hübsches Kapitalpolster – doch Pieter als Ehemann? Bei dem Gedanken geriet sie ins Grübeln. Ralf warf noch immer einen langen Schatten...

Sie öffnete leise die Tür und lauschte nach unten. Aus Ralfs Wohnzimmer dröhnten Fernseher und Anfeuerungsrufe des Hausherrn. Die Lärmkulisse ließ nur den Schluß zu, daß er ein Fußballspiel miterlebte.

Beatrice lief die Treppe hinab in die hellerleuchtete Diele und benahm sich gesittet. Sie klopfte an seine Tür und ging erst hinein, als er sie rief. Ihr bis ins Detail berechneter Auftritt hatte berauschende Wirkung. Er schaltete den TV-Apparat sogleich ab und machte Kulleraugen. Sie trug ein Hauskleid aus dünner, handkolorierter Seide, das sich vor dem hellen Hintergrund optisch ins pure Nichts auflöste und blanke Haut darbot.

»Warum bist du nicht bei Julia?« fragte sie arglistig. »Habt ihr Probleme?«

»Komm rein und mach die Tür zu«, rief er. »Julia ist in München. Ihre Mutter heiratet meinen Boß.«

Beatrice stand wie angewurzelt im indirekten Licht. »Und sie hat dich nicht mitgenommen zum Jubelfest? Läßt dich einfach allein feiern? Dann komme ich ja tatsächlich wie gerufen.«

Ganz ohne Wirkung blieb ihr hinterhältiger Anschauungsunterricht nicht auf ihn. »Ich hab' gesagt, du sollst die verdammte Tür zumachen.«

»Verdammte Tür hast du vorher nicht gesagt«, rief sie heiter. »Stört dich was?«

Mit letztem Blick auf die hübschen Spielsachen sagte er gegen seine Meinung: »Ja.«
»Sag's der Tante, mein kleiner Strohwitwer.«
»Zie bitte nicht die große Nummer ab, Beatrice! Du bist meine Untermieterin und sonst gar nichts.«
Sie seufzte und schloß langsam die Tür. »Ich wollte dir bloß noch einmal zeigen, was du leichtfertig aus der Hand gegeben hast.«
»Wann ziehst du aus?« fragte er kühl.
Beatrice setzte sich. Einen halben Meter Entfernung von ihm hielt sie für angemessen. »Morgen.«
»Ich helfe natürlich.«
»Brauchst du nicht, macht Sascha.«
»Endlich funktioniert er mal.«
Sie rückte dreißig Zentimeter näher an ihn heran. »Ich habe mich entschlossen, zum Abschied etwas für dein Image zu tun.«
»Schon wieder?«
»Schon wieder?« Beatrice legte ihren Arm auf die Couchlehne. »Das Tennis-Turnier ist doch ins Wasser gefallen.«
»Gott sei Dank.«
»Ich versteh' gar nicht, warum du so bescheiden bist? Du hättest den Cup gewonnen, und alle Welt hätte von dir und der Bayernbank geschwatzt.«
»Ich bin froh, daß der Kelch an mir vorüberging.«
In dem von der Hüfte abwärts reichenden Schlitz des Seidenkleides erschien ihr Knie, als sie ein Bein über das andere schlug. »Jetzt weiß ich was Besseres.«
Ralf betrachtete versonnen das Benedetti-Gelenk. »Mach mich nicht unglücklich.« Doppeldeutig klang das.
»Ohne körperlichen Einsatz«, versprach sie und spielte an seinem Ohr, »und es findet nicht im Freien statt.«
Ralf neigte den Kopf nach links, um sein Ohrläppchen außer Reichweite der krabbelnden Finger zu bringen, und sagte unernst: »Spann mich nicht auf die Folter.«

»Ich werde für dich«, ihr Gesicht nahm einen geheimnisvollen Ausdruck an, »eine Vernissage arrangieren.«
»Na, wie finde ich denn das? Aufmerksam, will ich mal sagen.«
Beatrice schmollte mit Gesicht und Stimme. »Machst du dich etwa über mich lustig?«
»Das würde ich nicht wagen. Sprich weiter.«
Mit einem Hüftschlenker überwand sie die letzte Sitzdistanz zu Sagerer. »Eine Kunstausstellung in deiner Bank, von der ganz Hamburg reden wird.«
»Tatsächlich?«
Sie konnte jetzt mit der Hand ganz ohne Verrenkung sein anderes Ohr erreichen und knuddeln. »Ich schwör's dir!«
Wohin er den Kopf auch wand, nach rechts, links, hinten, vorn, er entkam den kitzelnden Fingerspitzen nicht. »Ich versteh' nix von Kunst.«
»Warum bist du so nervös?« gurrte sie.
»Ich bin nicht nervös! Du fummelst ständig an meinen Ohren rum!«
»Früher war dir das angenehm.«
»Jetzt nicht mehr«, antwortete er unwirsch.
Ihre Zungenspitze flitzte über ihre Lippen. »Das sagst du nur, um mich zu ärgern.«
»Wir haben über die Ausstellung gesprochen«, wollte er sich aus dem Spinnennetz retten.
Verheißungsvoll lockte sie: »Überlaß alles mir.«
Längst hatte er gemerkt, daß sie Julias Abwesenheit schamlos ausnutzte. Neuer, schwacher Befreiungsversuch. »Jeder Galerist guckt die Bilder vorher an.«
Ihre Stimme gewann an Tiefe. »Wenn's dir wichtig ist, komm rauf zu mir.«
Sie wollte ihn auf elegante Weise verknuspern, schätzte er, und er sagte entschlossen: »Nein! Ich will das Fußballspiel ansehen, verdammt!«
Beatrice erhob sich und sah ihn geringschätzig an. »Bitte,

wenn's dich nicht interessiert, mach' ich die Ausstellung bei Dahlen, Timm und Dahlen. Dann laufen die Kunstliebhaber zu deiner Konkurrenz. Pieter und Viktor lecken sich alle zehn Finger danach.«
»Pieter und Viktor! Wie sich das anhört! Du scheinst reichlich vertraut mit den beiden zu sein!« Er stand ebenfalls auf und war erleichtert, daß die halbseidene Situation sich in Luft auflöste.
Sie schritt zur Tür und rief fordernd: »Kommst du, bitte!«
Er zwang sich, ihr Hauskleid als modische Zutat einer klassisch gewachsenen Frau zu sehen, und trabte hinter ihr, ohne den Blick zu heben, die Treppe hinauf.
Gerahmte farbliche Alpträume überall im oberen Stockwerk. Riesengroße grelle Kleckse, wildes Kolorit, verkitschtes Öl, beißende Buntheit.
»Was soll das denn bedeuten?« fragte er erschüttert.
»Lorenzo Taboni!« Besitzanzeigende Geste von Beatrice zu den Bildern, wobei für Ralf offenblieb, ob sie die Gemälde oder den Maler meinte.
»Nie gehört. Ein Kranker, was? Ein Alkoholiker...«
Er fing einen strafenden Blick ein. »Wenn du davon nichts verstehst, Ralf, dann sag's wenigstens nicht laut. Ich habe seine Bilder exklusiv für eine Ausstellung in Hamburg bekommen. Das ist eine außerordentliche Ehre.«
»Diese Ehre hast du von langer Hand vorbereitet, nehme ich an. Und die Bayernbank soll daran teilhaben.«
»Natürlich.«
»Und was soll das Geklecksе in unseren Räumen?«
Wütend entgegnete sie: »Meister Lorenzo hat mit diesen *Klecksen* immerhin ein Stipendium an der Akademie von Florenz bekommen! Sagt dir das nichts?«
»Nein. Aber er scheint's bitter nötig zu haben, daß ihm mal jemand zeigt, was man mit Pinsel und Farbe machen kann, ohne die Leinwand zu verhunzen. Wir hätten in Hamburg bestimmt jemanden gefunden, der ebenfalls ein paar Eimer

Farbe umschmeißen kann. Den Lehfeld zum Beispiel, der die nackten Mädchen auf der Reeperbahn malt.«
Beatrice gebärdete sich fassungslos. »Daß du so wenig Ahnung von Kunst hast.«
Kopfschüttelnd trabte Ralf an den aufgestellten Bildern vorbei. »Warum willst du das alles machen? Gut, du hast gesagt, zum Abschied, und du verläßt mich morgen.«
Beatrice kam auf ihn zu und legte ihre Arme um seine Schultern. Wie eine liebe Schwester. »Ich habe vorhin gemerkt, daß du mich bitter nötig hast.«
»Was soll das nun wieder heißen? Ich komme glänzend ohne dich aus.«
»Wirklich?« Sie blickte ihn mit ihren dunklen Augen lange an. »Ich verlasse dich nicht! Ich stelle morgen nur meine Sachen in eine andere Wohnung!«

Frau Heise legte die Post auf Ralfs Schreibtisch. Ein umfangreiches Kuvert sonderte sie aus und sagte neugierig verzichtend: »Privat, Herr Dr. Sagerer. Private Post haben Sie hier noch nie bekommen. Kein Absender...«
»Und nun möchten Sie wissen, was da drin steckt, was?« Belustigt nahm er den Umschlag in die Hand und wedelte mit ihm unter ihrer Nase.
Sie errötete ertappt. »Ich bitte Sie! Sehe ich aus, als ob ich neugierig bin?«
»Ja.«
Verschnupft rauschte sie hinaus und schloß die Tür einen Tick zu laut.
»Frau Heise!« rief er.
Sie drückte die Klinke nach unten, Nase und ein Auge von ihr wurden sichtbar. »Bitte?«
»Wir werden in den Kundenräumen eine Vernissage mit kleinem Empfang veranstalten. Die Gemälde bleiben danach noch einige Tage hängen. Ich wäre Ihnen dankbar, wenn Sie unsere Wände inspizierten, wo geeignete Punkte sind, um

diese Bilder zu präsentieren. Vielleicht müssen wir einige Stellagen in der Schalterhalle aufbauen.«
»Ich müßte die Größe der Werke kennen«, entgegnete sie reserviert.
»Spätestens morgen bekommen Sie die Unterlagen.« Er lächelte listig und hob den Umschlag. »Vielleicht sind die schon hier drin. Was meinen Sie?«
Heftig schloß sich der Türspalt. Ein Glücksfall, daß Frau Heise ihre Nase nicht einklemmte.
Sagerer stach den Brieföffner ins Kuvert und schlitzte es auf. Ein Dutzend Schwarzweiß-Fotos der Größe 18 × 24 steckten darin. Auf den Rückseiten klebten Zettel mit Tagesdaten, Uhrzeiten und Ortsangaben. Er breitete die scharfen Bilder auf dem Schreibtisch aus. Auf allen war Julia abgelichtet. Mal allein vor ihrem Haus, mal auf der Mönckebergstraße, mal mit Frau Geideck vor dem Getränkemarkt, mal mit Peter Lebsam vor dem Atlantik-Hotel und mit ihm auf dem Jungfernstieg.
Im Umschlag fand er einen Zettel von Bruder Sascha. »Junge, das haut Dich um, was? Die Tussi ist ganz eindeutig alkoholabhängig. Der Fotofritze hat sie viermal tagsüber beim Saufen ertappt. Die Unkosten deckt sie nebenberuflich. Sieh Dir den reichen Kerl an, der aus dem Hotel kommt und mit ihr abzieht. Dauerkunde von ihr, wenn Du mich fragst. Gehobene Bordsteinschwalbe! Pfoten weg! Gruß – Sascha.«
Ralf zog das private Telefon zu sich und wählte das Hotel Heininger am Tegernsee an. Zuerst hatte er den fremdenfreundlichen Toni am Rohr. »Wos is?«
»Kann ich Frau Heininger sprechen?«
»Wen, bittschön?«
»Frau Hei-nin-ger!« sagte Ralf silbenbetont.
»Mir ham zwoa!«
»Frau Ju-li-a Heininger.«
»Dös Madel? Ja, wer san dann Sie?«
»Dr. Sagerer. Ich rufe aus Hamburg an.«

»So, der Sagerer? Aus Hamburg? Da müssens halt warten. Momenterl.«
Ralf hörte Tonis beeindruckend rauhe Stimme durch das große Tegernseer Haus schallen: »Julia! Bist scho da, gell? Da wär' halt einer aus Hamburg am Apparat. Woast scho, der Ding, der Sagerer!«
Als Julia sich endlich meldete, sagte Ralf: »Hier ist der Ding.«
»Ich dachte mir, daß du heute anrufst. Du kommst ohne mich nicht zurecht, nicht wahr? In der Bank geht alles drunter und drüber, und bei dir zu Hause sieht's aus wie bei Hempels unterm Bett.«
»Umgekehrt. Oder so ähnlich. Zwei Weibsen gibt's, die sind fröhlich, daß du weg bist.«
»Heise und Benedetti. Belästigen Sie dich?«
»Beatrice hatte ich im Verdacht, daß sie mit mir schlafen wollte, aber es war nur ein Trick von ihr und nicht ernstgemeint. Frau Heise fällt mir ein- oder zweimal am Tag auf den Wecker. Aber es gibt was Hochinteressantes.«
»Sag's auch der Julia.«
»Ich weiß jetzt, daß du eine Säuferin bist.«
Sie kicherte. »Von wem.«
»Ich habe erdrückende Beweise. Fotos.«
»Was ist da drauf zu sehen?«
»Du und Frau Geideck vor ihrem Geschäft.«
»Saufend?«
»Leider nicht. Außerdem hast du eine Affäre.«
»Weiß ich. Mit dir.«
»Nein, mit deinem Ex-Mann. Jemand hat dich fotografiert, als du ihn vom Hotel abholst. Und jetzt kommt das Allerhöchste: Du hast«, er pfiff durch die Zähne, »einen kleinen Nebenverdienst.«
»Strichmäßig?«
»Genau. Das alles kann man in die Fotos hineingeheimnissen, die mein Bruder, diese Pfeife, von dir machen ließ.«

Richtig erheitert klang Julia nicht. »Was soll der Quatsch? Hatte er einen Auftrag gegeben, mir nachzuspionieren?«
»Vermutlich. Anders können diese Fotos nicht zustande gekommen sein. Meine Schuld, glaube ich. In der Woche, in der ich weder was von Frau Geideck noch von Peter Lebsam wußte, hab' ich Sascha gegenüber gemault. Er fühlte sich berufen, dein Privatleben ausforschen zu lassen, um mir zu beweisen, was du für eine bist. Ich sollte mich nicht grämen.«
»Hast du dich?« fragte sie mitleidig.
»Du weißt das.«
»Schmeiß die Dinger weg.«
»Die Fotos? Bist du verrückt? Die sind echt gut. Frau Geideck bekommt eins, dein Verflossener ebenfalls, und die anderen sind für dein Album, für Max und für mich. Schließlich...«
Frau Heise öffnete die Tür, sagte: »Entschuldigung!« und schloß sie wieder.
»Was war?« fragte Julia.
»Frau Heise hat geschaut, auf welchem Apparat ich telefoniere.«
»Vermutlich hat sie probiert, ob sie diskret reinhören kann ins Gespräch. Was läuft sonst?«
»Beatrice...«
»Dacht' ich mir!« Es hörte sich an, als habe Julia ein Luftdruckgewehr abgefeuert.
»Ich hab' noch gar nichts gesagt.«
»Der Name reicht schon!« motzte sie.
Er wartete, bis sie aufhörte, vor Aufregung zu schnaufen.
»Hör erst mal zu. Sie will eine Gemäldeausstellung machen.«
»Bei uns in der Bank.«
»Logisch.«
»Wann?«
»Diese Woche.«
Julia lachte herzerfrischend. »Wie schön, daß ich nicht in Hamburg bin. Wann zieht sie aus?«

Er sagte nicht die ganze Wahrheit. »Sascha hat ihr ein schikkes Appartement in Pöseldorf besorgt.«
»Ich habe gefragt: Wann zieht sie aus?!«
»Weiß ich nicht«, wich er aus. »Ich nehme an, die neue Wohnung muß erst renoviert werden.«
»Wie heißt der Maler?«
»Lorenzo Mantovani oder so ähnlich. Tabiano.«
»Nie gehört. Was malt er? Stilleben? Abgebrochene nackte Weibsen?«
»Kleckse. Aber die sehr bunt. Wann reden wir über das Thema, das du angeregt hast?«
Ralf hörte, daß sie in einen Apfel biß und schmatzend aß.
»Ich? Großes Fragezeichen, kann ich da nur sagen.«
»Julia – du sprachest zu Peter Lebsam ernsthaft aus dem Munde: ›Ihn könnte ich mir als meinen Mann vorstellen.‹ Und damit meintest du mich. Das kann dir doch nicht entfallen sein.«
»Ich erinnere mich dunkel«, log sie.
»Entzückend! Bei der Hochzeit deiner Mutter kannst du dir ungebremst Gedanken machen, ob das klingt: Julia Sagerer.«
Hämisch lachte sie da. »Ich muß deinen Namen nicht annehmen. Ich hab' auch den Lebsam abgelegt zugunsten meines Mädchennamens. Du kannst ebenso meinen haben. Dr. Ralf Heininger. Hört sich auch nicht schlecht an. Oder?«
»Ich bin konservativ«, wehrte er sich.
»Dacht' ich mir.« Sie lachte laut, und er mußte deshalb den Hörer vom Ohr nehmen. »Schönen Tag noch, lieber Herr Kollege!«
Sagerer legte auf und rief seinen Bruder an. »Hier ist Ralf. Es gibt verschiedene Schimpfworte, die auf dich passen, aber meine gute Erziehung verbietet mir, diese nacheinander am Telefon auszusprechen. Nur soviel: Du bist eine Riesenpfeife! Und vermeide in den nächsten Tagen den Kontakt mit mir, sonst mach' ich dich platt! Ende!«

Die Gemäldeausstellung warf keine Schatten, sondern große Plakate voraus. Überdimensionierte Lettern kündigten an, daß Beatrice Benedetti den Farbenrausch des italienischen Meisters Lorenzo Tabiano in der Hamburger Bayernbank-Filiale präsentierte.
Kassierer Grameier stand kleinlaut vor den mit Tabiano-Bildern vollgepflasterten Wänden und bekannte: »So ein Farbdurcheinander hab' ich in Nizza gesehen, als nach dem Blumenkorso zentnerweise Blüten zusammengefegt wurden.«
Frau Heise grauste es. »Als Tapete möchte ich so was nicht haben. Würde mich krank machen.«
Herr Löhlein schlich durch die Räume auf der Suche nach Tabletten. Er hatte von den bunten Klecksen Kopfschmerzen bekommen.
Wie eine Schutzgöttin der Künste stand Beatrice inmitten der Schalterhalle und stellte sich dem Ansturm von drei Journalisten und vier Fotografen. Da es über den Menschen Tabiano nur Unbeträchtliches zu vermelden gab, wandten die Reporter sich den kalten Platten und den kühlen Getränken zu. Die Fotografen erkannten, daß schon ein Bild genügte, um die gesamte Schaffensperiode des italienischen Meisters zu umreißen. Sie verlagerten ihr Interesse auf Beatrice, lichteten sie in vielerlei Posen ab, und Meister Lorenzo geriet darüber in Vergessenheit. So wurde die Ausstellung zumindest für die Präsentatorin Benedetti doch ein Erfolg. Danach scharten die Bildreporter sich um Häppchen und Schlückchen und erörterten Redaktionsklatsch.
Bankkunden nahmen zwar Kenntnis vom spektakulären Auftrieb, nicht jedoch von den bunten Klecksen, die dem ungeübten Auge nicht sofort den Eindruck von Kunst vermittelten. Nur ein paar wandten sich pikiert ab. Sie hatten aus Versehen an die Wände geguckt.
Pieter Dahlen erschien mit einer dem Rahmen angemessenen Blumendekoration, die er den Chauffeur in die Schalterhalle tragen ließ. Nach artiger Referenz vor Beatrice begrüßte

Dahlen den Gastgeber Sagerer und fragte nach kurzem Blick auf die Meisterwerke irritiert: »Sie sind mit Rilke fertig geworden – was sage ich hierzu, wenn ich um meine Meinung gebeten werde? Diese Vernissage wird ein Flop, wenn Sie mich fragen. Señora Benedetti hat mich eingeladen, aber ich weiß nicht mal, wer die Schinken hingepinselt hat. Die Rahmen sind recht brauchbar.«
Ralf versenkte seine Augen in penetrantes Gelb mit Rotschimmer neben der Tür zu den Büroräumen und sprach salbungsvoll: »Maestro Lorenzo Tabiano.«
»Sagen Sie mir schnell einen Kernsatz«, bat Pieter. »Sie will bestimmt mein Urteil hören. Sie guckt schon so nötigend.«
Ralf wuchs über sich selbst hinaus. »Die Farben sind sehr kühn, aber eigenartig fesselnd.«
»Genügt das?« fragte Dahlen skeptisch. »Ist das tiefschürfend genug?«
»Sie können hinzufügen: Ein enorm wichtiger Beitrag zur Kunstform dieses Jahrhunderts.«
Dahlen wollte ganz sichergehen. »Und wenn mich noch jemand fragt?«
»Alles wiederholen, und danach sagen Sie: Festliche Hinwendung zur reinen Erkenntnis.« Ralf schüttelte den farbenprächtigen Tabiano ab. »Dann reden wir mal über was Vernünftiges. Was tippen Sie? Wird HSV Herbstmeister?«
»Nie!« wehrte Dahlen entsetzt ab. »Auch Bayern-München nicht! Nicht in dieser Saison! Köln und Mönchengladbach sehen gut aus.«
»Und Bremen und Borrussia Dortmund?«
»Trainerfrage!«
Beatrice freute sich, daß die beiden Herren so impulsiv miteinander diskutierten, steuerte auf sie zu und sagte wonnetrunken zu Dahlen: »Was für ein Glück, daß sich wenigstens *ein* Mensch in dieser Stadt an den wundervollen Farben von Lorenzo begeistern kann. Sie sprachen natürlich über ihn.« Das setzte sie voraus. »Wie finden Sie seine Arbeiten?«

Dahlen streifte Ralf mit kessem Blick. »Die Farben sind sehr kühn, aber eigenartig fesselnd. Ein enorm wichtiger Beitrag zur Kunstform dieses Jahrhunderts.« Er nickte weise mit dem Kopf. »Festliche Hinwendung zur reinen Erkenntnis.«
Das ging Beatrice ein wie Olio Dante, Kaltpressung. Sie schaute Ralf überlegen an. »Da kannst du mal sehen, was bei dir an der Wand hängt!« Ihre Hochstimmung fand nur ein einziges Ventil: »Kommt, darauf trinken wir ein schnelles Glas!«
Weder Sagerer noch Dahlen gaben sich Mühe, die burleske Situation zu überspielen. Bei Pieter zeigte sich im linken Augenwinkel sogar eine verkümmerte Freudenträne.
Beatrice war befremdet. »Darf ich erfahren, worüber ihr euch amüsiert?«
»Trink erst einen Schluck«, empfahl Ralf.
Sie hob das Glas. »Auf Lorenzo!«
»Auf Lorenzo«, riefen die Herren und tranken andächtig.
Frau Heise näherte sich Ralf und flüsterte: »Herr Doktor, Frau Heininger ist am Telefon.«
Er entschuldigte sich bei Beatrice und Dahlen und verzog sich in sein Büro.
»Sie wollten mir sagen, was Sie belustigt hat«, forderte Beatrice vom kunstverständigen Pieter.
»Die Gemälde dieses Italieners.«
»Eben gaben Sie ein wundervolles Urteil ab.«
»Diese Sätze habe ich mir von Dr. Sagerer ausgeliehen.«
»Ich verstehe noch immer nicht. Sie sprachen doch mit Ralf angeregt über die Werke.«
Nach spöttischem Rundblick an die Wände gestand Dahlen: »Unmögliche Bilder! Ehrlich! Vorher hatte ich ihn gefragt, was ich sagen soll, im Falle, jemand will eine Beurteilung hören.«
Beatrice geriet ins Stottern. »Ralf, äh, hatte diese, diese eindrucksvollen, äh, Worte parat?«
»Muß er doch«, sagte Pieter. »Er ist der Hausherr. Es ist seine

Ausstellung. Er muß dazu stehen. Hätte ja sein können, *ihn* hätte jemand um seine Meinung gebeten.«
Die gute Beatrice war am Boden zerstört. »Und worüber haben Sie mit ihm gesprochen?«
»Über die Bundesliga.«
Beatrice schaute entgeistert auf die gerahmten, bunten Klecksereien an der Wand, die Lorenzos gespaltene Beziehung zur Farbe offenbarten. »Eine Katastrophe, meinen Sie?«
»Korrekt, würde mein Vater sagen. Ein Flop! Sie hätten die merkwürdigen Arbeiten beim Erzeuger lassen sollen.«

»Hallo, Julia, schön, daß du dich meldest. Leg auf, ich rufe auf der anderen Leitung zurück.« Ralf nahm den Privatapparat und wählte das Hotel Heininger an.
»Wie läuft die Ausstellung?« fragte Julia.
»Das hältst du nicht aus! Ein Reinfall erster Güte. Ich kann mir einfach nicht denken, daß Beatrice echt überzeugt ist, daß sie einen Meister entdeckt hat. Diese Schinken interessieren keinen Menschen.«
»Das hast du doch vorher gewußt. Warst du zu feige, ihr zu sagen, daß der Maler beknackt ist?«
»Ich hab's ihr gesagt. Ganz rüde sogar. Aber sie war von ihrer Sendung überzeugt. Und wie ich schon beim letzten Gespräch andeutete: Sie hat ja mit allen Mitteln versucht, mich für diese Ausstellung zu gewinnen.«
»Hört sich an, als ob sie zum Ziel gekommen ist.«
»Quatsch! Ich hab's halt zugelassen, weil sie schon mit dem Tennispokal baden gegangen ist. Außerdem ...«
»Ja?«
»Bei Kunst weiß man nie, ob man mit einem negativen Urteil allein im Wind steht.«
»Wann zieht sie aus?«
»Du nervst.«
»Ich bin für klare Verhältnisse«, sagte Julia. »Ich hoffe, sie ist

aus deinem Haus verschwunden, wenn ich zurückkomme.«
»Was macht das Hochzeitspaar?« lenkte er ab.
»Berthold Schwaiger war schon bei der standesamtlichen Trauung beschwipst.« Julia kicherte ausgiebig. »Mittags in der Kirche hat er erstklassig gesungen.«
Ralf wunderte sich. »Was ist daran so besonders lustig? In der Kirche muß man singen.«
»Aber nicht allein, wenn du verstehst, was ich meine. Auf alle Fälle hab' ich jetzt wieder einen Vater.«
»Stief.«
»Stört mich nicht«, sagte sie. »Hauptsache, Oma Hermine ist glücklich.«
»Wann kommst du zurück?«
Starkes Gluckern aus dem Hörer, drei tiefe, zufriedene Schlucke. Mehr zur Illustration bemerkte Julia: »I glab, heut bring i an Rausch zamm. Musi spuit a, hörstes?«
»Du, ich hatte dich was gefragt.«
»Sag bloß, du hast Sehnsucht.«
»Nicht nur die!«
»Hab's scho gspannt! Wuist a Gaudi, gell, Bua?«

8

Niederschläge

Während Hermine Schwaiger, verwitwete Heininger, die neue Ehe geruhsam beginnen lassen wollte, bestand ihr neuer Ehemann darauf, die nächsten Jahrzehnte mit Flitterwochen einzuläuten. In bewegenden Worten pries er Hermine die Schönheiten Ungarns, vornehmlich die des Plattensees und Budapests und überhaupt und so, da wollte er schon immer mal vorbeischauen. Er redete so lange, bis Hermine sich nichts Schöneres vorstellen konnte, als über Salzburg und Graz zum Balaton und dann nach Budapest zu fahren.

Schwaigers Wagen wurde gesattelt, Hermine packte Koffer und Taschen für vierzehn Tage und engagierte einen befreundeten Gastwirt vom Tegernsee als Maître d'Hotel.

Berthold beabsichtigte nicht, in einem Rutsch die Pußta zu erreichen. Pausen waren selbstverständlich eingeplant. Pausen für Weinproben, wie Hermine schnell merkte. Ab Salzburg interessierten ihn Faßinhalte aller Provenienzen. Wolfgangsee, Bad Ischl, Bad Aussee und Trautenfels. Am fünften Tag erreichten sie endlich Graz.

Täglich rief Berthold in der Münchner Zentrale an, und täglich berichtete Frau Gerdes als pflichtbewußte Sekretärin haarklein, was dem Chef wissenswert erschien. Ab Graz gingen die Uhren plötzlich anders. Frau Gerdes sagte nämlich in einem Nebensatz: »Vielleicht ist das noch beachtenswert, Herr Direktor: Bei den Bayerischen Aluminiumwerken sitzt der Konkursverwalter.«

Für Berthold Schwaiger war das ein Stich mitten ins Bankerherz. Geknickt röchelte er: »Ich komme!«

Danach scheuchte er Hermine ins Auto. »Hochzeitsreise be-

endet! Die Bayernbank hängt mit dreihundert Millionen in einer Pleite! Ich muß zurück! Tut mir leid, Hermine, aber wir holen die Flitterwochen nach! Ein Gespräch mit dem Präsidenten der Industrie- und Handelskammer hat jetzt Vorrang.«
»Ist das noch immer Kurt Handling?« fragte sie, und als er nickte, setzte sie hinzu: »Ich weiß nicht, was du mit ihm besprichst, aber sollte er sich querlegen, erinnere ihn daran, daß er Julias Taufpate ist. Das kannst du ruhig, denn du bist nun ihr Vater.«
Mit dem Bleifuß auf dem Gaspedal bretterte er nach Bayern zurück, setzte Hermine am Tegernsee ab, und sauste nach München.

»Wenn wir schon mal ins Theater gehen«, hatte Julia gesagt, »dann aber wie feine Leute. Mit Smoking und Abendkleid und so. Nachher gehen wir unheimlich vornehm essen.«
Ralf stand vor dem Spiegel und bewunderte sich vom Scheitel bis zur Sohle der Lackschuhe. Alles neu angeschafft für den Abend: Schwarzer Propeller, Vatermörderhemd mit gefälteltem Chemisett, zweireihiger Smoking, Einstecktuch, schwarze Seidensocke, Lackslipper. Ein Anblick zum Verlieben schön, wie er meinte.
»Ich hab' Karten für ›Hamlet‹ bestellt«, hatte er Julia bei ihrer Rückkehr vom Tegernsee eröffnet, und sofort war sie in die Modehäuser entwetzt, um einen Traum von einem Abendkleid zu erstehen.
Sie ließ es ihn jedoch nicht besichtigen. Als Grund für die strenge Maßnahme führte sie merkwürdigerweise die Tegernseer Hochzeit an. »Berthold durfte Hermines Hochzeitskleid auch nicht vor der Trauung sehen.«
Er sah auf die Uhr. Es war Zeit. Er bestellte ein Taxi und flitzte zum Nebenhaus, um Julia abzuholen. Nachdem er geklingelt hatte, rief Max: »Da bist du ja endlich!«, riß die Haustür auf und starrte Ralf an. »Ach, du bist es bloß.«

Die Enttäuschung von Max gab Ralf ernsthaft zu denken. »Wer sollte denn kommen?«
»Mama.«
Sagerer fuhr alle Antennen aus. »Wo ist die denn?«
»Weiß ich nicht.«
»Wir sind fürs Theater verabredet.«
»Kannst ja hier auf sie warten«, sagte Max einladend.
»Das kann ich auch bei mir drüben. Da riecht's nicht so stark nach Kuchen.«
»Fanny backt Gugelhupf.«
»Sag der Mama, sie soll durchklingeln, wenn sie eingetroffen ist.«
»Okay, mach' ich glatt. Sie muß sich sicher umziehen, oder?« Und er entschied: »Sie kommt, wenn sie fertig ist.«
Das Taxi fuhr vor, und Ralf bedeutete dem Fahrer, einige Minuten zu warten.
Zu Haus vor seinem Flurspiegel probte er abermals den Auftritt, hängte die Smokingjacke auf den Bügel, hockte sich vor den Fernseher und zog sich ein Motorradrennen ein. Alle zwei Minuten klinkte er mit der Fernbedienung die Uhrzeit auf dem Bildschirm ein. Um acht Uhr begann »Hamlet«.
Um halb acht, Ralf war hart am Rand einer Nervenzerrüttung, klingelte es endlich. Fernseher aus, rein in die Glanzjacke, Tür aufreißen.
»Menschenskind, Julia, du machst mir Spaß«, rief er.
Keine Julia. Beatrice stand draußen. Mimte die Einsame, Verstoßene, die ganz und gar Verträumte. »Störe ich?«
»Ja!« rief er giftig.
»Warum bist du denn so grob zu mir?«
»Weil ich Julia erwarte! Warum bleibst du, verdammt noch mal, nicht in deiner neuen Bude? Du kommst im unpassendsten Augenblick!«
»Kann ich das wissen?« Mit Schmollschnute gesprochen.
»Verzieh dich trotzdem!« Er sah auf die Uhr. In zwanzig Minuten begann die Vorstellung. Er kramte die Billetts aus der

Tasche und reichte sie ihr. »Hier, nimm! Zwei Eintrittskarten für ›Hamlet‹! Hinter dir steht ein Taxi! Wenn du dich beeilst, schaffst du das noch! Kannst sogar noch jemanden mitnehmen!«

Julia parkte ihren Wagen reichlich unperfekt, stürzte ins Haus, stolperte fast über Max. »Wo ist Fanny? Es pressiert irrsinnig! Ich bin mit Ralf zum Theater verabredet!«
»Das war aber eine lange Besprechung, Mama. Er wollte dich vorhin abholen.«
Sie rannte ins Schlafzimmer. »Und wo ist er jetzt?«
Max folgte ihr. »Drüben bei sich.«
Julia schleuderte die Schuhe von den Füßen, schlüpfte mit wenigen gymnastischen Verrenkungen aus den Alltagsklamotten und angelte das neue Abendkleid und die neuen Pumps aus dem Schrank. Mit erhobenen Armen ließ sie es am Körper hinabriesel und quälte die Füße währenddessen in die Hochhackigen.
»Ziehst du denn drunter gar nichts Feines an?« fragte Max befremdet.
»Fang du auch noch an!« Das war unter Zeitdruck gewachsene Unlogik, merkte sie plötzlich. »Entschuldige, ich hab' nicht gemeint, was ich sagte. Ich hab's bloß eilig. Ich muß rüber.«
»Ob er sauer ist?« orakelte der Knabe.
»Das will ich nicht hoffen.« Sie verschwand so fix wie eine Maus im Zeichentrick.
Nachdem die Haustür zugefallen war, erschien Fanny und schaute sich um. »War deine Mutter hier?«
»Sie ist nur durchgeflogen«, sagte Max.
In ihren hohen Pumps klapperte Julia die Steinstufen hinunter in den Vorgarten, eilte durch die Pforte auf die Straße, hinein in Ralfs Einfahrt, vor seinem Haus die Stufen hinauf. Daumen auf den Klingelknopf zum Daueralarm.
Keine Reaktion in der dunklen Villa. Julia bückte sich, hob

den Deckel vom Briefschlitz, lauschte in die Stille, brüllte schließlich hinein: »Miststück!«
Sie stöckelte die Stufen hinab, auf den im Rasen unregelmäßig eingelassenen Waschbetonplatten um das Haus herum, schaute beleidigt auf die dunklen Fenster, zog sich gekränkt, verletzt, erniedrigt, entwürdigt – dies der Reihe nach – in ihr Gemäuer zurück.
Max geriet außer Rand und Band, daß er mit Juliamama vor dem Fernseher hocken durfte.

Auf der Bühne beauftragte König Claudius die Höflinge Rosenkranz und Güldenstern, Hamlets Gesellschaft zu suchen, um seine Gemütslage auszuloten, und in der Loge vier wisperte Beatrice: »Sei froh, daß ich dich überredet habe, mitzukommen. Ist doch ganz lustig, was da passiert mit dem Geist von Hamlets Vater und dem Gift, das dieser Claudius seinem Bruder angeblich ins Ohr geträufelt hat. Ahnte ich gar nicht, daß man davon stirbt.«
»Wo Julia sich wohl rumtreibt«, raunte Ralf abwesend.
»Was sagst du?«
»Sie hat sich extra ein Abendkleid gekauft.«
»Ach?« Beatrice zupfte ihr Dekolleté attraktiver. »Obenrum sehe ich auch ganz festlich aus. Ich darf eben nicht aufstehen. Untenrum ist mein Kleid zu kurz.«
Aus der Nachbarloge zischte eine Frau empört: »Psssst!«
Beatrice wunderte sich. Hier konnte einer dem anderen das Sprechen verbieten? Schon als Kind war sie abends in Verona zur Freilichtaufführung von »Aida« gewesen. Zuschauer aßen, tranken, schwatzten, Mütter stillten ihre Babys, Männer zwischerten ihren Roten, Kinder spielten, Zärtlichkeiten wurden ausgetauscht. Überall in Italien war es so oder so ähnlich. Italiener gingen aus Spaß ins Theater. Diese Deutschen! Für die blieben Klassiker eine Offenbarung. Mund zu und hinsetzen zum Kulturempfang. Lebensfreude war an der Garderobe abzugeben.

Sie folgte der Handlung von Shakespeares Krimi »Hamlet« mit vitalem Interesse und konnte trotzdem plappern. »Ich hatte Schwierigkeiten mit dem Zoll, als ich Lorenzos Gemälde nach Florenz zurückschicken wollte.«
Ralf grinste in die Dunkelheit. »Die Beamten haben dir nicht geglaubt, daß das Kunstwerke sind, was?«
Indessen sprachen auf der Bühne Oberkämmerer Polonius, seine Tochter Ophelia und sein Diener Reynaldo entbehrliche Passagen.
»Sie sind hier nicht im Zirkus!« schäumte die Frau von nebenan und meinte nicht die Figuranten in Polonius' Kulissenhaus.
Noch bevor Prinz Hamlet sich die Frage über Sein oder Nichtsein stellte, entschlummerte Sagerer auf seinem bequemen Logensitz und träumte sich weit weg aus dem Musentempel.
Beatrice mußte ihn zur Pause wecken.

Frust und Frost in den Büroräumen von Ralf und Julia. Frost durch den verhunzten Theaterabend, Frust nicht nur durch die Artikel im Wirtschaftsteil der Zeitung »300-Millionen-Defizit der Bayerischen Aluminiumwerke«, Unterzeile: »Bayernbank am Ende?«, sondern auch durch Berthold Schwaigers Fernschreiben: »Nord-Stahl, Hamburg, mit 40% bei der Bayerischen Aluminium beteiligt. Frau Heininger, kümmern Sie sich darum!«
Julia schob Ralf das Telefax zu. »Für dich!«
Er fetzte es zurück. »Frau Heininger, kümmern Sie sich darum! Kannst du nicht lesen?«
Das machte ihr Mut zum Thema Nummer eins. »Wie eine Idiotin bin ich vor deiner Tür gestanden und um dein Haus herumgerannt! Aber nein, still ruhte der See, der Herr hatten vermutlich was Besseres vor! Ohne mir ein Sterbenswörtchen zu sagen!«
Er haute mit der rechten Faust in die linke Handfläche. »Du

tust so, als wäre ich schuld! *Du* bist nich dagewesen: *Du* hast mich versetzt! *Ich* stand wie ein Idiot vor deiner Tür, und Fanny und Max kamen mir mit verweinten Augen entgegen!«

»Larifari! Es kann passieren, daß man sich geringfügig verspätet! Der Anstand gebietet, daß der andere dann wartet!«

Der Nachhilfeunterricht in gutem Benehmen empörte ihn sehr. »Der Anstand gebietet, anzurufen, wenn man aufgehalten wird! Nicht mal deiner Familie hast du Bescheid gesagt! Der Dame gefiel es, vom Erdboden zu verschwinden! Seit Tagen kanntest du den ›Hamlet‹-Termin!«

Julia fühlte sich absolut nicht getroffen. »Ich bin ja gekommen! *Du* hast nicht mal die paar Minuten abgewartet oder dich ein zweites Mal nach mir erkundigt!«

»Die paar Minuten? Fünfundvierzig!«

»Na und? Wäre noch immer gut zu schaffen gewesen!«

»Ja! Zum Kino an der Ecke!« motzte er.

Julia sah sich als moralische Siegerin. »Stell dich nicht so an!«

Ihm kam die Auseinandersetzung bereits lächerlich vor. »Vergiß es.« Er versuchte, ihre Stirn zu küssen.

Jungfräulich wehrte sie sich. »Hau ab! Wir haben andere Probleme!«

»Ich kann lesen! Wir müssen an die Nord-Stahl ran. Wenn die im Alleingang eine Kapitalerhöhung durchsetzen, wären die Bayerischen Alu-Werke wieder liquide.«

Julia war ganz bei der Sache. »In der Größenordnung ist das fast eine Übernahme. Das Kartellamt wird ein Wörtchen mitreden wollen.«

»Bei Aluminium und Stahl? Nie! Denen ist das in der gegenwärtigen Situation völlig piepe.«

Die optische Anzeige auf Leitung zwei von Julias Telefon blinkte. Sie schaltete für die Verbindung den Raumton ein, um zu sprechen, ohne den Hörer abnehmen zu müssen. Außerdem konnte Ralf am Gespräch teilnehmen.

»Hier is Uwe Joachimsen.« Seine Stimme und Hintergrundgeräusche eines Hafens dröhnten ins Büro. »Sin Sie dat, Frau Heininger?«
»Tag, Herr Joachimsen. Was kann ich für Sie tun?«
Der Mann war Eigner eines Küstenmotorschiffes. Ein Einzelkämpfer im eklig engen Geschäft. Ralf holte das Konto auf Julias Monitor.
»Ich liech ja nu mit die ›Lisbeth-Marie‹ in Amsterdam fest«, meldete Joachimsen.
»Ist Ihr Schiff kaputt?«
»Nee, das Ship is gesund, sonst tät' ich die Werft anläuten, nä! Nee, der Kerl, der Empfänger von meine Ladung is abgehaun! Nu steh' ik hier und kiek inne Röhre!«
»Was bedeutet das?«
»Ich komm' hier nich wech! Der wollt ja bar zahln, nä! Nu hab' ich keine Kohln für Heuer, für Treibstoff und für die verdammten Hafengebührn.«
»Wieviel brauchen Sie, um nach Hamburg zurückzukommen?«
»Um die Vierzigtausen, will ich mal sagen.«
Ralf zeigte auf den Monitor und flüsterte Julia zu: »In letzter Zeit keine Bewegungen auf dem Konto von Old Uwe. Chronisch im Keller.«
»Sie wissen, daß Sie bei uns kräftig im Soll stehen?!«
Julias Vorwurf focht Käptn Joachimsen nicht an. »Wat soll ik moken? Dascha nu höhere Gewalt, nä! Damit hat ja nu kein Ein nich mit gerechnet, nä!«
»Moment, Herr Joachimsen, bin gleich wieder dran.« Sie drückte die Räuspertaste, und Old Uwe konnte nicht mithören. »Was machen wir?«
Ralf schickte Joachimsens Konto in die Datei zurück. »Hängenlassen können wir ihn nicht. Ich glaube, wir müssen ihn auslösen.«
»Wer von uns beiden? Schlag mal was vor.«
»Du gehst zu Nord-Stahl-Boß Schumann. Du bist sein Typ,

schätze ich.« Er tippte auf das Telefax. »Schwaiger denkt das ebenfalls. Ich fahre nach Amsterdam. Okay?«
Julia machte die Verbindung zu Joachimsen wieder auf. »Dr. Sagerer kommt übermorgen. Er wird sich um Sie kümmern.«
»Dat is riesig! Und scheun Dank ook! Bis die Tage!«
»Tschüß!« Sie schaltete ab. »Wenn ich seinen Kontostand sehe, frag' ich mich, was er für Sicherheiten zu bieten hat.«
»Sein Schiff und die nicht gelöschte Ladung«, sagte Ralf zuversichtlich.
Frau Heise brachte Julia einen Strauß langstieliger Rosen und einen Brief herein. »Hat der Chauffeur von Herrn Dahlen soeben abgeliefert.«
»Ich bekomme nur selbstgestrickte Schals«, lästerte Ralf und erreichte damit, daß Frau Heise fluchtartig die heiligen Hallen verließ.
Julia schlitzte das Kuvert auf, las und sagte: »Er hat zumindest Sinn für Humor. Hör mal: ›Liebste Freundin, was halten Sie von der interessanten Kopplung Dahlen, Timm, Dahlen plus Bayernbank? Die Lektüre der Morgenzeitung gibt mir Mut für diesen entzückenden Vorschlag. Die Hamburger Kollegen würden platzen‹.« Sie schnupperte an den Rosen. »Wie findest du das?«
»Die Bankenaufsicht würde ihm die Hammelbeine lang und länger ziehen.«
»Nicht nur die.«
Hamlet war vergessen.

Beatrice machte starken Eindruck auf die Menschen in der Abflughalle vom Hamburger Airport. Auf schlankem Gebein trippelnd, trug sie drei große Koffer auf einmal zum Abfertigungsschalter der holländischen Luftfahrtgesellschaft und stellte sie auf die Waage. Das Gewicht hielt nicht, was die voluminösen Gepäckstücke leichtsinnig versprochen hatten. Keine fünf Kilo insgesamt. Sie waren leer.

Von weitem verfolgte Sagerer den Auftritt verärgert und verblüfft zugleich, denn es gab absolut keinen Zweifel, Beatrice flog ebenfalls nach Amsterdam.
Er marschierte durch die Halle zu ihr und sagte mit einem Schimmer von Hoffnung: »Die größte Freude würdest du mir machen, wenn du heute *nicht* nach Amsterdam fliegen würdest.«
»Ich dachte, es würde dich entzücken, wenn ich gerade heute fliege.«
»Woher wußtest du?«
»Ist das so schwer zu erraten?«
»Frau Heise?«
»Nein, dein Bruder. Du hast ihm gesagt, er soll dein Motorrad von der Inspektion abholen, weil du heute vormittag dringend für zwei Tage nach Amsterdam fliegen mußt. Und ich dachte: Beatrice, nutze die Gunst der Stunde.«
»Ich mache eine Geschäftsreise.«
»Ich auch. Im Sinne des Wortes.«
Er sah auf die Anzeige der Waage. »Mit leeren Koffern?«
»In Amsterdam gibt's eine Menge Geschäfte. Ich will einkaufen.«
»Womit habe ich das verdient«, stöhnte er.
»Bilde dir einfach ein, dein Charme sei umwerfend.«

Aus der bodentief verglasten Chefetage des Nord-Stahl-Verwaltungsgebäudes hatte Julia einen imposanten Ausblick auf die riesigen Werkanlagen der Firma. Durch allerlei Tricks – Sherry, Champagner, Snacks, Mokka, Konfekt – versuchte Generaldirektor Eugen Schumann, das Interesse der Dame auf sich zu lenken. Dem imposanten, robusten Industriemanager ging es nicht um die bevorstehende Pleite der Aluminiumwerke. Im Mittelpunkt dieses Vormittags stand er. Und das, bitte sehr, sollte Julia Heininger endlich begreifen. »Einen Whisky-Creme, gnädige Frau?«
Huldvoll nahm sie das Glas entgegen, während Schumann

sich mit Tafelwasser begnügte. »Ich bedaure, daß ich einer so schönen Frau gegenüber keine positiven Erklärungen zur Lage abgeben kann. Gut, die Bayernbank hat sich damals mit 300 Millionen bei den Aluminiumwerken engagiert. Jetzt frage ich Sie jedoch: Was ist das im Verhältnis zu unseren vierzig Prozent?«
Julia nippte am Glas, verschluckte das Tröpfchen in allerliebster Weise und sprach umwölkt: »Wenn Sie die verlieren, ist Nord-Stahl ebenfalls sanierungsreif.«
Schumann genoß Julias mädchenhaftes Spiel. »Ein blaues Auge haben wir schon. Wir müßten rund 800 Arbeitsplätze abbauen für eine elegante Bilanz. Ich seh' schon unsere Leute mit den Gewerkschaften vorm Tor stehen. Im Stahlgeschäft steckt vieles, nur kein Gewinn.«
»Wenn es nun gelänge«, Glas an die Lippen, »der Nord-Stahl ausreichende Subventionen zu verschaffen...«
Schumann lehnte das in netter Form ab. »Ich hoffe, wir kommen ohne aus.«
»Nein«, betonte sie, »kommen Sie nicht! Dann finanziert sich die Übernahme der Bayerischen Aluminiumwerke nämlich von selbst.«
Geringschätzig antwortete er: »Sie schütteln das so einfach aus dem Ärmel, gnädige Frau. Haben Sie jemals mit Ministerien verhandelt?«
»Lieber Herr Schumann, angenommen, es gelänge, auf höherer Ebene ein Gespräch mit positivem Ergebnis in Gang zu bringen...«
Er fiel ihr ins Wort: »Sie hätten bei mir drei Wünsche frei.«
Ihr Lächeln riß andere vom Hocker. Schumann blieb eisern.
»Gefällt mir. Mein erster Wunsch: Wir treffen uns inoffiziell zum Tee bei mir und beraten, was zu tun ist.«
»Mit großem Vergnügen.«
Sie merkte, sie hatte richtig gehandelt. »Wir telefonieren?«
Schumann verabschiedete sie mit Handkuß. »Einverstanden. Ich freue mich, gnädige Frau.«

An Bord des Küstenmotorschiffes »Lisbeth-Marie« hatte Sagerer mit Uwe Joachimsen einen kurzen Vertrag perfekt gemacht. Die Bayernbank übernahm die Verbindlichkeiten, und Old Uwe übereignete dem Institut Schiff und Ladung, bis in Hamburg ein Käufer gefunden worden war. Nach Ralfs Telefonat mit der Amsterdamer Korrespondenzbank Mees & Hope konnte Joachimsen dort sein Geld abholen, das Schiff auslösen und nach Hause schippern.
Ralf kehrte ins Hotel zurück, verlangte an der Rezeption seinen Schlüssel und erfuhr, der befände sich im Besitz von Frau Benedetti, und diese wiederum halte sich zur Zeit in ihrem Zimmer auf.
Die Räume befanden sich in der 1. Etage. Er stürmte die Treppe hinauf und riß verärgert die Tür von Nr. 19 auf. Beatrice stand vor dem Spiegel, probierte Fummel und Fähnchen an und rief heiter: »Hallo, Seemann!«
»Was willst du mit meinem Schlüssel?« bolzte er sie an.
»In deinem Zimmer liegen Sachen von mir.«
»Mir egal! Gib ihn her!«
»Mußt du unbedingt hinein?«
Sarkastisch sagte er: »Mit deiner Erlaubnis möchte ich mich einen Moment hinlegen.«
Beatrice stolzierte an ihm vorbei auf den Gang und schloß das Nebenzimmer auf. Auf dem Bett, dem Tisch und den Stühlen stapelten sich buntbedruckte Tüten, kleine und große Kartons. Tiefenpsychologische Gründe für ihren Kaufrausch suchend, trat er an sein Bett und warf die Sachen hinter sich.
»Schuhe! Noch mal Schuhe! Hemdchen! Strümpfe! Seidenslips. Modeschmuck! Was soll der Scheiß?«
Beatrice raffte auf, was durch die Luft flog und stopfte das Zeug in Päckchen und Tüten zurück. »Ich kann kaufen, was ich will! Es geht dich gar nichts an! Ich kann tun und lassen, was ich will. Nimm deine Pfoten von meinen Sachen!«
»Ich möchte mich hinlegen, bevor wir zum Essen gehen. Runter mit dem Kram von meinem Bett!«

»Mit deinem Macho-Gehabe verdirbst du mir die Laune, mit dir einen Schritt vor die Tür zu gehen!« zeterte sie.
»Soll jetzt ich ein schlechtes Gewissen bekommen, weil du innerhalb kurzer Zeit halb Amsterdam leerkaufst?«
»Und wenn ich *ganz* Amsterdam leerkaufe, es geht dich nichts an! Du mußt es ja nicht bezahlen!«
Er fetzte die Reste vom Kopfkissen. »Aber ich bezahle mein Hotelbett! Ich habe ein Recht darauf, darin zu schlafen!«
»Mama mia! Im Schlafen bist du Weltmeister. Den halben Hamlet hast du verpennt, hier denkst du nur an Schlafen – ich möchte mal wissen, ob du das bei deiner Julia auch machst!«
»Raus! Und mach die Tür zu! Von außen!«

Frau Heise riß das Endlospapier vom Nadeldrucker und trug die Nachrichten über die Alu-Pleite zu Julia ins Büro. »Warum tut Direktor Schwaiger so, als seien Sie seine Geheimwaffe?«
»Vermutlich kennt er den Boß von Nord-Stahl. Eugen Schumann hält sich für unwiderstehlich. Mein Vater...«
»Wie sich das anhört«, sagte Frau Heise kopfschüttelnd.
»Ich merk's selbst. Also: Schwaiger nimmt an, ich könnte Schumann in diesem Glauben bestärken.«
»Trauen Sie sich das zu?« Frau Heise war überwältigt von dem vertraulichen Gespräch von Frau zu Frau.
»Ich bin nicht feige«, erklärte Julia. »Der Mann ist nicht übel, und 300 Millionen stehen zur Debatte...«
Im Büro blinkte plötzlich das rote Warnlicht. Der Monitor auf Julias Schreibtisch schaltete automatisch auf die in der Schalterhalle montierte Videokamera. Ein Wandlautsprecher übertrug, was am Schalter gesprochen wurde.
»Grameier hat Alarm ausgelöst!« rief Frau Heise hysterisch und sah sich nach einer Fluchtmöglichkeit um.
Julia legte den Zeigefinger auf die Lippen und bedeutete ihr energisch, von der geöffneten Tür wegzugehen.

Die Kamera war genau auf den Auszahlungsschalter gerichtet. Ein Mann im Ledermantel stand vor dem Kassierer und schob unter dem schußfesten Glas einen Zettel durch. Grameier las den Text vor. Das Mikrofon stand seitlich von ihm auf dem Tresen. »Eine Waffe ist auf Sie gerichtet. Versuchen Sie nicht, mutig zu sein. Wenn in dreißig Sekunden nicht alles Geld in meinem Koffer ist, schieße ich.«
»Hört das die Polizei auch?« flüsterte Frau Heise.
Julia zeigte auf die rote Lampe. »Ich glaube, im Revier wird nur Alarm gegeben. Das Mikro ist bloß für interne Durchsagen.«
Frau Heise bibberte vor Angst. »Und die kommen gleich?«
»Sofort!« Julia war von schneller Hilfe fest überzeugt und starrte auf den Monitor.
Grameier öffnete eine Schublade, nahm besonnen ein Geldbündel nach dem anderen heraus und schob es in die Zahlmulde. Er vermied jedoch, wie bei Auszahlungen üblich, die einzelnen Päckchen durchzuzählen. Mit gleicher Ruhe und im gleichen Rhythmus nahm der Gangster das gebündelte Bare entgegen und verstaute es sorgfältig in seinem Koffer. Die übrigen Mitarbeiter der Bank bemerkten nicht, was vorging. Ebenso arglos waren die Bankkunden. Es sah aus wie die routinemäßige Auszahlung eines größeren Betrages.
Grameier schob die letzten Scheine unter der Scheibe hindurch und sagte: »Tut mir leid, mehr hab' ich im Augenblick nicht. Es sei denn, Sie haben genug Zeit. Dann kann ich noch in den Tresor gehen.«
Der Mann schloß seinen Koffer und eilte auf den Ausgang zu. Im Laufen riß er sich hastig einen angeklebten Bart vom Gesicht.
»Haben Sie mitgezählt?« fragte Frau Heise flüsternd.
»Logisch! Da sind mindestens 100000 Mark übern Deich gegangen!« Julia stürzte aus dem Büro zur Kasse und sah Grameier fassungslos an. »Alles in Ordnung?«
»Ja, freilich, Frau Heininger.«

»Ich hab' alles gesehen, und ich bewundere Ihre Ruhe. Wieviel hat er mitgenommen?«

»Drei- bis viertausend?«

Julia war baff. »Was denn? Mehr nicht? «

Grameier fischte ein Geldbündel unter dem Tresen hervor und demonstrierte Julia wie mit einem Daumenkino, daß nur obenauf eine echte Banknote lag. Dann umschloß die Banderole nur exakt geschnittenes Zeitungspapier. »Hab' ich für solche Geschäftsfreunde vorrätig. Die kommen eh nicht weit damit. Hauptsache, sie verlassen schnell und zufrieden die Bank.«

Jetzt erst begriffen Belegschaft und Kunden, was sich abgespielt hatte. Sie nahmen es nicht ernst. Die Gefahr war ja vorbei. Jemand sagte: »Bravo, Herr Grameier!«

Das Martinshorn des Streifenwagens jaulte, ein zweites heulte aus größerer Entfernung. Automatisch schauten alle Leute in der Schalterhalle zur Tür. Was würde wohl passieren? Weit konnte der Täter noch nicht sein.

»Das ist Gott sei Dank glimpflich abgelaufen«, rief Herr Löhlein und rannte zur Tür, um die Lage zu sondieren.

Das nahe Martinshorn veranlaßte den Räuber zum Rückzug in die Bank. Er rannte Löhlein um, bedrohte ihn mit einem Revolver. Löhlein rappelte sich auf, wollte etwas Tapferes tun. Der Gangster drehte sich zu ihm, schoß in die Decke, brüllte ihn an: »Sind Sie gerne tot?«

Löhlein machte sich wieder platt.

Frauen jammerten. Eine Auszubildende des Geldinstituts kreischte. Ein Mann, seiner Überzeugungskraft gewiß, rief dem Bankräuber zu: »Seien Sie doch vernünftig!«

»Maul halten!« schrie der Bandit, wedelte mit der Waffe zur Tür, die in die Büros führte, vergewisserte sich, daß dort drin nur eine Frau stand. Wie gelähmt. Frau Heise.

»Alle hier rein!« brüllte er. »Und ein bißchen plötzlich, wenn ich bitten darf!«

Zwanzig Menschen drängten sich aus der Schalterhalle

durch die Tür, behinderten sich gegenseitig, gerieten in Panik, stießen Frau Heise beiseite.
Der Ganove riß die Telefonanschlüsse ab, ließ nur einen Apparat intakt. »Wer ist hier der Chef?«
»Ich«, sagte Julia.
»Kommen Sie zu mir!« Dann zielte er mit seiner Waffe auf Löhlein. »Und Sie gehen raus und sagen der Polizei: Er verlangt eine Million und ein Fluchtfahrzeug! Er wird Geiseln erschießen, wenn das nicht funktioniert! Was sollen Sie sagen?«
Löhlein sah Julia entgeistert an und wiederholte: »Er wird Geiseln erschießen, wenn das nicht funktioniert!«
»Den ganzen Satz, Mann!«
Löhlein lehnte sich gegen die Wand, seine Stimme zitterte. »Er verlangt eine Million und ein Fluchtfahrzeug. Er wird Geiseln erschießen, wenn das nicht funktioniert!«
»Los, rauß mit Ihnen!«
Löhlein war unfähig, sich zu bewegen.
»Tun Sie, was er sagt, Herr Löhlein«, bat Julia.
Er schlich in die Halle, kurz vor dem Ausgang zur Straße rannte er.
»Sie alle setzen sich dicht an die Wand auf den Boden«, befahl der Bankräuber. Dann hob er nervös den Hörer vom klingelnden Telefon. »Wer ist da. Wen wollen Sie?« Er senkte den Hörer. »Wer ist Heininger. Ein Ralf ist am Rohr.«
Julia streckte den Arm aus. »Ich. Geben Sie her.«
»In Amsterdamm ist alles okay«, meldete Ralf.
»Hier nicht«, rief sie und rangelte mit dem Gangster um den Hörer.
»Was ist denn los bei dir?« rief Sagerer.
»Ein Überfall...«
Der Täter unterbrach die Verbindung. »Schluß jetzt! Ich brauch' die Leitung für die Polizei!«
Er setzte sich strategisch günstig. Geiseln und Eingang zur Schalterhalle waren unter Kontrolle. Er klemmte die Waffe

zwischen seine Knie, öffnete den Kofferdeckel, spielte nachdenklich mit dem Geld. Plötzlich zuckte er zusammen, kippte den Inhalt des Koffers auf den Boden, zerfetzte die Banderolen mit dem Revolverlauf. Geldscheine und zugeschnittenes Zeitungspapier raschelten und rutschten durcheinander.

Er hob langsam die Waffe und legte sie auf Grameier an. »Sie sind schlau, was?! Wollten mich bescheißen, ja?! Sie werden der erste sein, den ich umlege!«

»Es war meine Idee«, sagte Julia.

Der Lauf der Waffe wanderte von Grameier zu Julia. »Ich überfalle eine Bank, hab' die Polizei auf dem Hals, nehme Geiseln! Und das alles für einen Haufen Papierschnipsel! Sind Sie noch zu retten?«

Julias Schläfen klopften. Sie meinte, ihr Kopf müsse zerspringen. »Unter diesen Umständen bin ich natürlich jederzeit bereit, Ihnen den Tresorraum zu öffnen.«

Die Hand mit dem Revolver zitterte. »Sie halten mich für bekloppt, was? Haben Sie noch mehr blöde Vorschläge?«

Sie war zur Selbstaufopferung bereit. »Ja. Behalten Sie mich als Geisel, und lassen Sie die anderen gehen. Die vielen Menschen machen Sie doch nur nervös.« Sie schaffte sogar eine Begründung: »Sie müssen einen klaren Kopf behalten, wenn Sie hier heil rauskommen wollen.«

»Sie machen mir unheimlich Laune, Schwester! Ich will meine Million haben und ein Auto!«

Sie fühlte eine Art Lampenfieber. Die Leute, die an der Wand saßen, starrten ängstlich und erwarteten offenbar ein Wunder. Um jeden Preis wollte Julia eine Wende erreichen. »Dann würde ich an Ihrer Stelle mit einer anständigen Vorleistung beginnen. Gucken Sie mich nicht so weltfremd an! So ist das nun mal im Geschäftsleben.«

Höhnisch schaute er zur Wand. »Die da sind die Vorleistung?«

»Genau.«

Abermals läutete das Telefon. Der Räuber nahm den Hörer ab. Sofort bellte der Leiter des Polizeieinsatzkommandos: »Wir haben eine Standleitung geschaltet! Die Bank ist umstellt! Sie haben keine Chance! Kommen Sie mit erhobenen Händen heraus und ergeben Sie sich!«
»Das hätten Sie wohl gern! Sie kennen meine Bedingungen! Und wenn Sie nicht tun, was ich verlange, erschieße ich die erste Geisel! Ende!«
»Sehr unklug«, sagte Julia beherzt. »Machen Sie, was ich Ihnen vorschlug, dann haben Sie bessere Karten.«
»Hallo!« rief der Räuber in den Hörer.
»Was wollen Sie noch?«
»Macht das Eindruck auf Sie, wenn ich jetzt die Leute rauslasse?!«
»Sehr vernünftig«, wurde geantwortet.
»Ich behalte nur die Filialleiterin hier!« Er winkte den Geiseln mit der Waffe zu. »Raus mit euch, einer hinter dem anderen! Bloß nicht drängeln wie vorhin! Bedankt euch bei der Frau hier!« Der Revolver zeigte wieder auf Julia.
Alle erhoben sich und hasteten davon. Dort, wo zwei ältere Frauen gesessen hatten, waren nasse Flecken.
»Vielen Dank«, sagte Julia.
»Halten Sie den Mund!« rief er unwirsch.
»Wollen Sie Kaffee?«
»Sie sollen den Mund halten, sagte ich! Vermutlich hab' ich meinen Plan kaputtgemacht, weil ich auf Ihr Gequatsche eingegangen bin!«
»*Ich* möchte aber Kaffee.«
»Dann machen Sie mir einen mit!«
Julia zeigte auf eine Tür mit dem Aufkleber PERSONAL. »Dann muß ich aber in die Teeküche hinüber.«
Mißtrauisch äugte er in die angegebene Richtung, huschte hinüber, stieß die Tür auf, vergewisserte sich, daß von dort keine Gefahr kommen konnte. »Bitte!«
Julia folgte ihm, füllte Wasser in die Kaffeemaschine und

hantierte mit Sahnebüchse und Zuckerdose. »Darf ich mal was sagen?«
»Nein.«
Entschlossen redete sie weiter. »Ich vermute, das ist Ihr erster Banküberfall.«
Er lehnte mit dem Rücken am Türpfosten und beobachtete den Eingang. »Kümmern Sie sich um den Kaffee und nicht um mich!«
»Falls es Sie interssiert: Bei mir war es der erste Überfall.« Sie mußte sich zusammennehmen, damit das halbwegs heiter klang.
»Es interessiert mich nicht!«
»Was hätten Sie gemacht, wenn's geklappt hätte?«
»Eine dämliche Frage! Im Koffer wären zehn Pfund zerschnittenes Zeitungspapier gewesen und 5000 Mark!«
»Berufsrisiko.«
»Sie reden viel Quatsch! Mit einer Million komm' ich gut über die Runden!«
»Sie haben das Geld noch nicht«, plapperte sie. »Machen Sie sich eigentlich Gedanken darüber, wem Sie dieses Vermögen wegnehmen?«
»Nein! Es trifft keine Armen! Und Sie drücken nicht auf die moralische Tube, wenn ich bitten darf!«
Als der Kaffee in die Glaskanne tropfte, wieselte der Mann gebückt ins Büro zum Telefon und nahm den Hörer ab. »Wann sind Wagen und Geld hier, verdammt!«
»Es ist nicht allein Sache der Polizei. Irgendwer muß das Geld finanzieren. Wir versuchen, es so schnell wie möglich zu beschaffen.«
»Wollen Sie mir erzählen, es ist schwer, in einer Stadt wie Hamburg eine Million aufzutreiben? Halten Sie sich mal vor Augen, daß ich hier drin eine sehr schöne Frau habe, um die es mir leid täte, wenn Ihr sturer Beamtenapparat nicht funktioniert!«
Julia goß Kaffee in zwei mit handgemalten Blümchen ver-

zierte Steingutbecher, schob die Zeigefinger in die Henkel und lief ebenfalls gebückt in ihr Büro. Sie stellte ihm ein Gefäß auf den Schreibtisch und hockte sich auf die vorderste Kante der zweisitzigen Couch in der Besucherecke. »Darf ich noch was sagen?«
»Können Sie nicht mal für fünf Minuten Ihr verdammtes Maul halten? Sie machen mich noch verrückt mit Ihrem Gesabbel!«
»Sie sehen nicht wie ein Bankräuber aus.«
Wieder wollte er aufbrausen, dachte jedoch einen Moment lang nach. »Wie hat denn ein Bankräuber auszusehen?«
»Weiß ich nicht. Sie sind mein erster.«
»Sagen Sie bloß, Sie sind enttäuscht.«
Nach einigen Schlucken Kaffee fühlte Julia sich besser und redete gezielter. »Ich hab' das Gefühl, Sie sind ein gebildeter Mann. Die Nummer, die Sie hier abziehen, paßt nicht zu Ihnen. Sie sehen nicht furchteinflößend aus, verstehen Sie. Wenn Sie den Revolver nicht hätten...«
»Ich hab' ihn aber!«
»Das ändert nichts an der Tatsache, daß Sie auf mich einen kultivierten Eindruck machen.«
Er roch den Braten. »Sehr freundlich! Sie wollen mich weichquatschen, was?«
Wieder schepperte das Telefon. Julia wurde verlangt.
»Sie sollen nur anrufen, wenn Geld und Auto eingetroffen sind!« rief der Gangster sauer ins Rohr. »Alles andere interessiert mich nicht, auch kein Dr. Sagerer! Hier ist niemand krank! Ende!«
»Dr. Sagerer ist der zweite Geschäftsführer«, erläuterte Julia. »Er kommt gerade aus Amsterdam zurück.«
»Ist nicht mein Bier!« Er erhob sich, durchmaß das Büro mit kurzen Schritten, behielt den Eingang im Auge, warf jedoch schnelle Blicke auf die Einrichtung, das noch immer blinkende Alarmlicht, den Monitor, der den Auszahlungsschalter zeigte. »Haben Sie das alles vorhin mitangesehen.«

»Was dachten Sie denn? Gegen Leute wie Sie ist diese Einrichtung installiert worden.«
»Hat Ihnen wenig genutzt.«
»Abwarten. Haben Sie eigentlich Familie?«
Überraschend willig antwortete er: »Ich hatte mal eine. Meine Frau und die Kinder gingen weg, als ich arbeitslos wurde.«
Julia zeigte sich interessiert. »Was hatten Sie für einen Job?«
»Schiffsbauingenieur.«
»Da wird man arbeitslos?« fragte sie betroffen.
Mit beiden Zeigefingern zog er die äußeren Augenwinkel schräg. »In Japan und Korea nicht.«
»Wollen Sie noch Kaffee?«
»Wenn noch welcher in der Kanne ist...«
»Soll ich allein gehen, oder begleiten Sie mich?«
»Ich behalte Sie im Auge.«
Sie kehrte mit der Glaskruke zurück, goß ein und fragte: »Wo ist Ihre Frau jetzt?«
»Keine Ahnung. Vermutlich bei ihren Eltern.« Er trank mit Genuß aus der Blümchentasse. »Haben Sie Kinder?«
»Einen Sohn. Zehn Jahre alt.«
»Mein Junge ist sieben und meine Tochter neun. Sven und Rike.«
Sie hatte ihn aufgeknackt, merkte sie. »Meiner heißt Maximilian. Natürlich wird er Max gerufen. Ich heiße Julia – falls Sie mein Vorname interessiert.«
»Angenehm. Hilmar.«
»Schöner Name. Nordisch.«
Er war mit seinen Gedanken schon weiter. »Meine Familie kommt sicher zurück, wenn ich das Geld habe.«
»Sie würden Ihre Frau wieder aufnehmen?«
»Muß ich wohl. Ich hänge sehr an meiner Tochter.«
»Menschenskind, Hilmar! Warum begeben Sie sich in diese Gefahr, wenn Sie Ihre Tochter wiedersehen wollen?«
»Was bleibt mir übrig?«

»Sie hätten keine Million und kein Fluchtauto fordern sollen«, tadelte Julia, »sondern einen Job!«
Er schaute verständnislos. »Und dann?«
»Und dann! Na, was dann! Natürlich wird man Sie verhaften. Ich kann mir aber vorstellen, daß man Ihnen nicht viel anlasten kann. Der Schaden der Bank ist gering. Sie haben in die Decke geschossen. Ich würde nicht mal Anzeige gegen Sie erstatten. Aber mit zwei, drei Jahren müssen Sie trotzdem rechnen. Und wenn Sie rauskommen, besorge ich Ihnen einen Job. Nicht gerade als Bankkassierer, aber was Anständiges. Na, was ist? Zum Aufgeben ist es noch nicht zu spät. Soll ich mal mit denen da draußen reden?«
Er nickte unentschlossen. »Mit denen kann man nicht reden.«
Sie nahm den Hörer. »Hier ist Julia Heininger.«
»Sind Sie in Ordnung?« fragte der Beamte.
»Alles okay.«
»Wie ist die Lage?«
»Er denkt an Aufgeben«, kündigte Julia an. »Was hätte er zu erwarten?«
»Ich bin nicht der Staatsanwalt, Frau Heininger, aber wenn er sich stellt, wirkt das strafmildernd.«
»Danke, ich melde mich wieder.« Sie sah Hilmar forschend in die Augen. »Sie haben es gehört.«
»Ich kann nicht. Dann war das alles umsonst.«
»Seien Sie nicht so engstirnig! Man würde Sie bis ans Ende der Welt jagen. Nicht nur Interpol, sondern auch obskure Privatdetektive und Ganoven. Bei einer Million lohnt sich für manche der Aufwand. Sie sind doch für so etwas gar nicht geschaffen.«
»Woher wissen Sie, wozu ich geschaffen bin?«
Julia wischte die dumme Frage mit einer Handbewegung weg und fightete mit Worten wie ein Boxer mit den Fäusten: »Womöglich bekommen Sie von irgendeinem Killer ein Messer in die Rippen oder eine Kugel zwischen die Augen! Wer

soll das dann Ihrer Tochter beibringen? Glauben Sie, das Kind verkraftet so was? Fürs ganze Leben kann Rike das nicht vergessen!«
Aus dem Verzweiflungstäter Hilmar war ein Nervenbündel geworden. »Und wenn ich durch diese Tür da gehe, erschießen die mich wie einen Hasen.«
»Blödsinn! Sie ergeben sich doch! Sie haben nichts geklaut, und ich fühle mich nicht als Geisel.« Sie nahm den Hörer wieder auf. »Hallo? Sind Sie noch dran? Wir kommen jetzt raus!«
Hilmar sah auf den Boden und gestand seine Niederlage ein. »Sie denken sicher: Jetzt hat der sich von mir doch noch breitquatschen lassen.«
»Da ist was dran. Und ich freue mich für Ihre Tochter, daß Sie sich entschlossen haben, auf mich zu hören. Packen Sie Ihr Schießeisen auf meinen Schreibtisch, und dann gehen wir ganz langsam zum Ausgang.«
Je näher sie der Glastür kamen, um so zögernder wurden Hilmars Schritte. »Sehen Sie sich das Affentheater da draußen an.«
»Augen zu und durch«, sagte Julia. »Das ist allein Ihre Vorstellung.«
Aus einem Handlautsprecher tönte die Stimme des Einsatzleiters: »Kommen Sie mit erhobenen Händen langsam auf mich zu, und bleiben Sie auf halbem Wege zu mir stehen!«
Hilmar war durch die hallende Stimme abgelenkt. Nur ein Schritt aus der Bankfiliale heraus war ihm möglich. Schon sprangen von rechts und links Beamte des mobilen Einsatzkommandos auf ihn zu. Zwei Griffe machten ihn bewegungsunfähig. Er starrte in den Lauf einer Maschinenpistole, seine Arme wurden gedreht, die Handgelenke nach hinten gefesselt. Im Laufschritt unter schulungsmäßiger Deckung und im Blitzlichtfeuerwerk der Fotoreporter brachten sie ihn zum Gefangenentransporter.
Noch einmal quäkte der Lautsprecher: »Einsatz beendet!«

Julia stand, mit etwas weichen Knien, im Mittelpunkt einer Traube lärmender Menschen. Reporter mit Mikrofonen, Fotoapparaten, Film- und Videokameras bedrängten sie, Kriminalpolizisten wollten sie sofort verhören, Max zerrte Fanny von der aufgehobenen Absperrung weg, Sagerer versuchte, zu ihr zu gelangen, Pieter Dahlen winkte mit einem Blumenstrauß.
Ralf schaffte es, Julia zu umarmen und zu fragen: »Bist du ganz in Ordnung?«
Dahlen hörte mit und schlug vor: »Wir lassen einen Arzt rufen.«
Max schob sich zwischen Ralf und Pieter und verkündete wichtig: »Mama, ich bin im Fernsehen!«
Zwei junge Männer tauchten neben ihr auf. Einer sagte: »Kriminalhauptmeister Eckert. Das ist mein Kollege Schmitz. Gnädige Frau, wenn Sie okay sind, möchten wir jetzt einige Fragen an Sie stellen.«
»Würden Sie mal Ihren Jungen auf den Arm nehmen!« verlangte ein Journalist.
»Hierher schauen und lächeln!« rief ein Fotograf.
»Wie haben Sie sich gefühlt, allein mit dem Gangster und mit der Waffe bedroht?« wollte eine Reporterin wissen und hielt ihr ein Tonbandgerät dicht an die Lippen.
»Können sie uns ein Exklusiv-Interview zusagen?« brüllte eine andere.
Julia wünschte alle zur Hölle und flüsterte Ralf zu: »Mir ist völlig wurscht, was die von mir wollen! Ich muß erst mal dringend ›für kleine Mädchen‹!«

Berthold Schwaiger, Vater und Chef zugleich, hatte angeordnet, nein, verfügt, daß Julia nach der psychischen Strapaze ein paar Tage ausspannte. Nicht irgendwo, sondern in seinem Dunstkreis. Hermine rechts, er links und in der Mitte das Mädel. Und über allen die gute bayerische Luft von Tegernsee und dem Wallberg.

Kaum war Julia in die mütterlichen Arme gesunken, belegte Berthold seine ihm frisch zugewachsene Tochter mit Beschlag und berichtete ihr haarklein die Fakten über die Bayrischen Aluminiumwerke und den Deal mit Nord-Stahl. Zu Hermines Leidwesen landete der von ihr sehnlichst erwartete Bericht über den Banküberfall vorerst in der Ablage.
Im Hotelgarten lärmten Amseln, die Hauskatze schnurrte neben der Hecke, von der Küche her linsten ein paar Leute vom Hotelpersonal zum Sonnenschirm, unter dem die Chefin mit ihrer Familie saß.
»Also, ich pumpe den Handling mit Champagner voll«, begann Berthold, »und er sagt zu mir...«
»Wer ist Handling?« wollte Julia wissen.
»Der Präsident der Industrie- und Handelskammer«, antwortete er.
»Dein Taufpate«, ergänzte Hermine.
Julia hatte den Mann im Hinterkopf. »Kurt Handling, ja? Ich glaube, der hat mir nicht ein einziges Mal in den ganzen Jahren zum Geburtstag gratuliert. Ein schöner Pate.«
»Darf ich jetzt fortfahren?« forschte Berthold.
Die beiden Frauen sahen sich an, und Hermine fragte: »Wer hindert dich?«
»Also, er meinte, regierungsseitig könnten die Aluminiumleute nichts erwarten, erst mal seien die Aktionäre gefordert. Und ohne eine Empfehlung des Ministerpräsidenten wäre schon gleich gar nichts zu machen. Auch in Bonn würden sich in der Angelegenheit alle bedeckt halten. Kurz und gut, er wollte sich aus der Affäre ziehen.«
»Jetzt kommst du«, spottete Hermine unauffällig.
»Bitte?« Seine Stimme klang etwas bremsig.
»Hermine meint«, dolmetschte Julia, »du hast ihm gesagt, was zu sagen war in der Sache.«
»Richtig. Ich hab' ihn an die Sache ›Schlachthof Süd‹ erinnert. Da ging's zwar nur um neunzig Millionen, aber er hat die Geschichte unterm Tisch gemanagt, und keiner hat bis

heute gemerkt, mit welchen Tricks er gearbeitet hat. Nicht mal die Kanzlei vom Ministerpräsidenten. Wenn das damals legal war, hab' ich gesagt, dann kann ich offen reden mit deinem Chef, denn die Alu-Pleite ist ähnlich gelagert.«

»Was war das denn für ein Typ Mann, der plötzlich vor dem Schalter stand?« fragte Hermine leise.

Wachsam schaute Berthold seine Frau an. »Bitte?«

Hermine sah aus, als könne sie kein Wässerchen trüben. »Erzähl ruhig weiter. Wir sind sehr interessiert.«

»Handling meinte, das sei ja nun kein Vergleich. Bei der Schlachthof-Sache standen neunzig Millionen auf dem Spiel und bei der Aluminium-Geschichte ginge es um 300 Millionen der Bayernbank. Ich sagte, ich will kein Geld vom Freistaat, sondern Subventionen für Nord-Stahl, ob er das noch nicht mitbekommen hätte. Und außerdem hast du anscheinend vergessen, mein lieber Kurt, hab' ich gesagt, du bist Taufpate von Julia Heininger, und die ist jetzt meine Tochter. Außerdem bemüht sie sich, Nord-Stahl-Boß Schumann auf eine gemeinsame Linie einzustimmen.«

»Da war er platt, was?« vermutete Julia.

»Nicht sehr«, gab Berthold zu. »Er wollte wissen, warum wir ihn nicht zu unserer Hochzeit eingeladen hätten.«

Hermine reckte den Kopf. »Und was hast du geantwortet?«

»Die Hochzeit hätte im kleinen Kreis stattgefunden. Eine Feier für Geschäftsfreunde wäre in nächster Zeit geplant. Das gefiel ihm anscheinend, und er meinte, eine Lösung ließe sich immer finden. Und was soll ich dir sagen, Julia, er hat tatsächlich eine Bürgschaft für den 40%-Teilhaber Nord-Stahl hergezaubert. Das Alu-Werk kann weiterarbeiten.«

»Und was machst du? Holst du das Kapital der Bayernbank aus der Gefahrenzone?«

Schwaiger rieb sich das Kinn. Alle Banker reiben sich ihr Kinn, wenn Verluste ins Haus stehen. »Im Augenblick sind uns die Hände gebunden. Es gehört zur Abmachung, daß wir die Tilgung der Kredite für zwölf Monate aussetzen.«

»Ein schlechtes Geschäft ist besser als eine verlorene Schlacht.« Julia amüsierte sich. »Schade um mein Engagement mit Eugen Schumann.«
»Bei Licht betrachtet vielleicht ganz gut«, sinnierte Berthold. »Schumann sieht sich nicht nur im Job als Sieger. Im Vorspiel zum ›Faust‹ sagt der Theaterdirektor: ›Die Damen geben sich und ihren Putz zum besten und spielen ohne Gage mit.‹ Genau das ist sein Motto.«
»Hättest du mir das nicht früher sagen können?« moserte Julia. »Der muß von mir gedacht haben, für Geld tu' ich alles.«
Hermine nahm ihm die Antwort ab und sagte bissig: »Ich bitte dich, Julia, wenn's um 300 Millionen geht, kann Berthold in totale Amnesie verfallen!«
Er rettete sich mit einem Kopfsprung in ein anderes Thema. »Warum hast du Max nicht mitgebracht?«
»Vaterleben, es sind keine Schulferien.«
Hermine wurde hippelig. »Läßt du sie jetzt endlich mal von dem Überfall erzählen, Berthold!«
Aber Schwaiger machte keine Anstalten, darauf einzugehen. »Wie schaut die Sache mit Herrn Joachimsen aus? Wann sehen wir unsere 40000 wieder, die Sagerer nach Amsterdam transferiert hat?«
Julia strahlte Zuversicht aus. »Sobald die 600 Tonnen Schrott verkauft worden sind.«
»Welcher Schrott?«
»Old Uwe hatte Schrott geladen, den er in Amsterdam nicht loswurde. Er hat uns was vorgebarmt, aber ich denke, er hat uns geleimt. 40000 Mark auf die Kralle!«
»Dann hatten wir also zwei Bankräuber.«
»Richtig. *Meiner* war allerdings billiger.«
»Jetzt erzähl mal«, forderte Hermine.
Berthold gab ihr keine Chance. »Der Vertrag mit ›Airjet Productions‹ über vierzig Millionen ist unterzeichnungsreif. Du kannst nächste Woche alles perfekt machen.«
Julia begann zu lachehn. »Ich könnte mich kringeln, wenn

ich daran denke, wie Sagerer mit seinen dreckigen Schuhen bei ›Airjet‹ den hellen Bodenbelag versaut hat.«
»Bitte?« Schwaiger war befremdet.
»Sagerer war vorher in frische Kuhfladen getreten.«
»Kann ja vorkommen.« Hermine nahm Julias Hand. »Wie lange warst du mit diesem Gangster allein?«
»Mir kam es vor wie eine halbe Stunde. Draußen hörte ich dann: zwei Stunden. Ich hab' immer nur geredet und geredet und geredet, damit der Kerl nicht zum Denken kommt. Da ist die Zeit wie im Fluge vergangen.«
Hatte Berthold zugehört? Nein. »Am besten du gehst allein hin. Ohne Dr. Sagerer. Womöglich tritt er abermals in ein Fettnäpfchen.«
Julia sah ihre Mutter an. »In den Nachrichten wurde über die Geiselnahme berichtet. Genug Zeit für alle, hinzukommen. Max, Fanny, Pieter Dahlen. Ralf flog aus Amsterdam ein. Mit dem konnte ich kurz telefonieren, als Hilmar schon in der Bank war.«
»Wer ist Hilmar?« fragte Schwaiger.
»Mein Räuber.«
Hermine schüttelte entsetzt den Kopf. »Wie sich das anhört: *Dein* Räuber. Und Pieter Dahlen? Was wollte der?«
»Der wollte die Million Lösegeld beschaffen, die der Bankräuber zuerst gefordert hatte.«
In Bertholds Gesicht zeigten sich Anzeichen ernster Verwirrung. »Von der Konkurrenz?!«
»Berthold!« tadelte Hermine.
Er winkte ab. »Vergiß es.«
»Wie wär's mit einem Schoppen Wein?« sondierte Julia. »Sonst krieg' ich beim Erzählen eine trockene Zunge. Meine Geschichte ist verdammt lang.«

9

Wechselfeuer

Auf dem Dahlschen Anwesen war alles unverändert, ging alles seinen gewohnten Gang, hatte alles seinen festen, angestammten Platz. Butler Bert in Warteposition, Viktor im Rollstuhl im Wintergarten, Pieter in heiterer Distanz zum Vater, der Gärtner suchte Unkraut, der Chauffeur, der den Wagen bereits gewaschen hatte, schlief mit offenen Augen.
Julia kam sich wie ein Fremdkörper vor. Sie hatte sich zu diesem Besuch entschlossen, weil Frau Heise sieben Anrufe von Pieter Dahlen notiert hatte. Die Sieben war mit Rotstift umrandet.
»Wir hatten jeden Tag schönes Wetter«, teilte Pieter mit. »Ich wolle Sie zum Segeln einladen.«
»In Bayern hat die Sonne ebenfalls geschienen.«
»Mein Boot liegt in Travemünde. Wenn Sie einverstanden sind, machen wir einen Törn. Kopenhagen oder Bornholm. Sie können sich das Ziel aussuchen.«
»Aber nur mit meinem Sohn. Er ist ein begeisterter Segler. Allerdings nur mit Tegernsee-Erfahrung.«
»Macht nichts, starke Männer sind an Bord immer willkommen.«
Im Haus läutete das Telefon. Bert erschien im Wintergarten und meldete: »Ein Gespräch für den jungen Herrn.«
»Der ›junge Herr‹ ist nicht zu sprechen«, räsonierte Viktor. »Richten Sie aus, er versucht einer Dame den Hof zu machen und benimmt sich dabei wie ein Sextaner, der ein Lineal verschluckt hat.«
Bert schritt zum Telefon und sagte: »Herr Dahlen junior ruft zurück. Er ist zur Zeit mit wichtigen zeichnerischen Arbeiten beschäftigt. Guten Tag.«

Julia sah neugierig dem Gärtner zu, der unten auf der Wiese von Zeit zu Zeit in die Knie ging und ein Pflänzchen aus dem dichten Gras riß. »Was sucht er eigentlich?«
»Unkraut, vermute ich.«
»Er scheint wenig zu finden.«
»Sollte mich auch wundern. Er macht das seit Jahren jeden Tag. Im Winter natürlich nicht.«
Mit vorgeneigtem Kopf schlenderte Julia über den gepflegten englischen Rasen: »Der von Ihnen vorgeschlagene Segeltörn hat, wie ich Sie kenne, keinen rein sportlichen Hintergrund.«
»Erraten. Sagen wir mal, er ist standesgemäße Kulisse für gewisse familiäre Pläne.«
Da ihr seine Pläne nicht besonders neu waren, wunderte sie sich nur wenig. »Die mehr mit Ihrer als mit meiner Familie zu tun haben.«
»Nicht unbedingt, Julia. Ziel wäre eine Zusammenführung beider Interessengruppen.«
»Interessengruppen?« Erstaunt sah sie auf. »Mit dem Ziel, eine Ehe zu schließen? Hört sich ja fabelhaft an. Dann gibt es sicherlich Bedingungen.«
Dahlen betrachtete den Vorgang anscheinend ganz kühl. »Sie können selbstverständlich Ihre Wünsche einbringen, Julia. Und ich bin selbstverständlich bereit, einem detaillierten Ehevertrag zuzustimmen, der Rechte und Pflichten genauestens regelt. Ich wäre, obwohl mein Vater mir das nie verzeihen würde, mit allem einverstanden, was Sie im Rahmen des Machbaren vorschlagen.«
»Und diese ganzen Umstände nur deshalb, damit Sie die Tradition des Hauses fortführen, eine Familie vorweisen und als Gesellschafter in die Bank Ihres Vaters einsteigen können.«
Er fühlte sich verstanden. »Formal ist das korrekt.«
»Wissen Sie, Herr Dahlen...«
»Hatten wir uns nicht auf Pieter und Julia geeinigt?«
Julia lächelte, war jedoch der Meinung, eine Grimasse zu

schneiden. »Wenn es der Sache dienlich ist. Ich habe mich oft gefragt, Pieter, wo eigentlich der markante Unterschied zwischen Bayern und Hanseaten liegt – mal ganz abgesehen vom Dialekt und von der Landschaft.«

»Haben Sie eine Antwort gefunden?« fragte er gespannt.

»Ja. In bestimmten Teilen Bayerns heiraten die Leute noch aus Liebe.«

Dahlen merkte nicht, daß das ein Blattschuß war. Er amüsierte sich köstlich und vervollkommnete fröhlich Julias Erkenntnis: »Und die Trachten dürfen Sie nicht vergessen, die da unten bei Ihnen getragen werden. Und das Bier ist besser.«

In Gedanken befand Julia sich schon auf der Flucht. Sie sah auf die Armbanduhr, gab sich erschrocken und rief: »Himmel, bei unserer Plauderei hab' ich glatt meine Vertragsunterzeichnung vergessen! Ich muß sofort zur ›Airjet Productions‹!«

Einen geschäftlichen Grund ließ Dahlen als Entschuldigung für den hastigen Abschied gelten. Er wußte ja nicht, daß diese Unterzeichnung erst am nächsten Tag stattfand.

Auch bei »Airjet Production« was alles unverändert, ging alles seinen gewohnten Gang, hatte alles seinen festen, angestammten Platz. Ausweis- und Personenkontrolle am Tor der Luftwerft. Ein Fahrzeug der Geschäftsleitung rollte an und brachte die Besucherin am firmeneigenen Flugplatz vorbei zum Direktionsgebäude. Flugzeugturbinen brummten und heulten in der Testzone im Probelauf. Auf dem Dach des Hangars flatterten die Hausflagge, die Bundesfahne und ein Windsack.

Sechs Menschen mit jeweils verschiedenen Aufgaben bemühten sich nacheinander um Julia. Jede neue Begegnung rückte sie Firmenboß Abendroth ein Stückchen näher.

Endlich durfte sie seinen Empfangsraum betreten. Abendroth stand hinter seinem breiten Marmortisch, jovial die

Arme ausbreitend und die Dame seinen drei Mitarbeitern vorstellend.
»Frau Heininger! Schön, daß wir zu dieser späten Nachmittagsstunde unseren Vertrag unter Dach und Fach bringen können!«
Julia schritt auf heller Berberauslegeware geräuschlos zum Marmor. Das joviale Lächeln im Gesicht von Abendroth war politikermäßig eingemeißelt. Er spreizte nur die Mundwinkel und legte seine Zähne blank. Von Freude keine Spur.
Alles war wie beim ersten Besuch. Leise und taktvoll. Nur Ralf Sagerer und die fette Ackerkrume fehlten.
»Was kann ich Ihnen anbieten?« fragte Abendroth. »Kaffee? Tee? Erfrischungsgetränke?«
Der Satz gehörte zum Zeremoniell. In Wirklichkeit wollte er nichts anbieten, und er erwartete, daß die Besucherin ablehnte. Bedeutungsvoll war nur die Unterschriftsleistung und sonst gar nichts.
»Danke, machen Sie sich keine Mühe«, sagte Julia und setzte sich auf den Platz vor der Schreibunterlage, der ihr von einem der Assistenten angewiesen wurde.
Abendroth schob ihr einen teuren Markenfüller zu, auf dessen Kappe der Firmenname »Airjet« eingraviert und mit Gold ausgelegt war. »Zur Erinnerung an die Unterschrift, gnädige Frau.«
Sie schlug die Vertragsmappe auf, bekam plötzlich Hautkribbeln, errötete und nahm einen Notizzettel an sich, der, so schien es, den Herren von »Airjet« versehentlich dort hineingeraten war. Diskret las sie die zwei kurzen Sätze. »Ich liebe dich! Willst du mich heiraten? Ralf.«
Nach der Schrecksekunde war sie wieder ganz Bankerin, schrieb auf die Rückseite des Heiratsantrages das Wörtchen JA mit Ausrufezeichen, Datum, Namenskürzel und versenkte das Dokument in ihre Handtasche. Auf dem Vertragswerk prüfte sie nochmals die Zinssummen und Zahlungsdaten, die sich aus dem Kredit von vierzig Millionen ergaben,

placierte ihre formelle Gegenzeichnung dicht neben Berthold Schwaigers Namenszug, dann unterschrieben, immer noch das Eislächeln über dem Kinn, zuerst Direktor Abendroth und nach ihm, sehr servil, ein zweiter Manager.
Weil es nun mal so üblich war, mußte Julia mit Champagner anstoßen, und Abendroth brachte seinen Toast aus: »Auf daß die neue Baureihe den Erfolg der alten übertrifft.«
Damit war der Sache Genüge getan, und Julia spürte, wie überflüssig ihre Gegenwart von einer Minute zur anderen wurde.

Liebgewonnene Gewohnheiten konnte Beatrice nicht so rasch aufgeben, zumal ihr Mitteilungsbedürfnis größer war als ihre Vernunft. Die Tatsache, daß Pieter Dahlen sich ihr tapfer so weit genähert hatte, daß der alte Viktor beinahe mit einer Vollzugsmeldung hätte rechnen können, bestimmte sie, Freund Ralf Bericht zu erstatten vom unerwarteten Tête-à-tête im Bankiershaus an der Elbchaussee.
Sie saß auf seiner Couch, beide Arme ausgebreitet auf den Rückenpolstern, die Beine übereinandergeschlagen und den Blick gegen die Stuckdecke gerichtet. Ein Bild schieren Glücks. Sie schüttelte ihre dunklen Locken nach hinten und seufzte: »Er sagte, es müsse wunderbar sein, eine Frau wie mich als Freundin und Geliebte zu haben.«
Ralf spitzte die Ohren. »Die Vokabel Gattin ist ihm nicht über die Lippen gekommen?«
Beatrice sorgte noch für Meinungsbildung. »Ich finde ihn ganz reizend. Ein bißchen steif vielleicht.«
»Was antwortest du ihm, wenn er dich fragen würde, ob du seine Frau werden willst?«
Ein melancholischer Hauch wehte in den Raum. »Es gibt Dinge, die man nicht voraussagen kann...«
»Stell dich darauf ein, daß er dir über kurz oder lang einen Antrag macht«, orakelte er. »Ich habe das dumpfe Gefühl, er würde gern verheiratet sein.«

»Das weiß ich längst. Sein Vater drängt ihn wegen der Familientradition. Was mich so umhaut, ist Pieters Courage, sich wie ein Mann zu benehmen.«
»Oder Verzweiflung«, vermutete Ralf.
»Vielleicht liebt er mich wirklich«, klang es sachlich.
»Möglich ist alles.«
»Du hast mich ja auch mal sehr geliebt«, stellte sie fest.
»Muß ich zugeben. Und es gab noch mehr, die dich angebetet haben.«
»Dem Himmel sei Dank!«
»Aber jetzt hat Dahlen alle Wünsche frei. Von meiner Seite aus gibt's keinerlei Mißgunst. Ich wäre glücklich, wenn ihr zusammenfinden würdet.«
Ihr himmelwärts gerichteter Blick bekam Erdenschwere, und ihre Stimme, eben noch engelsgleich, tönte lauernd. »Warum ereiferst du dich wie ein Ehevermittler?«
»Es kann dir nach den Konflikten, die wir miteinander hatten, nicht entgangen sein, daß eine andere Frau mein Leben beeinflußt.«
Beatrice' Laune verschlechterte sich. »Hört sich bombastisch an! Julia wäre stolz auf dich, wenn sie das hören würde! Konflikte! In Amsterdam hast du mich einfach sitzenlassen mit den Koffern und dem ganzen Plunder. Ich konnte ja zusehen, wie ich allein nach Hause komme!«
Jetzt schickte er einen bittenden Blick an die Zimmerdecke. »Weißt du, wie lange das schon her ist?«
»Ist mir egal, ob das Monate, Wochen oder Tage sind!« rief sie verärgert. »Ich bin dir völlig egal gewesen! Ein Nichts! Eine Null! Da hat sich dein wahrer Charakter gezeigt!«
Er war höllisch erstaunt über ihre eifersüchtige 180-Grad-Wendung. »Du wirst hysterisch! Julia war damals in der Hand eines Geiselnehmers. Ich mußte so schnell wie möglich nach Hamburg zurück! Ich konnte dich nicht informieren, denn du machtest anscheinend einen Zug durch die Boutiquen.«

Jetzt geriet sie völlig aus den Fugen. »Das ist ganz typisch für dich! Julia hinten, Julia vorn, Julia überall! Und ich? Bin ich dein Putzlumpen? Einer wie mir kann der Herr den Laufpaß geben, ja?! Na gut! Wir haben anscheinend nie zueinander gepaßt! Daß du endlich eine Frau gefunden hast, die dich Banausen nicht mit Kunst und Kultur verwirrt, sondern für dich kocht und wäscht und dir dein Motorrad putzt, ist phantastisch! Gönn' ich dir! Ich könnte mich totlachen, Mistkerl!«
»Was soll der Quatsch? Zwischen uns gibt es seit langem nur Freundschaft und keine Intimität, und du willst dich mit Dahlen arrangieren. Bleib sachlich!«

Julia traf vor den Häusern ein. Sie verließ den Wagen, schloß ihn ab und wollte zuerst Ralf um den Hals fallen, ehe Max und Fanny aus ihr die Mama Julia machten. Als sie auf sein Haus zuging, fand sie es lustig, seinen Antrag auf ebenso stilvolle Weise zu bestätigen. Mit dem Zweitschlüssel öffnete sie leise den Eingang, schlich zum Wohnzimmer, bückte sich, um seinen Zettel mit der Rückseite nach oben unter der Tür durchzuschieben. Zu irgendeinem Zeitpunkt würde er das JA sehen. Stille Post, ein Riesenspiel für Verliebte.
»Herr Dr. Sagerer will sich für ewig binden!« schrie Beatrice. »Porca misero! Hinterhältiges Schwein! Ich weiß, daß du mich seit langem mit ihr betrügst! Das hätte ich noch hingenommen! Aber daß du sie heiraten willst, ist ein Skandal! Glaubst du, weil ich eine Ausländerin bin, kannst du das mit mir machen?«
»Nimm dich zusammen!« rief Ralf beschwichtigend.
»Ich will mich nicht zusammennehmen!« kreischte sie. »Ganz im Gegenteil!« Ein Teller oder eine Vase krachte gegen die Wand. Ein Stuhl polterte auf den Boden.
Julia erhob sich konsterniert, zerknüllte den Zettel, warf Ralfs Schlüssel auf den Flurteppich, bückte sich und nahm ihn wieder an sich. Er brauchte nicht zu wissen, daß sie Lau-

scher an der Wand geworden war. Fluchtartig verließ sie das Haus.

Sagerer wurde am Morgen das Gefühl nicht los, alle machten einen Bogen um ihn. Am deutlichsten spürte er den Verdacht am Benehmen von Frau Heise. Lieblos stellte sie den Kaffee hin, ungeöffnet lag die Post auf seinem Schreibtisch, selbst die Zeitungen waren von ihr noch nicht gelesen worden.
»Frau Heise«, rief er, »hab' ich eine ansteckende Krankheit oder ist bloß die Stimmung im Laden mies?«
Erhaben entgegnete sie: »Nicht daß ich wüßte.«
Das Benehmen kotzte ihn an. Vielleicht wußte Julia, was vorging. »Wo ist Frau Heininger?«
»Sie war heute morgen für kurze Zeit im Büro.«
»Und jetzt?«
»Sie hat mir aufgetragen: ›Wenn jemand nach mir fragt, ich bin krank. Das gilt auch für Herrn Dr. Sagerer.‹«
»Ist sie wieder nach Hause gegangen?«
»Da bin ich überfragt.«
»Entschuldigen Sie, daß ich mich erkundigt habe.« Herausfordernd griff er zur Zeitung und vertiefte sich in die Artikel der ersten Seite.
Frau Heise verstand und verzog sich.
Eine Meldung betraf Sagerer mittelbar. In einem Sanatorium an der Peripherie von Hamburg war ein Patient gestorben. Besitzer der Kuranstalt: Dr. Friedhelm Schwarz, ein langjähriger Kunde der Bayernbank.
»Frau Heise, geben Sie mir bitte die Datei Schwarz, Friedhelm, auf den Bildschirm.«
Nach kurzer Zeit flimmerten die verlangten Kontounterlagen auf Ralfs Monitor. 250000 Miese standen auf der linken Seite. Auf dem Konto fanden nur schleppende Bewegungen statt, Kreditzinsen wurden allerdings pünktlich überwiesen. Für eine bauliche Erweiterung des Sanatoriums waren von Schwarz zwei Millionen beantragt worden.

Mit einem Telefaxschreiben in der Hand erschien Frau Heise, gab es Ralf und sagte: »Auch Direktor Schwaiger hat die Morgenzeitungen gelesen.«

»Betr.: Filiale Hamburg. Frau Heininger, Herrn Dr. Sagerer. Bis zur Aufklärung des Todesfalles im Therapie-Zentrum Schwarz keine Geschäfte mit dem Kunden tätigen. Bei Anklageerhebung durch den Staatsanwalt empfiehlt die Zentrale, Geschäftsbeziehungen abzubrechen. Hintergrund: Im Sanatorium Schwarz gab es vor Jahren einen ähnlichen Exitus. Gruß, Schwaiger.«

»Typisch für ihn«, schimpfte Ralf. »Wie ein Elefant im Porzellanladen! Keine Geschäfte tätigen! Beziehungen abbrechen! Und die 250000? Mit Zahlungsbefehl, was? Er sitzt ja weit vom Schuß! Machen Sie mir bitte eine Verbindung mit dem Mann.«

»Mit Direktor Schwaiger?«

»Mit Dr. Schwarz.«

Im Sanatorium meldete sich zuerst die Oberschwester Monika, dann bekam Ralf den Arzt ans Telefon und machte mit ihm einen Termin fest für den frühen Nachmittag.

»Frau Heise?«

Sie kam sich über die Maßen gefordert vor und erschien abermals. Diesmal sehr mürrisch. »Was liegt an?«

»Ab mittag bin ich außer Haus. Nach der Unterredung mit Dr. Schwarz komme ich wieder her.« Anzüglich setzte er hinzu: »Das gilt auch für Frau Heininger.«

Frau Heise bedachte ihn mit einem mordlustigen Blick und überlegte, ob sie nicht ebenfalls einen Tag krankfeiern sollte. Der Mann hatte es verdient, allein gelassen zu werden.

Mittags, auf dem Weg zum Taxi-Halteplatz, kaufte er Blumen und ließ sich zu Julia bringen. Er klingelte, stellte sich seitwärts an die Tür und streckte die Arme mit den Blumen aus. Er sah nicht, daß Fanny öffnete.

»Verdient hast du die Blumen sicher nicht, aber ich bringe sie trotzdem«, sagte er fröhlich.

»Was hab' i net verdient?« Fannys Stimme schien aus einem Mausoleum zu kommen.
Er trat vollends in Erscheinung. »Oh, verzeihen Sie, Fanny. Ich dachte natürlich, Julia würde öffnen. Ist sie nicht zu Hause?«
»Die Frau Julia ist krank.«
»Darum bin ich hier. Kann ich sie sehen?«
»Frau Julia ist nicht hier«, erklärte Fanny hoheitsvoll. »Sie muß sich von Eahna erholen.«
Er fühlte sich unschuldig. »Von mir? Wo erholt sie sich denn?«
»Am Tegernsee.« Sie öffnete die Tür sperrangelweit. »Kommens trotzdem eini. I hoab mit Eahna zu redn.«
»Da bin ich gespannt.«
Fanny nötigte ihn in die Küche und stellte sich in Rednerpositur. »Was fällt Eahna eigentlich ein, die arme Frau Julia zu quälen? Es geht ihr werkli dreckat!«
»Ich versteh' kein Wort.«
»Ja, da leckst mi! Die Frau verzehrt sich allweil, wartn tuts auf a Zeichen von Eahna, und was machen Sie? Sie spuin mit ihr herum! Gehn S' her und klärn S' die Angelegenheit mit dera italienischen Freundin, Bigamist, ausgschamter! Heiraten wolln, aber hinterrücks alle Türn a bissel offenlassn fürs Gspusi! Entweder oder! Entweder, Sie schenken dera Ausländerin reinen Wein ein, oder die Frau Julia verzichtet auf die Bekanntschaft mit Eahna. Auch wenn's ihr das Herz dabei zerreißt. Ham's nix gspannt, daß Sie die Julia verletzt ham? I sag's, wias is.«
Nur schwach konnte Ralf sich gegen die bayrische Gardinenpredigt verteidigen. »Ich weiß überhaupt nicht mehr, was Sie wollen, ich hab' die Angelegenheit längst geklärt!«
»So? San Sie da sicher? Frau Julia kam tränenüberströmt nach Haus und konnt net aufhörn mitn Weinen. Auf dem Bett hat's gelegn und gschluchzt hat's, und a Zorn hat's ghabt, mei!«

»Ich hab' ihr einen Heiratsantrag gemacht«, sagte Ralf hilflos.
»Herrschaftszeitn! Destawegn heult's Madel net! Wenn S' no net so a gscherta Hund wärn und oan net so schee ins Gsicht nei täten, hat's gsagt! So, jetza wissen's, was los is. Und bis dös net gklärt ist mit dera Italienischen, borgen's fei a Olivenöl woanders. Pfüat Eahna, Herr Dr. Sagerer!«
Sie ließ ihn hinaus, schloß hinter ihm die Tür und fragte in die Wohnung hinein: »Wie war ich?«
»Echt super!« rief Max.

Auf der Fahrt zu Dr. Schwarz überlegte Ralf hin und her, wo der Grund lag, daß Julia ausgerastet war. Hatte sie den formlosen Heiratsantrag als unzulässigen Scherz angesehen und nahm ihn deshalb übel? Oder hatte sie ihn gar nicht gefunden? War er in falsche Hände geraten? War sie von Abendroth damit aufgezogen worden und fühlte sich nun tödlich beleidigt? Möglich, daß sie ihm seinen spontanen Entschluß, den Zettel in die Vertragsakte zu legen, als Kinderei anlastete. Aber deshalb gleich an den Tegernsee düsen? Es war ihm rätselhaft. Klarheit würde erst ein Gespräch mit ihr bringen.
»Wir sind da«, rief der Taxifahrer und schätzte Ralf ab. »Brauchen Sie ooch schon Frischzellen?«
»Noch nicht, aber bald, wenn's so weitergeht.«
Im Therapiezentrum wurde er zu Dr. Schwarz gelotst, einem unscheinbaren Mann, der den Dr. Sagerer von der Bayernbank über seine Halbbrille hinweg aufmerksam ansah. »Haben Sie Angst um Ihr Geld?«
»Nein. Ich mache das, was bei Ihnen Visite heißt.«
»Sie wollen meinen Puls fühlen.«
»Ja, ich möchte Ihren geschäftlichen Pulsschlag prüfen. Das gehört zu meinen Obliegenheiten ...«
»Bei einem Kunden, der zwei Millionen von Ihnen haben will, aber eine Leiche auf dem Konto hat.«

»Sie sagen es überdeutlich. Ich hätte das so nicht formuliert.«
»Sondern?«
»Hat so ein Fall nicht Auswirkungen auf das Geschäft, besonders, wenn er vor der Öffentlichkeit breitgetreten wird?«
»Der Tod ist für die Medien immer interessant. Warum, vermag ich nicht zu erklären. Manchmal ist ein toter Hund, eine tote Robbe, ein totes Pferd erwähnenswerter als ein toter Mensch.«
»Wie konnte es bei Ihnen zu diesem Todesfall kommen?«
»Wir haben bisher keine Erklärung dafür. Das Zell-Plasma wird ständig kontrolliert. Es ist sauber und unbedenklich. Wird bei einem Patienten nach umfangreichen Tests trotzdem Unverträglichkeit festgestellt, raten wir von der Behandlung ab.«
»Könnte es auch ein normaler Tod gewesen sein?«
»Ich hoffe, das Obduktionsergebnis der Gerichtsmedizin wird das zu unserer Entlastung bestätigen.«
Eine nicht mehr taufrische Schwester brachte einen Schwung Krankenblätter und legte sie Dr. Schwarz vor. Er sagte: »Darf ich bekannt machen: Oberschwester Monika, sie assistiert mir – Herr Dr. Sagerer von der Bayernbank.«
»Vor einigen Jahren sorgte ein ähnlicher Fall für unrühmliche Aufmerksamkeit«, sagte Ralf.
»Damals firmierte unser Institut noch unter dem Namen Schwarz und Auerbach«, erklärte Schwester Monika.
Ralf sah Dr. Schwarz an. »Sie haben einen Partner?«
»Wir *waren* Partner, wir sind es seit damals nicht mehr. Ich bin mit der von Auerbach vorgeschlagenen Therapie nicht einverstanden gewesen, doch er setzte sich durch. Der Patient starb. Auerbach wurde zwar nach zwölf Wochen Untersuchungshaft freigesprochen, aber diese Haft hat er mir persönlich übelgenommen. Unverständlicherweise, wenn Sie mich fragen. Wir trennten uns – nicht gerade im guten. Er be-

treibt jetzt ein eigenes, ähnliches Unternehmen.« Er zeigte zu einem Foto an der Wand. »So sah das damals hier aus.«
Ralf betrachtete das Bild. »Der Mann neben Ihnen ist Herr Auerbach?«
»Mittlerweile ist er Professor. Damals beantragte der Staatsanwalt Schließung des Sanatoriums. Wie Sie sehen, er ist damit nicht durchgekommen.«
Ralf schaute auf die Krankenblätter. »Ich nehme an, das Haus ist voll belegt?«
Dr. Schwarz lächelte dünn. »Ja. Machen Sie sich keine Sorgen um Ihr Geld.«

Hermine liebte Geschichten mit Herz, Schmerz und Tränen. Nur die Julia hätte halt nicht davon betroffen sein dürfen.
»Du hast vom Heulen ganz geschwollene Augen, Mädel. Nachher gehst du hinein und kühlst sie mit kaltem Wasser.«
»Weißt, Mama, ich denk', er meint es gar nicht ernst. Ich bin für ihn die bequeme Freundin von nebenan und die Büromaus. Er macht sich nur lustig über mich. Erst schickt er mir einen Heiratsantrag, und dann treibt er's mit dieser italienischen Kuh.«
»Warst du dabei?«
Julia putzte sich die Nase und sagte wimmernd: »Drei Meter entfernt. Sie hat ihn angeschrien: ›Ich weiß, daß du mich seit langem mit ihr betrügst. Das hätte ich noch hingenommen. Aber daß du sie heiraten willst, ist ein Skandal.‹ Und er hat hilflos geantwortet: ›Nimm dich zusammen.‹ Dann hat sie ihn mit Geschirr bombardiert.« Neuer Tränenausbruch.
»Das zeigt bloß, daß sie ältere Ansprüche anmeldet.«
»Zu mir hat er gesagt, mit Beatrice sei alles vorbei.«
»Von ihm aus. Von ihr aus vielleicht nicht. Ich an deiner Stelle hätte die beiden sofort zur Rede gestellt. Warum hast du das nicht gemacht?«
»Ich war so geschockt.«

Hermine war nicht einverstanden. »So geschockt, daß du Hals über Kopf zu uns kommen mußt? Du hättest eine Nacht darüber schlafen sollen…«
»Die Frau Heininger wird am Telefon verlangt, bittschön«, rief ein Zimmermädchen.
Hermine stand auf, doch Julia sagte: »Du heißt jetzt Schwaiger. Sicher ruft jemand aus der Bank an.«
Am Telefon war Ralf. »Sag mal, bist du noch zu retten? Was machst du denn bei deiner Mutter?«
»Ich heul' mich aus, du Saukerl!«
»Na, na! Fanny hat eine rätselhafte Rede gehalten, aus der ich nicht klug geworden bin. Ist dir was über die Leber gelaufen? Bin ich etwa schuld?«
»Frag nicht so dämlich!«
»Kannst du dich bitte mal wie ein Mensch benehmen!« wetterte er. »Ich möchte wissen, warum du abgehauen bist. Du hast keinen Urlaub, und eine Dienstreise ist es auch nicht.«
»Es ist eine Dienstreise«, rief sie aufgebracht. »Ich werde Berthold Schwaiger bitten, mich von der Leitung der Hamburger Filiale zu entbinden. Dann kannst du dich ungestört mit deiner Beatrice amüsieren.«
»Sag mal, spinnst du? Ich habe mich von Beatrice längst getrennt.«
»Getrennt sagt man heute dazu?« fragte sie ätzend. »Davon konnte ich mich mit beiden Ohren überzeugen!« Sie äffte die Stimme von Beatrice nach: »Ich weiß, daß du mich seit langem mit ihr betrügst. Aber daß du sie heiraten willst, ist ein Skandal!«
Einen Augenblick lang verschlug es ihm die Sprache. Julia hatte Beatrice und ihn belauscht. »Ich glaube, du hast was in den falschen Hals bekommen. Ich nehme die nächste Maschine nach München und hol' dich am Tegernsee ab.«
»Das tust du nicht!«
»Das werden wir ja sehen!« trumpfte er auf.
»Schleich di!« Sie schmetterte den Hörer so heftig auf den

Apparat, als zertrümmere sie ein Nudelholz auf Ralfs Kopf.
»Varreck, Hund gscherter!«
Aufgelöst stürmte sie aus dem Hotel zur Terrasse, um Ralfs Ankündigung als unverschämten Eingriff in ihre Privatsphäre zu kommentieren.
Berthold Schwager stand bei Hermine am Privattisch unter den Linden, und sie hatte ihm offenbar brühheiß berichtet, daß Julia aus nicht ganz einleuchtenden Gründen angereist war. Ein fröhliches Begrüßungsgesicht gelang ihm jedenfalls nicht. Er sah Julias verheulte Augen, das etwas verschmierte Make-up und fragte: »Du hast Ärger, sagt deine Mutter?«
Kopfnicken, neue Tränenflut.
»Wer vertritt dich in Hamburg?«
Schluchzen. »Sa-sagerer.«
»Ich vermag nicht einzusehen, warum du deinen Arbeitsplatz verlassen hast.«
»Ich mußte unbedingt zu Mama.«
»Bist du ein fünfzehnjähriger Teenager mit Liebeskummer oder eine gestandene Frau, die bereits eine Ehe hinter sich hat, sich um einen zehnjährigen Jungen kümmern muß und die Verantwortung für die Filiale einer großen Bank übernommen hat?«
»Ich bin hier, damit du mich von der Verantwortung entbindest«, jammerte sie.
Er fixierte sie ernst. »In diesem Fall muß ich um eine schriftliche Erklärung mit ausreichender Begründung bitten. Ralf Sagerer hat eine andere Frau, das reicht nicht.«
»Dann kündige ich!« sagte sie trotzig.
»Kündigung nicht angenommen! Du fliegst mit der nächsten Maschine nach Hamburg zurück!« Er schaute auf die Uhr und murmelte: »Mit Hornung kann das klappen.«
»Laß sie wenigstens bis morgen hier.«
»Halt dich bitte raus, Hermine. Im Augenblick handelt es sich bei Gott nicht um Vater Berthold und Tochter Julia, sondern um eine Differenz zwischen Bankdirektor Schwaiger

und Filialleiterin Heininger.« Er wandte den Kopf zum Parkplatz: »Herr Hornung!«
Sein Fahrer hob den Arm und kam zur Terrasse hinauf. »Liegt was an, Chef?«
»Tut mir leid, aber Sie müssen noch mal nach München. Frau Heininger muß unbedingt den nächsten Flieger nach Hamburg erreichen. Sehen Sie Schwierigkeiten?«
»Die Siebzehn-Uhr-Maschine schaffen wir leicht.«
Schwaiger küßte Julia auf die Wange. »Du siehst, für dich tu' ich alles. Sag deiner Mutter bye-bye.«
Vor Wut vergaß Julia ihren Kummer mit Ralf. Steif umarmte sie Hermine und flüsterte ihr ins Ohr: »Hättst du ihn bloß nicht geheiratet.«

Ralf Sagerer landete mit der Gegenmaschine in München-Riem, nahm sich einen Mietwagen und bretterte in sauberer Rekordzeit zum Tegernsee. Vor dem Hotel Heininger bekam er verstärktes Herzklopfen, beim Aussteigen überlegte er sich, wie der erste Satz lauten müßte, den er Julia entgegenschleudern müßte. Vielleicht: Hast du dir überlegt, daß du Mist gebaut hast? Oder: Na, kommst du dir besonders schlau vor? Nicht schlecht wäre : Du willst absichtlich alles negativ sehen! Oder: Ich hab' den Zettel mit deinem JA gefunden.
»Hallo, Dr. Sagerer!«
Ralf sah zur Terrasse hoch. Direktor Schwaiger saß am privaten Tisch unter den beiden Linden und winkte jovial. »Kommen Sie, ich habe soeben einen exquisiten Wein aufgemacht.«
Keine Spur von Julia, stellte Ralf fest. Sicher war sie im Haus bei ihrer Mutter. Er begrüßte seinen Boß, mußte sich setzten und konnte ein Glas Wein nicht ablehnen.
»Finde ich ganz fabelhaft, daß Sie den kleinen Sprung von Hamburg hierher machen, um uns zu besuchen«, freute Schwaiger sich. »Wer kümmert sich in Hamburg eigentlich um die Geschäfte?«

Ralf witterte eine fettgedruckte Abmahnung. »Frau Heininger und ich.«
»Sie mißverstehen mich. Ich meine: Im Augenblick.«
Ralf blickte auf seine Armbanduhr. »Seit zwei Stunden ist Feierabend. Und morgen früh bin ich wieder am Platz. Ich nehme die letzte Maschine zurück nach Hamburg.«
»Erzählen Sie mir von Schwarz«, forderte Schwaiger.
»Ich war bei ihm.«
»Ahnte ich's doch! Und? Wird er den Laden schließen müssen? Frischzellentherapie ist doch mehr oder minder Humbug, was? Und ich bitte Sie: Der zweite Todesfall! Das übersteht der Mann nicht. Prost, Herr Dr. Sagerer.«
»Zum Wohl, Herr Direktor. Ich will nicht hoffen, daß sein Sanatorium geschlossen wird. Die Staatsanwaltschaft müßte ihm zuerst Fahrlässigkeit bei der Behandlung beweisen. Das ist schwer. Soweit will ich aber gar nicht denken. Alle Betten dort sind belegt, und das garantiert die Rückzahlung seines 250000-Mark-Kredits.«
»Das Geld bekommen wir auch im Falle der Schließung. Wir legen die Hand auf feste und bewegliche Werte.«
»Das wäre sehr laut«, sagte Ralf. »Ich würde für leise plädieren.« Er schaute sich verstohlen um. Irgendwann mußte Julia auftauchen.
Schwaiger ahnte, warum Sagerer wie auf Kohlen saß. »Aber für die zwei Millionen wäre er mir, gefühlsmäßig, versteht sich, zu obskur.«
»Wollen Sie mich testen?«
»Wie kommen Sie denn darauf?«
»Weil es die Begriffe gefühlsmäßig und obskur in unserem Gewerbe nicht geben sollte.«
Berthold staunte. »Woher beziehen Sie Ihre Weisheiten?«
»Hab' ich von Ihnen gelernt. In der Münchner Zentrale.«
Schwaiger, ausgepunktet, goß erneut die Gläser voll.
»Für mich nicht«, wehrte Ralf ab. »Ich muß noch fahren.«
»Ich bitte Sie! So jung kommen wir nicht mehr zusammen.

Ich schlage vor, wir nehmen ein paar Flaschen zur Brust, hecheln die Geschäftslage durch, und Sie fliegen morgen früh. Dann ist Julia halt eine oder zwei Stunden allein in der Filiale.«

Hermine kam mit einer Wolljacke über dem Arm die sieben Steinstufen vom Hotel zur Terrasse hinunter. »Na, das ist aber eine Überraschung! Der Herr Sagerer!« Sie legte Berthold die Wolljacke um. »Habt ihr dienstlich zu reden oder kann ich mich dazusetzen?«

»Hock dich nieder. Ich will den Dr. Sagerer nur kosten lassen, was alles in unserem Weinkeller liegt.«

»Deshalb macht er den weiten Weg?«

Schwaiger war anderer Meinung. »Weit? Knapp eine Stunde Flugzeit, Hermine.«

Sie nahm sich vor, der Wahrheit auf die Sprünge zu helfen. »Er muß zum Hamburger Flughafen und dann vom Riem zu uns. Günstigenfalls kommen da zwei Stunden zusammen. Und dös zwecks aam Glaserl Wein? Naa, Berthold, net mit der Hermine!«

Als Team waren beide gut eingespielt. Kein Wort bisher über Julia. Stillschweigend hatten sie dem lieben Sagerer den Schwarzen Peter zugeschoben. Daß er Julia quasi im Gegenverkehr verpaßt hatte, sahen sie als eine gerechte Strafe an.

Vier Augen waren auf ihn gerichtet. Ralf spürte, daß er am Zuge war. »Ich bin gekommen, um Julia abzuholen.«

Erstaunt sahen Hermine und Berthold sich an, und sie erklärte: »Meine Tochter ist nicht hier.«

Berthold sagte: »Das heißt, sie war hier.«

»Sie ist zurück nach Hamburg geflogen«, gab Hermine zu.

»Vor einer Stunde etwa«, bestätigte Schwaiger und goß erneut Ralfs Glas voll. »Wie schmeckt Ihnen dieser Spätburgunder?«

Ralf mußte zuerst verarbeiten, daß er die Tour ganz umsonst gemacht hatte. Dann sagte er: »Vorzüglich«, und meinte den Wein.

»Warum wollten Sie Julia abholen?« bohrte Hermine. »Sie hat gar nichts verlauten lassen.«
»Sicher sollte es eine Überraschung sein«, sagte Vater Berthold mit falschem Zungenschlag.
»Nein.« Ralf wollte das Versteckspiel beenden. »Ich habe Julia am Telefon gesagt, daß ich sie nach Hamburg zurückhole, weil ich ihre überstürzte Reise hierher absurd und kindisch fand. So benimmt sich kein erwachsener Mensch, der seine Sinne beisammen hat.«
»Verraten Sie uns, wo die Gründe dafür liegen könnten, daß Julia so reagiert hat?«
»Ich habe ihr einen Heiratsantrag gemacht.«
Berthold zog das Kinn an den Halsknorpel und guckte ungläubig. »Und das soll sie so verwirrt haben?«
Ralf zog einen zerknitterten Zettel aus der Tasche und strich in auf dem Tisch glatt, schob ihn Hermine hin und erklärte: »Auf dieser Seite steht...«
»Ich liebe dich! Willst du mich heiraten? Ralf.« Ihre Stimme hatte einen verständnisinnigen Bibber angenommen.
Ralf drehte den Zettel um. »Sehen Sie das?«
Hermine mußte schlucken. »Das steht ja und Hei.«
»Hei ist Julias Namenskürzel«, erläuterte Berthold. »Und wo befand sich dieser Zettel?«
»In der Vertragsmappe von ›Airjet‹. Ich hatte ihn dort hineingelegt, damit sie ihn bestimmt findet. Und sie hat ihn gefunden und zugestimmt.«
»Und Ihnen gegeben.«
»Nein. Ich habe ihn, kurz bevor ich abflog, zerknüllt bei mir im Flur gefunden. Julia wollte zu mir, als ich mit Fräulein Benedetti eine Riesenauseinandersetzung hatte...«
»Ich weiß, daß du mich seit langem mit ihr betrügst«, zitierte Hermine. »Das hätte ich noch hingenommen. Aber daß du sie heiraten willst, ist ein Skandal.«
»Woher wissen Sie?«
»Von Julia.«

»Dann ist mir klar, warum sie Hals über Kopf zu Ihnen wollte. Ausgerechnet die drei letzten Sätze hat sie mitbekommen. Gab sie auch schon am Telefon zu.« Er zeigte auf den Notizzettel. »Na ja, und dann das hier.«
Schwaiger setzte sein Glas ab. »Aus dem Zusammenhang gerissen, wie man so sagt.«
»Ich habe mich längst von Fräulein Benedetti getrennt«, beteuerte Ralf. »Sie tauchte unangemeldet auf, um mir von ihrer neuesten Eroberung zu berichten. Dann kam die Rede auf Julia, und sofort brach diese verdammte italienische Eifersucht durch.«
»Wäre Julia schlau gewesen, hätte sie dazwischengefunkt, statt die Show abzuziehen«, äußerte Berthold.
»Hab' auch ich ihr vorgehalten«, sagte Hermine.
»Sie benimmt sich wie ein Kind«, meinte Schwaiger.
»Das würde ich nicht sagen«, verteidigte Hermine ihre Tochter. »Sie ist besonders empfindlich geworden.«
»Hat sie schlechte Erfahrungen gemacht?« fragte Ralf.
Konnte Hermine bei allem Nachdenken nicht bestätigen. »Nein, aber sie hat halt bei jeder Bekanntschaft gedacht, der Mann sei die große Liebe. Viele Mädchen denken das.«
»An irgendeinem Punkt summieren sich Enttäuschungen«, stellte Schwaiger weise fest.
»Warum bin ausgerechnet ich der Punkt?« klagte Ralf.
»Weil Sie Julias zukünftiger Mann sind«, sagte Hermine.
»Ich hab' eher mit Liebesbeweisen gerechnet.«
Hermine hob den Zeigefinger. »Julias Flucht war einer.«
»Versteh' ich nicht.«
Hermine nahm Bertholds Glas und trank es aus. »Männer verstehen im allgemeinen nicht viel davon, was in Frauen vorgeht.«
Berthold Schwaiger, gleichermaßen vom harten Urteil betroffen, goß dem mitbeschuldigten Ralf wieder das Weinglas voll.

Die große Aussprache zwischen Julia und Ralf fiel am nächsten Tag deshalb ins Wasser, weil Hermine noch in der Nacht ihrer Tochter telefonisch den tiefsinnigen Satz mit umgekehrten Vorzeichen übermittelte und das Terrain vorbereitete: »Frauen verstehen im allgemeinen nicht viel davon, was in Männern vorgeht.«
»Umgekehrt ist es aber genauso, Mama.«
»Richtig. Jeweils beide sollen sich Mühe geben, den anderen zu verstehen.«
»Was soll ich tun?«
»Streich den Tag aus deinem Gedächtnis.«
»Und er?«
»Berthold hat ihn abgefüllt bis zur Halskrause und umfunktioniert.«
»Bitte?«
»Sagerer nimmt jetzt an, Sinn seiner Reise sei der Wunsch gewesen, bei uns um deine Hand anzuhalten. Er kommt mit der ersten Maschine. Gute Nacht, Julchen.«
Julia stellte den Wecker auf sechs Uhr, holte den erstaunten Ralf vom Flugplatz ab, küßte ihn so inbrünstig, als sei er wider Erwarten unbeschadet von einer achtmonatigen Weltumseglung zurückgekehrt.
»Du bist wie umgewandelt«, wunderte er sich.
Sie schnüffelte. »Und du riechst nach Wein.«
»Schwaiger hat mich traktiert.«
Sie verriet ihm nicht, daß sie eingeweiht worden war. »Ich bring' dich nach Hause. Du mußt unter die Dusche.«
Die außerordentlich günstigen morgendlichen Umstände, der Dienst für beide begann erst zwei Stunden später, leisteten der Versöhnung intensiv Vorschub. Das Badezimmer wurde zum Fitneßcenter, in anderen Räumlichkeiten stellten sie, ohne die Waffen zu strecken, alle Feindseligkeiten ein und wetteiferten im einträchtigen Umgang miteinander.
Ungefrühstückt erschienen sie in der Bank, Julia unheimlich gesund, Ralf heimlich müde. Zur Verwunderung von Frau

Heise arbeiteten die beiden Chefs rastlos bis zur Mittagszeit und verschwanden zum Zwölf-Uhr-Läuten wieder.
»I schiab aan narrischen Kohldampf«, sagte Julia. »Ich muß was essen, oder ich fall' um.«
»Ich fall' mit«, bestätigte Ralf. »Welches Lokal ist für uns fein genug?«
»Egal. Wenn's sein muß, Selbstbedienung.«
»Vier Jahreszeiten«, schlug er vor.
»Nix wie hin! Du zahlst! Ich werd' dich armfressen!«
Weil es noch früh genug war, bekamen sie einen Tisch. Als Julia bestellte, beschlich den Oberkellner der Verdacht, weitere Personen würden erwartet. Dann sagte sie fröhlich zu Ralf: »Du muß ebenfalls kräftig essen. Max will dich testen.«
»Weswegen?«
»Ich habe ihm gegenüber im Laufe der letzten Tage Andeutungen darüber gemacht, daß du unserem Familienverband eventuell beitreten willst. Du hast dich auf einem Notizzettel erklärt, und ich habe zugestimmt. Jetzt wird er dich prüfen, ob du ein geeigneter Vater bist.«
»Wann?«
»Samstag oder Sonntag bist du dran. Er hat eine Liste mit allerlei Aufgaben für dich. Außerdem müssen wir ebenfalls Verschiedenes klären.«
»Nämlich?«
Sie sah den Kellner mit der Vorspeise nahen, rupfte ihre Serviette vom Tisch, schnappte Messer und Minibrötchen. »Schnarchst du?«
»Beschwert hat sich noch niemand.«
»Willst du eine Hochzeitsreise machen?«
»Wenn du mitkommst, ja.«
»Wohin?«
»Am liebsten nach Kalifornien. Mit dem Feuerstuhl.«
»Und ich?«
»Hinten drauf.«
»Wieviel Kilometer?«

Im Geist überschlug er die von ihm geplante Route. »Drei- bis viertausend ...«
Julia vergegenwärtigt sich den Motorradsattel, sah sich in Ledermontur, fühlte den Helm auf dem Kopf, verschluckte sich, hüstelte. »Bist du noch zu retten?«
Auf einmal beugte Ralf sich vor und flüsterte: »Guck mal vorsichtig nach rechts zum Fenster. Da sitzen eine Dame mit Pepita-Kleid und ein Mann mit Kinnbart.«
»Nicht mehr ganz jung.«
»Genau die. Weißt du, wer das ist?«
»Woher sollte ich.«
»Oberschwester Monika, die Assistentin von unserem Dr. Schwarz.«
»Auch die muß essen.«
»Reg dich ab. Der Mann ist interessant. Das ist Professor Auerbach, der ehemalige Mitbesitzer des Sanatoriums. Schwarz hat mir ein Bild von ihm gezeigt.«
Julia widmete sich dem Hauptgang und verstand Ralfs Erregung nicht. »Na gut, vielleicht hat er sie eingeladen. Was ist dabei?«
»Mit Handkuß?«
»Du machst ganz andere Sachen mit mir.«
»Aber bei uns in der Bank gibt es keine Todesfälle.«
Jetzt ahnte sie, worauf er hinauswollte. »Sag, was du weißt.«
»Ich war bei Schwarz. Den ersten Toten im Therapie-Zentrum hatte damals sein Partner Auerbach zu verantworten. Sie sind im bösen auseinander. Auerbach stand unter dem Verdacht, den Tod des Patienten fahrlässig herbeigeführt zu haben, und er saß wegen der Sache zwölf Monate in Untersuchungshaft. Das lastet er unbegreiflicherweise Schwarz an.«
Julia ließ die Gabel sinken. »Wenn ich deinen Ausführungen für Schnelldenker folgen kann, arbeitet die Oberschwester als eine Art Spionin für Auerbach im Sanatorium Schwarz.«

Sie äugte verstohlen zu Auerbachs Tisch. Die Oberschwester streichelte zärtlich die Hand des Mannes.
»Ich bewundere deine fixe Auffassungsgabe.«
»Lob tut mir gut.«
»Ich bin den ganzen Tag um dein Wohlbefinden besorgt.«
»Ich werde das höheren Orts zu rühmen wissen.«
»Bei wem?«
»Max und Fanny.« Aus den Augenwinkeln beobachtete sie das verdächtige Paar. Jetzt hielt der Mann Monikas Rechte zwischen seinen Händen. »Angenommen, Auerbach will sich an seinem ehemaligen Kompagnon rächen – was würde Schwarz am stärksten treffen?«
»Wenn das Institut geschlossen wird. Einen Antrag dieser Art stellte der Staatsanwalt beim ersten Exitus. Das Gericht folgte dem Antrag nicht.«
»Bei einem zweiten Todesfall käme es aber unweigerlich zur Schließung«, folgerte Julia.
»Ja, und Dr. Schwarz wäre der Schuldige.«
»Sag mal, Ralf – er ist unser Kunde. Wir sollten ihm in netter Weise mitteilen, was wir gesehen haben. Oder?«
Ralf war einverstanden. »Wenn er weiß, daß Auerbach ihm möglicherweise ein Kuckucksei untergeschoben hat, ist er ganz sicher gut bedient.«

Es war zu kühl auf dem Wasser. Beatrice verzichtete darauf, Pieter Dahlen mit superscharf geschnittenen Badeanzügen abzulenken. Warmes Trainingszeug war angesagt. Außerdem schien er dem Segelboot mehr Aufmerksamkeit zu schenken als ihr. Er hatte sich die Yacht angeblich deshalb ausgeliehen, um den starken Motor auf der Elbe zu testen.
»Wenn er was taugt, lass' ich das gleiche Modell in mein Schiff einbauen«, erklärte er.
Beatrice kuschelte sich im Cockpit eng an Dahlen und heuchelte Fachwissen und Interesse. »Er brummt schön.«
Er war zu gut erzogen, um zu lächeln. Da er die linke Hand

für das große Steuerrad brauchte, versuchte er mit der rechten, an Beatrice eine Menge Dinge gleichzeitig zu tun, was ihm mißlang.

Ein Schlepper zog vorbei und gab Signal.

»Meint er uns?« fragte sie.

Dahlen machte ihr eine Freude: »Dich.«

Der Schlepperkäptn hatte nicht mal hingeschaut.

»Beatrice...«

Sie wandte den Kopf und wartete.

Er machte sich an den Armaturen des Diesels zu schaffen.

»Ich wollte dich etwas fragen...«

Da ihr die Pause zu lang wurde, half sie aus: »Willst du mich heiraten?«

»Du nimmst mir den Satz aus dem Mund«, gab er zu. »Mit anderen Worten: Wir sind jetzt verlobt?«

Pieter Dahlen stabilisierte das Steuer mit den Füßen und hatte beide Hände frei. Er zog Beatrice an sich und bedeckte ihr Gesicht mit einer Reihe von Küssen. Kein Temperamentsausbruch, aber pflichtbewußte Zärtlichkeit. Beatrice schloß die Augen und dachte nach, ob er die Anzahl der Liebkosungen später in ein Kontorbuch eintragen würde.

»Seit ich dich kenne, verläuft mein Leben eingeschränkter«, bekannte Dahlen.

Aufmerksam öffnete sie die Augen. »Etwa langweiliger?«

»Ich sagte doch: Eingeschränkter. Vor dir gab es für mich nur Geld, Golf, Tennis und Frauen. Und jetzt gibt es nur noch Geld, Golf, Tennis und dich.«

»Wie wär's, wenn du die Begriffe austauschen würdest?« schlug sie vor und klimperte mit den Lidern.

Er dachte nach. »Eventuell Golf und dich? Darüber können wir reden.«

»Geld und mich.«

Dahlen fühlte sich nicht sehr zufrieden in seiner Haut. »Ich befürchte, die Akzeptanz deines Vorschlags...«

»Viktor!« fiel sie ihm ins Wort.

»Exakt. Mein Vater schätzt dich zu sehr, um dich eventuell zu kritisieren – vorsichtig ausgedrückt.«

Viktor Dahlen rollte aus dem Wintergarten auf die Terrasse des Hauses, wo Butler Bert ein Teleskop von 700 Millimeter Brennweite auf einen Ausschnitt der Elbe nachjustierte.
»Was machen sie jetzt?« wollte der alte Herr wissen.
»Wir reden«, meldete Bert.
»Reden! Ist er ein Politiker? Hat er sie geküßt?«
»Bedaure, bislang nicht.«
»So ein Esel!« Viktor setzte seinen Elektrorollstuhl in Bewegung. »Lassen Sie mich mal!«
Der Butler schaute schräg. Erwartete der Chef, daß es an Bord des Bootes allein durch seinen Blick durchs Okular zum Austausch von Zärtlichkeiten kam? Bert mußte das Stativ für Dahlen sen. absenken, das Ziel neu anvisieren, was einige Minuten in Anspruch nahm. Während dieser Beobachtungspause wurde die erste Kußserie verpaßt.
»Es ist unscharf«, nörgelte Viktor.
»Wir können die Schärfe nachstellen. Sie war für mein Auge eingerichtet.«
Der alte Herr stellte und stellte, guckte und guckte, fummelte abermals an der Schärfeneinstellung und erboste sich: »Ich seh' nur einen Containerfrachter, verdammt noch mal!«
»Wenn wir unseren Blick mehr stromabwärts einpendeln würden...«
Viktors Miene verzog sich zu breitem Grinsen. »Tatsächlich, ich hab' ihn! Nicht zu glauben, Bert! Er steuert das Schiff und macht sich gleichzeitig an dem italienischen Weisbild zu schaffen. Nicht zu glauben! Und sie an ihm! Beneidenswert, der Junge! Lassen Sie den Verlobungslunch richten, Bert!«
Der Butler hätte gern eigenäugig der Mutprobe beigewohnt. Enttäuscht zog er sich in den Küchentrakt zurück, um dem Personal anzuzeigen, daß der junge Herr offenbar die Verlobung vollzogen habe.

Zwei Stunden später tauchten die Wassersportler im Dahlschen Anwesen auf. Von Vater Viktor und Butler Bert wurden sie gemustert wie seltsame Tiere.
»Ich habe eine Überraschung für dich«, sagte der Junior zum Senior.
Viktor stellte sich dumm. »Du spannst mich unziemlich auf die Folter. Was ist es?«
Pieter wies auf Beatrice. »Sie hat eingewilligt, deine Schwiegertochter zu werden.«
Der alte Herr tat, als sei das ein wundervoller Scherz. Kichernd zwinkerte er Beatrice zu. »Das kann nicht Ihr werter Ernst sein, Señora. Sie bitten um die Hand meines Sohnes? Wann wollt ihr heiraten?«
Pieter trat zu Bert und nuschelte: »War alles gut zu sehen?«
»Exzellent – beinahe hätte das Containerschiff uns alles verdorben«, flüsterte der Butler zurück.
»Ich warte geduldig«, beantwortete Beatrice Viktors Frage. »Wir müßten zuerst unseren Verlobungstermin mitteilen.«
»Wozu?« Er nahm ihre Hand und prüfte aufmerksam die Ringe an ihren Fingern. 10000 Mark, schätzte er.
»Das ist Usus, Vater.«
»Ich will dir etwas verraten, liebwerte Tochter«, sagte der vielfache Millionär Viktor Dahlen. »Die Feierei kostet nur Geld! Wozu eine Menge Leute abfüttern, mit denen man privat eigentlich gar nichts zu tun haben will! Heiratet gleich, das hat nur Vorteile! Nur ein Fest, nur eine Rede, und die Kinder kommen schneller! Bert, den Knallköm!«
Der Butler lockerte den Drahtverschluß, drehte elegant den Korken heraus. Plopp, knallte der Champagner.

»Im Zuge der Ermittlungen«, sagte Kriminaloberkommissar Kunze, »müssen wir uns auch Einblick verschaffen in die finanzielle Situation von Dr. Schwarz. Er hat uns ermächtigt, bei Ihnen Auskünfte einzuholen.« Er legte eine von Schwarz unterzeichnete Vollmacht auf Julias Tisch.

Sie las den Text und überprüfte die Unterschrift. »Er hat ein Darlehen von etwas über 250000 Mark, das vertragsgemäß zurückgezahlt wird. Für Expansionspläne benötigt er weitere zwei Millionen.

»Bekommt er die?«

Julia blickte zu Ralf, und der sagte vorsichtig: »Unter den gegenwärtigen Umständen müßte neu darüber verhandelt werden. Die Situation sollte natürlich geklärt sein. In jedem Krankenhaus sterben Patienten.«

»Das kann man nicht so ohne weiteres miteinander vergleichen. Die Patientin im Therapie-Zentrum Schwarz ist an der Überdosis eines Medikamentes gestorben, das vorwiegend in der Psychiatrie benutzt wird.«

»Mord?«

»Wir untersuchen das. Dr. Schwarz benutzt das Mittel nicht. Es befindet sich auch nicht in der Apotheke seines Instituts.«

»Wer sollte einen Grund haben, das zu tun?«

»Und: Wem nutzt es.«

»Es gab dort bereits einen Todesfall.«

»Richtig. Nach den Unterlagen der Staatsanwaltschaft schied damals der Kompagnon von Dr. Schwarz aus, verdächtigt, fahrlässig den Todesfall herbeigeführt zu haben.«

»Professor Auerbach«, sagte Ralf.

»Richtig.«

»Wir haben ihn per Zufall mit der Oberschwester von Dr. Schwarz gesehen. Sie waren zusammen essen. Schön, die beiden können aus damaliger Zeit befreundet sein. Zu denken gab uns die große Vertraulichkeit.«

»Wie soll ich das verstehen?« fragte Kunze.

Julia nahm seine Hand, streichelte sie bis unter die Hemdmanschette, sah ihm tief in die Augen. Kunze bekam einen roten Kopf.

»Dann hat er ihre Hand geküßt«, sagte Julia, »und die Fingerspitzen. Als Frau würde ich sagen: Eine sehr intime Verbin-

dung. Beide sind in den Jahre zu weit fortgeschritten, um sie einfach als Liebespaar zu bezeichnen.«
Kunze zog eine Namensliste aus der Tasche. »Ihre Beobachtung paßt in unsere Ermittlungen. Die meisten Mitarbeiter sind seit rund zehn Jahren bei Dr. Schwarz. Bis auf Oberschwester Monika. Das bedeutet...«
»Daß die Oberschwester *dort* beruflich mit Auerbach nichts zu tun hatte.«
»So ist es.« Kunze erhob sich. »Ich darf mich verabschieden und mich für Ihren Hinweis bedanken.«

Am Wochenende kam Ralf sich vor wie der Hauptdarsteller in einem Horrorfilm. Er mußte über eine Mauer klettern, eine abwärtslaufende Rolltreppe hinaufrennen, ein Treppengeländer herunterrutschen, eine Bockwurst mit Senf, Ketchup und Mayonnaise essen, von einer Fußgängerbrücke hinunter auf die Straße spucken, ohne gültiges Billett drei Stationen im Bus fahren und im Schallplattengeschäft via Kopfhörer aktuelle Interpreten von scharfer Musik raten.
Max war ständig neben ihm und hakte die Leistungen auf einer Strichliste ab. Zwischendurch durfte Ralf Testfragen beantworten, deren Sinn nur Max verstand.
Müde und lahm erreichte der schwer Geprüfte sein Haus und wollte nichts weiter als schlafen.
»Ich muß Mama und Fanny erst mit dem Ergebnis bekannt machen«, protestierte der Prüfer. »Du kannst dich jetzt nicht einfach verdrücken.«
»Okay, ich zieh' mir nur was anderes an und komm' sofort nach«, log Ralf.
Max erlaubte das.
Ralf schlich ins Badezimmer, duschte, kroch ins Bett, schlief todmüde ein. In wirren Träumen nahmen die Testaufgaben kompakte Formen an, komprimierten sich zur endlosen Flucht über bröcklige Mauern, durch U-Bahnhöfe, über Rolltreppen, durch bizarre Treppenhäuser mit steilen Gelän-

dern, verfolgt von Polizisten mit beißwütigen Hunden. Gangster zwangen ihn, heiße Würste zu verschlingen. Im Bus wurde er ohne Fahrschein ertappt, ins Zuchthaus gebracht und in einer Dunkelzelle mit dröhnender Musik gefoltert. Der Drummer der Horrorband sah aus wie Max.
Schließlich wurde er gepackt, festgehalten, durchgeschüttelt. Er suchte sich zu befreien, wollte wegstoßen, was sich an ihn klammerte.
Nicht unangenehm war, was er plötzlich fühlte. Es hatte nichts mit dem knallharten Traum zu tun. Im Gegenteil. Er erwachte, spürte als Retterin in der Not Julia neben sich. Die Erde hatte ihn wieder.
Sie hielt ihn angenehm weich umschlungen und flüsterte ihm ins Ohr: »Du hast bestanden!«

Weit vorausschauend machte Sagerer die Zentrale mit den Urlaubsplänen bekannt, die er und Julia hegten. »Kalifornien, Herr Direktor. Von Los Angeles nach San Francisco. Immer am Pazifik entlang.«
Schwaiger mußte das erst mal verdauen. »Und Julia hinten drauf? Wenn das man gutgeht?«
»Ich sehe keine Schwierigkeit.«
Berthold blieb skeptisch. »Sie sitzt hinten auf dem Sattel und kann nichts weiter tun, als sich an Ihnen festhalten.«
»Es gibt viel zu sehen.«
»Aus dem Helm? Warum nehmen Sie kein Auto? Viel bequemer. Für das Geld, das Sie für den Transport Ihrer Maschine bezahlen, können Sie sich drüben einen feinen Wagen mieten.«
»Unsportlich.«
»Ist nicht mein Hintern«, fügte Schwaiger sich. »Wie lange wollen Sie Julia strapazieren?«
»Vier Wochen.«
»Ach, du lieber Himmel! Wann wollt ihr los?«
»Deshalb ruf' ich ja an«, sagte Ralf. »Wir brauchen natürlich

eine Urlaubsvertretung. Fällt Ihnen jemand ein, der die Hamburger Filiale in dieser Zeit betreut?«
»Ich würde sagen: Peter Rath. Haben Sie ihn hier kennengelernt?«
»Nein, der Kollege ist mir kein Begriff.«
Schwaiger begann, ein Loblied zu singen. »Er betreut bei mir die Auslandskonten. Sehr fähiger Mann. Fünfunddreißig Jahre alt. Englisch, Französisch perfekt. Den könnte ich Ihnen für einen Monat leihen.«
»Verbindlichsten Dank, Herr Direktor.«
»Wie fühlt meine Frau sich in Hamburg?«
Ralf lachte. »Müde, denke ich. Max hat seine Großmutter total für sich vereinnahmt. Heute macht er mit ihr eine Hafenrundfahrt. Aber dabei wird's nicht bleiben.«
»Tut Hermine gut«, äußerte Berthold zufrieden. »Dann denkt sie nicht ans Hotel. Gibt es eigentlich Ergebnisse bei diesem obskuren Todesfall im Therapie-Zentrum von Dr. Schwarz?«
»Der Todesfall war ein Mord«, teilte Ralf mit.
»Ach nee! Und wer ist der Täter?«
»Täterin. Vermutlich die Oberschwester. Im Auftrag ihres Geliebten, was bis jetzt nicht bewiesen ist.«
»Dann ist unser Dr. Schwarz aus dem Schneider, um's mal volksnah zu sagen.«
»So albern das klingt«, sagte Ralf, »mit dem Mord ist der Verdacht der Fahrlässigkeit bei der Behandlung der Patienten ausgeräumt. Für uns besteht keine Veranlassung, die Geschäftsbeziehung zu Schwarz zu drosseln. Wir sind in den nächten Tagen mit ihm verabredet, um Näheres in der Sache zu erfahren.«
»Halten Sie mich auf dem laufenden. Grüße an meine Familie.«

Auf dem Monitor im Chefarztzimmer flimmerte ein stummes Schwarzweißbild. In der linken unteren Ecke lief eine Zeit-

Codierung. 20.12.05, 20.12.06, 20.12.07... 08... Der Videorecorder summte.
»Dieser Kriminalbeamte«, begann Schwarz, »mir ist der Name im Augenblick nicht geläufig...«
»Kunze«, half Julia.
»Ebender«, sagte Schwarz, »hat mir eine Kopie des Videobandes überlassen, das die Kripo nachts von unserem Apothekenraum aufgenommen hat. Es war anscheinend sehr aufwendig, die Geräte unauffällig zu installieren und nächtelang in Betrieb zu halten. Es passierte nämlich rein gar nichts.«
»Was sollte denn geschehen?« fragte Ralf.
»Kunze war überzeugt, die Giftmischerin vor die Linse zu bekommen«, erklärte der Arzt. »Er meinte, es müsse eine Schwester vom Nachtdienst sein.«
»Machte die Oberschwester ebenfalls Nachtdienst?« wollte Julia wissen.
»Monika machte jede Woche zweimal Spätdienst und einmal Nachtdienst.«
Auf dem Bildschirm erschien eine weißbekittelte Person, schloß den breiten Arzneischrank auf, füllte aus einem Fläschchen tropfenweise Medizin in ein Glas, stellte die Flasche zurück, schloß den Medikamentenschrank ab und verschwand aus dem Blickwinkel der Kamera. Das Licht erlosch.
»Das war Schwester Gertrud vom Spätdienst; vermutlich ein Notfall«, erläuterte Schwarz. »Im allgemeinen werden die den Patienten verschriebenen Arzneien nicht nachts, sondern am Tage zusammengestellt und am Abend verteilt. Aber Sie werden gleich sehen, daß dieser Dings...«
»Kunze«, sagte Ralf.
»Daß dieser Kunze recht hatte mit seiner Voraussage.«
Die Codierung lief im Sekundentakt: 23.08.24...25...26. Die Videokamera schaltete sich ein, sobald das Licht im den Raum angeknipst wurde.

»Noch ein Notfall«, vermutete Julia und sah gespannt auf den Bildschirm.
»Nein«, sagte Schwarz. »Dreiundzwanzig Uhr acht. Jetzt ist Kunze zum Zug gekommen.«
»Auftritt der Oberschwester?« tippte Ralf.
»Ja. Ihr Nachtdienst.«
Der Restlichtverstärker der Kamera hatte sich eingependelt und brachte ein kornfreies Bild von Oberschwester Monika. Sie schloß den Medikamentenschrank auf, las die Aufkleber der Arzneiflaschen, entschied sich für eine und nahm sie heraus. Siebzehn Tropfen gab sie in einen Medikamentenbecher und vermerkte die Entnahme in der Arzneikladde.
»Was sie abfüllte, ist einer Patientin verschrieben worden«, erklärte Schwarz. »Von mir. Zu Ende gedacht bedeutet das: Die Patientin hat um diese Zeit ein von mir verordnetes Medikament bekommen, das auf rätselhafte Weise zum Tode führte.«
Monika zog aus ihrer Kitteltasche ein schlankes, viereckiges Fläschchen, drehte den Verschluß ab und träufelte den Inhalt zu der anderen Arznei im Glas.
»Hamdal«, erklärte Schwarz. »Ein Mittel aus der Psychiatrie. Man kann das Etikett eine Sekunde lang sehen und lesen.«
»Und das wirkt tödlich?« wollte Julia wissen.
»Ein starkes Mittel«, erläuterte der Mediziner. »Es ist bei Psychosen nur kurzzeitig und nur in begründeten Ausnahmefällen therapeutisch vertretbar. Sehr unangenehme Nebenwirkungen: Blutbildschäden, Beeinträchtigung der Hirntätigkeit, Krämpfe, Depressionen, Angstzustände, um nur einige zu nennen. Bei falscher Dosierung und mit einem anderen Mittel gemixt, wirkt es tödlich, wie wir bereits wissen.«
Die Oberschwester steckte das private Fläschchen in ihre Kitteltasche, verschloß das andere im sicheren Schrank, nahm das Glas mit dem tödlichen Inhalt in die Rechte, schaltete das Licht aus und verließ das Apothekenzimmer. Der Bildschirm wurde dunkel.

»Ende der Vorstellung«, sagte Dr. Schwarz und schaltete Videogerät und Monitor ab.
»Meine Frage ist vielleicht dumm«, bekannte Julia, »aber die Oberschwester ist doch nicht etwa ins Krankenzimmer gegangen und hat der Patientin das Zeug eingeflößt?!«
»Natürlich nicht. Diesem, äh...«
Ralf soufflierte: »Kunze.«
Schwarz zeigte auf den dunklen Bildschirm. »Dem ermittelnden Kriminalbeamten reichte das dort als Beweis. Jede Nacht saß hier ein Kripomann und verfolgte die Aufzeichnung. Ich hatte ihn eingewiesen, was in der Apotheke passieren könnte, was die Schwestern am Medikamentenschrank beim Abfüllen tun und wann erhöhte Aufmerksamkeit angesagt wäre.«
Julia fand die Umstände unheimlich spannend. »Das ist ja wie im Krimi.«
Schwarz war anderer Meinung. »So, meinen Sie? Na, dann passen Sie mal gut auf. Der Kriminalbeamte springt also auf, rennt den Gang entlang zum Apothekerzimmer, um Monika abzufangen. Sie sieht den Fremden, ahnt, was im Gange ist und schüttet den Inhalt des Glases auf den Boden.«
»Beweismittel vernichtet«, folgerte Ralf.
»Zu dieser Zeit noch nicht, Herr Dr. Sagerer. Auch vier Stunden später noch nicht. Die Pfütze war ja noch immer auf dem Boden. Man hätte die Mixtur sicherstellen können. Aber um fünf Uhr früh schlug der Reinigungsdienst zu und wischte Flure und Zimmer.«
»Und das Medizinglas?« überlegte Julia.
»Das wollte Monika verschwinden lassen, aber der Kriminalbeamte wußte ja, was er sicherstellen mußte, als er sie verhaftete. Er nahm ihr auch das belastende Fläschchen ab, das in ihrer Kitteltasche steckte. Sie versuchte es heimlich wegzuwerfen.«
»Außerdem überführt sie das Videoband«, sagte Ralf.
»Beim Verhör hat sie zuerst alles abgestritten. Mit einem

Hauch von Psychoterror ist es gelungen, sie zum Geständnis zu bewegen. Achtzehnmal hintereinander mußte sie sich das Band ansehen. Dann hat es ihr offenbar gereicht, sie gab die Tatumstände zu und nannte die Patientin, für die die Mixtur bestimmt war.«

»Die Sie ohnehin kannten«, bemerkte Ralf.

»So ist es.«

»Ist Auerbach ebenfalls verhaftet worden?«

»Nein.«

Dafür fehlte Ralf jedes Verständnis. »Das ist aber sehr fahrlässig von Kunze.«

Schwarz lächelte verzerrt. »Monika hat geleugnet, Professor Auerbach zu kennen.«

Julia regte sich sofort auf. »Wir haben Kunze gesagt, was wir gesehen haben.«

Schwarz trat an das Foto, das an der Wand hing und die Belegschaft des Therapie-Zentrums zeigte, als es noch von Schwarz und Auerbach gemeinsam geleitet wurde. »Sie haben einen Mann mit Kinnbart beschrieben, richtig? Den trägt er hier auf dem Foto. Gut, Monikas Partner beim Essen in den Vierjahreszeiten war ein Mann mit Kinnbart. Viele Männer tragen einen Bart. Auerbach ist heute glattrasiert. Als Zeugen in der Sache werden Sie es nicht leicht haben.«

»Ihre Oberschwester saß mit diesem Mann am Tisch!« bekräftigte Ralf und klopfte mit dem Zeigefinger auf das Bild. »Ich habe mich auf keinen Fall geirrt. Es waren ja nur einige Meter Distanz. Wären mir Zweifel gekommen, hätte ich Kunze gesagt, der Mann habe verblüffende Ähnlichkeit mit Auerbach gehabt.«

»Monika leugnet. Und noch eine kleine Anmerkung, Herr Dr. Sagerer. Sie ist nicht mehr meine Oberschwester.«

10

Rettungsringe

Oma Hermine hing zermatscht auf dem Stuhl und starrte das Abendessen auf dem Teller an. Ihr fehlte die Energie, Gabel und Messer zu ergreifen. Max hatte sie in einer nervenzerfetzenden Gewalttour und ohne Rücksicht auf Verluste durch Hamburg geschleift. An einzelne Punkte konnte sie sich schon nicht mehr erinnern, zu wenig Zeit war ihr von Max gegönnt worden, Eindrücke zu sammeln.

»Erstensmal: Eine olle Frau ist kein D-Zug, und zweitensmal war ich noch kaputt von der Hafenbesichtigung«, jammerte Hermine. »Ich wußte ja nicht, wie aufgedreht der Junge ist. Er gibt ja keine Ruhe.«

»Trink erst einen Kaffee«, empfahl Julia, schob ihr die Tasse hin und nahm die Zeitung weg, die auf dem Tisch lag. Sie überflog die Titelzeile und schüttelte angewidert den Kopf. »Da verspricht so ein Gangster, die Renten zu verdoppeln und zieht alten Leuten das Geld aus der Tasche. ›Auch ohne Lotto Millionär! Engel der Rentner in Altona!‹ Das kann so ein Kerl ungestraft tun. Keiner unternimmt was dagegen.« Sie sah Fanny an. »Würdest du dein Geld einem Schwindler in den Rachen schmeißen, wenn er dir verspricht, deine Rente zu verdoppeln?«

»Vielleicht ist er kein Schwindler«, sagte Hermine kichernd. »Vielleicht hat er den Stein der Weisen gefunden.«

Julia warf die Zeitung in den Mülleimer. »Es gibt keinen Trick, mit dem einer die Rente verdoppeln kann.«

Fanny schaute beleidigt und sagte befremdet. »Wieso nicht? Wenn einer die Weichen richtig stellt, klappt das. Vom Staat krieg' ich nicht wieder, was ich für die Rente einzahle. Da guckt man nachher bloß in die Röhre.«

Julia versuchte, es ihr so leicht wie möglich zu erklären: »Du gibst dem Mann Geld, und er zahlt dir das Doppelte zurück, sagt er. Fünfzig Prozent? Na, ich weiß nicht. In ganz besonders günstigen Fällen kannst du bei der Bank dein Geld für vierzehn Prozent anlegen. Die Verzinsung auf dem Kapitalmarkt unterliegt bestimmten Gesetzen. Fünfzig Prozent, das kann keiner. Das ist eine Illusion. Wer das verspricht, betrügt. Denkst du, daß er so viel eigenes Geld hat und es verschenkt? Ein spinnerter Millionär? Kommt her, Leute, ich will, daß es euch auf meine Kosten gutgeht?!«
»Kann ich die Kaffeesahne haben?« bat Hermine.
Fanny schaute in den Kühlschrank. »Herrjeh, wir haben keine mehr. Ich lauf' an die Ecke.«
Julia winkte ab. »Bleib hier, ich geh' schnell.«
»Aber, Frau Julia, das ist nicht Ihre Sache!« Fanny eilte geschäftig zur Tür. »Für den Haushalt bin ich zuständig.«
»Eh du an der Ecke bist, ist der Laden geschlossen.«
Fanny war empört. »Sie tun grad, als sei ich eine alte Frau.«
»Viel fehlt nicht. Du bleibst bei Oma Hermine und Max! Ich geh'!«
»Ist irgendwas mit Fanny?« flüsterte Max seiner Großmutter zu.
»Keinen Schimmer«, raunte Hermine, »vielleicht hat sie Heimweh nach Bayern.«
Julia eilte zum Tante-Emma-Laden am Ende der Straße, der von Großvater Haak bewirtschaftet wurde. Keine Goldgrube, aber Nachrichtenbörse für das ganze Viertel. Nachdem das Geschäft mit dem Viertelliter Sahne getätigt worden war, murmelte Haak: »Ich hätt' Sie gern ein Sekündchen gesprochen, Frau Heininger. Wegen Ihrer Fanny. Ich glaub', sie macht was Dummes mit ihrem Geld.«
»Warum so geheimnisvoll, Vadder Haak?«
»Muß nicht jeder hören.« Er zeigte mit dem Daumen über die Schulter zum angrenzenden Raum, wo eine Skatrunde lärmte. »Die Fanny nennt es ›anlegen‹.«

Julia schaute ihn verwundert an. »In Aktien? Davon müßte ich eigentlich wissen. Außerdem kann ich mir nicht denken, daß sie genügend Geld für derartige Bankgeschäfte hat.«
»Nee, gute Frau, nicht bei der Bank. Haben Sie heute die Zeitungen gelesen?«
»Ja – wenn's das ist, was Sie meinen, werde ich auf der Stelle verrückt!«
»Das lassen Sie mal nach. Seit Wochen trägt Fanny ihre paar Groschen zu diesem Heini nach Altona.«
»Ehrlich?«
»Wenn ich's doch sage. Sie sollten bei Gelegenheit mal mit ihr sprechen.«
»Was heißt bei Gelegenheit? Sofort! Was muß ich zahlen für die Sahne?«
»Eins zwanzig. Und nix für ungut, daß ich das verraten habe, liebe Frau.«
Auf dem kurzen Rückweg fielen Julia eine ganze Menge Charakterisierungen für Fanny ein. »Mit »Spinnert Goaß« begann die Serenade, mit »Saudumme Kuh, saublöde«, endete sie. Wie ein Warnungssignal vor einer Felssprengung klang Julias Ruf, als sie das Haus betrat: »Fanny!!«
Max und Hermine fuhren schreckhaft zusammen. Fanny blieb gelassen, und das Verhalten zeigte Julia, daß ihre liebe Haushälterin ganz genau wußte, was auf sie zukam und warum sie verhindern wollte, daß die Chefin zu Vadder Haak ging.
»Fanny, du kannst dir denken, was ich jetzt von deinem Geld weiß!«
»Einer hat dummes Zeug geschwatzt.«
»Darum geht's nicht.«
»Ist meine Sache, was ich mit meinem Geld mache«, antwortete Fanny trotzig. »Ich kann's hintragen, wo ich will, und ich kann's dahin geben, wo ich viele Zinsen kriege.«
»Aber doch nicht zu einem Betrüger! Du hast die Bank quasi in der Familie. Warum bist du denn nicht zu mir gekommen

und hast gefragt, was man mit deinem Geld am gescheitesten machen könnte?«

»Fragen, fragen, fragen! Ich will ja auch mal frei und unabhängig sein. Außerdem hat der Grabert...«

»Wer ist das?«

»Der in Altona. Der das Herz für Rentner hat.«

»Was gibt er dir denn, wenn er so viel Herz hat?« erkundigte Hermine sich.

»Zwanzig Prozent. Nach zwei Jahren krieg' ich schon mehr heraus als ich einzahle. Klingt alles plausibel, und ganz blöde bin ich nicht.«

»Kannst du mir verraten, wie der das machen will mit den zwanzig Prozent?« fragte Julia.

»Ist er ein Zauberer?« fragte Hermine.

»Bleib mal sachlich«, rügte Julia. »Also, Fanny, du mußt die Sache auf jeden Fall rückgängig machen! Wenn du noch lange wartest, bist du deine Ersparnisse los.«

Der Traum vom großen Geld war für Fanny zu nah. Sie vermochte die Realität nicht zu erkennen. Mit Blickpunkt auf das Gewürzbord und einer unsicheren Handbewegung zum Kinn sagte sie bockig: »Ich kann nicht zu dem Grabert gehen und kündigen. Primitiv schaut das aus. Der Mann denkt, ich bin deppert.«

Das fuchste Hermine. »Auf den nimmst du Rücksicht, gell? Wenn wir das denken, macht's dir offenbar nix.«

Max grinste seine Mutter an. Komödienstadl. Liebte er sehr.

»Verschwinde«, rief Julia. »Sonst hockst du jeden Abend vor dem Fernseher, aber heute sitzt du hier dumm rum!«

»Immer auf die Kleinen«, maulte er und rutschte vom Hokker.

In der Pause, in der die drei Frauen dem demonstrativ langsam zur Tür schlurfenden Buben hinterhersahen, ordnete Fanny zwei Gedanken und zeigte sich probehalber entgegenkommend. Mufflig zwar, aber immerhin. »Was sagt man denn in so einem Fall zu dem Mann? Der hat einen Vertrag mit mir gemacht.«

»Jeden Vertrag kann man vorzeitig kündigen«, erklärte die versierte Hermine.

»Richtig!« betonte Julia. »Du sagst: ›Herr Grabert, tut mir leid, ich kündige aus persönlichen Gründen. Schriftlich, wenn Sie wollen. Ich hoffe, Sie sind einverstanden, damit ich nicht meinen Rechtsanwalt einschalten muß.‹ Der Mann wird zurückzucken, weil er weiß, daß seine Methode nicht ganz astrein ist.«

Trotzig drehte Fanny sich zum Tisch um. »Allein geh' ich nicht nach Altona.«

»Aber als du dem Verein beigetreten bist, da hast du dich getraut«, kritisierte Hermine.

Fanny machte sich am Herd zu schaffen, wo es nichts zu tun gab. »Der alte Haak war mit.«

»Sieh mal an«, wunderte Julia sich. »Ist er etwa auch Mitglied in diesem Rentner-Paradies?«

»Er hat mal mit dem Gedanken gespielt.«

»Dann bitte ihn, dich zu begleiten, wenn du Nägel mit Köpfen machst«, verlangte Julia.

»Und was soll der von mir denken?« fragte Fanny kleinlaut.

»Nur das Beste.«

Fanny suchte nach einem letzten Rettungsanker. »Er kann nicht einfach seinen Laden zumachen, weil ich eben mal nach Altona fahren will.«

Hermine sah Fanny aufmunternd an. »Für dich hängt der Mann garantiert ein Schild an die Tür: Wegen Familienfeier geschlossen!«

Die Häuser in der finstersten Ecke von Altona hatten Unwetter und Krieg ohne Renovierung heil überstanden. Die Fassaden gingen nahtlos Grau in Grau ineinander über. Kulissen für zeitkritische Filme mit dem Thema Jahrhundertwende. Läden für Gelegenheitskäufe. Keine aufwendigen Ge-

schäftsschilder. Was geboten wurde, stand an den Schaufensterscheiben. Trödel zumeist, Hehlerware mitunter.
In so einem muffigen Haus residierte der »Retter der Enterbten«. Neben der Eingangstür ein unscheinbares Messingschild: SENIOREN-FOND DIETMAR GRABERT.
»Ein bißchen Fracksausen hab' ich schon«, gab der alte Haak zu. »Wenn man in den Jahren ist, wird man schnell ins Unrecht gesetzt von solchen Leuten.«
»Find' ich nett, daß Sie mitgekommen sind«, offenbarte Fanny. »Allein hätt' ich mich nicht raufgetraut.«
Haak zierte sich bescheiden. »Ich lass' doch meine beste Kundin nich' im Stich bei so einer wichtigen Sache.«
»Und die anderen Kunden? Die stehen vor dem Laden und gehen zur Konkurrenz.«
»Die kommen später noch mal vorbei. In den Supermarkt gehen die nicht, weil sie da nicht anschreiben lassen können. Ich hab' eine Pappe an die Klinke gehängt ›Wegen Familienfeier geschlossen‹. Dann wissen die, der alte Haak hat gestern abend einen geschluckt und pennt sich aus.«
Ebenfalls aus Pappe war das Namensschild am Klingelknopf. GRABERT.
Er öffnete selbst und geleitete Fanny und Haak in das Kontor seines Einmannbetriebs. Verwohnte Räume, Gardinen, Tapeten, Teppich und Zimmerdecke im tristen Grauton, Uralt-Möbel, abgewetzte Sessel und Stühle. Grabert wirkte wie ein modischer Gruß aus dem Jahr 1920. Grauer Anzug, grauer Pulli mit V-Ausschnitt, verknautschte Krawatte zum grünbraun changierenden Hemd. Ein Typ, der Rentnerherzen im Sturm erobert.
Sein Gesicht, so lang wie breit, wirkte wundermild. »Was kann ich für Sie tun?«
»Ich hätt' ja nun gern mal ein ernstes Wort mit Ihnen gesprochen«, begann Fanny.
»Wie war gleich der werte Name?«
»Harthauser, Fanny.«

Grabert zog mit sicherem Griff eine Konto-Karte aus einem schwarzen Karteikasten, lächelte gewinnend, wedelte sacht mit der Karte. »Ich sehe, daß schon einiges zusammengekommen ist. Wie schön für Sie. Was haben Sie denn nun auf dem Herzen, liebe Frau Harthauser?«
Fanny wiederholte Wort für Wort, was Julia ihr vorgebetet hatte: »Herr Grabert, tut mir leid, ich kündige aus persönlichen Gründen. Schriftlich, wenn Sie wollen. Ich hoffe, Sie sind einverstanden, damit ich nicht meinen Rechtsanwalt einschalten muß.«
Dietmar Grabert war weder geschockt noch verärgert, noch enttäuscht. Er freute sich. Zumindest nach außen hin. »Ja, du lieber Gott, was muß ich denn da hören? Ich bin froh, daß Sie gleich zu mir gekommen sind, liebe Frau Harthauser. Ach ja, ich kenne das: Immer wieder werden meine Kunden durch Neid und Mißgunst von dritter Seite verunsichert und fürchten um ihr Geld. Lassen Sie sich nicht irremachen! Mißtrauen ist der Tod der menschlichen Gesellschaft. Und das wollen weder Sie noch ich.«
Fanny war schon wieder auf dem besten Weg, sich irremachen zu lassen. Grabert studierte ihren Gesichtsausdruck und sonderte sogleich weitere Schlagworte ab: »Denken Sie immer daran, daß es in unserer Solidargemeinschaft heißt: Alle für einen und einer für alle! Sehen Sie, wenn jeder mitmacht, verwandeln wir durch eigene Initiative dieses Land in ein Rentner-Paradies! Lebenslang haben die Menschen geschuftet! Und was bleibt Ihnen? Na, Sie wissen es! Eine schmale Rente! Zum Sterben zu viel, zum Leben zu wenig!«
Trotz Julias eindringlicher Ermahnungen spürte Fanny tiefe Dankbarkeit. »Da haben Sie recht, Herr Grabert.«
Mit dem Blick eines verhinderten Predigers musterte Grabert den alten Haak. »Wollen Sie nicht auch unserer Gemeinschaft beitreten?«
»Kein Bedarf. Ich hab', was ich brauche. Ich arbeite nur, weil ich nicht den ganzen Tag Skat spielen kann.«

Für Grabert kein Grund, aufzugeben. »Beneidenswert! Aber was wird sein, wenn Sie nicht mehr arbeiten können?«
»Da machen Sie sich man keine Sorgen. Mehr als ein Kotelett und fünf Flaschen Bier kann ich nicht verdrücken pro Tag. Und mehr brauch' ich nich'.«
Fanny faßte wieder Mut. »Wie ich schon sagte, ich bin gekommen, um zu kün...«
»Ich sehe gerade, liebe Frau Harthauser«, unterbrach Grabert sie flink und hielt die Kontokarte hoch, »am fünfzehnten sind die Zinsen auf Ihre Einlage fällig. Das sind ja nur noch ein paar Tage. Wissen Sie was? Ich zahle Sie Ihnen schon jetzt aus. Dann müssen Sie nicht extra noch mal herkommen.«
Was Fanny auch erwidern wollte, sie kam nicht zu Wort. Blitzschnell öffnete Grabert seine Geldkassette in der Schreibtischschublade, legte ein Bündel Scheine als Köder auf den Tisch. »Da will ich gleich ausrechnen, wie hoch Ihr Anteil ist. Ja, ja, da ist was dran: Geld regiert die Welt! Aber es müssen ja nicht immer die Reichen regieren, nicht wahr, Frau Harthauser? Auch der untere Mittelstand will was vom Leben haben.«
Haak und Fanny betrachteten tiefsinnig das kleine Vermögen, das zwischen ihnen und dem selbstlosen Menschenbeglücker lag. Fanny vergaß die guten Vorsätze und schaute fasziniert auf Graberts Finger, die über die Tasten seines Tischrechners huschten. »Wieviel bekomme ich denn?«
Dietmar Grabert unterdrückte beherrscht einen Anfall von Glückseligkeit und manipulierte geschickt mit den Scheinen. »Sie werden es nicht glauben! Geben Sie acht!« Geschickt, als handele es sich um Tausender, blätterte er Zehnmarkscheine aufeinander und blickte bei jeder Geldnote suggestiv in Fannys Augen. »Zehn und zwanzig und dreißig...«
Hundertsiebzehn Mark und ein paar Zerquetschte lagen letztlich vor Fanny, doch sekundenlang danach wurde sie den Eindruck nicht los, ein Vermögen eingesackt zu haben. »Ich dank' recht schön, Herr Grabert.«

Er schob ihr Block und Schreiber zu. »Wenn Sie hier quittieren wollen.«
Sie unterschrieb und wiederholte, frei von allem Mißtrauen: »Nochmals schönen Dank.«
Menschenfreund Grabert lächelte. »Keine Ursache, liebe Frau Harthauser. Ist ja Ihr Geld. Ich heb's nur für Sie auf und mach' was draus. Bis die Tage!«

Julia betrat die Bank und fühlte, das Betriebs-Barometer zeigte schlechtes Wetter an. Herr Löhlein schlich mit Kummerfalten herum. Grameier stand mit verbissener Miene hinter seinem Kassenschalter, Urlaubsvertreter Dieter Rath, frisch aus München eingetroffen und sauer, erregte bei den anderen Kollegen Brotneid.
Julia winkte Frau Heise zu sich. »Wenn ich mir die ganzen Gesichter ansehe, wird mir schlecht. Sind wir pleite, oder was ist los?«
»Manche Tage haben es in sich«, klagte Frau Heise. »Der Schwager von Herrn Löhlein ist gestorben. Jetzt hat er, glaube ich, die Schwägerin auf dem Hals, und die ist ein bißchen wunderlich. Herr Grameier nimmt übel, daß man ihm nichts von der Revision gesagt hat.«
»Revision ist ein ganz normaler Vorgang. Das wird nie vorher angekündigt. Der Revisor kommt nicht wie das Amen in der Kirche, sondern aus heiterem Himmel. Schwaiger weiß das ebenfalls nicht.« Julia schaute sich um. »Wer ist es denn diesmal?«
»Ein Herr Staritz. Kein sehr umgänglicher Typ.«
Julia musterte Rath aus den Augenwinkeln. »Und wer ist der Mann im Nadelstreifen?«
»Peter Rath. Ihr Urlaubsvertreter, wie ich von Herrn Dr. Sagerer hörte. Er spielt den feinen Herrn, mopst sich, weil noch kein Computer für ihn eingerichtet ist, und das zusammen nehmen die Kollegen übel.«
Julia flüchtete in ihr Büro und rief in Ralfs Arbeitszimmer:

»Morgen, du! Hoffentlich bist du in besserer Verfassung als unsere Mannschaft.«
Er erschien an ihrer Tür ganz offenbar nur zu dem Zweck, ein ausgedehntes Tiefdruckgebiet über Südskandinavien mit Ausläufern nach Norddeutschland anzukündigen.
»Was ist denn dir über die Leber gelaufen?«
»Mich gibt's gar nicht«, teilte er zerknirscht mit. »Ich habe keinen Geburtsschein mehr. Und wenn ich keinen Geburtsschein habe, dann gibt's mich nicht. Und wenn es mich nicht gibt, können wir nicht heiraten.«
Verblüfft rief Julia: »Aber du hast einen Personalausweis und einen Paß. Wie hast du die ohne Geburtsschein bekommen?«
Er machte eine um Hilfe flehende Gebärde mit beiden Armen. »Weil ich irgendwann mal einen hatte. Er ist weg. Futschikato. Keine Ahnung, wann und wohin das Ding verschwunden ist. Vielleicht bei irgendeinem Umzug im Altpapier gelandet.«
»Dann besorg dir ein Duplikat. Brauchst du bloß in deiner Heimatgemeinde anfordern. Du weißt bestimmt, welches Standesamt für dich zuständig ist.«
»Logisch. Hohenbruck.«
»Na, siehst du!« Sie freute sich über ihren fabelhaften Vorschlag. »Ruf an, und du hast es in zwei Tagen. Kein Problem.«
»Hohenbruck heißt heute Trebecovice und liegt jetzt in der Tschechoslowakei.«
»Was haben deine Eltern dort gemacht? Ich denke, ihr habt immer in München gewohnt.«
»Meine Großeltern wohnten dort. Der Großvater war schwerkrank. Meine hochschwangere Mutter besuchte ihn und kam prompt nieder. Gewissermaßen auf der Durchreise, verstehst du?«
»Die ČSSR hat ein Konsulat, Pan Sagerer.«
»Sascha will die Sache in die Hand nehmen«, enthüllte Ralf

unsicher und sah bereits die Schwierigkeiten auf sich zukommen.

Julia bekreuzigte sich. »Dann können wir in diesem Jahrhundert nicht mehr heiraten.«

»Beunruhige dich nicht, es wird schon klappen«, beschwichtigte er. »Der Junge hat fest versprochen, die Sache rasch über die Bühne zu ziehen. Quasi als Hochzeitsgeschenk.«

»Warum schenkt er uns nicht was, das er kaufen kann?«

»Macht er auch noch: Deine Motorradkluft für die Kalifornien-Reise. A propos Reise: Wann fährt deine Mutter zurück nach Bayern?«

»Wenn ihre vierzehn Tage Urlaub rum sind.«

Seine Augen bekamen wieder Glanz. »Und wann ist das?«

»Übermorgen. Leidest du?«

»In Hamburg sind die Nächte lang.«

Schnell drückte sie ihn und bedauerte die über ihn hereingebrochene Abstinenz. »Was tut er der Julia leid!«

»Danke für dein Mitgefühl. Ich hab' noch nie so viel Monopoly und Rommé und ›Mensch ärgere dich nicht‹ gespielt, wie in dieser Zeit.«

Sie juxte sich: »Und du bist ein glänzender Verlierer gewesen. Für Max und Fanny war's das Höchste.«

»War Fanny bei diesem Grabert?«

»Ja.«

Skeptisch fragte er: »Hat sie ihre Einlage etwa zurückbekommen?«

»Hast du das echt erwartet? Natürlich nicht. Dieser Betrüger hat ihr vorzeitig ihre Zinsen auf den Tisch gepackt...«

»Und schon war sie besänftigt.«

»Genau.«

»Es ist nicht verboten, Geld zu verschenken«, sagte er. »Aber es ist verboten, ältere Menschen zu betrügen.«

»Wo kein Kläger ist, ist kein Richter. Das ist eine alte Weisheit. Wir müssen einen Betroffenen überreden, Anzeige gegen den Mann zu erstatten.«

»Hört sich zwar einfach an«, bemängelte sie den Vorschlag, »dazu müssen wir aber erst seine Kundenkartei in die Hände bekommen.«
»Oder du mußt Fanny überreden.«
»Fanny?« Julia lachte schrill. »Mach mich schwach! Die schwört schon wieder auf den Mann. Die macht nicht mit.«
»Aber wenn du ihr und all den anderen alten Menschen helfen willst, ist das der einzige Weg. Ohne Anzeige macht der Staatsanwalt keinen Finger krumm. Oder wir müssen jemanden zu seinem Glück zwingen. Irgend etwas muß uns einfallen, bevor wir nach Amerika fahren. Die Reise sitzt uns ein bißchen im Nacken.«
»Wenn ich deine lichten Ausführungen richtig deute, sollen wir am Rand der Legalität arbeiten?«
»Ich liebe schlaue Frauen über alles!«
Sie hielt ihm eine Wange zum Kuß hin, damit das Lob an Format gewann. »Gut. Wir sollten schließlich nicht untätig zusehen, wie dieser Grabert die Leute um ihre Ersparnisse bringt. Ich hab' mir Fannys Vertrag zu Gemüte geführt. Da steht im Kleingedruckten: Die Mitglieder des Senioren-Fonds verpflichten sich, Engpässe im Zinsfluß selbstschuldnerisch zu übernehmen. Das heißt, mit ihrer Unterschrift haben sie sich freiwillig verpflichtet, Schulden zu machen.«
»Du solltest diesen Grabert kontakten. Männer wickelst du doch um den kleinen Finger, wie wir wissen.« Flugs entwickelte er satten Spott: »Eugen Schumann, Auerbach, Sander, Dahlen, Grollmann, Bankräuber Hilmar. Da kommt schnell eine Fußballmannschaft zusammen. 1. FC Heininger!«
»Menschenskind, kannst du gemein sein!« Julia ärgerte sich so gut sie konnte. »Immer ich. Heute nachmittag geh' ich hin zu dem Kerl.«

Dietmar Grabert fühlte sich als der Größte nicht nur von Altona, sondern von Hamburg. Da kam die charmante Leiterin einer honorigen Bank und bot ihm Unterstützung für seinen

Senioren-Fonds an. Nicht zu glauben, wie geldgierig diese Institute dem kleinsten Gewinn nachjagten. Mit dem Tischrechner ermittelte er, was unter dem Strich für ihn dabei herausschaute, und das Ergebnis war so erstaunlich, daß er wie unter Zwang zustimmend nickte.
Julia bemerkte es zufrieden. »Wir sind uns also einig, Herr Grabert: Die Bayernbank übernimmt das Depot des Senioren-Fonds zu einem Zinssatz, der ein Prozent höher als üblich ist. Zunächst auf ein Jahr mit monatlicher Kündigungsfrist.«
»Was bewegt die Bayernbank, mir mehr anzubieten als andere Institute?«
Mit einem Timbre, als verleihe sie den Sonderpreis für die größte Tomate im Kleingartenverein, sprach Julia: »Wir honorieren damit Ihre Vorleistung. Ihr Senioren-Fonds und sein soziales Anliegen scheinen uns besonders förderungswürdig zu sein.«
Grabert kroch Julia auf den Leim. »Danke für die Blumen. Ich habe noch viele Träume und Pläne.« Er erhob sich und umrundete seinen schäbigen Schreibtisch. »Ich möchte zum Beispiel einen genossenschaftlichen Senioren-Reisedienst und nach dem Modell der SOS-Kinderdörfer ganze Siedlungen für alte Menschen einrichten. Sicher kommen wir auch da zusammen.«
Julia glaubte ihm kein Wort. »Würde mich außerordentlich freuen, Herr Grabert. Was wäre die Welt ohne Männer mit großen Zielen.« Glatt floß ihr das über die Lippen.
»Auf eine gute gemeinsame Zukunft«, wünschte Grabert selbstsicher zum Abschied und sah Millionen-Kredite auf sich zurollen. Sein Lächeln kam vom Herzen – die Frau und ihre Bayernbank hatte er genauso elegant eingewickelt wie die beschränkten Alten...

Mit den knapp drei Millionen Mark des Senioren-Fonds, die angewiesen, aber noch nicht überwiesen worden waren, trudelte auch die Grabertsche Kundenkartei in der Bayernbank-Filiale ein. Persönlich und telefonisch versuchten Julia und Ralf, einige der alten Leute davon zu überzeugen, daß sie einem Betrüger aufgesessen waren und Anzeige erstatten müßten. Jeder Anlauf endete negativ. Die Alten waren wie versessen auf ihren Heilsbringer mit dem großen Füllhorn.

Julia geriet sogar in körperliche Gefahr, als eine Frau sie anschrie: »Anzeigen soll ich ihn? Sind Sie noch zu retten? Nee, meine Dame, Leute wie Grabert kann es nich' jenuch geben! Da könnse reden, was Sie wollen! Endlich kümmert sich jemand um uns Rentner! Und jetzt hauen Sie ab, oder ich mach' meine Minka los!«

Der Hund zerrte an seiner Leine, kläffte, zeigte Appetit auf Damenwade. Julia floh in ihr Auto und dachte nur: Am besten, alles hinschmeißen und ab nach Kalifornien.

Sie fuhr zur Bank, pumpte sich bei Grameier 2500 Mark aus der Kasse, nahm einen Reiseprospekt mit und machte sich auf den Weg nach Hause, um Fanny mit dem Holzhammer zu bearbeiten. Das schien ihr die letzte Rettung zu sein. Wie sah das aus, Ralf gegenüber zugeben zu müssen, keinen Erfolg gehabt zu haben.

»Fanny!!« Wieder der Alarm zur Felssprengung.

Die Heiningersche Haushälterin ahnte nichts Gutes. Nur zögernd näherte sie sich. »Hams aan Wunsch?«

Julia hielt ihr das Bündel Hunderter vor die Nase. »Weißt du, was das ist?«

»Scho. Geld halt.«

Julia sprühte in missionarischem Eifer. »Soll ich dir mal sagen, wessen Geld das ist?«

»Wenn S' mögen.«

»Es gehört dir! Ich konnte es grad eben bei Grabert in Sicherheit bringen!«

»Viertausend Mark?« Fanny streckte ihre Hand aus.

Die Scheine flatterten auf den Küchentisch. »Viertausend? Schön wär's ja! Zweitausendfünfhundert!«

Fanny sah aus wie ein Kalb, das sich nicht durchs Siegestor traut. »Wieso? So wahr ich hier steh', ich hab' ihm viertausend gegeben.«
»Heiliges Kanonenrohr!« schimpfte Julia. »Sei froh, daß du zweieinhalb zurückbekommst. Die meisten anderen sehen gar nichts mehr von ihrem Geld. Alles weg! Futsch! Es war einmal ein schöner Traum!«
»Was hat er damit gemacht?« Obwohl sie längst vorgewarnt worden war, blieb Fanny begriffsstutzig.
Julia schlug den Reiseprospekt auf, blätterte auf gut Glück und fand eine Segelyacht mit einem halben Dutzend Werbemiezen in bunten Badeanzügen an Deck. Oben blauer Himmel mit einretuschierter Kumuluswolke, im Hintergrund Palmenstrand. Wie geschaffen zum Flunkern. »Er hat sich diese Yacht gekauft.«
Fanny schaute sich das Hochglanzfoto lange an und fragte zögernd: »Mitsamt den nackerten Weibern?«
»Natürlich! Er hat euch ja genug Geld abgeschwatzt! Da kann er sich das ganze Rudel halten. Und hier, schau mal.« Julia schlug eine für ihre Zwecke geeignete Doppelseite mit Südsee-Werbung auf. »Dahin fährt er mit den Tussis! Nach Katakiri!«
»Was ist das?«
»Eine Insel in der Südsee. Immer Sonne, immer blauer Himmel und warmes Badewasser. Ein ganzes Meer voll.«
Die außergewöhnlich lange ihrem Traum vom großen Geld nachhängende Fanny klammerte sich an einen letzten Strohhalm. »Weil er da sein Senioren-Dorf bauen will?«
Julia stampfte mit dem Fuß auf. »Da spielt er mit seinen nackerten Weibern Fangermanndl und lacht über euch Dummköpfe! Freiwillig habt ihr ihm euer schönes Geld hingeschleppt, damit der Gangster sich einen schönen Lenz machen kann!«
Endlich fiel bei Fanny der Groschen. Nicht pfennigweise, sondern mit einem Riesenbums. »So aan dreckerter Wüst-

ling, ausgschamter! Mit meim Geld! Ja, so a Gschicht! Net schlecht, sag' i!« Sie knallte als äußeres Zeichen ihrer Mordlust die Tür der Speisekammer zu. Gläser und Flaschen schepperten im Regal. »Ja, da verreck, sakkradi! Ja, spinn' i denn?! Ja, dös is sauba! Ui!«
»Aus Rentenmitteln, Fanny!« schob Julia nach. »Du wolltest mir ja nicht glauben!«
»Sie ham gut reden. Was jetzt?«
»Du bekommst ein richtiges Konto bei der Bayernbank mit ganz normalen Zinsen.«
»Und meine tausendfünfhundert Mark Verlust?«
»Die kriegst du als Prämie zurück«, versprach Julia. »Aber nur, wenn du jetzt mit mir zur Polizei gehst und Anzeige gegen Grabert erstattest.«
»Was soll ich denn da sagen?« fragte Fanny unsicher.
»Mach dir keine Sorgen, ich bin bei dir.«
»Is scho recht, Frau Julia. Ich zieh' mich nur gschwind um! Dem zoag mas, dem Hallodri!«

Frau Heise kam in Julias Büro und studierte den Absender eines Din-A-5-Briefes. »Von der Staatsanwaltschaft. Wenn das die Grabert-Sache ist, haben die aber geschwind reagiert.«
Julia riß den Umschlag auf, las die ausgefüllten Vordrucke und rief in die Richtung von Ralfs geöffneter Tür: »Jetzt haben wir den Kerl! Hier ist die Durchschrift von Fannys Anzeige gekommen und die Bestätigung, daß das Ermittlungsverfahren gegen ihn eröffnet worden ist.«
»Das ging ja rasend schnell«, rief er. »Hoffentlich setzt Grabert sich nicht ab mit seinen zweieinhalb Millionen.«
»Sag das noch mal!« Julia ging ins Nebenzimmer. »Ich denke, das Geld liegt schon bei uns?«
»Es ist angewiesen, werte Frau Kollegin, noch nicht überwiesen. Ein Riesenunterschied. Möglicherweise ein Trick.«
Julia geriet außer sich. »Dann besteht Fluchtverdacht! Weiß das der Staatsanwalt?«

»Denk' ich mir. Aber sicher ist sicher.« Ralf griff zum Hörer. »Ich ruf' an.«
Durch Frau Heises Büro schob sich Revisor Staritz. »Auf ein Wort, Frau Heininger: Ich habe mir den Vorgang ›Senioren-Fonds Grabert‹ angesehen. Ich muß darüber im Revisionsbericht der Zentrale Meldung machen.«
»Dann melden Sie aber auch, wie vielen alten Menschen wir die Ersparnisse gerettet haben.«
»Es ist nicht meine Aufgabe, zu kommentieren, sondern festzustellen«, äußerte Staritz süffisant. »Ich stelle fest, Sie haben sich auf ein offensichtlich unseriöses Geschäft eingelassen, dessen Risiken nicht abgedeckt sind. Außerdem haben Sie dem Kunden – außerhalb der geltenden Bestimmungen – einen extrem hohen Zinssatz gewährt.«
Ralf gab von der Tür her ein taktisches Armzeichen der Bundeswehr. »Panzer marsch!« hieß das.
Julia verstand und wollte sich absetzen. »Stellen Sie fest, melden Sie, tun Sie, was immer Sie wollen, Herr Staritz. Bloß uns entschuldigen Sie jetzt bitte. Wegen des Vorgangs Grabert sind wir etwas in Eile.«
»Ich bin noch nicht fertig!« sagte Staritz.
Sie nahm ihre Handtasche und folgte Ralf. »Hat das nicht bis morgen Zeit?«
»Nein! Die Bayernbank hat im Devisengeschäft einen Verlust von rund 600 000 Mark gemacht.« Staritz hob das Kinn. »Sind Sie sich der Tragweite bewußt?«
»Ich bin schließlich nicht von gestern. Zusatzfrage: Nur in unserer Filiale?«
»Mit München zusammen«, räumte Staritz ein.
»Wie ist denn das möglich?«
»Eine gute Frage. Jemand dreht ein ganz großes Ding, Frau Heininger. Dann suchen Sie mal schön! Meine Arbeit hier ist beendet. Ich fahre zurück und werde Herrn Direktor Schwaiger Bericht erstatten. Habe die Ehre!« Würdevoll verließ der Revisor Julias Büro.

Sie fuhren in Julias Auto nach Altona, und Ralf sagte: »Wenn du deinen dummen kleinen Fuß ein bißchen auf dem Gaspedal läßt, schaffen wir's zum ersten Akt. In zehn Minuten lassen sie Grabert hochgehen.«
»Wenn's den noch gibt.«
»Mit der Bayernbank als Kulisse denkt der gar nicht an Flucht. Was wollte denn der Wichtigtuer Staritz noch von dir?«
»Wir haben einen Maulwurf in der Filiale. Bisher hat er München und unsere Filiale um 600000 Mark geschädigt.«
Ralf prustete los. »In der kurzen Zeit? Das muß ein enormer Profi sein. Leicht ist das nämlich nicht. Es muß ein Trick sein, der auf Anhieb schwer zu entdecken ist. Hat Staritz einen Verdacht geäußert?«
»Im Devisengeschäft, sagt er.«
»Devisen und Auslandskonten bearbeitet unser Urlaubsvertreter Dieter Rath.«
Julia pfiff einige Takte aus »Peer Gynt«. In der Halle des Bergkönigs. Dann vermutete sie: »Wäre ich Berthold Schwaiger, würde ich im eigenen Haus keinen Wirbel veranstalten, wenn mich ein schwarzes Schaf anpinkelt. Den verdächtigen Mitarbeiter würde ich in eine Außenstelle deligieren und dort entlarven lassen.«
»Hervorragend, Frau Kommissarin! Hört sich gut an. Aber wie kommst du drauf? Es kann auch ein Computerfehler sein, und der Mann hat eine weiße Weste.«
»Computerfehler mit 600000? Das sehe ich nicht. Unser Direktor hat uns Dieter Rath angedient, obwohl in München mit Sicherheit fünf oder acht Leute sitzen, die mehr drauf haben. Es paßt auch alles so gut zusammen: Rath kommt und Staritz kommt. Staritz hat sich in allen Bereichen aufgespielt wie eine Tüte Mücken, aber die Devisen-Affäre hat er nur ganz nebenbei erwähnt.«
»Sein Abschiedsgeschenk.«
»Genau! Berthold will, daß wir Rath kippen. Und in dem Zu-

sammenhang ist dir wohl klar, was mit dem Urlaub wird. Kalifornien ade, sag' ich nur.«
Ralf schaute, als habe er eine Geisteskranke neben sich. »Ich hör' wohl schlecht! Das kann nicht dein Ernst sein. Wir haben die Reise lange genug geplant. Der Flug ist gebucht. Das sollen unsere Vorflitterwochen sein.«
Die letzte Begründung ließ Julia nicht gelten. »Flitterwochen machst du doch schon seit Monaten mit mir.«
Ralf sah die Reise platzen, und nach Spaß war ihm nicht zumute. »Dann fahren wir halt nach der Hochzeit. Aber ausreden lass' ich mir Kalifornien nicht.«
»Ich sag' dir was...«
»Sprich dich aus.«
»Der Kalifornien-Trip ist allein deine Reise. Davon spinnst du seit Wochen. Du wärst unerträglich, wenn du jetzt nicht mit deiner Maschine die Küste entlangdonnern dürftest. Und wer muß das dann ausbaden? Ich.«
»Aber verdammt noch mal, Julia, es ist auch meine Bank. Du sitzt hier im Schlamassel, und ich gurke in der Geografie rum. Außerdem: Was soll ich allein in Amerika?«
Seine Gründe waren gut, aber nicht gut genug. Einerseits gönnte sie ihm die Tour, an der ihr Herz nicht hing, andererseits meinte sie, es sei gut für ihr Image, einen Erfolg ohne seine Mithilfe einzuheimsen. »Traust du mir nicht zu, den U-Bootfahrer ohne dich zu finden?« Julia suchte nach einer Parklücke. »Mit Grameier und der Heise? Mach die Reise mit Sascha. Der ist genauso motorradverrückt wie du. Ihr könntet mit zwei Maschinen fahren, und ich brauchte nicht wie ein Klammeraffe hinter dir zu hocken. Wir würden uns bald anfauchen. Das ist die Sache nicht wert vor der Hochzeit.«
Vor dem Haus, in dem Pseudo-Wohltäter Grabert residierte, standen ein Peterwagen und ein Zivilfahrzeug der Kriminalpolizei. Ein Uniformierter sicherte den Haupteingang, der andere wartete in der Hofeinfahrt.
Julia parkte ihr Auto in der zweiten Reihe. Sie kamen gerade

noch zurecht, als Grabert von zwei Kriminalbeamten aus dem Haus gebracht wurde. Er erkannte Julia und blickte sie mit seelsorgerisch vorwurfsvoller Miene an. »Sie haben mein Lebenswerk zerstört.«

»Lieber Ihr Lebenswerk als den Lebensabend hunderter gutgläubiger Menschen.«

»Und ich habe Ihnen vertraut.«

»Und ich Ihnen nicht! Das unterscheidet uns.«

Ralf sah nachdenklich zu, wie Grabert auf die hintere Sitzbank des Polizeiwagens verfrachtet wurde. »Wenn ich mir vorstelle, daß Dieter Rath mit den Devisenkonten manipuliert hat und auch so abgeführt wird, wie der da, hinterläßt das keinen guten Eindruck.«

»Das bildest du dir wohl nur im Traum ein, daß ich ihn von der Kripo aus der Filiale holen lasse. Den schick' ich auf eine Dienstreise, und am Flugschalter können sie ihn in Empfang nehmen. Immer vorausgesetzt, daß er Dreck am Stecken hat.«

ENGEL VON ALTONA VERHAFTET, lautete am nächsten Morgen die Titelzeile der Zeitung. Sie war keine Stunde am Kiosk, da wußte halb Hamburg, daß die Bayernbank rund 700 Rentnern die Ersparnisse gerettet hatte. Nach einer weiteren Stunde glich die Schalterhalle der Hamburger Filiale einem U-Bahnhof zur Rush-Hour. Pensionäre drängten zur Kasse, wollten ihr Geld, gebärdeten sich feindselig. Grabert in seiner grauen Miefbude hatte ihnen Vertrauen eingeflößt. Marmor, Glas, Leder und Edelstahl rochen nach Verschwendung.

Kassierer Grameier bekam von Minute zu Minute mehr Ähnlichkeit mit einem Raubtierdompteur, der sich der angreifenden Meute erwehren wollte.

Sagerer eilte ihm zu Hilfe. »Gibt's Probleme?«

»Schauen Sie sich mal die Beträge an.«

»Sind alles ganz normale Summen.«

»Vor dem Komma schon, aber hinter dem Komma die Pfennige! Wir haben zu wenig Kleingeld. Jemand muß die Leute beruhigen, und jemand muß ein paar Rollen Groschen und Pfennige aus dem Tresor holen.«
»Frau Heininger ist da genau richtig«, rief Ralf und rannte ins Büro. »Julia, deine salbungsvolle Stimme wird verlangt. Da draußen ist die Hölle los. Löhlein meint, der Banküberfall sei dagegen Zuckerlecken gewesen.«

Ralf küßte Julia, und Julia küßte Ralf, und es war kein Ende abzusehen. Auf Sascha wirkte die Abschiedsvorstellung in der Abflughalle peinlich. Er trat einige Schritte beiseite.
»Mach's gut, grüß Kalifornien.« Neue Kußserie, unterbrochen von zärtlichen Blicken.
»Sei bloß wachsam, wenn du dem Rath auf die Schliche kommen willst.« Ralf begann mit Nasereibereien und sagte mit den Händen diskret allem Valet, was er an Julias Rippenbögen erreichen konnte.
Ihr gefiel dieser Abschied kollossal. »Wenn er sich diese 600000 Mäuse unter den Nagel gerissen hat, muß er die auch irgendwo versteckt haben. Und wenn er sie versteckt hat, finden wir sie.«
Sascha widmete sich dem Studium der Abflugpläne.
Ralf überlegte, wie er eine Intensivbehandlung durchführen könnte, ohne Tango zu tanzen. »Viel wichtiger ist: Wo konnte er die Mücken abzweigen, daß es erst jetzt aufgefallen ist.« Stark drückte er Julia an sich.
Sie geriet ebenso stark durcheinander und blinzelte nach links und rechts. »Beim Wäh-Währungsgefälle möglicherweise.«
»War die Nacht nicht lang genug, Himmel noch mal!« tadelte Sascha. »Ihr seht euch doch in drei Wochen wieder! Laß das Weib los und komm!«
»Schreibst du mal?« Bussi.
»Ich telefoniere.« Noch eins.

»Denk an den Zeitunterschied.« Das klang eine Spur zu sachlich.
»Logisch.« Küsse auf beide Wangen.
»Bring Max was mit.«
»Ganz klar.« Schmatz.
»Sei vorsichtig.«
»Du auch.«
Bis in alle Ewigkeit hätten sie das textarme Liebesduett fortgesetzt, wenn Sascha nicht seinen Bruder mit sich zur Personenkontrolle gezogen hätte. »Glaubst du, die verschieben den Abflug wegen euch?«
Julia ließ Ralfs Hand nicht los und trippelte neben ihm her.
»Und geh' nicht in die Sauna.«
»Da gibt's keine.«
»Echt?«
»Bleib ganz ruhig.« Er küßte sie ein letztes Mal, aber so heftig, daß Julia unwillkürlich Überlegungen anstellte, wo die nächste Zahnarztpraxis sein könnte.
Noch ein bißchen winken, und dann verließ Julia tapfer den Ort der Trennung. Feuchte Augen hatte sie, doch die Tränen blieben drin.
Im Zubringerbus meinte Sascha: »Es geht mich ja nichts an, aber warum darfst du nicht in eine Sauna?«
»Das ist eine lange Geschichte.«
»Soll ich raten, oder erzählst du sie mir? Ein Satz reicht.«
»In Tirol war ich mal in einer Sauna, und die Tür ließ sich von innen nicht mehr öffnen«, sagte Ralf leichthin. »Ich konnte nicht raus.«
Sascha kam das unglaubwürdig vor. »Das ist alles?«
»Karen hat mich befreit.«
»Wer ist Karen?«
»Eine Dings, eine Skilehrerin.«
Das interessierte Sascha riesig. »Du hattest nichts an. Sie macht also auf und kommt zu dir rein. Erstklassig. Das muß eine heiße Begegnung geworden sein.«

Der Bus hielt vor der Maschine, und die Passagiere flitzten zur Gangway.
»Wieso heiß?« fragte Ralf verständnislos in der Kabine. »Sie machte auf, ich rannte weg, aber sie hat meinen Hintern gesehen.«
Sascha feixte. »Und dein Muttermal auf der rechten Arschbacke.«
Ralf hob geringschätzig die Schultern. »Warum grinst du so blödsinnig? Ist ja klar, daß sie das Ding sehen mußte. Irgendwann später schwatzt Max beim Essen dummes Zeug über einen Leberfleck, den ein anderer Gast am Hals hat, die blöde Karen amüsiert sich köstlich und sagt, ich hätte so ein Ding an der Hinterbacke.«
»Ich vermute, Julia war zugegen.«
»Na, logisch! Sie ist fast durch die Zimmerdecke gesaust vor Eifersucht.«
Überschlau äußerte Sascha: »Sie hat natürlich gedacht, du hast was mit der Maus.«
»Alles sprach gegen mich. Es hat Tage gedauert, bis sie mir die wahren Umstände geglaubt hat.«
»Darf ich mal eine ganz doofe Frage stellen?« erkundete Sascha die seiner Meinung nach ungereimte Geschichte. »Warum bist du eigentlich weggerannt, als diese Karen die Saunatür aufgemacht hat? Der Effekt bei Julia wäre letztlich der gleiche gewesen.«
»Aber ich hätte ein schlechtes Gewissen gehabt.«
»Armes Kalifornien«, sagte Sascha, setzte sich und schnallte sich an.

11

Kursabweichungen

Julia machte mit Frau Heise und Herrn Grameier eine Sondervergütung für Überstunden aus, damit das Jagdfieber der beiden bei der Suche nach den untergebutterten 600000 Mark möglichst lange erhalten blieb. Die Devisenbewegungen von Monaten auf den Konten der Bayernbank mußten durchgearbeitet, abgeschlossene Journale gewälzt werden. Sie rief die gespeicherten Unterlagen ab, Grameier filzte die Journalbögen, Frau Heise gab die ihr zugerufenen Zahlen in den Rechner ein.

»Als Maulwurf kommt nur der Kollege Rath in Frage«, erklärte Grameier nach der zweiten Abendschicht. »Bevor er das Devisengeschäft übernahm, hatte man einen klaren Durchblick. Verstehen Sie mich recht: Ich beurteile das vom buchhalterischen Standpunkt aus.« Er blätterte das Journal auf. »Das sind ja keine toten Zahlen für versierte Banker. Wenn das schulmäßig geführt wird, kann man noch nach Jahren den Pulsschlag der Börse, das Währungsgefälle und die Kaufkraft von Mark, Dollar, Pfund und Franc ablesen und daraus Schlüsse über die politische Situation ziehen.«

»Und Herr Rath hat das versaut?« fragte Frau Heise.

»Die Betonung liegt auf dem Begriff schulmäßig«, erläuterte Grameier. »Die internationalen Schlußzeiten der Börsen schlagen sich im Journal nieder. Wer es auch führt, der nächste Kollege braucht gar nicht eingewiesen werden. Das Buch ist für jeden von uns so offen, als habe er es selbst geführt.« Er hob den Zeigefinger. »Auf einmal gibt es jedoch geringfügige Abweichungen von der Normalität, von dem, was wir gelernt haben.«

»Und das erkennen Sie?« fragte Frau Heise ehrfürchtig.

Grameier steckte die Blumen mit links weg. »Mein Gott, ich bin seit zwanzig Jahren im Geschäft.«
»Jetzt machen wir mal Nägel mit Köpfen«, rief Julia. »Ich hab' hier den 27. April auf dem Bildschirm. Zwölftausend Dollar stehen zur Debatte.«
»Kurs 1,72«, sagte Grameier und fuhr mit dem Finger die Journalspalten aufwärts. »Am 26. April lag der Dollar noch bei 1,70.8.«
»Rath hat sein Geschäft am 27. April getätigt«, stellte Julia fest.
»Genau das«, sagte Grameier, »aber kurz vor Toresschluß zum Kurs des Vortages abgerechnet.«
»Und die Differenz?« wollte Frau Heise wissen.
Julia ließ den Curser über den Bildschirm wandern. »Hat er beiseite geschafft.«
»Wie und wohin?«
»Das werden wir rausbekommen«, brummte Grameier.
Julia rief neue Daten ab, Grameier nannte Tages- und Vortagskurse, Frau Heise errechnete die Gewinne. Plötzlich kam Stimmung auf. Wie Ostern beim Eiersuchen. Den Fund jeder versteckten Unterschleife begleiteten die heimlichen Fahnder mit einer Art Siegesgeheul, das sie allerdings mit zusammengebissenen Zähnen verkündeten.
»Dem Rath müssen jetzt die Ohren klingen«, vermutete Frau Heise.
Julia war nach Verstümmeln zumute. »Die werden ihm noch abfallen.«
Grameier bremste sie. »Ja, wenn wir wissen, wo er das Geld läßt.«
»Und wir müssen klären, was er an den Wochenenden in Frankfurt macht«, sagte Frau Heise.
»Wieso Frankfurt?« fragte Julia. »Woher wissen Sie das?«
»Sagt Löhlein. Er hat zugehört, wie Herr Rath jeden Freitagnachmittag am Telefon zu jemandem sagt: ›Wir sehen uns dann in Frankfurt zur üblichen Zeit.‹«

»Wir sollten ihm eine Lockspeise anbieten«, schlug der Kassierer vor.
»Genau das. Ich werde ihm in den nächsten Tagen einen Köder hinwerfen. 50000 Pfund. Die pumpen wir uns aus dem eigenen Bestand. Wir werden sehen, wie der Hase läuft. Ich schlage vor, wir beenden das Unternehmen für heute. Es war ein erfolgreicher Abend.«

Übermüdet stürzte Julia sich auf Zahlenkolonnen von alten Dateien. Was sie befürchtet hatte, war eingetroffen. Der oberschlaue Dr. Ralf Sagerer hatte den Zeitunterschied nicht so ernst genommen, um achtzehn Uhr aus San Francisco in Hamburg angerufen und Julia um drei in der Nacht aus dem Tiefschlaf gerissen. Nur mißgelaunt und mühsam konnte sie seinem enthusiastischen, ohne Punkt und Komma vorgetragenen Bericht folgen.
»Julia?« rief er, nachdem er keine begeisterte Zustimmung vernahm. »Interessiert dich überhaupt nicht, was? Du hast echt was versäumt. Sascha hat zwar einen Hexenschuß, aber er kommt damit zurecht.«
»Deshalb weckst du mich?«
»Entschuldige mal, ich denke, du nimmst wenigstens in Gedanken Anteil an der Reise.«
»Morgens um drei, du Spinner?«
»Jetzt ist es sechs...«
»Gute Nacht, Dummkopf«, rief sie und legte den Hörer auf. Aber wie sie sich auch drehte, weder auf der rechten noch auf der linken Seite, weder auf dem Rücken oder auf dem Bauch konnte sie wieder einschlafen. Die Nacht war gelaufen...
Drei Tassen von Frau Heises starkem Kaffee brachten sie wieder einigermaßen auf Trab. Von Grameier lag ein Zettel auf dem Schreibtisch. »50000 abrufbereit. Gra.«
Julia marschierte zu Dieter Rath, der durch vier Telefone die große weite Welt auf seinem Schreibtisch hatte. »Wir haben 50000 Pfund Sterling bekommen, Herr Kollege. Der Kunde

wollte zuerst in Dollar umtauschen, aber jetzt will er Deutsche Mark haben. Kümmern Sie sich darum?«

»Selbstverständlich, Frau Heininger. Aber erst kurz vor Schließung der Devisenbörse. Die Tendenz ist steigend, und ich möchte möglichst nahe an den höchsten Tageskurs kommen.«

»Wie Sie das für richtig halten, Herr Rath. Hauptsache, der Kunde kommt in den Genuß des günstigsten Kurses.«

Kassierer Grameier schob das Schild »Vorübergehend geschlossen« vor seinen Schalter, griff eine Kladde und folgte Julia unauffällig ins Büro. »Was hat er gesagt?«

»Er tauscht erst kurz vor Börsenschluß.«

»Das macht er nur, damit das Datum seiner Kontierung nicht auffällt. Aber er offenbart seinen Trick.«

»Wie auch immer: Er hat angebissen. Bald schnappt die Falle zu.«

Grameier blickte zehnmal öfter als an normalen Tagen zur Uhr in der Schalterhalle. Ihm schien, die Stunden vergingen besonders langsam. Als es endlich 17 Uhr wurde, kam der Kassierer sich vor, als habe er an einem Wettrennen für Schnecken teilgenommen.

Dieter Rath grüßte die Kollegen leutselig und verließ die Bank. Er hatte Feierabend. Kaum war er draußen, versammelten die Detektive Grameier, Heise und Heininger sich um den Bildschirm.

»Jetzt treten wir ihm auf die Zehen«, kündigte Julia an und holte in Windeseile die Devisen-Datei auf den Monitor. »Aha, da ist der Vorgang. 50000 Pfund. Buchungsdatum heute. Kurs drei Mark siebenundzwanzig.«

»Das ist der Kurs von gestern«, korrigierte Grameier. »Frankfurt hat heute mit drei Mark achtundzwanzig abgeschlossen.«

Frau Heise tippte die Zahlen in den Rechner.

»Mach' ich im Kopf«, sagte Grameier. »Eine Differenz von 500 Mark, die er abgesahnt hat.«

Julia sah ihn an. »Wissen Sie, was er zu mir gesagt hat? ›Die Tendenz ist steigend, und ich möchte möglichst nahe an den höchsten Tageskurs kommen.‹«

»Aber was macht er in Frankfurt? Hat er da ein Konto, auf dem er das heiße Geld versteckt und abhebt?«

Genau Julias Thema. »Frau Heise, geben Sie die Daten ein und lassen Sie den Computer alle Überweisungen von heute abfragen. Irgendwo muß er die 500 Mark gelassen haben.«

»Nur Frankfurt?«

»Nein, Frankfurt ist eine Hypothese.« Julia schaltete ihren Monitor ab. »Alles, was heute vom Terminal Rath rausgegangen ist.«

Nach knapp drei Minuten raste der Laserdrucker los, Frau Heise riß den Bogen vom Endlospapier ab und legte ihn Julia vor. »Frankfurt Fehlanzeige. München positiv. Sechs Buchungen auf Firmenkonten, eine auf das Privatkonto Kathrin Schmid. 500 Mark. Vom Platz Rath.«

»Vielleicht fährt er gar nicht nach Frankfurt«, überlegte Julia. »Vielleicht sagt er das bloß zur Tarnung.«

»Vielleicht ist das Fräulein Schmid seine Freundin«, vermutete der Kassierer.

Frau Heise wollte es krimineller. »Oder Komplizin.«

»Oder beides.«

»Wie hoch ist der Kontostand?« fragte Julia.

»55400.«

Grameier runzelte die Stirn. »Dann ist es nicht das, was wir suchen. Es müßten rund 550000 Mark mehr drauf sein.«

»Madame wird das Kleingeld regelmäßig abholen«, vermutete die Heise.

Die Überlegung fand Julia müßig. »Fest steht nur, daß er heute mit einem kleinen Umweg 500 Mark auf dieses Konto transferiert hat. Frau Heise, ich möchte alle Bewegungen wissen, die im letzten Jahr auf dem Schmid-Konto stattgefunden haben. Den größten Reibach hat Rath ja von München aus gemacht.«

Es wurde an die Bürotür geklopft.
»Wer ist denn noch hier?« fragte Julia leise.
»Herr Löhlein.«
»Was macht der denn noch hier?« wunderte Julia sich und rief: »Herein!«
Löhlein trat zögernd ein, musterte die Anwesenden und sagte: »Möglicherweise ist es von Wichtigkeit. Aus Versehen hab' ich Herrn Raths Papierkorb umgestoßen...«
Das amüsierte Grameier. »Aus Versehen?«
Löhlein blieb sachlich. »Und beim Einräumen fand ich Flugtickets...«
»Nach Frankfurt!« rief Frau Heise siegessicher.
»Nach München.« Löhlein legte acht verbrauchte Tickets Hamburg–München–Hamburg auf den Namen Rath vor Julia auf den Schreibtisch.
»Dacht' ich mir, daß er den Kollegen gegenüber Frankfurt zur Tarnung ausstreut. Danke, Herr Löhlein.«
Er freute sich, daß er zur Aufklärung des Falles beigetragen hatte, ging aber nicht.
»Haben Sie noch was auf dem Herzen?«
»Einen Stein. Der hat aber nichts mit Herrn Rath zu tun.« Er schien unschlüssig zu sein, ob er in Anwesenheit von Frau Heise und Herrn Grameier reden sollte. »Es ist eher privat.«
»Wegen seiner Schwägerin«, flüsterte Frau Heise. »Da ist doch der Mann gestorben.«
»Handelt es sich um den Todesfall?« fragte Julia.
»Gewissermaßen. Die Schwester meiner Frau hat einen Bauernhof in Schleswig-Holstein. Mal ganz abgesehen davon, daß sie ein bißchen wunderlich ist, sie soll jetzt enteignet werden.«
»Weil der Mann gestorben ist?«
»Weil er mit den Hypothekenzinsen im Rückstand war. Aus Angst vor dem Gerichtsvollzieher weigert sie sich, auf den Hof zurückzugehen, und nun hab' ich sie auf dem Hals.«
»Kommen Sie nicht mit ihr klar?«

Löhlein lachte gequält. »Seit vierzig Jahren haben wir kein Wort miteinander gesprochen. Eine familiäre Sache. Nicht interessant.«
Julia sah auf die Uhr. »Den Hof sollten wir uns ansehen, wenn Herr Dr. Sagerer wieder im Lande ist. Und ich werde mir etwas einfallen lassen, was wir mit Ihrer Schwester machen.«
Löhlein fiel der Stein vom Herzen. »Danke, da wäre mir enorm geholfen. Das können Sie aber erst ermessen, wenn Sie meine Schwägerin Erna kennengelernt haben.«

Es dauerte ein paar Tage, bis Frau Heise eine spezielle Liste mit sämtlichen Überweisungen auf das Münchener Bayernbank-Konto Schmid zusammengestellt hatte. Danach filzte sie die Zeitspanne des Devisengeschäfts durch, in der Dieter Rath seine klebrigen Finger im Spiel hatte, aufgeteilt in Terminal München und Terminal Hamburg.
Herr Grameier knobelte einen Raster aus, der Computer wurde gefüttert und stieß glasklare Daten über Raths Manipulationen aus. Nahtlos paßten die Unterschleifen im Devisenhandel zu den Einzahlungen auf das Konto, die Auszahlungen zu den Reisedaten, soweit das den Platz Hamburg betraf.
Bei einem der nächsten Anrufe von Ralf – er ging nun immer mittags zum Telefon und hatte Julia zur christlichen Hamburger Abendzeit am Rohr – erzählte sie ihm die Rath-Story.
»Die Sache aufzudecken, war gar nicht so schwer. Aber wir wissen nicht, wo er die Devisengewinne gelassen hat. Wo ist das viele Geld geblieben? Alle Auszahlungsbelege tragen die Unterschrift seiner Freundin Kathrin Schmid. Wohin hat sie das Vermögen gebracht? Auf ein anderes Konto? In die Schweiz? Nach Luxemburg? Unter ihre Matratze? Hat sie Gold oder Immobilien dafür gekauft? Tausend Fragen, verstehst du?«
»Hast du mal mit Schwaiger gesprochen?«

»Ich möchte die Sache ohne ihn zu Ende bringen. Er hat uns quasi den Schwarzen Peter zugeschoben, damit wir ihn unbehelligt lassen.«
»Ohne Münchener Hilfe schaffst du das nicht. Ich werde dir sagen, warum. Müßte ich dreckiges Geld verstecken, würde ich keine nachvollziehbaren Wege damit machen. Es dürfte für lange Zeit nicht aus der Bank raus. Bis Gras über die Sache gewachsen ist.«
»Ich sagte dir doch: Es ist vom Konto abgehoben worden.«
»Das bedeutet ja nicht, daß es aus der Bank entfernt wurde.«
Sein rätselhafter Satz reizte sie zur Ironie. »Du bist ja ein richtiger Experte, mein Liebling! Jetzt sag der Julia aber auch, wo du die halbe Million in der Münchener Zentrale versteckt hättest. Schwaiger wird dir ewig dankbar sein für den Tip.«
Der Spott schien bei den paar tausend Kilometern, die er zu überbrücken hatte, an Bissigkeit einzubüßen. Ungetroffen erwiderte Ralf: »Ist doch ganz einfach, Julia Heininger: Schließfach bei der Bayernbank.«
Kam ihr einfältig vor. »Schließfach? So simpel?«
»Schmid.«
»Was?«
»Auf den Namen seiner Freundin«, betonte er.
»Wenn du das so sagst, ist der Mann eigentlich ziemlich dämlich.«
»Ist er auch«, freute er sich an der kalifornischen Sonnenküste, »sonst wärst du ihm nicht auf die Schliche gekommen.«
Julia zerriß es beinahe. »Du gemeiner Schuft! Du Depp! Anstatt mich zu loben, weil ich das geschafft habe! Ich hasse dich!«
Ralf amüsierte sich königlich. »Und ich liebe dich. Nächste Woche bin ich wieder bei dir, und dann werde ich dir nach allen Regeln der Kunst eine Menge Lob, äh, zollen. Die Engelchen im Himmel wirst du singen hören. Tschüß, Frau Kollegin!«

Aus der Entfernung und mit größtem Mißtrauen beobachtete Max die kräftige Frau in der landsmannschaftlichen Tracht, die so eigentümlich sprach. Er schlich in Fannys Nähe und fragte: »Eine Ausländerin? Die spricht so komisch.«

»Das ist Erna Schäfer. Die wurde in Ostpreußen geboren. Sie soll ein paar Tage im Fremdenzimmer wohnen, sagt deine Mutter, bis verschiedene Dinge geklärt sind. Der Mann von der ist gestorben.«

Frau Schäfer stellte einen Koffer ab, faltete die verarbeiteten Hände und sah sich kritisch im Raum um. »Bißchen klain, abär immär noch bässer wie baim Löhlein, dem Lorbaß!«

»Ist ja nicht für lange Zeit«, beruhigte Julia. »Wenn Sie was brauchen, sagen Sie es Fanny.«

»Nu waiß nich.« Erna schaute auf das Bett, trat heran, prüfte die Federung mit beiden Armen und wippendem Oberkörper. »Könnt ich viellaicht ain großes waiches Kissen haben fir das Bett?«

»Bekommen Sie.«

Erna blickte argwöhnisch zum Fenster. »Und wenn ich viellaicht die Bettstatt umdrähn könnt'. Ich schlaf' nich järn mit däm Mond im Ricken.«

»Richten Sie sich so ein, wie Sie das gerne haben.«

»Järn hätt' ich ooch die blauen Gardin abjenomm.«

»Die stören Sie?«

»Blau is die Farb des Bösen!« Erna öffnete ihren Koffer und zerrte eine Wünschelrute heraus. »Nu muß ich noch prifen, obs Erdstrahlen jibt oder Wasseradern. Die sind nich jut fir main Wohlbefinden.«

Julia leistete Löhlein insgeheim Abbitte. Sie hatte ihn für reichlich unsensibel gehalten, als er seine Schwägerin als wunderlich bezeichnete. »Und? Gibt es Wasseradern?«

Erna hielt die Wünschelrute vor den Bauch. »Waiß noch nich. Bai Löhlein hat sie viel mähr jezuckt.«

»Wenn Sie was finden, stellen Sie Ihr Bett eventuell in die andere Zimmerecke«, schlug Julia vor.

»Sie ham ain jutes Härz, Frau Haininger. Viellaicht könnt' ich mich nitzlich machen.«
»Freut mich, wenn es Ihnen bei uns gefällt. Wenn Sie fertig sind mit den Gardinen, Wasseradern und Erdstrahlen, können Sie nebenan beim Dr. Sagerer ein wenig Ordnung machen. Der kommt aus dem Urlaub zurück. Fanny wird Ihnen alles zeigen.«

Der Schreibtisch von Dieter Rath war verwaist. Der Devisensachbearbeiter glänzte durch Abwesenheit.
»Bei mir hat er sich nicht abgemeldet«, sagte Julia. »Ist er etwa krank?«
»Er macht eine wichtige Dienstreise nach Frankfurt«, teilte Löhlein mit.
Julia schnippte nervös mit den Fingern. »Wann startet die nächste Maschine nach München?«
Löhlein hatte alle Termine im Kopf. »In zwei Stunden. Kommen Sie mit Erna zurecht?«
»Darüber reden wir später.« Julia wählte auf der Hausleitung Grameiers Nummer und bat ihn zu sich. Bevor sie den Hörer aufgelegt hatte, stand er schon tatendurstig in ihrem Büro.
»Geht's los?«
»Ich denke, ja. Wir müssen uns sputen. Haben Sie einen Kollegen in München, der Ihnen Auskunft gibt über die Besitzer der Schließfächer?«
»Alfons Stock.«
Julia machte den Sessel frei, damit er von ihrem Apparat telefonieren konnte. »Dann los! Fragen Sie ihn, ob Raths Komplizin Kathrin Schmid ein Schließfach bei uns hat!«
Grameier wählte die Nummer der Zentrale, schaltete den Mithörlautsprecher ein, bekam seinen befreundeten Kollegen an die Strippe. »Hallo, Fonsä? Ich möchte im Kundenauftrag ein Schließfach mieten. Hast du noch was frei?«
»Ah, der Grameier! Wie geht's denn immer? Momenterl, ich greif' mal die Liste. Welche Größe soll's denn sein?«

»Da bin ich überfragt. Ich nehme aber an, die Dame will Schmuck und andere Wertsachen unterbringen. Nicht zu klein.«
Gemurmel im Hörer. »721, 722, 723, 724 sind besetzt.« Die Stimme wurde wieder normal laut. »Hier hätt' ich noch was. 725. Auf welchen Namen soll ich's eintragen?«
»Kathrin Schmid.«
»Buchstabier mal.«
»Kathrin mit H und Schmid wie Schmidt ohne T.«
Der Kollege in München zögerte und sagte schließlich: »Momenterl, die Dame hat hier schon ein Fach gemietet.«
Grameier spielte seine Rolle glänzend. »Ehrlich? Na, dann frag' ich die Kundin noch mal. Vielleicht hat sie das vergessen. Soll ja vorkommen. Ich melde mich wieder. Vielen Dank für deine Mühe.«
Julia rieb sich die Hände. »Frau Heise! Verbinden Sie mich mit der Staatsanwaltschaft! Mit Direktor Schwaiger rede ich später darüber, daß eine Planstelle frei wird!«
Auch Grameier rieb zufrieden seine Hände. »Wir sind ein gutes Team, Chefin!«

Maximilian Heininger fand abermals Grund, die Erwachsenen zu bestaunen. Erna Schäfer ordnete er in die Kathegorie Zirkus ein. Aber in welche Schublade gehörte Onkel Ralf? Der war aus dem Urlaub zurück und kam nicht herüber, um die Mitbringsel aus Amerika abzuliefern. Und wo war Mama, mit der er während Ralfs Abwesenheit ganz vernünftig reden konnte? Max ließ seine Zimmertür offen, um Geräusche in der Diele frühzeitig wahrzunehmen. Konnte ja sein, Ralf kam doch noch.
Fanny machte ihren abendlichen Kontrollgang durch das Haus und schloß die Tür.
»Laß offen!« rief er.
»Dann läuft dein Hamster in der Gegend herum, und Frau Schäfer denkt, wir haben Ratten.«

»Ich will aber hören, wenn Mama kommt.«
»Die kommt nicht.«
»Wo ist sie denn?«
»Beim Sagerer.« Es hörte sich an, als würde sie mit den Zähnen eine Nuß knacken.
»Vielleicht kommen beide rüber«, hoffte Max.
Fanny wiegte zweifelnd den Kopf. »Glaub' i net. Der Sagerer ist von der langen Reise beinand wie a Packerl Kunsthonig.«
»Und was macht Mama bei ihm?«
»Sie tut eam zammarichtn.«
»Wiederbelebungsversuche?«
Fanny begab sich auf den Rückzug. »Wenn's notwendig is.«
»Mund-zu-Mund-Beatmung?«
»Was soll i sagn, Bub – a wengerl. Gut Nacht, Max.«

Ralf hatte nach allen Regeln der Liebeskunst das versprochene Lob gezollt. Die Wiederbelebungsversuche Julias waren so willkommen wie erfolgreich. Die Engel im siebten Himmel sangen nicht, sie pfiffen.
Rundum glücklich, kam Julia zum Thema zwei: »Die Sache aufzudecken, war gar nicht so schwer...«
Ralf, reichlich schläfrig, boxte sich das Kissen unter dem Kopf zurecht. »Sagtest du schon am Telefon.«
»Aber dein Verdacht war richtig. Rath hat das Geld eiskalt bei seiner eigenen Bank in München deponiert.«
Er gähnte herzhaft. »Im Schließfach seiner Freundin.«
»Richtig!« Julia erlebte die ganze Fahndung zum zweitenmal. »Da muß man erst mal drauf kommen.«
»Bewunderst du ihn oder mich?«
Sie blieb friedlich. »Dich. Das ganze Geld war vorhanden. Berthold Schwaiger hat sich ein Loch in den Bauch gefreut. Vor allem auch deshalb, weil alles so lautlos gelaufen ist.«
»Wo ist Rath jetzt?«
»In U-Haft. Hier in Hamburg. Hast du Sehnsucht nach ihm? Besuchszeit täglich zwischen vierzehn und sechzehn Uhr.

Seine Freundin sitzt auch. In München. Sie hat beim Verhör zugegeben, daß sie und Rath mit dem Geld nach London wollten.«
»Du hast das verhindert«, sagte er im Tonfall »Draußen regnet's«.
Julia strampelte ganz easy mit den Beinen. »Schön, was?«
Also faßte er einen Entschluß. »Ich glaub', ich muß dich noch mal loben.«
»Ich denk', du wolltest zu Max?«
»Psst! Jetzt wird gelobt!«

Der Schäfer-Hof wirkte eher wie die Außenstelle des Schleswig-Holsteinischen Heimatmuseums. Pittoreskes Haus, Stall und Scheune, betriebswirtschaftlich unrentabel, kein Huhn, kein Hahn, nur wohltuende Friedhofsruhe.
»Ein schönes Anwesen, Frau Schäfer«, äußerte Ralf. »Wieviel Grund gehört dazu?«
»Draißig Hektar.«
Julia schaute in den Stall. »Tiere haben Sie offenbar nicht mehr.«
»Drai Küh hatten wir noch nach där Maul- und Klauenseuche vor fünf Jahrn. Die hat der Erwin, was main Mann war, värkauft, weils durchs Dach jerägnet hat.«
Ralf betrat das Wohnhaus und öffnete die Zimmertür. »Wie lange haben Sie mit Ihrem Mann hier gewohnt?«
»Iber draißig Jahr.«
Julia sah sich in der niedrigen Stube um. »Es geht mich nichts an, Frau Schäfer, und Sie müssen mir nicht antworten, aber warum reden Sie seit vierzig Jahren nicht mehr mit Ihrer Schwester?«
Uralter Haß kollerte aus Ernas Mund. »Mainen Mann hat sie mir wächjenomm.«
»Ihren Erwin?«
»Den Löhlein! Mit *mir*«, Erna schlug sich mit der flachen Hand auf die Bronchien, »is är zum ärstenmal tanzen jejan-

gen, und denn hattse ihn mir wächjeschnappt! Und där Lorbaß, der Löhlein, hat sich jarnuscht dabai jedacht!«
Ralf tarnte einen Lachanfall blitzschnell mit dem Taschentuch als heftiges Niesen und lenkte auch die grinsende Julia mit einem Themenwechsel ab. »Wie hieß gleich dein Öko-Mann von BIO-BEEF?«
»Glotz. Warum.«
»Dem bieten wir die Klitsche an. Ich könnte mir vorstellen, das hier sagt ihm zu.«
Erna zog ebenfalls ein Taschentuch heraus. Sie jedoch schluchzte. »Da im Eck hat main Erwin immär jesässen. War där Lieblingsplatz von den Lorbaß.«

Eines hatte Pieter Dahlen nicht geschafft: Beatrice für Golf zu interessieren. Ein schaler Ausgleich bot sich an: Krocket. Das Spiel war englisch genug, um im Dahlschen Garten betrieben zu werden. Ehe Pieter die Tore stecken konnte, mußte er den alten Gärtner als Fachberater hinzuziehen. Der suchte die geeigneten Stellen auf dem Rasen sorgsam aus. Daß Beatrice in der Zwischenzeit die Holzkugeln in die Gegend drosch, erfüllte den Mann mit Schmerz.
Viktor Dahlen, im Rollstuhl auf der Terrasse, hielt das »Wall Street Journal« auf den Knien fest, zwinkerte ins Grüne und fand blöd, was sein Sohn dort unten trieb. »Ich will dich bei deiner merkwürdigen Beschäftigung nicht stören, aber hast du gelesen, wie ›Magnum Oil‹ steht?«
»Ja.«
»Ein Papier, das mitten in der Rezession nur zwanzig Punkte verliert, läßt auf ein exorbitantes Management schließen. Ich würde kaufen anstatt mir die Zeit zu vertreiben.«
Als sie merkte, daß Pieter seinen Vater nicht ernstnahm, sagte Beatrice: »Sagerer und Julia Heininger heiraten.«
»Man spricht davon.«
»Er hat mich gebeten, ein Hochzeitsgeschenk für Julia auszusuchen.«

Dahlen schwang den Holzhammer zur Kugel. »Amüsant.«
»Weißt du, was bei uns zu Hause die ehemalige Geliebte der Nachfolgerin schenken würde? Einen vergifteten Kamm.«
»Du machst mich neugierig. Was hab' *ich* zu unserer Hochzeit von dir zu erwarten?«
»Einen italienischen Butler«, schlug sie vor.
»Wir sind mit Bert außerordentlich zufrieden.«
»Er kann keinen Kaffee kochen.«
»Den Kaffee kocht die Köchin.«
»Dann bekommst du eine erstklassige italienische Kaffeeköchin.«
»Wir sind mit unserer Köchin sehr zufrieden. In unseren Kreisen wechselt man das Personal nur ungern.« Er trieb die Kugel mit dem Hammer vorwärts zum ersten Tor. »Ich muß dir etwas gestehen: Julia hat mich gebeten, ein Hochzeitsgeschenk für Dr. Sagerer zu besorgen.«
»Weißt du, wie ›Otavi Minen‹ stehen?« rief Viktor seinem Sohn zu.
»Ja.«
»Das weißt du nicht, sonst wärst du unruhig.«
»Er gibt mir täglich Nachhilfeunterricht«, erklärte Pieter leise. »Komm, wir gehen zu ihm. Er läßt uns sowieso keine Ruhe zum Spiel.«
Sie gingen auf die Terrasse zu, und Viktor sagte zu Beatrice: »Schön, der Junge ist abgebrüht, das gehört zu seinem Beruf. Aber ich möchte nicht wissen, an wie vielen Millionen er schon vorbeigegangen ist, ohne sie aufzuheben.«
Der Junior lächelte verkrampft. »Du hast selbst gesagt: Ein Spielverderber, der für andere nichts übrigläßt.«
»Der Spruch gilt nur für andere! Ich habe meinen Konkurrenten immer gern in die Suppe gespuckt.«
Beatrice küßte Viktors Stirn. »Ich komme mir vor, wie eine glückliche Bigamistin. Ich wohne nach der Hochzeit hier und habe zwei Männer auf dem Hals.«

Fanny kehrte vom Einkaufen zurück und hörte Erna Schäfer im Wohnzimmer laut telefonieren. »Ich waiß, daß ich im Värzuge bin! Ich zahl', sobald ich das Geld bleisamm haben tu! Ich bin Witwä, jutä Mann!«
Sie bemerkte Fanny, legte verunsichert den Hörer auf und verdrückte sich ins Gästezimmer. Fanny folgte ihr langsam.
»Mit wem haben Sie eben telefoniert?«
»Mit dä Zentralä.«
»Was ist denn das für eine Zentrale?«
Erna wußte nicht, was sie tun sollte. Lügen oder die Wahrheit sagen. Zum Lügen war sie zu einfach konstruiert. »Von dem Värein in Lausanne.«
»In Lausanne?« Fanny brachte das nicht sofort in die geographische Reihe. »Sie haben mit der Schweiz telefoniert? Wissen Sie, was das kostet?«
»Man muß immä seinen Aufenthaltsort mälden, wäjen der Erdstrahlenjefahr. Das is so ne Art Lebensvärsicherung. Tachtächlich wärden neue Feldä mit Strahlen entdeckt.«
»Woher wissen Sie das so genau?« Fanny sah auf den Boden, aber unter den Fußsohlen kribbelte nichts.
»Das steht doch in die Bichä.«
»In welchen Büchern? Wie viele lesen Sie denn?«
»Zwai jäden Monat. Zwölf Mark das Stick.«
Julias Haushälterin, als ein vom Rentner-Paradies gebranntes und gerettetes Kind, schüttelte fassungslos den Kopf.
»Verlangt die Zentrale was für die Lebensversicherung?«
»Hundärt Mark im Monat. Abär das lohnt sich.«
»Sagen Sie mal, Frau Schäfer, möglicherweise hat Ihr Mann den Hof gar nicht heruntergewirtschaftet. Vielleicht haben Sie das bißchen Geld, was eingenommen wurde, diesen schweizer Lebensrettern in den Rachen geschmissen.«
Erna hob warnend die Hand. »Wär den Baitrach nich rächtzaitich zahlt, bejibt sich in Jefahr!«
Fanny beschloß, Frau Julia zu sagen, daß Erna Schäfer meschugge war.

Ralf tat geheimnisvoll, drehte und wendete sich wie der Alchimist Cagliostro in seinen besten Tagen, ließ einen Umschlag verschwinden, wieder auftauchen und schnippte ihn auf Julias Schoß. »Weißt du, was das ist?«

»Dein Geburtsschein.«

Ralf kam sich vor wie einer, dem die Radieschen verhagelt waren. »Du kannst einem aber auch jeden Spaß verderben.«

»Wieso? Was sollte ich denn tun?«

»Aus Jux ein bißchen drumrum raten.«

»Kindskopf.« Sie winkte ihn mit gekrümmtem Zeigefinger nahe zu sich heran und küßte ihn. »Die Anschrift von Sascha, eine Marke, die ich nicht kenne, ein Absender, den ich nicht lesen kann...«

Mürrisch verlangte er: »Rück deine Papiere raus, damit wir das Aufgebot bestellen können.« Dann fing er sich. »Wir haben zwei Möglichkeiten, Frau Sagerer: Die Standesamtliche hier und die kirchliche in München oder am Tegernsee.«

Julia grübelte hin, grübelte her, sah ihn an und zog ein unheiliges Gesicht. »Würde dich das unglücklich machen, wenn wir die kirchliche Trauung streichen?«

»Ich denke, die gehört dazu.«

»Wenn ich mir vergegenwärtige, daß ich im weißen Kleid vor dem Pfarrer stehe, und alles, was der sagt, ist an eine jungfräuliche Braut gerichtet – das käme mir sehr seltsam vor. Und der zehnjährige Sohn der geborenen Julia Heininger trägt der geschiedenen Lebsam die Schleppe. Mein lieber Herr Gesangverein! Hermine würde platzen vor Lachen.«

Er grinste und fand eine seiner Meinung nach passende Pointe. »Kennst du den? Der Lehrer ruft: ›Untermoser!‹ Der Bua rührt sich nicht. Der Pauker wird fuchtig: ›Kannst net hörn?‹ Sagt der Bua: ›I hoaß net Untermoser. I hoaß jetzta Angerer. Mir ham gheirat.‹«

»Hab' schon mehr gelacht.« Sie öffnete die Schreibtischschublade und drückte ihm ein Kuvert mit dem Vermerk

»Standesamt« in die Hand. »Ich bin bloß froh, daß Sascha endlich mal funktioniert hat.«
»In Kalifornien war er auch nicht schlecht.«
»Muß ich das wissen?«
Aus dem Nebenzimmer schallte die energische Stimme von Frau Heise: »Herr Dr. Sagerer! Die Stormarner Kreisbank! Auf Ihrem Apparat!«
»Legen Sie das Gespräch zu Frau Heininger ins Zimmer.«
Er nahm den Hörer, sagte zehnmal »Ja!« und dann: »Keine Einwände. Ich denke, wir können uns auf dieser Basis verständigen, Herr Kollege. Wiederhören.«
Er legte auf. »Die Stormaner Bank sagt, das Käuferinteresse an dem Hof von Frau Schäfer ist gering. Nur ein Gebot liegt vor. 15000 Mark pro Hektar. Das könnte der Glotz leicht überbieten. Mit 18000 vielleicht.«
»Sprich mit ihm. Bei dreißig Hektar wären das 540000.«
»Und eine halbe Million, damit er den Viehbestand anheben kann«, errechnete Ralf.
»Leider mußt du ihm in netter Form beibringen, daß er Wünchelruten-Erna übernimmt. Die verhext sonst ganz Hamburg.«
Er war sich seiner Sache sicher. »Das schaff' ich. Ich glaube nicht, daß er das Haus auf dem Schäfer-Hof bewohnen will.«

Eine quittengelbe Plane wurde langsam zur Seite gezogen. Es sah aus, als würde ein Denkmal feierlich enthüllt. Zum Vorschein kam Ralfs musealer Oldtimer, dessen enger Kühlergrill schon von weitem aussah, als habe er Heimweh nach Großbritannien.
Ralf schritt um das Vehikel herum, beäugte verliebt die lange entbehrte Karosse, bückte sich, schaute zwischen die Räder und erblickte die obligate Ölspur auf dem Betonboden unter dem Motorblock.
»Sie werden ein völlig neues Fahrgefühl kennenlernen«, kündigte der Werkstattmeister an. »Das Zwischengas beim

Schalten können Sie vergessen. Ein Ersatzgetriebe des Jahrgangs 1950 konnten wir in ganz England nicht mehr auftreiben. Wir mußten ein synchronisiertes Getriebe einbauen. Sorry. Ein neuer Auspuff wird bald fällig. Den gibt's auch nicht mehr in der Originalversion. Und bevor es Winter wird, müßten wir neue Bodenbleche einziehen.«

Ralf startete den Motor. Wundervolles Grummeln ließ das Automobil und den Besitzer erzittern, versöhnte ihn mit den immensen Reparaturkosten. Paradiesisch die Fahrt nach Schleswig-Holstein zum Schäfer-Hof, wo er mit Jungbauer Glotz verabredet war.

Glotz, der nicht wußte, daß die rollende Köstlichkeit vom damaligen Abschleppen aus dem Dränagegraben des Bio-Beef-Hofes bis zu diesem Besuch in der Werkstatt gestanden hatte, klopfte anerkennend auf die Motorhaube. »Die alte Dame läuft immer noch, was?«

Was sagte der stolze Besitzer? »Englische Wertarbeit.«

Als Ralf sich aus dem Wagen schwang, durfte Glotz abermals staunen. »Sieh mal an, Gummistiefel. Seit Ihrem ersten Besuch haben Sie viel gelernt.«

»Ich entwickle mich mit meinen Kunden. Aber jetzt zur Sache: Ich habe mit der Stormarner Bank gesprochen. Wenn Sie den Hof wollen, steht dem Kauf nichts im Weg.«

»Dreißig Hektar zusätzlich wären nicht schlecht. Die Bodenwerte sind für meine Zwecke ideal. Reines Weideland. Wenn der Preis stimmt, bin ich nicht abgeneigt. Aber wie stehen meine Chancen? Es ist eine Zwangsversteigerung.«

»Ein Gebot liegt vor«, erklärte Ralf. »15000 pro Hektar. Wenn wir gleich mit 3000 darüber bleiben, gehört der Laden Ihnen.«

»Zieht die Bayernbank mit? Oder anders gefragt: Können Sie ein bißchen nachhelfen, damit ich den Zuschlag kriege?«

Ralf sah keine Schwierigkeiten. »Die Stormarner Bank will die Sache schnell vom Tisch haben.«

»Erstklassig.«

»Noch eine Kleinigkeit, Herr Glotz. Weil eine Hand die andere wäscht, möchte ich Sie bitten, eine winzige Hypothek zu übernehmen.«
»Was haben Sie auf dem Herzen?«
Ralf ging voran zum Wohnhaus und schloß die niedrige Eingangstür auf. »Wollen Sie hier einziehen?«
Glotz schnupperte, sah in die Ecken der Räume, schüttelte ablehnend den Kopf. »Riecht muffig. Da müßte ich zuviel Geld reinstecken. Ich brauch' nur das Land, den Stall und die Scheune.«
»Ich hätte jemanden, der hier nach dem Rechten sieht und ein Auge aufs Vieh hat.«
»Wen?«
»Die Vorbesitzerin. Sie hat den Hof dreißig Jahre lang bewirtschaftet. Sie ist alt, man kann sie nicht mehr verpflanzen.«

Die Versteigerung des Schäfer-Hofs gedieh dank der Vorarbeit von Bayernbank und Stormarner Bank zur reinen Proforma-Veranstaltung. Nach zehn Minuten war Glotz für die prophezeiten 540000 Mark neuer Besitzer. Die Vertreter der Geldinstitute, des Finanzamtes und der Gemeindeverwaltung waren zufrieden über die schnelle Abwicklung. Da niemand einen anderen Ausgang erwartet hatte, konnte das von Ralf angeleierte Fest zum Besitzwechsel über die Bühne gehen.
Auf sein Handzeichen hin begann die Blaskapelle der Freiwilligen Feuerwehr unter der Girlande am Scheunentor mit dem Marsch »Alte Kameraden«. Der Wirt aus dem Ort stach ein Bierfaß an, seine Frau grillte Rippchen und Bratwürste, ein Mann vom Futtermittelgroßhandel schenkte freizügig den großen Klaren aus dem Norden in kleine Gläser, Julia spielte mit einem schwarzen Hund, der besuchsweise über die Felder gekommen war, und Erna Schäfer wiegte einen Nelkenstrauß in den Armen.
Nachdem die »Alten Kameraden« verklungen waren, gaben

alle Honoratioren sich die Hand, beglückwünschten sich, weil das üblich war, prosteten sich zu und gerieten in feinste Frühschoppenstimmung.

Frau Schäfer erklärte Bauer Glotz, daß sie schon vor Jahren den gesamten Besitz mit der Wünschelrute untersucht und keine Erdstrahlen gefunden habe.

»Und wie ist es mit Wasser?« fragte er.

Sie zeigte zu einer fünfzig Meter entfernten Senke. »Da driben liecht aine jute Wasserader. Nich tief. Da könnse ainen Brunn bohrn. Main Erwin konnt sich immä nich dazu entschließen.«

Glotz war echt interessiert. »Wir werden den Punkt in den nächsten Tagen genau festlegen.«

Julia wurde hellhörig. »Aber Frau Schäfer, Sie haben mir versprochen, die ganze Hexerei an den Nagel zu hängen!«

»Ohne Frau Schäfer müßte ich fünf bis sechs Probebohrungen machen«, sagte Glotz, und Julia wunderte sich.

Einige Schwalben fegten im Tiefflug über die ungewohnte Versammlung. Erna sah ihnen zufrieden nach. »Die Biesterchen nisten im Flur. Wissen Sie, wozu dat jut is?«

»Dann schlägt der Blitz nicht ins Haus«, erklärte Glotz.

Erna schaute Julia triumphierend an. »Sähnse? Hamse jarnuscht von jewußt!«

»Nai, nuscht!« gab Julia zu und verzog sich zu Ralf.

Der junge Glotz und die alte Schäfer waren ein Herz und eine Seele. Er ging zum Klapptisch, auf dem Akten und Verträge lagen, und holte einen Umschlag für sie. »Das ist der Vertrag, der Ihnen ein lebenslanges Wohnrecht auf dem Hof garantiert. Zufrieden?«

Erna heulte eine dem Umstand angemessene Träne ins Taschentuch, ehe sie sagte: »Waiß jar nich, wie ich Ihn danken soll...«

Glotz klopfte ihr beruhigend den Rücken. »Ich brauche doch jemanden, der mir Bescheid sagt, wenn ein Tier ausgebrochen oder krank ist.«

»Die kommen fabelhaft miteinander aus«, stellte Julia fest. »Eine glänzende Idee, Frau Schäfer auf diese Art unterzubringen.«
»Meine.«
»Deine? Ich hör' wohl nicht richtig! Du warst allenfalls ausführendes Organ!«
»Hast *du* mit Glotz gesprochen oder ich?« rief Ralf.
»Aber es war *mein* Einfall!«
»Du wolltest sie nur aus dem Haus haben, weil sie deine Gardinen von den Fenstern genommen hat.«
»Nur die blauen. Kannst du noch fahren?«
»Ich hab' nur ein Bier getrunken. Willst du schon weg?«
»Ich möchte mich irgendwo mit dir versöhnen«, bekannte Julia.
»Haben wir uns gekracht?«
Sie begriff anscheinend seine Frage nicht. »Jetzt eben. Hast du das nicht gemerkt?«
»Nein. So ist es doch immer.«
Sie schob ihre Hand unter seinen Oberarm und dirigierte Ralf zu Frau Schäfer. »Wir wollen Ihnen viel Glück im alten Heim und alles Gute für die Zukunft wünschen. Und denken Sie daran, was Sie mir versprochen haben: Keine Überweisungen mehr in die Schweiz an diesen obskuren Verein, der die Welt verbessern will.«
»Nai, nai, Frolleinchen, värsprochen is värsprochen. Und Ihn baiden härzliche Winsche für Ihre erfolgraiche Ehe. Und viele Kinnerchens.«
»Woher wissen Sie, daß wir heiraten wollen?« fragte Ralf verwundert.
»Und woher wissen Sie, daß die gutgehen wird?« schloß Julia sich an. »Und das mit den Kindern?«
Erna zeigte auf einen Ring von Feldsteinen, die kaum sichtbar im Boden lagen. »Wail Sie mittendrin im Hexenkrais stehen!«
Glotz nickte ernsthaft.

12

Ehehafen

Violette Fil á Fil-Bluse mit Stickerei-Applikation, violetter Rock mit angeschnittenem Bund und aufspringenden Falten. Pumps aus violettem Veloursleder. Für den Gang zum Standesamt hatte Julia eine Boutique durchforstet.

»So fein?« staunte Ralf. »Wir bestellen bloß das Aufgebot.«

»Aber anschließend gehen wir super essen.«

»Und was ziehst du zur Trauung an?«

»Da bin ich noch eleganter, weil wir danach noch viel feiner essen gehen?«

Er feixte. »Wenn wir verheiratet sind, kochst du!«

Sie fand das gar nicht so lustig. »Willst du Fanny beleidigen?«

Er half ihr in den Roadster und erklärte ihr minutiös, was die Werkstatt getan hatte, um den Wagen fahrbereit zu machen.

Friedfertig antwortete sie: »Ich bin glücklich, wenn du glücklich bist.«

Sofort honorierte er das ungewöhnliche Zugeständnis. »Zur Trauung binde ich links und rechts Blumen an die Frontscheibe. Du wirst entzückend aussehen mitten im Bukett.«

»Sprichst du mit mir oder mit deinem Auto?«

Ralf startete, reihte sich in den Verkehr ein, gondelte gemächlich durch Harvestehude zum Standesamt. An der Marie-Louisen-Straße mußte er an der Ampel halten. Beim Anfahren gab der englische Veteran seinen Geist zwischen dem ersten und zweiten Gang auf. Kein unsägliches Geräusch, kein Qualm, kein erschreckender Ruck. Er war einfach gestorben. Friedlich entschlafen. Wie Autos das gern haben. Mitten im Straßenverkehr.

Ralf fluchte, doch als er Julia ansah, die sich vor Lachen bog, blieben ihm die Schimpfworte im Hals stecken. »In der Werk-

statt sagten sie, er braucht einen neuen Auspuff und neue Bodenbleche.«
»Laß es bald machen«, sagte sie kichernd und stieg aus.
»Macht's dir was aus, zum Standesamt zu laufen?«
»Besser als mit dem Motorrad vorfahren. Jetzt komm, der Verwaltungsakt wartet auf uns.«
Er winkte den Fahrern hinter sich zu, seinem Auto auszuweichen. »Hilf mir, den Wagen auf den Bürgersteig schieben.«

Auf dem Schreibtisch des Standesbeamten stand ein Namensschild. EWALD. Herr Ewald sortierte die Unterlagen, die er von Ralf erhalten hatte. Zwei Häufchen stellte er her. Zu seiner Linken lagen die Dokumente der Heininger, Julia, zur Rechten die von Dr. Sagerer, Ralf Maria.
Zeile für Zeile studierte Herr Ewald und starrte ab und zu die Frau Heininger, geschiedene Lebsam, an. Dem Herrn Sagerer schenkte er wenig Aufmerksamkeit. So gut wie keine.
Als der Standesbeamte den Text der Dokumente offenbar auswendig konnte, sprach er Julia an. »Wenn ich mir eine persönliche Bemerkung erlauben darf, gnädige Frau: Ich bewundere Sie. Respekt vor Ihrem mutigen Entschluß. Eine solche Ehe einzugehen, erfordert ein hohes Maß an menschlichem Mitgefühl, ja, sie grenzt gewissermaßen an Selbstaufgabe.«
Julia überlegte, wodurch dieser Herr Ewald alle negativen Eigenschaften von Ralf so schnell erkannt hatte. Ein traditioneller Spruch konnte das nicht sein, denn beim Aufgebot vor der Trauung mit Peter Lebsam waren derartige Worte nicht gefallen. Konnte aber auch sein, daß in Hamburg andere Gepflogenheiten herrschten als in München.
Herr Ewald betrachtete die Unterlagen abermals.
»Auf was warten wir denn?« fragte Ralf.
»Auf den zukünftigen Gatten«, antwortete der Standesbeamte. »Hoffentlich ist ihm nichts passiert.«
»Aber er sitzt doch hier«, sagte Julia verständnislos.
»Wo?«

»Neben mir!«
Herr Ewald schaute verwirrt. »Unmöglich.«
»Ihnen muß er ja nicht gefallen. Ich hab' ihn mir ausgesucht, und ich bin zufrieden mit meiner Wahl.«
»Und ich muß mich nach den Dokumenten richten. Der Herr, der Sie begleitet, macht nicht den Eindruck, als sei er über achtzig Jahre alt!«
»Ich fühl' mich auch nicht so«, rief Ralf verschmitzt.
»Dann sind Sie nicht der Bräutigam!«
»Erlauben Sie! Er ist es! Ich muß das schließlich wissen!« Julia war richtig böse.
Herr Ewald, an Kummer gewöhnt, drehte das aus dem tschechischen Trebecovice übersandte Duplikat eines Geburtsscheins um 180 Grad, damit Ralf und Julia lesen konnten. »Sehen Sie. Was steht da? Ralf Maria Sagerer.«
»Das bin ich.«
»Geboren 1902?« Herrn Ewalds Stimme troff vor Ironie.
Rald lehnte sich zurück und atmete ruhig und langsam durch. »Das war mein Großvater. Er hieß genau so wie ich.«
»Ich könnte den Sascha erwürgen!« schimpfte Julia.
Herr Ewald räumte die Unterlagen zusammen, schob sie ins Kuvert und reichte sie Julia. »Ehe Sie einen Mord begehen, gnädige Frau, würde ich empfehlen, das Konsulat der ČSSR aufzusuchen und eine neue Abschrift des Geburtsscheines über einen vereidigten Dolmetscher anzufordern. Bis die Tage, meine Herrschaften.«
Hand in Hand verließen sie die Stätte der Niederlage, und Julia erinnerte Ralf leise: »Ich hab' ja gleich gesagt, wir sollten das Konsulat einschalten. Aber nein, du mußtest das unbedingt den blöden Sascha machen lassen. Jetzt dauert das noch mal wochenlang, ehe wir...«
»Komm, wir trösten uns«, empfahl er.
»Wo? Bei dir oder bei mir?«

ENDE